EL IRRESISTIBLE ENCANTO DE TU PEOR ENEMIGO

BRIGITTE KNIGHTLEY

EL IRRESISTIBLE ENCANTO DE TU PEOR ENEMIGO

Primer libro de la bilogía Queridos Enemigos

Traducción de
Julia Viejo Sánchez

PLAZA JANÉS

Título original: *The Irresistible Urge to Fall For Your Enemy*

Primera edición: septiembre de 2025

Diseño de la cubierta: adaptación de la cubierta original
de Katie Anderson / Penguin Random House Grupo Editorial
Ilustración de la cubierta: © Nikita Jobson

Printed in Colombia – Impreso en Colombia

ISBN: 979-8-89098-500-2

25 26 27 28 29 10 9 8 7 6 5 4 3 2 1

Pspsps

Glosario

DEOFOL

Del inglés antiguo *dēofol,* «diablo». Espíritus familiares utilizados para la comunicación, la compañía y el consejo. Los deofol no se eligen; se manifiestan en la infancia como una forma juvenil del animal en cuestión y crecen junto al niño. Según el nivel de control de la seith que tenga el invocador, su forma física puede ser nebulosa o detallada.

VIRUELA DE PLATT

Llamada así por Epilotte Platt, Haelan que describió por primera vez la enfermedad durante un brote, un siglo antes del comienzo de esta historia. La viruela de Platt es una enfermedad muy contagiosa que se caracteriza por la formación de grandes llagas supurantes. Afecta sobre todo a niños de entre uno y doce años. La encefalopatía es una complicación grave, y por desgracia común, que requiere la intervención de un Haelan para revertirla.

SEITH

Del nórdico antiguo *seiðr,* «magia», aunque Aurienne Fairhrim diría que cualquier magia, cuando se estudia en suficiente profundidad, es ciencia. Todo el mundo puede utilizar la seith para acciones básicas como invocar a su deofol, utilizar una viedra o activar los condensadores de seith. El estudio avanzado de la seith requiere la iniciación en una orden y alcanzar la maestría requiere un tācn.

TĀCN

Del inglés antiguo *tācn,* «señal», «símbolo», «evidencia». Marca grabada en la palma de la mano de los miembros de pleno derecho de una orden determinada. El mecanismo de la marca activa el sistema seith y permite un flujo y una manipulación de la seith exponencialmente mayor.

LOS TĪENDOMS

Del inglés antiguo *tīen*, «diez», y *dōm*, «jurisdicción». Nombre colectivo de los diez pequeños reinos que se disputan el control de un archipiélago en el océano Atlántico Norte. La porosidad de sus fronteras depende del clima político entre dos reinos determinados; cuando se avecina la guerra, cosa que ocurre con frecuencia, se cierran las viedras y las fronteras.

VIEDRAS

Del latín *via*, «camino», «viaje», y el griego antiguo πέτρα *(petra),* «roca». Las viedras son menhires altos con grabados rúnicos, dispuestos a lo largo de una red de líneas ley llamada «gratícula de viedras». Son el medio de transporte más común de los Tīendoms. Suelen encontrarse cerca de las tabernas, que se encargan de su mantenimiento. Los miembros de la Orden Leyfarer controlan y gestionan la gratícula de viedras.

Nota al contenido

El irresistible encanto de tu peor enemigo es una historia de fantasía romántica en la que dos enemigos, un asesino y una sanadora, recorrerán el camino del odio al amor. Contiene elementos que pueden no ser adecuados para todos los lectores, como violencia explícita, muertes, palabrotas, contenido sexual breve, contenido médico que incluye enfermedades ficticias que afectan a adultos y niños y descripciones de niños enfermos en un entorno hospitalario. Rogamos una lectura responsable.

Encontrarás más información sobre las órdenes y una guía de pronunciación en las páginas 397 y 403, respectivamente. Por último, la novela se ambienta en un Reino Unido alternativo, y por ello expresiones y palabras procedentes de inglés aparecen a lo largo de la misma.

El Woolf
El faro en el ojete del mundo
N
O
E
S
Orden Leyfarer
Fortriu
Granos en el culo
La princesa y el Loco
Strathclyde
Northumbria
La sede de Fairhrim, atestada de Warden porque obviamente no va a ponérmelo fácil
Orden Fyren
Irland
El Bufón Callado
Orden Haelan
La Ostra Húmeda
Publica o Perece
Lugar de cobro de los Fyren
Londres:
El Ojo Trasero
Los Huevos
Caninos
El Desastre Total
Baños de esperma
Son rarísimos
Orden Ingenaut
El Gogmagog
El Danelaw
El Unicornio Lascivo
Orden Dreor
Mercia
La casa solariega de los Mordaunt
Dyfed
Wessex
La Pulga Saltarina
Orden Agannor
Kent
La Anomalía
Orden Warden
Dumnonia
Orden de las hérgulas
Habitado por unos idiotas monumentales
Los Tiendoms

EL IRRESISTIBLE ENCANTO DE TU PEOR ENEMIGO

1

El cabrón irresistible conoce a la zorra inflexible

Osric

No fue hasta la aparición de Aurienne Fairhrim en su vida que Osric descubrió que una mirada podía clavarse igual que un cuchillo. En el daguerrotipo, la joven mantenía una expresión tensa y severa, y desde allí lo fulminaba con sus brillantes ojos negros.

—¿Ella? —preguntó Osric.

—Sí, señor —dijo el doctor Fordyce.

—¿Tiene que ser ella?

—Me temo que no tiene elección, señor.

Osric dejó caer el daguerrotipo en su escritorio, desde donde la penetrante mirada de la mujer encontró una nueva víctima y perforó el techo. La mesa de Osric también estaba desagradablemente decorada con el *curriculum vitae* de Aurienne Fairhrim y una lista de publicaciones que tendía al infinito.

—Es una Haelan —dijo Osric—. Su orden jamás colabora con la mía. Se negará por cuestión de principios.

—Tal vez, señor —dijo el doctor Fordyce—, pero nos ha preguntado quién *podría* curarle, no quien *querría*.

—No sea insolente.

—No pretendía faltarle al respeto, señor —repuso Fordyce—. Los miembros de la Orden Haelan son sanadores incomparables, y Aurienne Fairhrim destaca por encima de todos los demás. Es todo un Prodigio de la seith. Si ella se niega...

—Por supuesto que se negará: es una Haelan.

—... En ese caso, el doctor Shuttleworth y yo haremos lo que esté en nuestras manos para ralentizar el proceso de degeneración.

—¿Cuánto tiempo me queda? —preguntó Osric.

Fordyce miró de reojo a su colega. Osric esperó a que este dijera algo de interés, pero el doctor Shuttleworth se limitó a poner cara de susto, sufrió un espasmo de terror y se atragantó con su propia saliva.

A la vista de aquel ataque de tos, Fordyce se armó de valor.

—Es difícil predecirlo con exactitud.

—Conteste —dijo Osric.

—La predicción más optimista nos daría unos tres o cuatro meses antes de que sus capacidades empiecen a disminuir considerablemente, señor —dijo Fordyce.

—«Disminuir considerablemente» —repitió Osric.

—Sí, señor —dijo Fordyce.

—Voy a perder mi seith.

—Me temo que esa es una de las consecuencias más probables, señor.

—No puedo perder mi seith —dijo Osric—. ¿Usted sabe lo que soy?

Sí, los doctores lo sabían, y precisamente por eso estaban a punto de orinarse encima. Ambos lo confirmaron con enérgicas sacudidas de cabeza, sin apartar la vista de las botas de Osric.

—Usted es un miembro de la Orden Fyren, señor —dijo Shuttleworth—. Tal... ¿Tal vez podría plantearse la jubilación anticipada?

Era una pregunta brutalmente estúpida, a la que Osric respondió:

—¿Sabe cuándo se jubilan los Fyren?

—Eh... No, señor.

—Cuando mueren.

—Ah.

—Así que tenemos un problema, ¿no cree?

—Sí, señor.

—Debo decir que, teniendo en cuenta lo que les estoy pagando a los dos, me decepciona profundamente esta conclusión —dijo Osric.

—Su enfermedad es..., en fin, una verdadera desgracia... que no tiene tratamiento *per se* —dijo Fordyce—. Es una condición degenerativa sin cura conocida.

—Los Haelan son los mejores sanadores que existen —añadió Shuttleworth, que al parecer se había recuperado del ataque de tos tan solo para iluminar a Osric con esa perla de sabiduría cegadora.

—Aurienne Fairhrim es su mejor opción, señor —dijo Fordyce—. Si hay alguien que puede ayudarlo, es ella.

—Si ustedes dos me están diciendo la verdad, es mi única opción.

—Eh... Sí.

Tras concluir que los médicos no tenían nada más de utilidad que añadir, Osric les pidió que se retirasen.

—Cuento con su discreción respecto a mi estado. —Los médicos balbucearon unos cuantos síes—. Mi criada los acompañará a la salida —dijo Osric—. Esperen fuera un momento.

Fordyce y Shuttleworth hicieron sendas reverencias antes de salir del despacho de Osric. Se colocaron los sombreros sobre sus cabezas huecas y salieron corriendo hacia el vestíbulo.

Osric llamó a su criada.

—¿Señora Parson?

La señora Parson se asomó, precedida de su moño blanco, tras el vano de la puerta.

—¿Sí, señor?

—Asegúrese de que ninguno de esos médicos recuerda esta visita.

—Por supuesto.

Osric le mostró a la señora Parson el daguerrotipo de Aurienne Fairhrim.

—Esta será mi salvadora, por lo que parece. ¿Qué opina?

La señora Parson se palpó todo el pecho hasta dar con sus gafas. Se las colocó sobre la nariz y examinó la imagen.

—Es muy guapa.

—No, es un medio para lograr un fin —replicó Osric.

La señora Parson dio un golpecito sobre el vestido blanco de cuello alto de Fairhrim con la punta del dedo.

—¿Es una Haelan?

—Sí. Una santurrona hasta la médula, no me cabe duda. Se llama Aurienne Fairhrim.

La señora Parson miró a Osric por encima de las gafas.

—Si es una Haelan, no le ayudará.

—Obviamente —dijo Osric—. Pero al parecer es todo un Prodigio. Y necesito un Prodigio, Parson. ¿Cómo puedo convencerla de que me ayude? —Se volvió hacia un espejo, donde se reflejaron los mejores pómulos de todos los Tīendoms, y añadió—: ¿La seduzco?

—No sé yo si lo lograría —dijo Parson.

—La duda ofende.

La señora Parson, que era de una sensatez que resultaba hasta ofensiva, dijo:

—Es una Haelan. Se tiraría al Támesis antes que ayudar a alguien como usted. Tal vez podríamos trazar un plan B. Y un plan C.

—¿B de Brutal y C de Chantaje?

—Muy gracioso, señor —dijo la señora Parson, aunque su expresión no reflejaba ni una pizca de humor.

—Muy bien —dijo Osric—. Trace ese plan. Investigue a Aurienne Fairhrim. Ganemos algo de ventaja. Sobornos, extorsiones, amenazas de muerte... Ya sabe. Lo habitual.

—De acuerdo, señor —dijo la señora Parson.

—Pues ya está. Cuando haya terminado con nuestros invitados, ¿podría traerme las dagas para el combate de esta noche? El par de Moulineaux, si es tan amable.

—Por supuesto, señor.

La señora Parson se marchó. Osric abrió y cerró las manos.

El entumecimiento estaba empeorando; había comenzado en la nuca y ahora seguía por su sistema seith hacia abajo, recorriéndole los hombros y provocándole un hormigueo en los dedos. No le había dado importancia hasta que empezó a notar cambios en el flujo de su seith, momento en el que había llamado a los médicos. El diagnóstico había caído sobre él como una losa: degeneración del sistema seith. Hablando en plata, su seith se estaba pudriendo.

Tal vez sería más prudente inventar alguna excusa para no participar en el combate de esa noche con sus camaradas Fyren. Sin embargo, él nunca se perdía un combate. Levantaría sospechas, y Osric no podía permitirse sospecha alguna mientras se encontrara en aquel estado tan delicado.

La señora Parson volvió con las dagas. Osric se las ciñó, esbozó una sonrisa canalla y se dirigió a la viedra.

Supuso que asistir no podía hacerle daño. Y, de hecho, en vista del alcance del entumecimiento, era *imposible* que se hiciera daño.

La señora Parson tardó varios días en presentarle a Osric los resultados de su investigación sobre Aurienne Fairhrim. Osric se consideraba un experto en la recopilación de datos, pero la señora Parson, que disponía de una red entera de sirvientas y doncellas, era también toda una especialista.

Llamó a la puerta del despacho de Osric con aire conspirador. Este la invitó a pasar con un gesto.

—Esto es lo que sabemos sobre Aurienne Fairhrim. —La señora Parson se sacó del delantal un fajo de papeles—. La prima tercera de la hija de mi tía abuela trabaja en las cocinas de los Haelan.

Osric no trató de descifrar el galimatías genealógico de la señora Parson y esparció los papeles sobre el escritorio.

—¿Y qué? ¿Qué hemos descubierto? ¿Fairhrim tiene familiares de algún tipo que podamos utilizar? ¿Deudas que podamos asumir? ¿Optamos por el secuestro? La situación es desesperada.

—Tiene algunos familiares —dijo la señora Parson—. Su padre es del Danelaw, su madre de Tamazgha. Ambos viven en Londres. No tiene deudas; de hecho es bastante acomodada. Y, por supuesto, el secuestro siempre es una opción.

—Un clásico —dijo Osric.

—¿Puedo darle mi opinión? —preguntó la señora Parson.

—Adelante.

—Teniendo en cuenta la naturaleza de la tarea, tal vez sea mejor que coopere —dijo la señora Parson—. He descubierto que la Orden Haelan necesita financiación. Están buscando una cantidad sustanciosa para un proyecto de investigación. ¿Ha oído hablar del brote de viruela de Platt?

—De pasada —dijo Osric—. No me mantengo informado de los pillastres callejeros ni de las enfermedades que tengan o dejen de tener.

—Pues esta epidemia puede darle la oportunidad de obligar a una Haelan a que le cure —dijo la señora Parson.

—En ese caso, que vivan los pillastres apestados —replicó Osric—. ¿Qué cantidad necesitan?

—Veinte millones de thrymsas.

—¡Que me parta un rayo!

—Ya le decía yo, señor, que era una cantidad sustanciosa. Los Haelan están negociando para dar con el capital con los consejos de financiación y los reyes y reinas de los Tiendoms, todavía con escaso éxito. Parece que todo el mundo comparte la indiferencia que siente usted por los pillastres, pobrecitos míos. Pero si usted les ofreciera la cantidad que necesitan, tal vez podría persuadir a Haelan Fairhrim para que dejara de lado su natural antagonismo hacia los miembros de su orden, señor.

—Así que elegimos el soborno —dijo Osric—. Buena idea.

La señora Parson no parecía muy convencida.

—¿Tiene veinte millones en sus arcas?

—No he dicho que fuéramos a pagarle de verdad.

—Ah.

—Proceda con la oferta y manténgame informado de los progresos.

Sin embargo, en lugar de salir corriendo a cumplir con su tarea, la señora Parson se quedó quieta delante del escritorio de Osric.

—¿Puedo darle otro consejo, señor?

—¿Cuál?

—Aurienne Fairhrim está muy bien protegida. —La señora Parson rebuscó entre los documentos hasta encontrar varios planos—. Vive en la fortaleza de los Haelan, en Swanstone. Allí tiene sus aposentos. Para mayor complicación, Swanstone está custodiada por Warden.

—¿Warden? Odio a los Warden. Son unos majaderos, del primero al último. ¿Qué hacen los Warden en Swanstone?

—He oído que las órdenes Haelan y Warden tienen una especie de acuerdo —dijo la señora Parson—. Intercambian sanación por protección, y viceversa.

—¿Cuántos Warden hay en Swanstone? —preguntó Osric.

—Tres o cuatro en todo momento.

—Maldita la gracia que me hace. —Osric observó el mapa de los terrenos de Swanstone—. Veo que acercarse a Fairhrim con este soborno tal vez requiera de alguien con habilidades especiales.

—No nos vendría mal alguna estratagema —convino la señora Parson.

—Resulta que las estratagemas son mi especialidad.

—Exacto.

—Muy bien —dijo Osric—. ¿Dónde está mi capa? Tengo un soborno que llevar a cabo. Y si Fairhrim se niega, procederé al secuestro.

—Un clásico, señor.

—¿Cuál es la viedra más próxima a la fortaleza Haelan?

—La taberna más cercana es Publica o Perece.

—Excelente.

Ataviado con una capa y unos guantes, y con el pelo atractivamente alborotado, Osric se dirigió a la viedra.

En Swanstone, ya era la hora de la estratagema en punto.

La Orden Haelan tenía su cuartel general en el quinto coño del gélido Danelaw. La fortaleza blanca de Swanstone, con sus almenas coronadas de nieve, parecía desafiar con mala cara a Osric a medida que este se acercaba. La señora Parson tenía razón: Aurienne Fairhrim estaba bien protegida. Ella y su orden estaban literalmente instaladas en torres de marfil.

Osric esperó a que el crepúsculo empezara a alargar las sombras antes de aproximarse. La fortaleza en sí no le preocupaba tanto como los Warden. Una cosa era infiltrarse, y otra muy distinta hacerlo delante de los Warden. Su orden estaba especializada en la defensa y el desmembramiento violento de los intrusos. Eran un rival excepcional para un travieso Fyren que fuera a sobornar a una Haelan.

Sin embargo, Osric también era excepcional.

Se adentró en el camino de las sombras hacia las murallas y se ocultó entre las alas de un enorme cisne de piedra para observar. Divisó las corpulentas figuras de los Warden —dos abajo y otros dos en las murallas junto a él—, con sus relucientes armaduras. También había una docena de centinelas de Swanstone patrullando. Una de las Warden de las murallas tenía activado el escudo de luz, que brillaba entre los resquicios de su armadura. Ni siquiera un caminasombras como Osric sería capaz de acercarse a una distancia suficiente como para poder apuñalarla.

Pero hoy (cosa rara) Osric no tenía intención de apuñalar a nadie. Había venido en son de paz.

Unos cuantos Haelan vestidos de blanco cruzaron el patio. A ojos de Osric, todo el lugar era aséptico hasta el extremo; seco, funcional, puro. Incluso la nieve, que el viento arrastraba en finas líneas, parecía intencionadamente dispuesta y desinfectada.

Bajo el manto nevado, los adoquines de la fortaleza resplandecían con barreras de protección. Las líneas gruesas y resplandecientes que los Warden habían trazado con su seith cruzaban las baldosas mientras estos patrullaban.

Observó cómo los Warden hacían la ronda durante una hora antes de aventurarse. Luego, con sumo cuidado de no pisar las cambiantes líneas, se desvaneció en la oscuridad al pie de la muralla y se deslizó de sombra en sombra hasta colarse dentro de la fortaleza.

Tardó dos horas, pero no activó ninguna barrera ni asesinó a nadie.

Menudo fiera.

Los planos que había birlado la señora Parson informaron a Osric de que el despacho de Fairhrim estaba en la majestuosa torre norte. Al atravesar la fortaleza en su busca, pasó por una habitación atestada de bebés llorones y malhumorados, y también por una gran sala cuyo único propósito parecía ser el almacenamiento de cadáveres de niños.

¿No podían enterrarlos? Qué morbosos eran los Haelan.

Pero no. Se oyeron gemidos: los niños no estaban del todo muertos. Un grupo de Haelan pasó junto a Osric y entraron en la sala. Ninguna era la joven seria del daguerrotipo. Él siguió avanzando por el pasillo, de sombra en sombra, esquivando a algún que otro centinela, aliviado de que fueran simples hombres y no más Warden.

Al final, un cartel informó a Osric de que había llegado al Centro de Investigación de la Seith. Un lugar prometedor, dada la condición que sufría. Había un pabellón para enfermos, así como innumerables consultas llenas de aparatos de aspecto inquietante. Mientras que la mayor parte de Swanstone parecía seguir dependiendo del gas, estas consultas estaban equipadas con electricidad y diversos artilugios que funcionaban con seith.

Había menos pacientes cadavéricos en este sector, lo cual era un consuelo.

La sala de espera dio paso al ala de consultas. A lo largo de la pared había un mural de burbujas titulado ¿SABÍAS QUE…?

Cada una contenía un dato para entretenimiento de los pacientes de la sala. Osric las leyó al pasar:

Al principio de nuestra historia, «seith» era un término genérico para todos poderes que comprendían desde la magia protectora hasta la combativa.

Todo el mundo tiene un sistema seith. Está formado por estructuras especializadas (canales y nódulos seith) que se extienden a lo largo del sistema nervioso.

La seith tiene muchos usos. En la vida cotidiana, probablemente lo utilices para enviar deofoles o utilizar las viedras. El estudio especializado nos permite manipular la seith para aplicaciones más complejas, como la sanación.

Quienes deseen alcanzar estos niveles de manipulación deben obtener un tācn. Un tācn es una marca grabada en la palma de la mano que abre el sistema seith al mundo. Los tācn se les conceden a los miembros de una orden tras muchos años de estudio.

El abuso de la seith conlleva un Coste. Todavía se está estudiando cómo se determina ese Coste. Las investigaciones actuales sugieren que se trata de una amplificación de ciertas predisposiciones fisiológicas o genéticas.

Al otro lado de la puerta del despacho de Fairhrim había un escritorio donde estaba sentado un hombrecillo con aspecto de búho, que repiqueteaba los dedos sobre una bola de escribir de latón. Estaba en todo el medio, pero Osric decidió no matarlo. Al fin y al cabo, quería causarle una buena primera impresión a

Fairhrim, así que se limitó a dejarlo fuera de combate y a meterlo debajo del escritorio.

El despacho de Fairhrim estaba cerrado con llave. Osric se quitó el guante y presionó la cerradura con la palma de la mano izquierda. Su tācn emitió un resplandor rojo cuando la seith fluyó a través del mecanismo, leyendo las sombras del interior a medida que la forzaba. Pan comido, obviamente. Tras unos suaves chasquidos, la puerta se abrió.

Aurienne Fairhrim no estaba dentro, de modo que Osric se puso cómodo.

El mobiliario de Fairhrim era tan austero como el resto de Swanstone, una desagradable mezcla de funcionalidad y escasez. Osric se sentó en una silla que lo obligó a adoptar una postura erguida, en lugar de su habitual actitud relajada; y de pronto se sintió como el empollón de la clase esperando con ansia la llegada de la profesora.

A su derecha había una estantería rebosante de libros con títulos tan sugerentes como *Un golpe maestro: rehabilitación de lesiones por compresión del canal seith*, *Roturas y avulsiones de fibras seith: protocolos para el tratamiento clínico*, *Interrupción reversible del flujo seith: un estudio in vitro* y *Lesiones por transección de los canales seith*.

Una biblioteca prometedora, teniendo en cuenta el motivo que le había llevado allí. Le alegró saber que Fairhrim era estudiosa.

Entonces, con un murmullo, Osric se dio cuenta de que todos aquellos libros estaban escritos por la propia Fairhrim.

A su izquierda, una serie de ventanas alargadas ascendían siguiendo la curvatura de la torre. La Haelan podría haber tenido vistas al mar, pero las ventanas estaban tan llenas de hielo que solo dejaban pasar la luz, y no tanto el paisaje.

Las paredes estaban repletas de imágenes de individuos a los que se les habían arrancado varias capas de piel y músculos. Osric había desollado a unas cuantas personas a lo largo de su carrera (sus clientes tenían que pagar una tarifa adicional por el servicio; era una tarea fastidiosa), pero Fairhrim parecía tener su propia experiencia en la materia.

A esta encantadora decoración se le sumaba un esqueleto que sonreía a Osric desde un rincón. Estaba lleno de finos hilos de cobre que representaban, al parecer, el sistema seith, y que se enrollaban sobre los polvorientos huesos. Sobre el cráneo había un par de gafas de sol rosas con la montura en forma de corazón.

En el pasillo resonaron unas pisadas. Osric se colocó la capucha para que su rostro quedara ensombrecido (si se veía obligado a sentarse como un empollón, intentaría por lo menos tener un aspecto siniestro) y se acomodó en la silla a esperar.

No tuvo que esperar mucho. La puerta se abrió y una mujer entró en el despacho, aunque hubiera sido más preciso decir que lo que había irrumpido en la habitación era un tornado enfurecido, si los tornados enfurecidos supieran abrir puertas.

Era Aurienne Fairhrim. El daguerrotipo había captado bien sus facciones (la piel marrón clara, los ojos negros, la melena oscura recogida en un moño), aunque no su estatura ni la arrogancia de su expresión.

Irradiaba ira contenida. Sobre los hombros llevaba unas relucientes charreteras con forma de alas que confirmaban su rango como Haelan de pleno derecho. Iba vestida con el atuendo blanco de la orden: un vestido de faldón pesado, abrochado hasta la garganta con una hilera doble de botones. Hacía malabarismos con un torbellino de objetos que llevaba entre los brazos: un maletín, una pila de documentos, varios paquetes de lancetas y, lo más desconcertante de todo, un enorme saco de cebollas.

Entonces vio a Osric. En lugar de mostrarse sorprendida por su intrusión, se molestó aún más. Sin embargo, no se puso a hacer preguntas atropelladas sobre quién era Osric, ni cómo había entrado, ni qué quería. En lugar de eso, Fairhrim dijo:

—Un poco pronto, ¿no?

Se acercó a Osric y le dejó caer el saco de cebollas sobre el regazo.

—Eh... —dijo él.

Fairhrim se sacudió de las manos los restos de piel de cebolla, que cayeron sobre las botas recién lustradas de Osric. Le agarró la mano enguantada con la suya desnuda y le dio un enérgico apretón.

—Soy Haelan Fairhrim —dijo—. Pero llámeme Aurienne. Un placer. Bienvenido a nuestro recinto sagrado, bla, bla, bla. Espero no darles mucho trabajo, pero, bueno..., es inevitable que haya alguna que otra pérdida ocasional. Sé que están ustedes desbordados con los casos de viruela. Me esforzaré por mantener las contribuciones de mi unidad al mínimo. Y, sí..., le dije a la familia que ustedes ya casi no usan cebollas, pero insistieron. No tenían otra forma de pago. Espero que pueda encontrarles alguna utilidad. Si no, siempre quedará la sopa.

Pronunció todo aquello con una voz cortante y precisa. Al terminar, Fairhrim dio la conversación por concluida y señaló la puerta.

—No le entretengo más. Encantada de conocerlo. Wes hāl, que vaya bien.

Se sentó a su escritorio, se remangó los bajos de la falda y, murmurando algo sobre la maldita burocracia, se dispuso a hojear todo el papeleo.

Osric estaba muy molesto: las cebollas se habían cargado por completo su aura amenazadora.

—No he venido a por cebollas —dijo.

Fairhrim levantó la vista, notablemente sorprendida de que siguiera allí.

—Ah, ¿no?

—No.

—¿No es usted el nuevo enterrador? —preguntó.

—No, soy... —empezó a decir Osric.

En ese momento, a Fairhrim la (no había otra palabra para describirlo) atacó una hoja de papel. Ella la apuñaló con una pluma para que se estuviera quieta.

—Disculpe. Tenemos a una Ingenaut en prácticas en Swanstone, un miembro brillante de una orden brillante, por supuesto, pero algunos de sus inventos funcionan demasiado bien. Les dio a los documentos emociones propias, y ahora se ponen agresivos cada vez que se acumulan un poco. ¿Qué decía?

—Que no soy el nuevo enterrador.

Pero Fairhrim solo escuchaba a medias; estaba peleándose con la hoja de papel, que ahora se retorcía.

—Ah. ¿Está seguro? Tiene pinta de enterrador. ¿O se dice embalsamador? ¿O funerario? Dígame qué término prefiere.

—He venido a que me curen —dijo él.

—¿A que le curen?

—Sí. Tú, concretamente.

A Osric le pareció que era el mejor momento para dar rienda suelta a la intriga. Se retiró ligeramente la capucha para mostrar su rostro y ladeó la cabeza para que la luz le diera en el pómulo. El hoyuelo de su barbilla se puso a hoyuelar majestuosamente.

¿Quién no querría curar a un espécimen así?

Fairhrim, por lo visto. Sin inmutarse ante el despliegue, hizo un gesto con la mano para despacharlo y dijo:

—Si eres alumno de uno de mis seminarios, vuelve a recepción. Ellos se encargarán.

¿Recepción? ¿Cómo qué *recepción*?

Obviamente Osric había sido demasiado sutil.

En mitad de su pelea con el papel, Fairhrim hizo una pausa.

—Un momento… ¿Cómo has entrado aquí? Creía que te habían dejado pasar porque eras el enterrador.

—Me he colado —dijo Osric.

—No me digas. —Fairhrim no se dejó impresionar por la hazaña—. Pues no esperarás que te cure después de colarte como si nada. En Swanstone somos muy selectivos con los pacientes que aceptamos. Esto no es un hospital: es un instituto de investigación. Tienes que pasar por el debido protocolo.

—No voy a pasar por ningún protocolo —dijo Osric— porque nadie puede enterarse de esto. Tiene que ser nuestro secreto.

Le dedicó una sonrisa (perversa) y un guiño (provocativo).

Por primera vez desde que había entrado en el despacho,

Fairhrim miró a Osric de verdad, sin distraerse con cebollas ni hojas de papel violentas. Pero no fue su sonrisa ni su guiñito lo que atrajo su atención. Observó con detenimiento su capa, cuidadosamente desprovista de cualquier emblema o símbolo. A continuación, se fijó en el pesado anillo de sello que llevaba en la mano derecha y, por último, se detuvo en sus guantes negros.

Ahí empezó a sospechar. Ahí se dio cuenta de que algo no iba bien.

—¿Puedo contar contigo? —preguntó él, levantando una ceja (traviesa).

La expresión de Fairhrim se tornó inhóspita. Osric decidió no seguir fatigando sus cejas; se acabaron los devaneos seductores. Le quedó claro que los hombres oscuros y peligrosos no eran su tipo. Reconocía una causa perdida cuando la veía, y Aurienne Fairhrim era, definitivamente, una causa perdida.

—De acuerdo —dijo—. Pasamos al plan B.

—¿Plan B? —preguntó Fairhrim.

—He oído que tu orden necesita financiación —continuó Osric—. Puede que tenga una donación que ofreceros.

—Ah, ¿sí? Pues habla con Lambert, dos plantas más abajo. Dirige el departamento de Donaciones y Financiación.

—Estoy interesado en apoyar el trabajo de vuestra orden con la viruela de Platt en concreto.

Fairhrim volvió a mirar los guantes de Osric.

—Me alegra tu interés, por supuesto, pero, como te he dicho, tienes que dirigirte al departamento de Donaciones y Financiación. De cualquier forma, las enfermedades pediátricas no son mi especialidad. —Desvió la mirada hacia la puerta—. ¿Se puede saber cómo has entrado? ¿Dónde está Quincey?

—¿Quién?

—Mi asistente.

—¿Asistente? Yo más bien diría que es un estorbo con el que tropezarse —replicó Osric—. Está echando una cabezada.

Fairhrim deslizó la mano hacia la izquierda de su escritorio, lo que le hizo saber a Osric que allí había un mecanismo de alarma.

—No pulses el botón del pánico, Haelan Fairhrim —dijo—. Preferiría no complicar las cosas.

Ella se quedó quieta.

—Suena a amenaza.

—Lo es.

—¿Quién eres y qué quieres?

—Podríamos haber llegado a este punto mucho antes si te hubieras dejado de cebollas —dijo Osric. También si él se hubiera dejado de intentos de seducción, pero responsabilizarse de las cosas no era su estilo—. Como te he dicho, quiero que me cures.

—Lo que vas a conseguir es un coxis roto cuando los Warden te echen a patadas —dijo Fairhrim.

Ahora que había confirmado que ahí estaba pasando algo raro, Fairhrim no parecía asustada, sino más bien molesta. ¿Todos los Haelan tendrían un instinto de supervivencia tan pobre, o era solo ella?

—¿Crees que me dedico a curar a todos los enterradores falsos que se presentan en mi despacho? —preguntó Fairhrim.

—A este sí —contestó Osric—. Porque yo voy a ayudarte a encontrar la cura de tu querida viruela.

La hoja agresiva del escritorio de Fairhrim volvió a la vida, y ella la aplastó de un manotazo.

—No pretendemos encontrar la cura. Lo que queremos es una vacuna.

—Pues eso. Me da igual. Quiero pagar tus servicios y tu discreción con una donación. Sé que las negociaciones de tu orden con las agencias de financiación no han dado frutos.

Fairhrim apretó los labios.

—No han dado frutos *de momento*. Pero acabamos de empezar con las solicitudes a varios organismos. Estas cosas llevan su tiempo.

Osric hizo caso omiso de los tecnicismos.

—¿Y no preferirías el dinero ahora? ¿Y empezar ya? ¿Y así curar a esos pillos callejeros?

—Vacunar, no curar —dijo Fairhrim—. Y yo no trabajo para

particulares. En Londres hay cientos de médicos de ese tipo, ¿por qué no acudes con tu dinero a cualquiera de ellos?

—Me han dicho que necesito tus conocimientos.

—¿Quién te lo ha dicho?

—Esos otros médicos.

—¿Quiénes?

—Fordyce y Shuttleworth.

Fairhrim hizo una pequeña mueca cargada de esnobismo.

—Así que eso es lo mejor que el dinero puede comprar, ¿eh?

—Tenían muy buenas referencias.

—¿Qué es lo que te han diagnosticado? —preguntó Fairhrim. Le dio un repaso a Osric de arriba abajo, como si pudiera adivinar su dolencia solo con la mirada.

—Eso es lo que tienes que averiguar —dijo Osric—. ¿Quieres el dinero o no? Es una propuesta muy simple: tú me curas y no se lo dices a nadie, y yo te ofrezco veinte millones.

Fairhrim clavó la mirada en los guantes de Osric.

—Muéstrame la palma de las manos.

—No —dijo Osric, convencido de que no le haría ninguna gracia ver el tācn de los Fyren en su palma izquierda.

—Entonces esa es también mi respuesta.

—Preferiría no tener que secuestrarte —suspiró Osric—. Eso sería un incordio.

—Ah, ¿sí? —Fairhrim se sentó todavía más erguida, si es que eso era posible—. ¿Vas a secuestrarme?

—Sí. Y *además* no te voy a dar el dinero.

Fairhrim movió levemente la mano derecha. En la palma le brillaba el tācn de la Orden Haelan, un cisne blanco.

—Eres bastante atrevido, si crees que puedes secuestrarme.

—Y tú bastante estúpida, si crees que no puedo.

—¿Quién eres?

—Alguien que necesita tu ayuda desesperadamente.

Fairhrim hizo una mueca de escepticismo.

—Eso sería muy enternecedor si no acabaras de amenazar con secuestrarme. Muéstrame la palma de las manos.

—No.

—¿Quieres que te cure, pero no quieres enseñarme las manos?

—Correcto.

—Si las escondes, es porque sabes que me voy a negar a curarte.

—Exactamente —dijo Osric.

Fairhrim volvió a acercar la mano al botón del pánico.

—No —dijo Osric—. O condenarás al que venga a una muerte bastante violenta.

—¿Crees que puedes enfrentarte a los Warden? —preguntó Fairhrim.

Osric no lo creía (al menos no en igualdad de condiciones), pero dijo:

—¿De verdad quieres jugar con su vida?

—Fuera de aquí —dijo Fairhrim.

—Solo me iré cuando hayamos llegado a un acuerdo, o contigo metida en el saco de las cebollas. Tú decides.

—Ni siquiera sé lo que te pasa —dijo Fairhrim—. Aunque aceptara, que no lo haré, no sé si podría curarte.

—Te pido que lo intentes.

—¿Puedo hacerte unas pruebas? —preguntó Fairhrim.

—No. Primero el acuerdo.

—Debe de ser grave.

—Lo es.

—¿Mortal?

—A todos los efectos.

—¿Y si no puedo curarte? —preguntó Fairhrim.

—Moriré. Y tal vez te lleve conmigo —dijo Osric.

—Maravilloso.

—¿Te estoy persuadiendo?

—La persuasión requeriría de un ápice de algo parecido al carisma.

—¿No te parezco carismático? —dijo Osric, ofendido.

—No —dijo Fairhrim—. Sigues uno de los Senderos Sombríos. No voy a ayudarte. Y apestas a cebolla.

—Eso es por *tu culpa*. No lo hagas por mí, hazlo por la viruela. Piensa en todo el sufrimiento que podrías sanar.

—Prevenir.

—Lo que sea.

Fairhrim lo examinó. A Osric no le quedó más remedio que admirar su templanza. No había rastro de lágrimas ni de temblores. Su única emoción real fue de desdén cuando desvió la mirada hacia los guantes de Osric, ahora que había confirmado que no era miembro de ningún Sendero Brillante. La cuestión ahora era si la tentación del oro (o el peso de todas aquellas amenazas) haría que superara su aversión.

Osric esperaba que así fuera. Parecía una criatura con sentido común.

—Estás muy tranquila —dijo Osric.

—Estoy entrenada para mantener la mente fría en situaciones de crisis —dijo Fairhrim—. Aunque por lo general los problemas a los que me enfrento son hemorragias y no disparates.

Osric ya había sospechado que no le caía bien Fairhrim. Ahora lo acababa de confirmar.

Y, además, se le había agotado la paciencia.

—Has elegido el secuestro —dijo. Se levantó, tiró las cebollas al suelo y abrió el saco vacío hacia Fairhrim—. Venga, adentro.

La carcajada despectiva de Fairhrim fue interrumpida por el ruido de la puerta abriéndose de golpe.

Un segundo fenómeno meteorológico entró en la habitación en forma de pequeña tormenta.

—Estoy *harta* de lamerles el culo a los de Investigación y Desarrollo —dijo la tormenta en cuestión.

Era una Haelan anciana, negra y con pelo blanco, que tronaba de rabia.

Fairhrim se puso en pie de un salto. Su altivez dio paso a un servilismo nervioso. Osric se picó: ahora parecía más asustada que en cualquier otro momento de la conversación.

Fairhrim hizo una reverencia, con una mano en el corazón.

—Haelan Xanthe.

La aludida entró en el despacho cual nube blanca ataviada con las túnicas de los Haelan. En el puño llevaba una carta arrugada, que agitó en dirección a Fairhrim.

—Un rechazo de esos imbéciles del Consejo de Investigación y Desarrollo.

—Oh, no —dijo Fairhrim.

—Oh, sí —replicó Xanthe. Por su acento cerrado, Osric dedujo que era de Strathclyde—. Con las excusas más ridículas. Por lo visto, nuestra propuesta no está alineada con las prioridades que han establecido para su programa de financiación. ¿Has oído alguna vez semejante memez? Estamos literalmente en mitad de un brote. Nos han pedido que volvamos a presentarla el próximo ciclo. Me dan ganas de infectar a Woolwich con la viruela. Tal vez entonces entienda de qué se trata. Así sembraríamos un poco de empatía entre esos canallas. Lástima que solo afecte a los niños... —Xanthe enmudeció, olisqueó el aire y preguntó—: ¿Por qué huele a cebolla?

Miró a su alrededor para localizar el origen de la peste y de pronto reparó en Osric. Examinó lentamente su capa hasta llegar al amasijo de bulbos a sus pies.

—¿Quién es este? —preguntó—. ¿El nuevo enterrador?

—No —respondió Osric—. No soy el maldito enterrador. Estás interrumpiendo una negociación, abuela, así que, si no te importa...

—¿Una negociación? ¿De qué? —Xanthe se volvió hacia Fairhrim—. ¿Este hombre me acaba de llamar «abuela»?

Fairhrim parecía, por decirlo de algún modo, avergonzada.

—Lo siento mucho. No tengo ni idea de quién es. No sé cómo se ha colado. Ha intentado sobornarme para que le cure. Y ahora amenaza con secuestrarme con, sinceramente, una ineptitud grotesca. Los Warden se ocuparán de él.

—Pídeles que no lo destrocen demasiado —dijo Xanthe, mirando a Osric como si fuese un pedazo de carne—. Nos vendría bien otro cadáver en el laboratorio de anatomía. Nos estamos quedando sin hombres adultos.

—Eso haré —dijo Fairhrim—. Así al menos será útil para el mundo.

—¿*Disculpa*? —exclamó Osric.

Fairhrim lo ignoró. Se volvió hacia Xanthe.

—¿Ya le has dado la noticia a Élodie?

—Todavía no. Se va a quedar hecha polvo. Y no creo que pueda convencer al resto de los directores de que recurran a nuestras reservas para ayudarla. No entiendo nada: cinco rechazos consecutivos de agencias en mitad de una crisis como esta, y los monarcas de los Tiendoms cruzados de brazos.

Las dos Haelan continuaron de cháchara y Osric... Bueno, Osric nunca se había sentido tan insignificante en su vida. La señora Parson podría haberle advertido de que los Haelan eran unos lunáticos que priorizaban los asuntos administrativos antes que su propia muerte inminente.

—¿Hola? ¿Perdonad? Sigo aquí —dijo Osric, haciéndole gestos a Fairhrim por detrás de Xanthe—. Lo del secuestro sigue en pie. Y ahora tendré que matar también a esta pobre vieja por haberlo presenciado. Estarás contenta.

—¿Matarme? ¿A *mí*? —dijo Xanthe.

Entonces echó la cabeza hacia atrás y soltó una carcajada. Fairhrim miró a Osric con la ceja levantada.

—Es un poco cretino, ¿no? —preguntó Xanthe.

—Eso me ha parecido después de nuestra pequeña charla —dijo Fairhrim.

Osric, irritado, se preguntó si debía matarlas a ambas por aquella falta de respeto.

Las Haelan continuaron con su conversación como si él no estuviera delante.

—Por curiosidad, ¿de cuánto era el soborno? —preguntó Xanthe.

—Veinte millones —dijo Fairhrim—. Para apoyar la propuesta de Élodie.

—¿Veinte millones? Por los huevos de Woden.

—Ni idea de su procedencia, por supuesto. —Una de las

charreteras plateadas de Fairhrim se levantó cuando se encogió de hombros—. O de si existe, siquiera.

—Es tentador, teniendo en cuenta esto —dijo Xanthe, levantando la carta de rechazo. Las arrugas de su rostro mutaron en una expresión sumamente astuta.

—No quiere enseñarme las manos —apuntó Fairhrim.

—Ah —dijo Xanthe—. Está demasiado cuerdo para ser un Dreor, pero es demasiado estúpido para ser un Fyren. ¿Quizá un Agannor? No. Ya nos habría poseído a alguna de las dos.

—En cualquier caso, me he negado —dijo Fairhrim.

Xanthe enrolló la carta de rechazo en un tubo y comenzó a darse golpecitos en la boca con él.

—Pero si es verdad que tiene el dinero...

—Sigue un Sendero Sombrío —dijo la otra.

Xanthe sacudió la mano con un gesto despreciativo casi idéntico al que Fairhrim había utilizado con Osric.

Fairhrim parpadeó, incrédula.

—Haelan Xanthe, no estará pensando en...

La aludida se volvió hacia Osric, que estaba encantado de volver a existir por fin.

—¿Tienes los veinte millones en oro? —preguntó pronunciando cada sílaba con especial cuidado, como si hablara con un imbécil.

Osric dejó a un lado su enfado ante aquel golpe de suerte.

—Sí.

—¿En serio? —dijo Xanthe—. Tócate los cojones. Debería cambiarme de orden.

Se echó a reír. Fairhrim, quien aparentemente era incapaz de verle la gracia a nada, la miró fijamente.

—¿Podrías depositarlos en nuestras arcas el viernes? —preguntó Xanthe.

—Sí —repitió Osric.

—¿Por qué has acudido a Haelan Fairhrim concretamente?

—Me han dicho que es especialista en el sistema seith.

—Así es.

—Y que es un Prodigio.

—La mejor. —Xanthe se acercó a Osric. La vieja Haelan era bajita, de espalda encorvada y rostro absurdamente arrugado. Lo examinó con una especie de lástima—. Así que es tu seith lo que te preocupa. Pobrecito.

El adjetivo sorprendió a Osric. Nunca se habían referido a él así: no era ningún pobrecito.

—Comprendo tu desesperación —prosiguió Xanthe—. Aurienne es la especialista que necesitas.

—No obstante, en lo que *no* estoy especializada es en la sanación de caminantes de Senderos Sombríos —intervino esta.

—¿Es uno de ellos? —preguntó Xanthe—. No podemos asegurarlo. No le hemos visto las manos.

—¡Porque se niega a enseñárnoslas! —dijo Fairhrim.

—Excelente —dijo Xanthe—. Si no lo sabemos, podemos negar que lo sabíamos.

Fairhrim carraspeó.

—Con todos los respetos…

—De este modo, no tendremos que seguir lamiéndoles el culo a las agencias que conceden las subvenciones —dijo Xanthe.

—Pero…

La anciana golpeó a Fairhrim en la frente con la carta enrollada.

—He tenido que abrirme paso entre decenas de niños moribundos para llegar hasta aquí, Aurienne. No nos pongamos exquisitas cuando nos ofrecen veinte millones en oro.

—Curar a alguien de su especie va en contra de todo lo que defendemos —dijo Fairhrim.

—Estoy de acuerdo. Será una situación difícil para ti.

—¿Difícil para *ella*? —interrumpió Osric—. ¿Y para mí? ¡Soy yo el que está enfermo!

Xanthe se volvió hacia Osric con algo de su anterior actitud tormentosa.

—Sí, para ella. Será ella la que se humille. Ahora, si vas en serio, hablemos de las condiciones. Depositarás veinte millones de thrymsas en la cámara acorazada de los Haelan antes de que termine el viernes, en forma de una donación anónima al Fondo de la Viruela. Una vez nuestros contables hayan comprobado que el oro no es falso, Aurienne te curará lo mejor que pueda.

—Haelan Xanthe, esto es de lo más irregular... —dijo Fairhrim, pero Xanthe la miró y ella cerró la boca con un chasquido.

—Mi única condición es que nadie se entere —dijo Osric.

Xanthe hizo un gesto de impaciencia.

—Lógicamente. A nosotras también nos interesa que este acuerdo tan desagradable se desarrolle con discreción.

—Entonces hay trato —dijo Osric.

Fairhrim se limitó a observarlos, guardando un tenso silencio.

—Aurienne es más que capaz de cuidar de sí misma —dijo Xanthe—. Pero debo decirte que, como le pase algo mientras trata de sanarte, te mataré con mis propias manos.

Osric estuvo a punto de echarse a reír con las tonterías de aquella anciana. Sin embargo, mientras Xanthe le sostenía la mirada, sintió algo de su seith. Era como si una mano pequeña y seca hubiera dado una palmadita amistosa a su lápida.

Pero no tenía lápida, al menos que él supiera.

—Entendido —dijo Osric.

—Solo eres la mitad de estúpido de lo que pareces. —Xanthe cogió la carta de rechazo, la rompió y esparció los pedazos por el suelo, entre las cebollas—. Bien. Espero tener noticias este viernes sobre cierta importante donación de origen desconocido. Mientras tanto, tengo unas cuantas vidas que salvar. Os dejo para que os ocupéis de los detalles. Portaos bien.

Osric no estaba seguro de a quién iba dirigida la última orden; seguramente no a él. Nunca se portaba bien.

Xanthe se dirigió hacia la puerta. Fairhrim volvió a hacer la misma reverencia de antes con la mano en el corazón mientras se marchaba.

Se hizo el silencio. Osric se recolocó la capa. Fairhrim lo miró con absoluto desdén.

—Me alegro de haber resuelto esto —dijo él.

—Fuera —dijo ella.

—No te pongas así. Recuerda que lo haces por los viruelitos.

—Lo hago porque Haelan Xanthe me lo ha ordenado —dijo Fairhrim.

—Te enviaré a mi deofol con las instrucciones para la primera sesión.

—Yo soy la Haelan. Soy yo quien enviará las instrucciones.

—¿Acaso tienes una sugerencia sobre algún punto de encuentro neutral? —preguntó Osric—. No quiero volver aquí. Es un coñazo burlar a los Warden.

—Ahora mismo, no —dijo Fairhrim—. Me lo acabas de preguntar.

—Vale. Pues entonces, espera a mi deofol. Lo cual me recuerda que tienes que vincularte conmigo.

—¿Perdona? —dijo Fairhrim.

Era un poco atrevido pedirle que vincularan sus tācn. Era algo reservado a amigos y familiares, para que sus deofol (espíritus familiares de seith) pudieran viajar de un tācn a otro para entregar mensajes. Fairhrim se quedó mirando a Osric como si este le acabada de sugerir cometer la más asquerosa de las perversiones.

—Podemos cortar el vínculo en cuanto me hayas curado —dijo él.

Fairhrim le lanzó una mirada aún más penetrante y finalmente dijo:

—De acuerdo.

El vínculo requería contacto tācn a tācn, por lo que Osric se quitó el guante. A Fairhrim se le tensó la mandíbula al confirmar sus sospechas: se había descubierto la mano izquierda. Solo los que recorrían los Senderos Sombríos tenían el tācn en esa palma.

Osric levantó la mano, mostrando la calavera de cerbero que la adornaba: el tācn de la Orden Fyren. Normalmente, la visión de ese tācn infundía terror. Era el presagio de una muerte violenta e inmediata.

A Osric le ofendió que Fairhrim mostrara una reacción de repulsa en lugar de miedo, como si, en lugar de su palma abierta, le hubiera tendido un pañal usado y le hubiera pedido que lo tocara.

—Eres un cobarde a sueldo que camina las sombras —dijo Fairhrim.

—Sí.

—Eres vil.

Sin embargo, extendió la mano derecha hacia Osric y rozaron sus tācn. El ala del cisne de la Orden Haelan tocó el colmillo del cerbero de la Orden Fyren. Vertieron sus seith en el contacto y se grabaron la firma del otro. La seith de Fairhrim era fría, contenida y parecía de cristal. El deofol de Osric ahora podría encontrarla directamente para llevarle sus mensajes; el deofol de ella también podría encontrarlo a él. (Osric se preguntó qué forma tendría su deofol. Algo punzante, apostó. Un escorpión, probablemente).

Separaron las palmas. Fairhrim sacudió la mano, como si acabara de tocar algo sucio.

Llamaron a la puerta.

—¿Haelan Fairhrim?

Osric se deslizó tras la puerta y le hizo un gesto a Fairhrim para que abriera, mientras le ordenaba en un susurro que no hiciera ninguna tontería.

Fairhrim abrió. A través del resquicio de las bisagras, Osric vio a un hombre de aspecto cadavérico vestido de negro. Desprendía un fuerte olor a formol.

El hombre le estrechó la mano a Fairhrim y dijo:

—Hola. Soy el nuevo enterrador. He venido a por las cebollas.

Al regresar a la mansión familiar de Rosefell Hall, Osric fue abordado por la señora Parson.

—¿Y bien, señor? —preguntó—. ¿Alguna noticia?

—Sí, y creo que buena —dijo Osric—. Ha habido algún que otro contratiempo, pero supongo que era de esperar. Lo hará.

—Bendita sea.

—No. De bendita nada. Es singularmente desagradable; no me gusta ni un pelo. Además, tenemos un problema.

—¿Cuál?

—Tenemos que depositar esos veinte millones en oro a finales de semana.

—Eso no supondrá ningún problema —dijo la señora Parson—. Acabamos de recibir de Beckenham un montón de thrymsas falsas tan bien hechas que da gusto.

—No pueden ser falsas —dijo Osric—. Tendremos que soltar dinero de verdad. Los Haelan ya sospechan. No puedo arriesgarme a retrasarlo o a que se retracten del acuerdo.

La señora Parson se quedó boquiabierta.

—Pero... usted no tiene veinte millones en oro.

—Lo sé. Habrá que vender el tríptico y *La lechera*. Y también el De Beauveau. Me duele desprenderme de ellos, pero no queda otra. Hable con Sacramore. Supongo que aún no podemos vender *Los devoradores*.

—Es demasiado reciente. Lo adquirió hace solo dos meses.

—Cierto. Entonces no podemos ir paseándolo por las tabernas, precisamente. Venda todo lo que se pueda para llegar a los veinte millones. Debemos depositarlo como una donación anónima a la Orden Haelan, dirigida al Fondo de la Viruela. ¿Puedo confiar en usted para los preparativos?

La señora Parson asintió, todavía con los ojos abiertos de par en par.

—Veinte millones. Es una parte considerable de su fortuna.

—Ya se la robaremos para recuperarla, obviamente.

La señora Parson parecía aliviada.

—¡Ah! Excelente, señor.

AURIENNE LE DESEA LA MUERTE A SU NUEVO PACIENTE

Aurienne

Era difícil ser perfecta en un mundo imperfecto, pero Aurienne lo conseguía. Si tenía un defecto, es que era la Mejor, y sabía que era la Mejor. Algunos lo llaman arrogancia. Ella prefería llamarlo «competencia no contaminada por la falsa modestia».

Pero si era la Mejor —tan brillante como guapa, una investigadora sin igual, buena amiga, una hija amada, y en ocasiones amante (¿acaso alguien la merecía? Francamente, no)—, ¿por qué le habían pedido que curara al Peor? De entre todas las cosas repugnantes de este mundo, le había tocado tratar a un Fyren.

El Fyren en cuestión había tenido el descaro de darle su tarjeta. Era negra, con los bordes dorados, y proclamaba con elegante caligrafía:

Osric Mordaunt
Arte. Compraventa. Asesinatos
Solo con cita previa

La tarjeta estaba perfumada, lo que a Aurienne le ofendió aún más que los asesinatos: Swanstone era un espacio libre de fragancias.

Salió de su despacho y se dirigió al pasillo, donde encontró al pobre Quincey inconsciente debajo de su escritorio. Una vez reanimado, Quincey no recordaba nada de lo que había ocurrido e imaginó que se debía de haber caído. Aurienne le curó el golpe y no le corrigió.

Tuvo la tentación de deducir que Xanthe había perdido la cabeza, que el cerebro de su mentora (un gran cerebro, sin rival en su especialidad) había descarrilado hacia la locura. Sin embargo, a medida que Aurienne avanzaba a trompicones por las salas repletas de pacientes de viruela, se vio obligada a concluir que Xanthe no estaba loca: era una oportunista que reaccionaba ante consejos de financiación indiferentes y monarcas apáticos. Si el Fyren cumplía su promesa y les entregaba el oro, ¿quién era Aurienne para negarse?

Un aprendiz vestido de gris pasó corriendo al lado de Aurienne y exclamó jadeando:

—Solicitan a todos los Haelan disponibles en el Pabellón 14, ¿puede venir?

Desapareció antes de que Aurienne pudiera responder. Esta dio media vuelta para dirigirse al Pabellón 14. La verdad era que el Fyren no era más que el contratiempo más reciente en un día lleno de contratiempos. Y a ella se le daba bien asumir contratiempos. Se le daba bien todo.

Se sumó a sus desbordados colegas en el pabellón temporal para el tratamiento de la viruela de Platt. Breage, la matrona de Pediatría, normalmente estoica, tenía los ojos desorbitados y le faltaba el aliento. Le asignaron cuatro de las camas a Aurienne y esta se volcó en varios niños al borde de la muerte cerebral.

Una deofol desaliñada se materializó en la sala. Tenía forma de un águila pescadora con las plumas alborotadas. Aurienne reconoció que se trataba de la deofol de Lorelei, la jefa de Pediatría.

—Hay veinte recién llegados a la viedra —dijo la deofol—. No damos abasto. ¿Quién puede venir?

Los seis Haelan que había en el pabellón, cada uno sacado de su especialidad para venir a prestar su tācn aquí, levantaron la vista de sus tareas.

—¿Veinte? —exclamó Aurienne.

—¡Dejad de admitirlos, joder! —dijo Cath, la jefa de Traumatología y Cuidados Intensivos—. Que alguien le tire algo al pájaro este.

—Por favor, no hagáis daño a la mensajera —dijo la deofol, tapándose con las alas.

—Esto no es un hospital —dijo un Haelan de Hematología—. No tenemos capacidad suficiente.

Élodie, de Virología, dijo:

—Los hospitales están llenos. No tienen ningún sitio donde ir.

La deofol asintió.

—Están recogiendo a todos los niños contagiados para llevárselos al Publica o Perece —añadió—. Los Warden están ayudando a cargarlos en carros para traerlos. Tendríais que ver cómo está la viedra. Es una absoluta pesadilla.

Un Haelan de Bioestadística se pasó la mano por la cara con desesperación.

—Dioses. Yo no debería estar aquí. Debería estar haciendo modelos de esta enfermedad. Calculando la dinámica de transmisión. Haciendo previsiones. Y Élodie debería estar en el laboratorio, no aquí.

—Tú sigue atendiendo a los pacientes —espetó Cath mientras pasaba a su lado en dirección a otra cama—. Puedes salvar treinta vidas en el tiempo que tarda un médico normal en salvar una.

—Los directores decidirán la asignación de recursos cuando tengan un minuto para respirar —dijo Aurienne—. No puedo creer esta virulencia.

—No tiene ningún sentido —dijo Élodie, arrodillándose junto a una niña lánguida, llena de costras—. Hace quince días solo había un centenar de casos.

Aurienne vio signos de que sus agotados colegas estaban rozando el límite: sus Costes empezaban a manifestarse. A Élodie se le empezaba a desencajar la mandíbula. El de Bioestadística comenzaba a sangrar por la boca. El de Hematología cojeaba como si tuviera artritis en ambas rodillas. Cath tenía suerte; su Coste era la caída del cabello, por eso llevaba la cabeza afeitada. En cuanto a Aurienne, tenía las manos agrietadas, un problema menor mientras estuviera fresca, pero, cuanto más usaba su seith, más profundas se volvían sus heridas, que incluso podían llegar a exponerle los metacarpos y las falanges.

—¿Dónde están los directores? —preguntó una Haelan de Endocrinología, claramente desubicada entre tantos niños—. ¿Dónde están nuestros líderes?

—Xanthe y Abercorn están en la viedra —dijo la deofol—. Agotando lo poco que les queda de seith. Prendergast ha ido a ver al rey del Danelaw para conseguir su apoyo.

Aurienne apretó su tācn contra la frente de un niño inconsciente.

—Iré a la viedra. Así al menos estaré disponible para hacer transferencias de seith.

—Ten cuidado, no te agotes tú también —dijo Cath.

—No lo haré —dijo Aurienne.

Y no lo hizo. Nadie controlaba su seith como Aurienne Fairhrim.

Los días siguientes se entremezclaron mientras el brote de viruela hacía estragos. Todas las investigaciones de los Haelan se suspendieron. Los adultos no podían contagiarse de viruela de Platt, pero confinaron en la Casa Cygnet a cualquier aprendiz Haelan lo suficientemente joven como para estar en riesgo. La viedra del Publica o Perece continuó con su horroroso reparto de niños enfermos, que enseguida eran arrastrados a Swanstone a montones.

No hubo más noticias del Fyren durante el resto de la semana. Aurienne albergaba esperanzas contradictorias. Por un lado, deseaba que él cumpliera su promesa y les donara el dinero que necesitaban desesperadamente para controlar la viruela. Por otro, esperaba que se hubiera muerto.

El viernes a las cinco, por todos los pasillos de Swanstone

resonaron gritos de alegría. El puñado de Haelan que no estaba de ronda se reunió en el departamento de Donaciones y Financiación, donde se encontraron con Lambert, habitualmente serio, bailando con su secretaria: la Orden Haelan acababa de recibir una extraordinaria donación anónima en apoyo a la vacuna de la viruela de Platt.

Élodie, la investigadora principal de la vacuna, estaba en estado de shock y al borde de las lágrimas. No paraba de temblar en brazos de Cath, que la acribillaba a besos, y enseguida se lanzó al cuello de Aurienne. La sala era un hervidero de júbilo y carcajadas. Aurienne logró esbozar una sonrisa frágil mientras Élodie sollozaba en su hombro. El dinero era maravilloso; su procedencia, no tanto. Todos empezaron a hacer especulaciones, variopintas y fantasiosas, sobre la identidad del donante: ¿sería uno de los reyes o reinas de los Tīendoms? ¿Algún millonario que hubiera perdido un hijo a causa de la viruela? ¿Los propios dioses?

Nadie especuló que pudiera proceder de un Fyren, por supuesto. Eso sería demasiado inverosímil. A nadie se le ocurrió la idea.

—Tenemos mucha suerte —dijo Cath.

Élodie se secó las lágrimas.

—Que Frīa bendiga a este donante.

—Un alma buena y generosa —dijo Lambert.

—Me gustaría da…, darle la mano —dijo Élodie entre sollozos.

—Yo le daría un morreo —dijo Cath.

Aurienne no dijo nada, porque, bueno… En fin.

Haelan Xanthe hizo acto de aparición, se unió al abrazo general y, cuando nadie la miraba, le dio a Aurienne una palmadita en el hombro. Esta salió de Donaciones y Financiación con la amarga resignación de tener que curar a un Fyren a cambio de un soborno (bastante sustancioso, todo hay que decirlo).

Al entrar en su despacho, sintió un hormigueo en el tācn. Era un deofol solicitando permiso para tomar forma. Reconoció la seith, sigilosa y humeante: era la deofol del Fyren.

Aurienne cerró la puerta y apuntó el tācn hacia el suelo. Algo oscuro y sinuoso se materializó a su lado. La deofol adoptó la forma sombría de una loba, con los contornos borrosos a excepción de una afilada hilera doble de dientes blancos.

—¿Has recibido el dinero? —preguntó la deofol con un siseo inquietante.

—Sí —dijo Aurienne—. Parece que todo está en orden.

—Excelente. —La sonrisa incorpórea de la deofol flotó hacia arriba hasta quedar a la altura de los ojos de Aurienne—. Hemos encontrado un lugar para reunirnos. Toma una viedra para ir al Gogmagog.

—¿Qué clase de lugar es? —preguntó Aurienne.

—Un lugar de reunión —dijo la sonrisa, aunque esa respuesta era como no decir nada.

—Dile a tu amo que necesito un entorno aséptico —dijo Aurienne—. Y que debe estar bien ventilado.

Un ojo dorado apareció sobre los dientes.

—Me aseguraré de informarle de tus preferencias.

—Son instrucciones, no preferencias.

La deofol arrugó el gesto.

—Ve al Gogmagog a medianoche.

—¿A medianoche?

—Es la mejor hora para las fechorías —dijo la deofol.

—Eso es muy tarde. Me levanto a las cuatro para el primer turno.

—Pues échate una siesta.

—¿Una siesta? ¿Te crees que tengo tiempo para siestas? Estamos en mitad de un brote de viruela, pedazo de...

Pero Aurienne estaba hablando a la nada. La deofol se había convertido en una sombra que acababa de esfumarse.

Llegó la medianoche. Aurienne, cansada y malhumorada (no se había echado la siesta), preparó su maletín Haelan. Bajó los escalones cubiertos de nieve hasta el patio de Swanstone, desde donde se dirigió al portón.

Los Warden estaban en sus puestos, bastante más altos que

el resto de guardias. Sus yelmos cerrados brillaban bajo la luz de la luna; sus barreras protectoras resplandecían sobre la nieve a sus pies.

La Orden Haelan y la Orden Warden mantenían desde hacía tiempo un acuerdo de beneficio mutuo. Los Warden enviaban a Swanstone a sus mejores miembros para proteger a los Haelan, y estos enviaban a sus mejores miembros a la base de los Warden en el castillo de Tintagel para curar a quien lo necesitara. El próximo turno de Aurienne en la enfermería de Tintagel sería en otoño; tendría que ver cómo encajar eso en sus múltiples prioridades.

Se quitó un guante y mostró el brillo blanco de su tăcn a los Warden.

—Sale usted tarde, Haelan —comentó la más alta mientras se acercaba a la puerta. Aurienne reconoció su voz: se llamaba Verity.

—Sí —dijo Aurienne—. Voy a tomar algo. Ha sido un día largo.

—Bien merecido —dijo Verity—. ¿Cuándo volverá?

—En una hora o dos, supongo.

Verity inclinó el yelmo.

—Cuídese.

—Gracias.

Aurienne atravesó la puerta mientras saludaba a los otros Warden con aire despreocupado. Se sentía como una mentirosa y una delincuente, pero cruzó el foso y se dirigió al largo puente que conectaba Swanstone con tierra firme. La fortaleza se había construido originalmente en una península, pero hacía tiempo que el mar había reclamado el estrecho istmo. Las olas se agitaban bajo los pies de Aurienne mientras caminaba.

En el encantador pueblo de Swanstone-on-Sea, Aurienne recorrió un camino de casas bajas de adobe y piedra hasta llegar al Publica o Perece. A esas horas de la noche, por suerte, en la viedra de la taberna no había viajeros ni niños enfermos.

Lo habitual cuando se utilizaba una viedra era tomar una

copa en la taberna correspondiente o, si no tenías tiempo, como por ejemplo cuando quedabas a escondidas con un Fyren, dejar el pago en la ventana. Por desgracia para Aurienne, solo pudo hacer lo segundo, por lo que dejó una moneda en el alféizar.

Apoyó su tācn en la antigua piedra e impulsó su seith hacia las runas que rezaban: «El Gogmagog». Se armó de valor con una honda respiración mientras lo hacía: odiaba viajar por las viedras. Le revolvía todo el cuerpo, literalmente. Lo suyo era que las moléculas de una persona permanecieran unidas, y no que se esparcieran por una línea ley. Sin embargo, la alternativa era un viaje eterno en carruaje, así que a Aurienne le tocaba enfrentarse a la gratícula de la viedra, aunque cada vez que se sumergiera en ella se le revolviese el estómago.

La viedra cobró vida y en ella parpadeó un cartel de «Cuidado con el pie» (a Aurienne le importaba mucho su pie), y enseguida la dirigió a una línea ley.

Las partículas que conformaban a Aurienne volvieron a reunirse en la viedra justo en la puerta del Gogmagog. Apoyó una mano en la piedra para mantener el equilibrio y la otra, con el tācn brillante de seith, en la frente para contener el mareo.

El Gogmagog estaba situado entre una serie de colinas desoladas y cubiertas de nieve. Una solitaria lámpara de gas era la única fuente de luz. Las ventanas de la taberna estaban a oscuras. Aurienne dejó una moneda en el alféizar y se asomó, dada la alta probabilidad de que un Fyren estuviera al acecho.

—Eres puntual —dijo el Fyren—. Bien.

Sí: allí estaba. Al acecho. Eso era lo que hacían los de su calaña. Acechar y asesinar inocentes por dinero.

A Aurienne ese comentario sobre la puntualidad le pareció demasiado ridículo como para merecer una respuesta, así que no dijo nada. Solo podía entrever algunas partes de él entre las sombras: la punta de una bota, el bajo de una capa llena de nieve, el borde de una capucha negra.

Por desgracia, él era un charlatán y estaba decidido a imponerle su conversación.

—Pensaba que tendrías el descaro de traerte a un Warden —dijo.

—Seguro que más de uno estaría encantado de conocerte, pero no. Cuando hago un pacto con alguien no suelo romperlo.

—Un detalle por tu parte —dijo Mordaunt—. No tienes pinta de estar ni remotamente nerviosa.

—Nunca me pongo nerviosa —dijo Aurienne. No era arrogancia, solo la verdad—. ¿Adónde vamos?

—Arriba —dijo Mordaunt, señalando la colina con un gesto.

Después de haberse pasado quince horas de pie, a Aurienne no le entusiasmó la idea de salir de excursión. Dejó que Mordaunt fuera en cabeza y se abriera camino en la nieve. Sus pasos se iban haciendo cada vez más pesados a medida que subían, y la nieve, más profunda. Sobre la blanca ladera iban dejando un rastro en forma de largas vetas. Tras unos minutos de esfuerzo, su aliento empezó a tomar forma de gruesas columnas de vaho que se diseminaban en el aire a su paso. El viento de febrero se volvía perezoso a medida que ascendían y pronto optó por atravesarlos, en lugar de rodearlos.

Su objetivo parecía ser una estructura medio derruida en lo alto de la colina. Mientras se acercaban, Aurienne se dio cuenta de que era un granero. En serio: un granero. ¿Era broma?

Mordaunt le abrió la puerta con gran caballerosidad, como si la invitara a pasar al salón de actos más sofisticado de Londres.

—No hace falta que pongas esa cara —comentó.

—Te dije que tenía que ser un entorno aséptico —dijo Aurienne, pisando las baldosas rotas—. ¿Cómo esperas que te cure si ni siquiera sigues las instrucciones más simples?

—Está perfectamente limpio —dijo Mordaunt—. Hace meses que no entra ningún animal. Hasta ahora, claro.

Pues sí, era un Fyren y, además, un gilipollas. Qué suerte.

Ni que decir tiene que el granero no estaba perfectamente limpio. Justo delante de Aurienne había un montón de excrementos humeantes que casi podían hablar.

Pero esta observación se la guardó para sus adentros, naturalmente.

—Al menos la ventilación cumple las normas, ¿no? —dijo Mordaunt. Mientras hablaba, una ráfaga de viento le azotó la capucha.

Aurienne vislumbró una media sonrisa en sus labios, seccionados por una cicatriz.

Impresionante. El gilipollas, encima, se creía gracioso.

—Necesito una consulta de verdad —dijo Aurienne—. ¿O pretendes meterte en el abrevadero para que te examine?

—Arréglatelas —dijo Mordaunt—. ¿No eras tan excepcional?

—En condiciones normales de trabajo, sí —dijo Aurienne—. No en un granero en ruinas, en plena ventisca, a medianoche.

El Fyren cerró la puerta, lo que redujo notablemente las molestias del viento. Sacó un farol de la capa, lo encendió y se sentó sobre los restos mohosos de un fardo de heno.

—En condiciones normales de trabajo hay demasiadas miradas. ¿Podemos empezar?

Durante el día, Aurienne había administrado cuidadosamente su seith en los pabellones para asegurarse de que le quedara suficiente para la noche. Le repugnaba desperdiciar algo tan valioso en un hombre de semejante calaña. Ahora que había llegado el momento de usarla, le parecía un despilfarro, como malgastar algo muy preciado en alguien totalmente indigno.

No obstante, un diagnóstico preliminar era el primer paso para entender la dolencia del Fyren. Con un poco de suerte, iba camino de una muerte lenta y dolorosa.

—Pues vamos con las pruebas de diagnóstico —dijo Aurienne, quitándose la capa y los guantes.

El Fyren no hizo lo mismo. Mantuvo la capucha puesta, de modo que Aurienne no le veía más que la boca, con esa cicatriz y una mueca sarcástica. El resto de su rostro era una sombra.

La sombra la miró y dijo:

—Bueno, que comience la humillación.

Intentaba quitarle hierro al asunto, pero la tensión de los hombros lo delataba. Mordaunt no estaba tranquilo.

Después de desinfectarse las manos, Aurienne levantó la palma hacia él y condujo la seith a su tãcn. Una luz blanca se unió al resplandor amarillento del farol.

Esperó a que el Fyren se descubriera un trozo de piel para proceder, pero él permaneció inmóvil.

—¿A qué esperas? —preguntó Aurienne.

—¿A qué esperas *tú*? —respondió Mordaunt, entre receloso y molesto.

—Esto requiere contacto —dijo Aurienne, sosteniendo en alto su tãcn—. Obviamente.

—Ah —dijo él.

—Hazme el favor de desabrocharte eso —dijo Aurienne, señalándole al cuello—, si es que eres capaz de desprenderte del aura de misterio durante un momento. La clavícula o el pecho funcionan mejor para el diagnóstico general.

Mordaunt se enfrentó a semejante suplicio con visible irritación. Se desabrochó el cierre de la capa y empezó a manipular el embozo y el pañuelo que llevaba al cuello.

Su capucha cayó hacia atrás, dejando al descubierto un cabello plateado, atractivamente despeinado, y una piel pálida. Aurienne reconoció que esos rasgos le sentaban bien: eran insolentes (los ojos grises) y sardónicos (la forma de las cejas y la boca). No le sorprendió que tuviera el rostro surcado de cicatrices, dada su profesión. Añadían algo salvaje a un semblante que, por lo demás, era patricio.

—Es de mala educación quedarse mirando —dijo él, haciendo uso de la boca sardónica.

—El diagnóstico requiere de observación —dijo Aurienne—. ¿O prefieres que lo intente con los ojos vendados?

Mordaunt parecía tener preparada una réplica, pero decidió morderse la lengua. Se abrió la camisa y mostró un poco de su pecho a Aurienne.

Aurienne había tocado muchas cosas desagradables a lo largo de su carrera (secreciones, fluidos purulentos, desechos de todo tipo), pero ninguna era tan repugnante como tocar a un Fyren.

Al presionar su tãcn contra la piel del Fyren, frunció el ceño. Él se estremeció bajo su contacto. Aurienne percibió su tensión: un deseo de retroceder, un rechazo. Tenía tantas ganas de que ella lo tocara como ella de tocarlo a él. Se alegró de que sufrieran juntos en este sentido.

El diagnóstico preliminar arrojó resultados poco sorprendentes: evidencias de muchos años de traumatismos físicos, la mayoría ya curados; epitelio surcado por tejido cicatricial; ritmo cardíaco elevado; niveles de cortisol y adrenalina altos.

Las cicatrices eran considerables. Aquel hombre estaba marcado por años de violencia. Aurienne pudo confirmar que nunca había sido tratado por un Haelan. Nadie de su orden habría dejado evidencias de semejante campo de batalla.

Centró la atención en algo preocupante de las cervicales de Mordaunt. Unas fracturas mal curadas le habían dañado el sistema seith, que ahora se dirigía hacia la corrupción. Al final, sí que iba camino de una muerte lenta y dolorosa.

No. Mordaunt era un Fyren. Una muerte lenta no era una opción. Un Fyren sin su seith era inútil. Los de su propia clase acabarían con él mucho antes que la enfermedad.

Lo que significaba un asesino a sueldo menos para aterrorizar a la población. Excelente.

Aurienne generó imágenes de diagnóstico que quedaron flotando, de un blanco pálido, entre ella y el Fyren. Señaló la más grande.

—Háblame de la chapuza que tienes en el cuello. ¿Te lo hizo un chamán o qué?

—Casi. Un médico de campaña.

—¿Qué pasó?

—Una herida de entrenamiento.

—Ah. ¿El entrenamiento implicaba que te dieran martillazos?

—No fue con un martillo, sino con una maza.

—Qué barbaridad —dijo ella.

—Aprendí lecciones valiosas —respondió Mordaunt, encogiéndose de hombros.

—Creía que esos métodos de entrenamiento tan brutales estaban prohibidos por los Acuerdos de Paz —señaló Aurienne.

—Puedes comunicárselo a mi comandante. Estará encantada de oír tu opinión.

—¿Cuánto tiempo ha pasado desde la lesión inicial?

—Unos meses.

—Y ahora acabas de empezar a notar el impacto en tu seith, ¿no?

—Sí. He tenido fluctuaciones en las últimas semanas. Me lo han examinado los mejores médicos... Excepto los preciados expertos de tu orden, por supuesto.

—¿Ya te han dicho que no te curaron las fracturas del cuello como deberían? ¿Y que la lesión te dañó el sistema seith?

—Sí. Dijeron que es corrupción seith.

—Sí. Un caso avanzado. —Aurienne tocó la imagen de diagnóstico, iluminando algunas partes de un blanco más brillante—. Es fascinante. E incurable.

Mordaunt apretó la mandíbula frente al resplandor del cuadro diagnóstico.

—Los médicos dijeron que tú podrías hacer algo.

—Pues te mintieron —dijo Aurienne—. Supongo que preferían conservar la cabeza, dada la reputación de tu orden, así que te lanzaron esta especie de salvavidas y salieron corriendo. La corrupción seith no tiene cura.

—Dijeron que habías practicado los Antiguos Métodos —dijo Mordaunt.

Aurienne contuvo una mueca. ¿Así que era eso? ¿Aún la perseguía aquella estúpida aventura? Qué ridiculez.

—Nadie practica los Antiguos Métodos —dijo Aurienne—. Tengo... Tenía cierto interés en el folclore, solo eso.

—Me dijeron que presentaste algo en una universidad.

Aurienne tomó nota para ir a buscar a Fordyce y Shuttleworth y torturarlos por su imbecilidad.

—No presenté nada. Hablé de algunas ideas preliminares con varios colegas, de manera informal. ¿Fordyce y Shuttleworth mencionaron que fue hace diez años?

—¿Diez *años*?

—Sí. Y solo fue una fantasía, cuando yo era una Haelan inexperta que acababa de empezar. Ni siquiera tenía una hipótesis de trabajo. Abandoné la idea hace mucho tiempo. Estamos hablando de cuentos de hadas.

—¿Cuál era la fantasía? —preguntó Mordaunt.

—Una integración de los Antiguos Métodos en la práctica curativa moderna. Si lo que te interesa son los Antiguos Métodos, puedo darte una lista de treinta académicos mucho más expertos que yo. Así puedes ir a secuestrarlos a ellos.

—¿Están buscando aplicaciones para curar la corrupción seith?

—No —dijo Aurienne—. Y yo tampoco. No era más que un experimento teórico. Un ejercicio intelectual. Como mucho, un capricho académico. ¿Me estás diciendo en serio que te someterías a un tratamiento no probado, basado en lo peor de la medicina popular y en meras especulaciones?

Una persona medianamente inteligente respondería que no. Un imbécil diría que sí.

—Sí —dijo Mordaunt.

Aurienne frunció los labios ante esta confirmación tan poco sorprendente.

—El pacto era que trataría tu enfermedad lo mejor que pudiera; lo cual no significa, te lo aseguro, la aplicación clínica de cuentos de hadas.

—¿Qué puedes hacer, entonces? —preguntó Mordaunt.

—En base a lo que he visto esta noche, que solo es un diagnóstico preliminar, tu sistema seith pende de un hilo. Es como una vela que se está desintegrando, tan solo sostenida por su mecha. Sufres una enfermedad degenerativa para la que los protocolos de tratamiento son limitados. Normalmente, sugeriría un desbridamiento de la seith...

—Desbrida... ¿qué?

—Desbridamiento. Extirpar los tejidos no viables, los canales seith y los ganglios que ya están muertos, con la esperanza de detener el avance de la enfermedad. Pero en un caso tan avanzado como el tuyo, eso bloquearía totalmente los canales y no podrías volver a utilizar tu seith.

Mordaunt hizo una mueca de descontento.

—Entonces, eso no es una opción, ¿verdad?

—Para la mayoría de la gente, sí —dijo Aurienne—. Perder la seith debería ser la menor de tus preocupaciones. La degeneración no se detendrá ahí. Afectará progresivamente a tu sistema nervioso, luego a tu sistema circulatorio... ¿No te lo han dicho los médicos? Esta enfermedad es mortal. ¿Se te entumecen las extremidades?

—No me... Un momento, ¿que es *qué*? Sí, se me entumecen.

—Pues eso es torpraxia —afirmó Aurienne—. Ya es demasiado tarde para el desbridamiento.

Mordaunt se pasó la mano por el pelo, inquieto.

—¿Demasiado tarde? ¿Me voy a morir? ¿Qué puedo hacer?

—Un testamento —dijo Aurienne.

—No te vendría mal mejorar esos modales.

—Es difícil ser la más simpática cuando te están coaccionando para curar a un Fyren —dijo Aurienne—. Y no me hables de modales. Puedo hacerte ganar algo de tiempo. Pero no sé cuánto.

—No quiero rascar tiempo —se opuso Mordaunt—. No quiero retrasar lo inevitable. Lo que quiero es revertir la corrupción.

—Eso no se puede hacer —dijo Aurienne—. Lo que está muerto, muerto está.

—¿Y la hipótesis de los Antiguos Métodos?

—Es inviable.

—Hazlo.

—Yo practico la sanación basada en la evidencia. Me pides que intente algo basándome en una falsa esperanza.

—Y en tu investigación.

Dado que Mordaunt era tan duro de mollera, Aurienne repitió con todavía más lentitud:

—No era una investigación. No era una hipótesis. Era el sueño de una joven Haelan.

—Pues entonces prueba en mí ese sueño.

—No funcionará.

—¿Lo has intentado? —preguntó Mordaunt.

—No —respondió Aurienne.

—Entonces no tienes pruebas de que no funcione.

Mordaunt se sentó con aire triunfante, como si acabara de dar un golpe retórico magistral. Aurienne se pellizcó el puente de la nariz.

A decir verdad, la fijación de aquel hombre por un tratamiento inútil podía suponer una oportunidad. No funcionaría. Moriría. Y la orden de Aurienne ya había cobrado.

Miró fijamente al Fyren y reflexionó sobre el sacrificio de su ética profesional a la luz de esta brillante conclusión.

Mordaunt ladeó la cabeza y la miró con arrogancia. Creía que la tenía arrinconada.

Quizá el auténtico calvario sería tener que aguantar la estupidez de aquel hombre.

—Vale —dijo Aurienne.

—¿Vale? —repitió Mordaunt.

—Sí, lo haré.

—¿Por qué has cambiado de opinión? —preguntó él con suspicacia.

—Tu razonamiento es irrefutable. Está bien argumentado.

Mordaunt se dio unos golpecitos en el muslo con un dedo enguantado.

—¿Estás siendo sarcástica?

Aurienne desechó la pregunta.

—Si vamos a hacer esto, tengo que examinarte como es debido, con el instrumental adecuado. No en una pocilga.

—¿Dónde, entonces? —preguntó Mordaunt—. No nos pueden ver.

—Ya. ¿Cómo has conseguido que los médicos mantuvieran el secreto?

—Mi criada es experta en la preparación de tés paramnésicos —dijo Mordaunt—. Aunque, teniendo en cuenta cómo exageraron todo lo de tu investigación, ahora pienso que debería haberlos matado directamente.

—Por favor, no. Ya vamos bastante escasos de médicos.

Mordaunt no pareció dispuesto a tener en cuenta los deseos de Aurienne al respecto. Se recolocó el embozo y se anudó el pañuelo. Sus gestos eran extrañamente elegantes; movimientos más parecidos a los de un caballero que a los de un asesino. En realidad, todo en él era sofisticado: su ropa, sus modales, su forma de hablar. Y luego estaban las cicatrices y la profesión, que lo estropeaban todo. Extrañas contradicciones.

Pero a Aurienne todo eso le daba igual y no pensaba seguir dándole vueltas.

—Mi orden tiene algunas clínicas en zonas rurales —dijo Aurienne—. Puede que encuentre algún lugar tranquilo que no esté hasta arriba de estiércol.

—Qué exagerada —dijo Mordaunt—. Esto no está hasta arriba de estiércol, como mucho hasta los tobillos. ¿No hay Warden en esas clínicas?

—Normalmente me acompaña, como mínimo, un guardia de Swanstone cuando estoy fuera. Pero Xanthe y yo podemos inventarnos alguna excusa para que vaya sola.

Mordaunt se cubrió la cabeza con la capucha y volvió a convertirse en una sombra. La visión de su silueta encapuchada, tan perversa, tan sombría, despertó una nueva animadversión en Aurienne.

En un tono condescendiente, como el que muchos adoptan con el personal doméstico, Mordaunt dijo:

—Lo dejo a tu cargo. Espero tu deofol en breve.

Para Aurienne aquello fue la confirmación de que no solo era un Fyren detestable, sino también un capullo integral.

—No será en breve —dijo Aurienne—. Me has pedido que aplique una hipótesis que no existe para curar una enfermedad que no se puede curar. Voy a tener que pasarme horas revisando material de archivo para recopilar lo que haya conservado de ese proyecto, y todavía más horas preparando una especie de protocolo de tratamiento basado enteramente en cuentos de hadas. Tendrás noticias mías cuando las tengas.

Mordaunt no reaccionó de ninguna manera a la reprimenda. Se limitó a hacer una reverencia y dijo:

—Pues entonces espero tu deofol cuando tengas el placer de enviármelo.

—Te aseguro que no me supondrá ningún placer —dijo Aurienne.

—En eso sí que estamos de acuerdo —contestó Mordaunt.

La siguiente reunión de Aurienne con Xanthe comenzó con una solicitud de información actualizada sobre Mordaunt, a quien Xanthe había empezado a llamar «el Chico Cebolla».

—¿Eso es lo que quiere que hagas? —dijo Xanthe cuando Aurienne le explicó la verdadera motivación de su pacto con el Fyren—. ¿Curar la corrupción seith? ¿Quién se cree que eres, la encarnación de la diosa Frīa? Creía que solo tendría algún nódulo bloqueado, o algo más tratable.

—La degeneración está muy avanzada —dijo Aurienne—. Por no hablar de que es un Fyren, así que se ha negado a todos los protocolos de tratamiento habituales, porque dice que perder la seith es básicamente perder su forma de vida… y su vida.

—¿Le dijiste que es imposible?

Aurienne asintió.

—Varias veces. Por desgracia, ha descubierto una investigación que hice hace tiempo. ¿Se acuerda de mi proyecto sobre la Piedra de Monafyll?

Xanthe juntó las manos.

—Claro que me acuerdo. Fue una de tus primeras incursiones como investigadora tras ganarte las alas Haelan. Siempre me pareció una pena que hubieras abandonado esa línea de investigación. Tenía algo esperanzador. Era muy bonita.

—Yo diría más bien que era un desastre —respondió Aurienne—. Un conjunto de datos imposible, una metodología caótica, un diseño experimental tan pobre que habría sido rechazado por todas las juntas de aquí a Pednathise, reproducibilidad cero... En fin. Pues eso es lo que quiere que pruebe con él.

—Ese hombre está como una cabra. —Xanthe abrió la boca, tan arrugada que casi desaparecía en sí misma, y estalló en carcajadas.

—Está desesperado y tiene que agarrarse a un clavo ardiendo —dijo Aurienne.

—El Chico Cebolla, el Eterno Optimista.

—Haré lo que tenga que hacer y dejaré que la cosa siga su curso inevitable. Su seith dejará de fluir en cuestión de meses. La neurodegeneración ya ha comenzado.

Xanthe observó a Aurienne con un atisbo de reflexión en sus ojos negros.

—Bueno, esa es una forma de proceder.

—¿Cuál es la alternativa? —preguntó Aurienne.

—Intentarlo de verdad. No te limites a seguir el protocolo. Este caso es ideal desde el punto de vista experimental, ¿no? Puedes probar tu idea de forma absolutamente extraoficial, sin pasar por ninguno de los protocolos habituales ni por los comités éticos de investigación. Es un sujeto voluntario y totalmente desechable.

—Pero... Los comités éticos de investigación existen por una razón...

—Es un Fyren desesperado y acabas de decir que lo vas a dejar morir. ¿Crees que la ética es de verdad parte de esta ecuación?

Tenía razón, de modo que Aurienne cambió de táctica:

—Vale. Pero también hay una razón por la que abandoné la idea. No es una ciencia sólida. No es viable. Es una fantasía.

—Por aquel entonces, no era viable —dijo Xanthe—, pero ahora tienes diez años de experiencia como investigadora.

—Diez años no cambian el hecho de que esto requiere situarse junto a un río en luna llena y saturarle con mi seith.

—¿Esa es la metodología?

—Sí.

—No es lo ideal —dijo Xanthe—. Pero si descubres que podemos hacer sanaciones milagrosas metiéndonos en un lodazal junto a un río en luna llena, tienes asegurada la jubilación anticipada.

—No quiero la jubilación anticipada —dijo ella.

—Aurienne.

—¿Qué?

—Este hombre nos ha pagado veinte millones de thrymsas por el privilegio de que apliques a su caso una fantasía inviable. Hazlo. Es su último deseo.

En el tono informal de Xanthe había un trasfondo imperativo. Ahí concluía la discusión.

Aurienne inclinó la cabeza.

—Sí, Haelan Xanthe.

—Ahora, activa el modo repetición: inténtalo, inténtalo y vuélvelo a intentar.

Las desventuras del Chico Cebolla

Osric

La Haelan tardó una semana en dar señales de vida. Cuando su deofol apareció, Osric sintió un hormigueo en el tācn. Estaba repantigado en un sillón que no era suyo, limpiando sangre que no era suya de un cuchillo que tampoco era suyo.

Acababa de asesinar a un lord de poca monta de Wessex por encargo de uno de los hombres al servicio de la reina de Kent. La mayoría de la gente ansiaba la paz entre los Tīendoms, que andaban en constante beligerancia, pero la Orden Fyren deseaba la guerra. Era mucho más lucrativa.

Osric reconoció inmediatamente la seith fría y vidriosa de Fairhrim. Proyectó su tācn hacia el suelo y su deofol hizo aparición. Adoptó la forma de una criatura blanca de ojos rojos que no se parecía a nada que Osric hubiera visto jamás. Parecía como si alguien, a partir de un vago recuerdo del aspecto de los gatos, los zorros y las comadrejas, los hubiera mezclado a todos para crear un nuevo animal.

La mayoría de los deofoles eran criaturas de seith muy nebulosas, pero el de Fairhrim no. Había logrado reproducir (con un resultado bastante impresionante, todo hay que decirlo) cada bigote y cada pelo de la criatura.

El deofol pasó flotando junto al cadáver que había a los pies de Osric, lo olfateó con aire crítico y dijo:

—Así que tú eres el Fyren.

El control de la seith de Fairhrim no solo le permitía recrear detallados bigotes, sino que era tan poderoso que su deofol tenía peso físico. Osric lo descubrió cuando la criatura saltó a su regazo y le impactó en la vejiga con las cuatro patas de golpe.

—Cabrón, tienes las garras afiladas —jadeó Osric.

—Menuda chapuza de asesinato —dijo el deofol, acercando la barbilla al cadáver.

—Mi cliente quería enviar una advertencia —dijo Osric.

—¿La advertencia era: «No sé dónde está la yugular y por eso le he apuñalado doce veces»? —preguntó el deofol.

Así que el deofol de Fairhrim era tan repelente como ella. Cero sorpresas.

—Cuando quiera la opinión de un... cruce entre un gato y una comadreja sobre mi trabajo, la pediré —dijo Osric.

—Soy una jineta —dijo el gato-comadreja—. Una jineta albina. Y Aurienne tenía razón: eres idiota.

—Vuelve a insultarme y te arranco la cabeza.

—Bueno, así tendrías al menos el doble de cerebro —dijo el deofol—. Quizá debería dejar que lo hicieras. Sería lo más solidario.

Si la criatura no hubiera estado hecha de seith, Osric la habría cogido por el pescuezo, pero no podía agarrarla, del mismo modo que no podía agarrar la seith de Fairhrim.

—Aurienne ha encontrado un lugar para que os reunáis —dijo el deofol—. Toma una viedra hasta La Princesa y el Loco, en Hessilhead. Verás carteles de una clínica de tratamiento de la foliculitis aguda en las nalgas.

—¿Una clínica de qué?

—De granos en el culo —dijo el deofol—. Sigue los carteles. Aurienne estará allí.

—¿Cuándo?

—Ahora —respondió el deofol.

—¿Ahora? —repitió Osric—. Tengo cosas que hacer.

—Ahora —dijo el deofol de nuevo—. No piensa esperarte.

Desapareció en una ráfaga de pelaje blanco y se perdió la retahíla de selectos insultos que Osric profirió.

Furioso, tomó la viedra más cercana para ir a la taberna indicada. En primer lugar: no estaba a las órdenes de nadie, y menos de una Haelan mojigata. En segundo lugar: era de día, y odiaba actuar a plena luz. Y en tercer lugar: entre el nombre de la taberna y los carteles de la clínica de granos en el culo que estaba siguiendo por toda aquella aldea alejada de la mano de los dioses, tenía la impresión de que Fairhrim se estaba cachondeando de él.

Los parroquianos que deambulaban por la aldea echaron varias miradas de sorpresa a Osric mientras este recorría sus calles, con la capucha puesta y el gabán ondeando a la espalda.

¿Qué parte de «mi estado no puede descubrirse» no había pillado la muy idiota?

Encontró el último cartel de culos con granos y llamó a la puerta de la clínica.

La idiota abrió la puerta.

Fairhrim le lanzó una sola mirada a modo de saludo. No obstante, el vistazo fue sustancioso: lo miró como si fuera una verruga que hubiera adquirido la habilidad de llamar a las puertas.

—¿Me estás tomando el pelo? —preguntó Osric.

Fairhrim, sorprendida por la grosería de la verruga, se puso rígida.

—¿Cómo dices?

—¿Me citas aquí? ¿A plena luz del día? ¿En un lugar público? Te dije que mi estado no podía descubrirse.

—Nadie lo ha descubierto —dijo Fairhrim—. Vas encapuchado. Pareces la Parca. Y si alguien te ha visto, habrá pensado que tienes foliculitis.

Osric señaló uno de los carteles excesivamente detallados que le habían amenizado el paseo.

—¿Era necesario lo del acné de culo?

—Es para garantizar la privacidad —dijo Fairhrim mientras le abría la puerta—. Pasa.

Osric entró en una consulta pequeña y aburrida. El lugar estaba iluminado con nuevas luces eléctricas demasiado brillantes para su gusto. Había una camilla dispuesta contra la pared y diverso instrumental médico desperdigado por todas partes, con un aspecto entre profesional y amenazador, parecido al de la propia Fairhrim.

La Haelan llevaba una capa de viaje prendida con un ala de plata. Al desabrocharla, reveló el rígido atuendo de su orden: un vestido de cuello alto impecablemente blanco, a excepción de las afiladas charreteras plateadas.

—Por cierto —dijo Osric, quitándose la capa también—, no estoy a tus órdenes. No vuelvas a convocarme así.

Fairhrim se puso tensa de nuevo. Se volvió hacia él y su voz adoptó un tono de suavidad forzada.

—Ah, muy bien. ¿Y yo sí estoy a tu disposición? Puedes imponerme reuniones en mitad de la noche en graneros abandonados, sin ofrecerme ningún tipo de alternativa, pero reunirnos a una hora perfectamente normal con un pretexto perfectamente bien pensado en un lugar perfectamente adecuado presenta dificultades, ¿no? He respetado tus horarios igual que tú has respetado los míos, ¿no te ha gustado?

Lo observó fijamente. Osric desarrolló una nueva comprensión de lo que significaba «taladrar con la mirada».

Pero decidió no morir en esa colina en concreto.

—Quizá ambos podamos mejorar nuestra capacidad de adaptación al horario del otro.

—¿Comprometernos a colaborar mejor? —preguntó Fairhrim.

—Sí —dijo Osric, dando por sentado que se trataba de algo positivo.

Pero no lo era. Fairhrim olisqueó el aire en dirección a Osric, como si aún le llegara el olor al estiércol del granero.

—Ya me he comprometido bastante solo con estar aquí hoy, pero bueno. Podemos comprometernos. Ahora, desnúdate.

—¿Qué?

—Desnúdate —repitió Fairhrim. Luego, más despacio—: Quítate la ropa. Hay batas en el armario. Vuelvo enseguida.

Salió de la consulta antes de que Osric pudiera rechistar. Desnudarse ante la animadversión que le manifestaba Fairhrim no le parecía muy prudente. Pero negarse era..., bueno, patético. No era más que una Haelan y, además, estaba sola.

¿Estaba sola? ¿Y si volvía con un Warden cuando él estuviera en pelota picada? Desprendía hostilidad.

Por si acaso, Osric decidió dejar las armas a mano.

Comenzó a desnudarse, lo que no era tarea sencilla. Tras mucho desabrocharse, aflojarse y desatarse, sacó de su cuerpo el siguiente inventario: doce cuchillos arrojadizos, una navaja blaec, dos sables, una sierra de amputar y, por último, una docena de jeringuillas y viales llenos de sustancias tan desagradables como ilegales.

Los colocó con cuidado sobre la camilla.

Con su ropa no fue tan cuidadoso y arrojó sobre una silla: chaleco, camisa, embozo, pañuelo, pantalones, calzoncillos y botas.

Osric abrió el armario y descubrió que, a juzgar por el color y la talla de las batas, estaban diseñadas para niñas y no para hombres interesados en cultivar un aire de siniestra elegancia.

Se puso una de color rosa pálido que, al colocársela por la cabeza, dejaba al descubierto sus partes nobles.

Decidió que era mejor atársela a la cadera como si fuera un kilt.

De esta guisa se apoyó en un armario, tratando de mantener toda la dignidad que puede tener alguien que va vestido con un trocito de tela rosa bebé; y así esperó a que volviera Fairhrim.

Tuvo la impresión, una vez más, de que Fairhrim le estaba tomando el pelo. Nadie le tomaba el pelo a Osric Mordaunt con tanta frecuencia y despreocupación. Tenía suerte de que en ese momento él la necesitara; de lo contrario, ya la habría asesinado por su insolencia.

El Medio Para Lograr un Fin llamó a la puerta y preguntó con voz firme:

—¿Listo?

—Sí —dijo Osric. En el caso de que los Haelan hubieran traído compañía para atacarlo mientras estaba desnudo, se había metido entre los dedos varias cuchillas arrojadizas.

Fairhrim entró en la consulta. Le echó una mirada severa a Osric y se detuvo en sus puños llenos de cuchillas.

—De verdad… —dijo en tono indiferente—. Te aseguro que, si quisiera hacerte daño, ya te lo habría hecho.

Vaya. Qué arrogante.

—Vas bien servida de autoestima —dijo él.

—Merecida, te lo aseguro —respondió Fairhrim. Señaló la bata con la barbilla—. Menudo modelito.

—¿A que me queda bien?

—No has mirado en el armario de los adultos, ¿no? —preguntó Fairhrim.

—¿Qué armario de los adultos? —preguntó Osric.

—Donde estás sentado.

—Ah —dijo Osric.

(No, no había mirado en ese armario).

Fairhrim se paseó por la sala con un aire escudriñador que a Osric le recordó a cuando era un joven Fyren y su comandante pasaba revista en los barracones.

—Vamos a necesitar la camilla, ¿podrías quitar del medio ese caos? —Fairhrim hizo un gesto impaciente hacia las armas—. Tu arsenal.

Osric retiró sus cosas bajo la atenta mirada de Fairhrim y se sentó sobre la mesa.

—¿Hay un solo centímetro de ti que no esté cubierto de cicatrices?

Osric se miró el pecho, donde llevaba recordatorios de los filos de varias espadas; además tenía los antebrazos llenos de quemaduras y las espinillas salpicadas de cicatrices de una explosión ocurrida mucho tiempo atrás.

—Sí —respondió Osric—. Varios centímetros, de hecho. Por debajo del kilt.

Fairhrim, que no tenía sentido del humor, dijo en tono cortante:

—Ahórrame los detalles.

—Estas cicatrices simbolizan los riesgos de mi orden —dijo Osric—. No solemos tener a ningún Haelan a mano para tratarnos.

—Si tu orden no estuviera tan obsesionada con los mercenarios, la mía podría haber llegado a un acuerdo con vosotros hace siglos. Pero bueno, vamos al grano.

Fairhrim sacó del armario un saco grande.

—¿Qué es eso? —preguntó Osric.

—Una bolsa para tu cadáver —dijo Fairhrim.

Pues sí que tenía sentido del humor, pero negro. Muy negro.

Osric dudó de que su cuerpo cupiera ahí dentro. Fairhrim abrió el saco y dejó a la vista unos misteriosos artilugios. Sacó uno del fondo y le quitó el polvo. Osric lo reconoció como una pequeña máquina Curie.

Fairhrim arrastró la desvencijada máquina hasta Osric y sus brazos se rozaron. Era normal que la gente se le acercara cuando no sabían que era un Fyren (después de todo, era sorprendentemente guapo y contaba con un carisma magnético), pero, cuando descubrían lo que era, se alejaban. No había roce alguno. Excepto de parte de Fairhrim, que, al parecer, no le temía a nada.

—Muy bien —dijo Fairhrim—. Empezaremos con un escáner. Preferiría usar el equipo que tenemos en Swanstone, pero, dadas las circunstancias, tendré que apañarme con esto.

—¿Por qué usamos máquinas? ¿No íbamos a aplicar la...? Bueno, ya sabes —dijo Osric haciendo una especie de gestos místicos.

—Porque el diagnóstico en vivo es muy sensible para la seith —dijo Fairhrim—. Así podré examinar estas imágenes con calma en otro momento y no malgastaré mi seith contigo. Ahora cállate y no te muevas.

Dirigió la máquina al cuello de Osric, que no disfrutó mucho de la sensación. Su tācn emitió un destello al encender la máquina con una descarga de seith en el condensador. El aparato parpadeó y emitió un leve zumbido. A continuación, empezaron a sonar unos fuertes chasquidos, tan cerca de la garganta de Osric que este se estremeció.

Fairhrim apagó la luz y proyectó en la pared las imágenes granuladas de la máquina Curie. Se situó delante y las examinó en silencio.

La quietud reinaba en la clínica. Osric observó la figura esbelta de Fairhrim con algo terriblemente parecido a la esperanza, en busca, tal vez, de alguna pista que le dijera que no estaba tan grave como parecía; una señal de que la corrupción no era mortal, sino que era algo reversible. Alguna buena noticia.

Fairhrim se mantuvo frente a la luz pálida con un dedo en la barbilla. No movía un solo músculo a excepción de los ojos, que saltaban de un lado a otro por la imagen de la pared. Mantenía el ceño fruncido y en la penumbra se le marcaban los prominentes pómulos.

De pronto, con una voz clara, rompió el silencio y destruyó las esperanzas de Osric.

—Está pulverizada.

—¿Qué? —preguntó él.

—Tu columna cervical. Y el tratamiento que te aplicaron fue espantoso, sinceramente. Te recompusieron los huesos como un niño armando un puzle. Durante el proceso te dañaron los canales seith y a partir de ahí comenzó el deterioro. Habría bastado con una nodoplastia en los canales seith afectados. Pero no: en lugar de eso, ahora tenemos que solucionar este desastre absoluto. Háblame del entumecimiento.

—Sobre todo lo siento en las manos —dijo Osric—. Y ahora me empieza a subir hacia los brazos. Pero aún no me ha afectado a la destreza.

—Bien —dijo Fairhrim—. O sea que tus queridos colegas todavía no se han dado cuenta.

—No. Si lo hubieran notado, ya estaría bajo vigilancia. Eliminamos a los débiles.

La superioridad moral de Fairhrim se reflejó en su expresión.

—No logro entender por qué alguien querría dedicar su vida a una orden tan cruel.

—Por dinero —respondió Osric.

Era impresionante la capacidad de Fairhrim para concentrar toda su repulsión en una sola mirada.

Apartó a un lado la máquina Curie y le aplicó a Osric un ungüento de olor fuerte en el cuello. Él sintió el ardor del antiséptico.

—¿Fenol? —preguntó.

—Hlutoformo —respondió ella—. Es un bactericida, viricida y fungicida de amplio espectro. Una colega mía lo desarrolló para utilizarlo en su quirófano. Ahora lo usan en todos los Tīendoms.

Sacó una segunda máquina del saco de artilugios.

—Esto es un difractor Franklin —explicó—. Me permitirá examinar tus fibras seith.

Todas sus máquinas parecían pasárselo en grande al entrar en contacto con puntos vulnerables. Esta emitió una especie de risita cuando Fairhrim presionó una protuberancia tubular contra el pecho desnudo de Osric. Luego, con largos cables, conectó otras partes a sus hombros, espalda y rodillas.

—No te muevas —repitió, mientras él sentía que estaba a punto de ser atravesado por la risueña máquina.

En la pared, las imágenes de sus huesos fueron sustituidas por una brillante retícula que parecía representar vagamente la silueta de un hombre.

De nuevo, Fairhrim examinó la imagen en un silencio tan solo interrumpido por un cortante «Estate quieto» cuando Osric tomó aire profundamente.

Y una vez más, él la observó mientras ella lo observaba, en busca de alguna señal que le dijera que aquello No Era Tan Grave.

Enseguida, Fairhrim volvió a frustrar su deseo.

—Es grave —dijo. Señaló unas líneas que brillaban con luz blanca—. Intactas. —Entonces señaló otras con motas negras y añadió—: Dañadas por la degeneración del sistema seith, más conocida como corrupción seith.

Muchas de las líneas proyectadas en la pared eran negras, y brotaban de un racimo en la base del cuello de la figura. Era sobrecogedor.

Fairhrim pulsó algunos botones del difractor, lo que hizo que las fibras seith adquirieran un relieve aún más nítido. Tomó medidas con varios instrumentos plateados y comenzó a tomar notas en una tabla.

—El entumecimiento que experimentas se llama torpraxia. Es lo que ocurre cuando las fibras seith en descomposición interactúan con los nervios. Normalmente es más pronunciado en las extremidades.

Deslizó el dedo por las extremidades de Osric y después por su espalda y su pecho, para tomar nota de dónde empezaba y terminaba la sensación.

—¿No podrías... simplemente aplicar un poquito de seith en las líneas dañadas? ¿Como cuando curas heridas? —preguntó Osric.

Probablemente era una estupidez de pregunta. Correcto, lo era, a juzgar por la expresión de Fairhrim.

Ella intentó reunir el vocabulario adecuado para explicárselo.

—No. No se puede «aplicar un poquito de seith» en las líneas. Estamos hablando de una de las estructuras más delicadas y menos conocidas del cuerpo humano. A diferencia del sistema nervioso, nunca hemos conseguido activar circuitos latentes en un sistema seith dañado, ni crear nuevos canales. Si hay plasticidad, no hay regeneración. Los intentos de injerto no sirven. Los trasplantes no sirven. Lo que está muerto muerto está.

Fairhrim trazó una línea oscura en la pared con la punta del dedo.

—Hemos realizado cientos de estudios y ensayos clínicos, tanto yo como otros miembros de mi orden antes que yo, así como universidades, médicos y cirujanos. Todos han fracasado. No existe ningún tratamiento clínicamente validado para la degeneración del sistema seith, solo hipótesis especulativas, incluida la mía, que ahora mismo lamento mucho haber compartido. —Entonces añadió—: Tienes suerte de tener el tācn en la palma de la mano izquierda.

Solo los caminantes de los Senderos Sombríos tenían el tācn en la mano izquierda, por lo que no entendía por qué a Fairhrim le parecía algo positivo que señalar dentro de su funesta explicación.

—Eh… ¿Por qué?

—Porque esas líneas apenas se han visto afectadas por la degeneración. Por eso todavía puedes usar tu seith. Sin embargo, las fluctuaciones que mencionas empeorarán. —Fairhrim señaló un lugar cerca de la axila de la figura—. El declive se acelerará cuando estos nódulos se deterioren.

Osric observó la figura proyectada en la pared, surcada por líneas negras y podridas. Ahora sí que saboreaba la enfermedad, la amargura de la desesperación. Quiso lanzar un cuchillo a la cabeza de la figura. Le dieron ganas de estampar contra el suelo el difractor Franklin de los cojones. Quiso agarrar a Fairhrim por la garganta y obligarla a decir lo que él quería oír, en lugar de esas crudas verdades.

No quería morir.

—Normalmente te cogería de la mano y te diría unas palabras de consuelo sobre lo difícil que debe de ser estar en tu lugar… —dijo Fairhrim—, pero prefiero no malgastar saliva intentando hacer sentir mejor a un Fyren.

Al menos no había que preocuparse de que la situación se volviera sensiblera.

—Perfecto —dijo Osric—. No te molestes. Estoy bastante animado, porque tienes una hipótesis especulativa y la vas a probar en mí y va a funcionar.

Fairhrim le lanzó una mirada entre altiva e irritada.

—No va a funcionar. Es una pérdida de tiempo. Teniendo en cuenta que no voy a poder supervisar tu progreso pidiéndote que visites regularmente Swanstone, me gustaría ponerte marcadores seith. ¿Te parece bien?

—¿Por qué no me lo iba a parecer?

—Porque ya no es una práctica común. Duele bastante. Y ahora tenemos instrumental mucho mejor para supervisar el progreso... Pero supongo que no puedes venir a diario a Swanstone.

—Vale, hazlo.

—Te va a doler —dijo Fairhrim.

—¿Has visto mis cicatrices?

—Muy bien —dijo Fairhrim, y apretó su tācn contra el hombro de Osric—. Voy a ponerte ocho por todo el sistema.

Su seith se iluminó al insertar el primer marcador. Tenía razón, dolía bastante. Era un dolor intenso, persistente y punzante, como si clavara una gruesa aguja en las partes más sensibles de los canales seith de Osric. Ocho veces, ocho descargas de agonía hasta que Fairhrim le hubo colocado todos los marcadores. Él se hizo el macho y ni se inmutó mientras ella se abría paso por su antebrazo, su espalda y sus piernas.

No rechistó. Se limitó a sudar.

Fairhrim lo observó con un sutil gesto de aprobación antes de sacar un tercer artilugio del armario. Osric esperaba que no hubiera notado la gota de sudor que le resbalaba entre los omoplatos.

—¿Otra máquina? —preguntó.

—Sí. Te voy a hacer un resumen de mi hipótesis especulativa, para que entiendas en qué estupidez me estás pidiendo que nos embarquemos.

—Eso es un motor Lovelace —dijo él, reconociendo el cacharro.

—Muy bien.

—Estoy orgulloso de no ser un completo idiota.

—Ah, ¿no lo eres?

Fairhrim parecía sorprendida de verdad. Osric fantaseó con estrangularla por segunda vez en lo que llevaban de día.

Fairhrim presionó el tācn en el motor, que se encendió con un pitido. Osric se sumió en su fastidio.

La figura de la pared con las líneas seith putrefactas desapareció y la sustituyó el diagrama de una piedra oblonga de aspecto mugriento, adornada con inscripciones verticales.

—Supongo que habrás oído hablar de la Piedra de Monafyll —dijo Fairhrim.

—No —respondió Osric.

Ella parpadeó, cosa que, en su rostro normalmente impasible, era un despliegue de estupor.

—No sé de qué me sorprendo. Solamente fue el descubrimiento arqueológico más grande del siglo, pero, como no tiene nada que ver con asesinatos ni dinero, a ti te la trae al fresco.

—Gracias —dijo Osric—. Cada vez me entiendes mejor.

La idea de un acercamiento de este tipo no pareció entusiasmar a Fairhrim.

—Pues se viene una breve clase de historia. Se cree que la Piedra de Monafyll tiene al menos cinco siglos de antigüedad. A primera vista no parece más que un calendario lunar, donde se nombra cada una de las lunas llenas del año. Puede que las denominaciones te resulten familiares; parte de la nomenclatura sigue en uso.

Junto al dibujo de la Piedra apareció una lista:

- Luna de Hrímfrost (Escarcha)
- Luna de Hyngre (Hambre)
- Luna de Cúsc (Castidad)
- Luna de Hara (Liebre)
- Luna de Blædnes (En flor)
- Luna de Begbéam (Zarza)
- Luna de Hunig (Miel)
- Luna de Thunor (Trueno)
- Luna de Bédríp (Cosecha)
- Luna de Meodu (Hidromiel)
- Luna de Gnyrn (Luto)
- Luna Endeláf (Última)

—Los expertos no se ponen de acuerdo sobre el propósito de la Piedra de Monafyll, pero todos coinciden en que es más que una simple carta lunar. ¿Te has fijado en estas marcas? —Fairhrim señaló unas hendiduras en el borde exterior de la Piedra.

—¿Un gusano? —aventuró Osric—. ¿Una gallina?

—Una serpiente y un cisne —dijo Fairhrim—. Y esto son hierbas, un mortero, una poción y, aquí abajo, una mano sanadora. Es la típica iconografía de sanación, pero no es habitual encontrarla superpuesta a un calendario lunar. El número siete está marcado en varios lugares. Los eruditos han sugerido que esto representa algún tipo de sistema de sanación, peregrinación o ritual que debe seguirse en luna llena.

—Así que sí que son los Antiguos Métodos —dijo Osric—. ¿Hay que bailar en círculos de piedras o algo así?

Fairhrim levantó la barbilla con expresión altiva.

—Si fuera tan simple obrar un milagro curativo, ¿no crees que todo el mundo lo haría?

—¿Qué son esas líneas? —preguntó Osric, señalando las intrincadas marcas talladas a lo largo de las lunas, en el centro de la Piedra.

—Elementos decorativos, probablemente. O erosión natural. O un dialecto desconocido de alguna lengua muerta. Un filólogo dijo que podría ser una de las lenguas de las hadas. —Fairhrim se mostró ofendida por la simple idea—. Por supuesto, esa teoría no fue bien recibida por los expertos. En definitiva, lo que representaba esta Piedra, si es que era un método de sanación no descubierto hasta ahora, se ha perdido en el tiempo. No tenemos más indicaciones que la lista de lunas y estos motivos curativos. Hace diez años, una joven Haelan decidió explorar el asunto más a fondo..., por desgracia.

—O por fortuna —la corrigió Osric.

A juzgar por su expresión de desagrado, Fairhrim no estaba de acuerdo. Le dio un toquecito al motor Lovelace y la Piedra de Monafyll desapareció. A continuación, apareció una rápida secuencia de imágenes: páginas de libros, versos de poemas, fragmentos de cuentos de hadas, garabatos en cortezas de abedul, transcripciones de conversaciones de tiempos antiguos entre personas muertas en tiempos antiguos. Fairhrim pasó de uno a otro con poco que comentar. Todos eran relatos de sanaciones milagrosas en luna llena.

—Todos sin fundamento —se apresuró a añadir—. Una buena colección de material apócrifo. Pero, no obstante, una cantidad considerable de testimonios. Las sanaciones en luna llena han sido un tema recurrente a lo largo de nuestra historia, presentes tanto en los cuentos infantiles como en la teología. El descubrimiento de la Piedra de Monafyll fue considerado por la mayoría de los intelectuales como una mera contribución a este tema. Y con razón. Los supuestos poderes de la luna llena han sido objeto de investigación durante siglos, y los resultados siempre han sido un fracaso. Pero yo, que era una joven ingenua rebosante de ilusión, me creí capaz de llegar más lejos.

Fairhrim, perfectamente erguida, con el pelo recogido en el moño más severo del mundo y el rígido vestido abotonado hasta la garganta, no parecía haber estado rebosante de ilusión en su vida.

—El descubrimiento de la Piedra y la conexión explícita entre las lunas y la sanación me impulsaron a investigar si había o no algo de verdad en todas esas historias sobre milagros —prosiguió—. Quería analizar el material apócrifo y buscar puntos en común. Patrones. Datos recurrentes demasiado extraños como para ser fruto de la casualidad.

—¿Y? ¿Los encontraste? —preguntó Osric.

Fairhrim suspiró.

—Lo único que encontré fueron problemas. Conseguir todas esas fuentes y traducirlas cuando era necesario me costó una fortuna, evidentemente.

—Ahora estoy yo. El precio no es problema —dijo Osric en un tono que consideró generoso.

Fairhrim no estaba de acuerdo. A juzgar por la tensión de su mandíbula, el comentario le pareció más bien maleducado.

—Por lo que veo, tú solucionas todos los problemas de la vida con dinero o con un asesinato, ¿no?

—Utilizo los recursos que tengo a mi disposición —dijo Osric—. Y tú también deberías.

—Esos recursos manchados de sangre cruzan todas las barreras éticas.

—Y a ti las barreras éticas te limitan tanto que me sorprende que puedas moverte.

—No sé cómo puedes moverte tú, a juzgar por el peso de tus crímenes.

Se miraron fijamente. Fairhrim destilaba hostilidad; mantenía una mirada penetrante y oscura y los labios apretados.

—Volvamos al tema que nos ocupa —dijo.

—Sí —respondió Osric.

Ella continuó su explicación en tono severo:

—No me gustan mucho los análisis cualitativos, pero no tuve más remedio con este conjunto de datos en particular, si es que puede llamarse así a este batiburrillo. Empecé a registrar y a codificar todo lo que parecía mínimamente relevante: nombres, lugares, horas, estaciones, dolencias, datos demográficos... y creé este monstruo.

En la pared ahora relucía un enorme diagrama segmentado por tablas dentro de tablas, con flechas, etiquetas y grandes signos de interrogación de color rojo desperdigados por todas partes. Los sanadores que supuestamente habían llevado a cabo las curaciones en luna llena eran muy variados: mujeres sabias, druidas, brujas, alquimistas, físicos, hadas o los propios dioses. Los lugares eran igualmente variopintos: túmulos, pozos, encrucijadas, fortalezas, desfiladeros, cimas de montañas, estanques, islas, portales, sendas sagradas... El diagrama también recopilaba momentos: el amanecer y el ocaso, el mediodía, la medianoche, la estación, el tiempo... Y, por último, recogía cuál de las doce lunas llenas estaba en el cielo, si es que la fuente original lo indicaba. Estaba repleto de estadísticas, escalas que evaluaban la validez de las fuentes, cocientes de probabilidad, recurrencias, intervalos de confianza y replicabilidad.

Si aquello era solo el principio, era absolutamente impresionante, aunque Osric habría preferido comerse la bata a admitirlo delante de Fairhrim.

Sin embargo, ella no parecía pensar lo mismo. Señaló los datos con desdén.

—Lo único que saqué en claro de este caos fue la importancia que tenían el lugar y el momento en las supuestas sanaciones. Y lo que más me molesta es que no hacía falta que me metiera en este jardín, porque la importancia de esas dos cosas se repite una y otra vez en cualquier libro infantil, leyenda popular o cuento de hadas.

Fairhrim sacó un libro de su maletín y se lo mostró a Osric como si le estuviese apuntando con un arma. Lo abrió y empezó a pasar páginas, presionando el dedo sobre las delicadas y sugerentes ilustraciones.

—Lugares fronterizos. Lugares intermedios. Lugares donde las costuras entre nuestro mundo y el Más Allá se deshilachan. Encrucijadas. Lugares en los confines.

Se detuvo en el dibujo de un amanecer.

—Y también momentos limítrofes. El amanecer y el ocaso. O momentos intermedios: entre la calma y la tempestad, por ejemplo. O entre el cambio de mareas. Entre el invierno y la primavera. Y, por supuesto, el factor común es la luna llena, que es cuando suceden todas las sanaciones milagrosas... Pero, de momento, por lo que sabemos, no son más que leyendas fantasiosas.

—Pero la Piedra... —dijo Osric—. Es real.

—Es mucho más probable que la Piedra de Monafyll sea la representación de una superstición que un fenómeno real y demostrable —dijo Fairhrim—. Si seguimos esta vía de tratamiento, necesito que entiendas la alta probabilidad de fracaso.

—Lo haremos como experimento —dijo él.

La sugerencia no fue bien recibida.

—Esta investigación tan pobre no es un experimento. Es una infamia. Acabará con mi prestigio. Trabajar ilícitamente con un Fyren arruinará mi carrera. Es una deshonra para esto —concluyó Fairhrim, levantando su tãcn. Se quedó mirando el cisne que tenía en la palma de la mano como si lo estuviera traicionando—. Si tuviéramos el lujo de tener mil lunas llenas, mil sujetos y mil Haelan para curarlos, y pudiésemos adaptar las variables a nuestro antojo, entonces quizá podríamos llamarlo «experimento».

Pero no podemos llamarlo nada más que «incursión exploratoria». Hay una barbaridad de variables en juego. La reproducibilidad es muy baja, casi nula.

Fairhrim relajó los hombros apenas unos milímetros, lo cual debía de ser, según Osric, su mayor demostración de abatimiento.

—Ya te dije que esto no era más que un experimento teórico. Tenía curiosidad. Analicé los datos disponibles. Pero, como suelen decir, hicimos un pan con unas tortas. Ahora que lo pienso, me sorprende haberme tomado tantas molestias. Desde el principio sabía que no iba a llegar a ningún resultado. Hay enfermedades que no se pueden curar.

—Pero se supone que eres una experta en el sistema seith —dijo Osric—. Un Prodigio.

Fairhrim le lanzó una mirada fría que daba a entender que estaba ofendida.

—Y lo soy. Puedo tratar lesiones de la seith, bloqueos, microcanales reventados, heridas a gran escala. Puedo curar las siete clases de lesiones periféricas de fibra seith. Nadie puede revertir la corrupción de la seith, pero te dije que lo intentaría, así que lo intentaré. Seguiremos los Antiguos Métodos. Iremos a esos lugares de límites difusos. Encontraremos momentos intermedios y trataré de curarte. Y si hay un solo atisbo de verdad en todas esas leyendas, quizá la encontremos.

Osric no aprendía. Ahí estaba otra vez, el destello de esperanza, trepándole desde el corazón a la garganta.

—¿Por dónde empezamos? —preguntó.

Fairhrim apagó el motor Lovelace.

—Tengo un pequeño listado de ubicaciones. No es mucho. Hay pocos relatos que proporcionen suficientes detalles geográficos como para poder encontrar lugares concretos y seguir los pasos de los sanadores. Empezaremos por ahí. Preferiría elaborar un plan para cada una de las doce lunas, pero creo que, teniendo en cuenta el avanzado estado de tu enfermedad, no queda más remedio que actuar *ad hoc.*

Fairhrim parecía molesta, como si nunca hubiera actuado *ad hoc* y le fastidiara tener que hacerlo ahora.

Consultó una de sus tablas.

—La próxima luna llena es dentro de seis días. Podemos quedar entonces. En la viedra de El Bufón Callado, a las cinco y media. ¿O esa tarde tienes asesinato?

Formuló la pregunta con mirada de no haber roto un plato en su vida, lo que no hizo más que aumentar su acidez.

—Puedo cambiar el asesinato a otro día —dijo Osric.

Fairhrim estaba a punto de dar su opinión al respecto, pero entonces desvió la atención a su tăcn. Levantó la palma de la mano y la llegada de un deofol interrumpió sus pensamientos. El deofol tomó la forma de una salamandra de aspecto extraño.

—¿Qué es *eso*? —preguntó Osric.

—Un ajolote —respondió Fairhrim.

La deofol, maltrecha y arrugada, se posó en el hombro de Fairhrim.

—Hola, querida —dijo con voz áspera—. Te necesitan en Swanstone, ve lo más rápido que puedas. Un orfanato entero ha sufrido un brote de viruela.

Fairhrim se abalanzó sobre su maletín y comenzó a recogerlo todo.

—Ahora mismo voy.

El ajolote observó a Osric con ojos negros y brillantes.

—Hola, Chico Cebolla —dijo—. Bonito tutú.

—Es un kilt —replicó él.

Pero el ajolote ya había desaparecido, dejando a Osric hablando a la nada.

—Yo diría que es más bien un taparrabos —dijo Fairhrim, cuya opinión Osric tampoco había pedido.

—Supongo que esa era la deofol de Xanthe, ¿no? —dijo Osric—. Parece tan decrépita como ella.

—¿Decrépita? —repitió Fairhrim—. ¡Cómo te atreves! Xanthe tiene más de doscientos años.

—¿Cómo? ¿Se ha olvidado de morir?

—Y tú no estás precisamente en condiciones de meterte con el físico de nadie, te lo aseguro.

—¿*Disculpa*?

Fairhrim se dirigió a la puerta.

—Tengo que irme. Tengo pacientes de verdad de los que ocuparme.

Osric hizo un gesto de despedida.

—Bien. Ve a ocuparte de tus inválidos.

Fairhrim se dio la vuelta.

—¿Inválidos? Tú eres el menos válido de todos. Nunca he tratado con un intelecto tan congénitamente débil.

—Ojo con esa insolencia. Le he cortado la lengua a otros por insultos menos graves.

—Acabas de insultarme a mí, a mis pacientes y a Xanthe en pocos segundos, ¿y soy *yo* la insolente? Si hay alguien que vaya a sufrir una glosectomía, ese eres tú, y yo me presentaré voluntaria para hacerla.

—Una… ¿qué?

Pero Fairhrim ya se había ido, cerrando de un portazo.

Osric hizo un gesto de desagrado y lanzó un cuchillo a la puerta por si acaso.

Era una pena que esta Haelan le fuese tan útil. Muerta sería mucho más soportable.

AURIENNE SUFRE EN EL CAMPO

Aurienne

Además de tener que aguantar a un Fyren y sus expectativas irracionales, Aurienne era la responsable del Centro de Investigación de la Seith de Swanstone. Seis meses antes, los directores de la orden la habían obligado a asumir el cargo a pesar de sus protestas. Como cualquier investigadora que se precie, Aurienne había rechazado el puesto, ya que prefería continuar con sus actividades en el laboratorio («el noble avance del conocimiento», etc.) y, además, prefería la muerte antes que hacer algo que implicara tanta burocracia.

No obstante, cuando el viejo Haelan Whiffleby se jubiló el pasado otoño, los directores consideraron que Aurienne debía ser su sucesora natural: era implacablemente organizada, siempre tenía las cosas bajo control y, además, todo el mundo le tenía un poco de miedo. Aurienne alegó que esas no eran cualidades de una buena líder, que ella era ante todo una investigadora y que, además, como ya había indicado, prefería la muerte a la burocracia. Nada más terminar este alegato se hizo el silencio, los directores se miraron unos a otros y Abercorn dijo que bueno, que nombrarían director a Murbock-Biddle. Era una propuesta alarmante, teniendo en cuenta que Murbock-Biddle era un cretino del más alto nivel. Así que, ante esta sucia táctica, Aurienne tuvo que aceptar el cargo de directora y, por tanto, heredar los aposentos de Whiffleby en lo alto de la torre norte, que estaban decorados en gran parte con arañas y esporas de moho.

Además de esto, heredó también todos sus problemas cotidianos. Ese día, un grupo de Haelan supuestamente adultos, que parecían repentinamente desprovistos de toda capacidad para la resolución de problemas, se acercaron a ella con las siguientes cuestiones: había una gotera en el techo del laboratorio cinco y ¿qué hacían? Les quedaban pocos medios de cultivo de tejidos y ¿podían aprobar otro pedido y firmar estos formularios para saltarse el proceso de adquisición porque, si no, se les acabarían mañana? ¿Podían suscribirse a no sé qué revistas que no eran relevantes para la investigación científica pero que, aun así, tienen buena pinta? La nevera de cromatografía no funcionaba, y además ¿podían instituir una política sobre alérgenos en el centro porque alguien por poco se muerte porque otro se comió una gamba?

El laboratorio de Aurienne era una balsa de cordura en medio del maremágnum administrativo. Allí era donde se refugiaba o, mejor dicho, adonde huía. Como dentro no estaba permitido llevar el pelo suelto, se enrolló la trenza en un moño que atravesó con una cureta de hueso y al que ordenó no moverse. (A veces su pelo obedecía y otras veces no. La vida estaba llena de incertidumbres de ese tipo).

Entró en el laboratorio y se topó con un grupo de aprendices jóvenes observando a un par de aprendices mayores que trabajaban en su estudio actual. Título provisional: *Evaluación de los traumatismos de los canales seith periféricos: un enfoque histológico*. No tenía mucho gancho, pero al menos era preciso, que era el objetivo principal.

Los aprendices, vestidos con túnicas gris oscuro, se agrupaban en un corrillo al final de un banco de trabajo, mientras observaban a las dos mayores. Corinne y Nym estaban a punto de ganarse las alas; tenían tan cerca las túnicas blancas Haelan que las actuales eran de un tono plateado muy pálido.

Corinne estaba encorvada sobre un microscopio mientras le explicaba a Nym lo que iba descubriendo.

—Muestra tres: microrrotura. Muestra cuatro: desgarro episeithial. Muestra cinco: microrrotura. Muestra seis: pérdida de ondulación. Muestra siete: estiramiento episeithial... Eh... O puede que sea un desgarro. Oh, Haelan Fairhrim, estás aquí. ¿Qué opinas de esto?

Aurienne echó un vistazo al microscopio.

—Al menos una fibra seith está seccionada. Es un desgarro. Poneos en fila y miradlo.

Obedientes, los aprendices hicieron una fila para observar la muestra uno por uno.

Corinne intervino con una aportación:

—La zona de transición entre el estiramiento y la rotura es muy estrecha.

—Así es —dijo Aurienne—. Por eso hay seis párrafos de nuestra metodología dedicados al proceso de cuantificación.

Los aprendices se dispersaron y Corinne volvió al microscopio.

—Muestra ocho: microrrotura. Muestra nueve: pérdida de ondulación. Muestra diez...

Cuando Corinne y Nym terminaron, Aurienne repasó sus conclusiones.

—Me gustaría que examinarais la relación entre las roturas microarquitectónicas y los grados de gravedad de la lesión. Utilizad la correlación de Wilcomb con la corrección de Hall.

—Sí, Haelan Fairhrim —dijeron Corinne y Nym.

—¿Os habéis fijado en este interesante patrón de lesiones mínimas en el episeithio y el periseithio en condiciones de estiramiento agudo? —preguntó Aurienne.

—No —respondió Corinne.

—Anótalo —dijo Aurienne. Se volvió hacia los jóvenes aprendices—. Habéis supervisado este estudio desde el inicio. ¿Alguna idea sobre las limitaciones que tener en cuenta?

Los aprendices se alejaron lentamente de ella hasta chocar contra la mesa, donde se coagularon en un solo ser.

—Hay un montón que podríais mencionar —los animó ella

en tono motivador, dando a entender que esperaba que su silencio se debiera al exceso de ideas y no a la falta de ellas.

El coágulo de aprendices fue incapaz de mencionar ni una sola limitación, y más bien centraron sus esfuerzos en poner cara de pequeños búhos. Aurienne miró inquisitivamente a Corinne y Nym, quienes también formaron su propio coágulo.

—Eh... Pues quizá diría que la prueba de elasticidad realizada no emula con exactitud las lesiones de la vida real —sugirió Nym. La aprendiz tenía la peculiar cualidad de estar siempre insegura y, al mismo tiempo, certera—. Además, hemos centrado el estudio en las fibras seith extraídas de los antebrazos. Las fibras seith de otras zonas pueden tener una biomecánica diferente.

—Muy bien —la felicitó Aurienne—. Incluidlas. Y también me gustaría que añadierais la cláusula sobre el riesgo de artefactos por manipulación del tejido en cualquier evaluación histológica. Indicad también que las fibras seith no estaban en un organismo vivo cuando sufrieron la lesión, lo cual, como sabemos, afecta a la elastancia.

Mientras Nym y Corinne tomaban notas, Aurienne despachó al resto de jóvenes aprendices, quienes hicieron una vigorosa reverencia con la mano en el corazón y salieron a toda velocidad.

—¿Qué tal vais con las transferencias de seith? —preguntó Aurienne—. Me gustaría empezar con los talleres con cadáveres en otoño; tenemos que ponernos pronto con los preparativos.

—No muy allá —dijo Nym.

—Yo exploté un melón —añadió Corinne.

—¿Habéis practicado todos los días? —preguntó Aurienne.

—Sí —dijo Corinne. (Nym asintió con los ojos llorosos).

—No os desaniméis —dijo ella—. Todavía no tenéis el tācn. Muy pocos podemos alcanzar el nivel necesario de control de la seith sin un tācn. Quiero que os toméis un descanso. Olvidad las prácticas. Dos semanas de relajación. Y después volveremos a empezar desde cero.

—Sí, Haelan Fairhrim —respondieron aliviadas Corrine y Nym. Hicieron una reverencia y se marcharon.

Hasta aquí la parte racional del día de Aurienne. Ahora era cuando empezaba la locura: esa noche había luna llena y había quedado con el Fyren.

Aurienne tomó una viedra hasta El Bufón Callado para la cita nocturna. Hacía un buen rato que la taberna había cerrado y la puerta oscilaba al viento con un chirrido lúgubre.

Un bufón de aspecto tímido adornaba el cartel de la taberna, que había perdido varias letras y ahora decía:

FO
LLAD

Aurienne recibió la orden con desagrado.

En la interminable comedia de errores que era su vida, se metió en el fango a la orilla del estanque cercano y esperó a un asesino.

Sus datos para la luna llena de marzo (cuando los cuentos eran de calidad suficiente como para dar detalles) señalaban las orillas de charcas o estanques en cuanto al lugar (89 por ciento) y la puesta de sol en cuanto a la hora (77 por ciento). Este estanque en concreto, el estanque de las hadas de Wasdale, aparecía mencionado por su nombre en una obra de teología cumbria: algún archidruida había conseguido curar a un ovate de la fiebre negra con apenas un toque y una descarga de seith, justo donde ahora estaba Aurienne. Había ocurrido dos siglos atrás, el día de la luna de Cúsc, a la puesta de sol.

Era un cuento precioso. Sin embargo, no tenía ni un ápice de ciencia y, mientras Aurienne merodeaba entre las pantemisas y los nenúfares, se sentía como una tonta. Una tonta exhausta y un poco mojada.

Pero era el día de la luna de Cúsc, el sol ya había empezado a ocultarse y, como era tonta, iba a intentar aquello en serio, siguiendo las instrucciones de Xanthe. ¿Cómo había pasado de la ciencia rigurosa de su laboratorio a esto? Más le valía no lesionarse con un latigazo cervical metodológico. (Limitaciones del estudio actual: todo el mundo se ha vuelto loco).

Pasaron los minutos. El Fyren llegaba tarde, lo que, a decir verdad, no era ninguna sorpresa.

Por fin algo se movió junto a la viedra al otro lado del estanque y el asesino hizo acto de aparición.

La primavera había brotado en forma de torrente de barro. El Fyren se abrió paso a través de él con cara de asco. Aurienne lo observó mientras avanzaba, sin informarle de que había un sendero que rodeaba el estanque por el otro lado.

La máxima de los Haelan era: «No hacer daño», pero nadie podía controlar las fantasías íntimas de cada una, de modo que Aurienne se permitió imaginar que el Fyren resbalaba y se ahogaba ahí mismo, poniendo fin a la miseria de ambos.

Por desgracia, caminaba con mucha seguridad.

Mordaunt no se molestó en saludar a Aurienne, sino que siguió mascullando entre dientes mientras avanzaba hacia ella.

—¿Por qué no hay ningún camino? ¿Es que no ha venido nadie aquí desde la caída de Bizancio? Esto da más asco que la cuenca del ojo de Woden.

Era más quejica de lo que Aurienne había esperado de un Fyren. ¿No se suponía que eran asesinos sanguinarios? Este sujeto tenía la fortaleza de una quiche mojada.

A pesar del buen tiempo, Mordaunt llevaba puesta la capucha. A Aurienne no le pareció mal. Sabía lo que había debajo (una mirada cáustica y una boca insufrible), por lo que no echó de menos no poder verlo.

Mordaunt se bajó el embozo, olisqueó el aire en dirección a Aurienne y dijo:

—Hueles a muerto.

—He estado experimentando con fibras seith de cadáveres humanos —dijo Aurienne.

—Lo sabía —dijo Mordaunt, y añadió—: Tengo un excelente sentido del olfato.

Resultaba demasiado facilón señalar que, en efecto, ese era el único sentido que tenía.

—¿Eso es sangre? —preguntó Aurienne.

—Solo un poco de sudor de batalla —contestó Mordaunt.

—¿Es tuya? —preguntó ella, haciendo un relativo esfuerzo por no sonar demasiado esperanzada.

—No —replicó Mordaunt en tono de burla—. Qué pregunta más tonta.

—Ah, ¿sí? Te han dado más de una puñalada a lo largo de tu carrera. Te vi las cicatrices.

Él hizo un gesto con la mano.

—Recuerdos de un pasado que no volverá. Ahora soy casi intocable. Mi objetivo de hoy hizo un amago de apuñalamiento, pero solo tenía una cuchara.

—¿Una cuchara?

—Se estaba comiendo un yogur —dijo Mordaunt por toda explicación.

—¿Has... matado a alguien mientras se comía un yogur? —preguntó Aurienne.

—Sí. Y además el yogur estaba bueno.

—¿Te lo has *comido*?

—Después de matarlo, sí. Apenas lo había probado. ¿Qué pasa? ¿Cuál es el problema? ¿Me habías confundido con alguien respetable?

—¿No tienes ningún sentido del honor?

—No —dijo Mordaunt—. De todas formas, he venido a que me cures, no a que me des lecciones de moral. ¿Podemos empezar?

Aurienne se quedó mirando a Mordaunt. La sombra bajo la capucha le devolvió la mirada.

Se recordó que el asesino tenía un pie en la tumba. Pronto habría uno menos en el mundo. Al final todo saldría bien.

Era hora de proseguir con la farsa curativa.

Aurienne señaló el entorno de malos modos.

—Pues nada. Un lugar difuso.

—¿Esto te parece difuso?

Ella miró a su alrededor. El sol resplandecía en el estanque. El agua corría a borbotones por una pequeña cascada en el extremo más alejado, donde las golondrinas jugaban a zambullirse. Una hierba tierna asomaba entre la tierra oscura. Un abejorro se acercó a investigar su moño.

—No —dijo Aurienne—. Me parece normal.

—A mí también.

—Hemos venido aquí porque en un fragmento de la teología cumbria se menciona una sanación milagrosa en este lugar, hace doscientos años, durante el atardecer del día de la luna de Cúsc. Es una de las pocas fuentes que ofrecían el triunvirato de hora, lugar y luna, de modo que aquí estamos.

—Confío en la teología cumbria —dijo Mordaunt.

—Yo no —repuso ella—. Unas cuantas páginas después afirmaban que el remedio para la gangrena húmeda era succionar el apéndice infectado.

—¿La gangrena húmeda? —repitió Mordaunt.

—Sí.

—¿Succionar...?

—Sí. —Aurienne enumeró algunos ejemplos, para su información—. Los dedos de las manos. Los dedos de los pies. O, en algún caso excepcional, el pene.

Mordaunt se estremeció.

—Como sigas, te vomito el yogur encima.

—Pensaba que tendrías estómago para esta clase de cosas: gore, vísceras y otras asquerosidades.

—Gore, sí; vísceras, sí. Pero las mamadas gangrenosas... Esas no las trabajo.

Aún tenían que esperar a que se pusiera el sol. Enseguida fueron descubiertos por los primeros mosquitos de la primavera, a los que ahuyentaron con las manos.

El sol se hundió un poco más en el horizonte. Aurienne estaba quieta, pero Mordaunt no paraba de revolverse con impaciencia. Otros mil millones de mosquitos decidieron salir de excursión y revolotear a la altura de sus narices. Los volvieron a espantar a manotazos hasta que se marcharon.

Contemplaron la danza de las golondrinas.

De pronto, Mordaunt puso cara de haber tenido una gran Ocurrencia.

—¿Qué pasa? —dijo Aurienne.

Él hundió la punta de la bota en el barrio y trazó una cuadrícula.

—¿Te apetece jugar al tres en raya?

Aurienne se quedó mirándolo. Después de un silencio lo bastante largo como para expresar lo estúpida que le parecía la pregunta, respondió:

—No.

Mordaunt se encogió de hombros y empezó a jugar al tres en raya contra sí mismo.

El sol se hundió un poco más. Sobre el estanque corría una brisa que dibujaba ondas de agua alrededor de los juncos. El olor de la materia vegetal en descomposición del otoño pasado empezó a emanar de la tierra húmeda.

Mordaunt empató consigo mismo.

Los mosquitos regresaron para el tercer asalto y fueron espantados de nuevo.

Mordaunt comenzó a pasearse con impaciencia por la orilla del estanque.

El sol alcanzó la línea del horizonte al fondo del prado. Por fin, la luz se atenuó, se suavizó y se volvió dorada.

—Quítate la capucha y el pañuelo —dijo Aurienne, desinfectándose las manos.

Mordaunt obedeció al momento. Había aprendido desde la última vez. Bien, porque a Aurienne no le gustaba repetir las cosas.

Debajo de las cicatrices, el Fyren mantenía una expresión neutra, bordeando la indiferencia. Sin embargo, no paraba de desviar la mirada hacia el sol del ocaso. Parecía albergar verdaderas esperanzas.

El zumbido de los abejorros se amortiguó. Una curruca entonó con brío su último canto. Las golondrinas ascendieron por el cielo, cada vez más apagado, y se desvanecieron en el crepúsculo. Reinaba la calma.

En un alarde de estupidez, Aurienne aguzó los sentidos en busca de algún cambio cuando el sol se ocultó y llegaron al momento justo entre el día y la noche. Un cambio en los vientos, tal vez, o un canto druídico en la lejanía, o el vuelo portentoso de una bandada de cuervos.

Nada de esto sucedió, por supuesto. Todo seguía siendo perfectamente normal.

Mordaunt se había quitado el pañuelo. Había algo de súplica en su expresión, en la forma en que lo sostenía entre las manos, en cómo inclinó la pálida cabellera cuando Aurienne se aproximó.

Era alto, pero ella también, por lo que su nuca le quedaba al alcance de la mano. Tratando de ignorar el asco que le producía volver a malgastar su seith en una criatura tan vil, presionó su tăcn contra Mordaunt.

Tenía la piel de esa zona hecha polvo, al igual que el resto del cuerpo. En la diagonal, Aurienne sintió la aspereza de una larga línea de tejido cicatricial: la marca de un látigo, probablemente. Y luego estaba el estropicio por el golpe de la maza que le había provocado la herida que tanto había dañado su sistema seith.

El tăcn de Aurienne emitió un resplandor blanco entre sus dedos mientras invocaba su seith. Mordaunt estaba rígido, tenso, expectante.

Aurienne vertió en él su seith, que recorrió las líneas heridas de los canales de Mordaunt. Se adentró en las profundidades de su sistema seith a través de la línea braquial, la intercostal, la subcostal, la lumbar y hasta el plexo sacro. Se detuvo en los puntos donde la degeneración era más grave, en las vainas de mielina rotas y en los ganglios deteriorados, a lo largo de los canales seith que eran poco más que surcos necrosados.

El sol flotaba sobre el filo del horizonte y, por un instante, pareció quedar suspendido encima y debajo al mismo tiempo, como si no fuera ni de día ni de noche.

El mundo se inclinó. El sol halló su punto de fuga.

Y la seith de Aurienne (sumada a todos sus años de experiencia, su destreza y su control) no logró nada.

Se separó de Mordaunt y, con un parpadeo, regresó a la realidad de un pálido crepúsculo violeta.

La luna llena ascendía.

Mordaunt se frotó la nuca.

—¿Debería sentir algo… diferente?

—No ha funcionado —dijo Aurienne en tono monocorde.

El fracaso (y la vergüenza de haber intentado algo tan estúpido) la habían vuelto de piedra. Tenía razón desde el principio. Lo único que podían hacer ahí era perder el tiempo y la paciencia.

—Ha sido como cualquier otro intento de curar la corrupción seith —dijo Aurienne—. No puedes devolver la vida a lo que ya está muerto.

Mordaunt apretó la mandíbula. Lo suyo era peor, porque había albergado esperanzas; de modo que la decepción dolía más. Se volvió a anudar el pañuelo y se puso la capucha sobre la cabeza. Ahora solo se le veía la boca, torcida en un gesto amargo.

—¿Creías que iba a ser tan fácil? —dijo Aurienne.

—Con la combinación adecuada de lugar, hora y Haelan, sí. He cometido la estupidez de albergar esperanzas.

—Este proceso va a necesitar mucho ensayo y error —dijo ella—. Sobre todo, error. Ya te acostumbrarás.

Mordaunt estaba consternado y furioso. A Aurienne le pareció comprensible, dado que era él quien iba a morir (y no es que mereciera su comprensión, pero decidió ser generosa).

—¿No podríamos volver a intentarlo esta noche? —preguntó—. ¿Mientras haya luna llena?

—Los datos indican que la puesta de sol es el mejor momento para esta luna en concreto —repuso ella—. Cualquier otra cosa será inútil. Aunque esto ya lo ha sido.

—Seguro que veinte millones de thrymsas dan para un segundo intento —insistió Mordaunt—. Concédeme algo más de tu tiempo.

—¿Y volver a malgastar mi seith? Va a ser que no. Los dos tenemos mejores cosas que hacer esta noche.

Aurienne se encaminó hacia la viedra con intención de volver a Swanstone y dejar a Mordaunt a merced de su funesto porvenir.

Pero una mano enguantada la agarró de la manga.

Mordaunt, que había abandonado con evidente dolor toda dignidad, dijo:

—Por favor.

Un cuervo solitario trazó un arco en el cielo.

Sobre ellos flotaba la luna llena, espeluznante y bella, iluminada por el sol muerto.

Xanthe le había dicho a Aurienne que lo intentara en serio.

Tenía seith suficiente.

En vista del silencio de la Haelan, Mordaunt recogió los pedazos que le quedaban de orgullo. Su semblante se oscureció, disipando todo rastro de vulnerabilidad. Se cubrió con el embozo, se convirtió en una sombra y se dio media vuelta.

Aurienne rebuscó en su maletín y sacó un cuaderno.

—Detesto operar en circunstancias improvisadas... —Mordaunt se volvió lentamente y ella aclaró—: Me refiero a rebotar de campo en campo sin ningún tipo de plan.

Mordaunt, invadido por una súbita inyección de energía, regresó junto Aurienne de un salto.

—Sí, vamos a rebotar. Me encanta rebotar.

Acorraló a Aurienne e intentó asomarse por detrás para leer su cuaderno, pero ella se lo apretó contra el pecho hasta que él se retiró.

—El objetivo de mi investigación era establecer un *sistema* para alinear los lugares limítrofes con los momentos intermedios. Seguir los datos. Sin embargo, dada tu insistencia, y ante la falta de oportunidad de diseñar un plan real...

Mordaunt preguntó con entusiasmo:

—¿Adónde vamos?

—El listado que tengo de lugares específicos de esta luna es ínfimo —dijo Aurienne—. Este estanque era mi mejor opción. La siguiente alternativa procede de la fuente más débil: en un único verso de una vieja balada de Dyfed se mencionan unas aguas termales que tenían propiedades curativas durante la luna de Cúsc.

—¿Qué aguas termales?

Aurienne consultó la lista.

—Eh... Solo pone «las aguas de Kentigern».

—Vamos —dijo Mordaunt mientras se dirigía a la viedra.

—Ni siquiera sabemos si esas aguas existen hoy en día.

—Pues lo averiguaremos. No sé cuántas lunas llenas me quedan. Venga. Deja de remolonear.

La simple idea de que Aurienne, precisamente, hubiera remoloneado en algún momento de su vida era tan impertinente como ridícula. Echó a andar entre la hierba húmeda hasta el extremo opuesto del estanque (el del sendero) y llegó a la viedra antes que Mordaunt. Allí le esperó con un desprecio contenido.

Él se acercó desde el otro lado con cara de preocupación, aunque esta vez el barro no tenía nada que ver.

—Si pierdo mi seith, ni siquiera podré seguir utilizando las viedras.

—Correcto —confirmó ella.

—Mierda.

Aurienne no se compadeció de él.

—Haces un uso muy cruel de la verdad —dijo Mordaunt.

—¿Preferirías la comodidad de las mentiras? —preguntó Aurienne.

Mordaunt hizo una pausa.

—No. Estas verdades lapidarias tienen algo de conmovedor.

—La crueldad es cosa tuya, no mía.

Aurienne sacó de su maletín un mapa desvencijado de la gratícula de la viedra y situó en él la localidad de Kentigern.

—La taberna más cercana será El Unicornio Lascivo.

Mordaunt se volvió hacia ella.

—¿El Unicornio Lascivo?

—Sí.

—Vaya —dijo Mordaunt con un deje divertido, pronunciando la palabra como si esta tuviera mucho más significado del que realmente encerraba.

—¿Qué pasa?

—Nada. Vámonos.

Aurienne sabía perfectamente que no era nada, pero no quería darle el gusto de que notara su curiosidad. Se quitaron los guantes para presionar sus tācn contra la viedra. El tācn de Mordaunt se puso rojo y Aurienne lo miró con desprecio. ¿Cuánta gente habría muerto por culpa del brillo carmesí de aquel engendro del mal? ¿Cuántos inocentes?

Apartó la mirada, asqueada. Tocó la fría roca con la palma de la mano. Su propio tācn emitió un resplandor blanco entre los dedos. La viedra se encendió, y con ella el cartel de «Cuidado con el pie» emitió un leve parpadeo. Aurienne y Mordaunt fueron arrastrados por la línea ley rumbo a Kentigern.

El estanque siguió soñando bajo el cielo tranquilo.

UNA NUEVA DISCUSIÓN

Aurienne

Aurienne esperaba que Kentigern fuera el típico pueblecito-balneario, como Bath o Brightbridge Wells, pero la viedra los escupió en un callejón de aspecto sórdido.

El cartel de El Unicornio Lascivo se balanceaba sobre sus cabezas. Aurienne observó la criatura en la penumbra y confirmó que el unicornio era, efectivamente, bastante lascivo. El artista no había sido sutil en su representación.

Se encontraban frente a la puerta del Unicornio, flanqueados por faroles rojos. Aquello no era una simple taberna. Era un burdel.

Dos mujeres pechugonas con vestidos escotados salieron al trote del local y le mostraron a Aurienne el verdadero significado de «rebotar».

—Creo que deberíamos preguntar dónde están las aguas termales —dijo Aurienne.

—Sé exactamente dónde están —dijo Mordaunt.

—¿Dónde?

—Ahí dentro. —Él señaló hacia El Unicornio Lascivo.

—¿Cómo?

—Tienen unos baños excelentes. Supongo que es lo que queda de las antiguas aguas termales.

—¿Has estado aquí alguna vez?

—Varias. Es el mejor burdel de Dyfed.

Aurienne observó la puerta con preocupación. Debajo del unicornio erecto se podía leer: «Hay sitio para todos».

—No tengas miedo —dijo Mordaunt—. Las chicas no muerden, a menos que les pagues.

—No me dan miedo *las chicas* —dijo Aurienne, poniéndose rígida de solo pensarlo—. Trabajo con *las chicas* a menudo.

—Ah, ¿sí?

—Sí, y son encantadoras. Mi orden organiza visitas a domicilio para ellas. Lo que me da miedo es la posibilidad de que me vean en compañía de un Fyren.

—Bueno, entonces ponte la capucha. Y cúbrete el vestido. Y encórvate, o algo así. Así dejarás de parecer una Haelan presuntuosa.

Aurienne (que no era presuntuosa y consideraba una excelente virtud mantener una postura erguida) se subió la capucha y se recolocó la capa de viaje para ocultar el vestido blanco de los Haelan.

—¿Y tú qué?

La respuesta de Mordaunt fue interrumpida por un grupo de personas que en ese momento salieron del Unicornio. Todos iban vestidos de negro, como él, y desprendían un cierto aire de delincuencia.

—Vale, da igual —dijo Aurienne al darse cuenta de que él encajaba perfectamente en aquel ambiente canalla.

Mordaunt le abrió la puerta a Aurienne. Entraron a un vestíbulo donde había una pequeña tienda de juguetes sexuales, anticonceptivos, kits de enemas (que incluían un bote de Laxadaisical, el Laxante Más Suave) y originales chucherías (piruletas de penes y espirales de regaliz con forma de clítoris).

El vestíbulo estaba repleto de mostradores, y cada uno servía una especialidad diferente (bueno, Aurienne decidió llamarlas especialidades), dependiendo del cartel que hubiera encima. Detrás de cada mostrador había un pasillo que parecía conducir a las salas donde se llevaban a cabo dichas actividades.

Aurienne entornó los ojos para examinar los carteles en la penumbra: por aquí mujeres que buscan mujeres, por aquí mujeres que buscan hombres, por aquí látigos y cadenas, por aquí grupos, por aquí... ¿objetos inanimados?

Absorta por un dibujo de un hombre penetrando vigorosamente una bota, Aurienne se chocó contra un mostrador. Estaba decorado con un dibujo de un pastel.

—Buenas —dijo un hombre fornido que se encontraba detrás, desnudo—. ¿Cómo desea que la inseminemos hoy?

—Eh... —balbuceó Aurienne.

Mordaunt la agarró por el codo y le dio un tirón.

—Perdón, amigo —le dijo al hombre desnudo—. Nos hemos equivocado de mostrador.

El hombre asintió con un gesto simpático. Tenía el pene más grande que Aurienne había visto en su vida, y este asintió a la vez que él. Mordaunt condujo a Aurienne hacia el pasillo del extremo derecho. No le hubiera sorprendido si el pene se hubiera despedido de ellos.

—Hemos venido a los baños, no a satisfacer tus perversiones sexuales —dijo Mordaunt.

—Ese hombre estaba excelentemente bien dotado —comentó Aurienne.

—Lo llaman el Caballero Ensartador. Ya que te ha fascinado tanto, luego puedes irte a jugar con él, pero solo después de haber terminado la sesión. Primero el trabajo.

—Gracias, pero no —dijo ella.

—¿No?

—Te lo resumo en tres palabras: contusión de cérvix. —Aurienne seguía mirando al Caballero Ensartador por encima del hombro—. ¿Qué crees que hace con *eso* cuando no está erecto?

—Se lo cuelga del cuello, como una boa de plumas —propuso Mordaunt. Dejó caer unas monedas en la mano de un empleado—. Dos entradas para los baños, por favor.

Se dirigieron a los baños bajando por una empinada escalera

que los condujo hasta una especie de balneario subterráneo. Por todas partes se veían salas de vapor y de masajes.

Se acercaron a un grupo de personas que estaba viendo un espectáculo que consistía en un hombre practicándose una autofelación. Aurienne tuvo que detenerse para admirar la columna vertebral de aquella persona.

—Tener semejante movilidad lumbar en el plano sagital es impresionante.

El hombre se descorchó con un chasquido y dijo:

—Gracias.

Mordaunt miró a Aurienne con la ceja arqueada, pero siguió andando sin hacer comentarios.

El aire se iba volviendo más vaporoso a medida que descendían a las entrañas del Unicornio. Por fin llegaron a una sala de techos bajos rodeada de cubículos con cortinas.

Aurienne supuso que eran para más cosas sexuales, ¿tal vez cabinas privadas?

Sin embargo, enseguida apareció una empleada para ofrecerle una toalla blanca. La condujo a una de las cabinas mientras otra hacía lo mismo con Mordaunt.

La empleada de Aurienne le vio la cara de confusión y dijo:

—Oh, ¿es la primera vez que vienes? Tienes que ducharte antes de entrar a los baños. Ahí tienes una cesta para dejar la ropa. La toalla solo es por motivos de pudor. Por favor, no la metas en el agua.

La mujer apartó una cortina, revelando una ducha que abrió para Aurienne.

Ella miró de reojo a Mordaunt para ver cómo se tomaba este giro de los acontecimientos. Detectó una mueca de diversión en sus labios partidos antes de que desapareciera detrás de su propia cortina. Así que le parecía gracioso, ¿eh? Se lo estaba pasando en grande, ¿no? Estupendo. Seguro que pronto le aguaría la fiesta con otra sesión fallida de sanación. Que el Fyren se lo pasara bien mientras pudiera... Total, ya estaba sentenciado.

Aurienne se duchó, animada por la idea de la irrevocable

muerte de Mordaunt. Colocó en el fondo de la cesta su característico vestido Haelan y su maletín, y se la entregó a la empleada.

Aurienne salió de la ducha envuelta en la toalla por Motivos de Pudor, que apenas le cubría las tetas y el culo. La amable empleada le ofreció una especie de bastón con varias protuberancias que, según dijo, servía para masajear las zonas erógenas. Aurienne lo aceptó, agradecida por tener algo que le ocultara el tācn de la palma de la mano.

Mordaunt la esperaba a la entrada de los baños, empapado y envuelto en su propia toalla.

No era la primera vez que Aurienne iba a unos baños públicos, pues estos eran habituales en Swanstone. Sin embargo, la perspectiva de compartir baño con un Fyren era tan nueva como poco atractiva. El sentido común le decía que la degradación moral no podía contagiarse a través del agua, pero la idea de meterse en remojo juntos le resultaba repugnante.

—¿Qué aspecto tengo? —preguntó Mordaunt.

Aurienne no contestó, dado que él le estaba hablando a un gran espejo, frente al cual se atusó el pelo mojado y se bajó la toalla a la altura de las caderas. Entonces se volvió y añadió:

—¿Hola?

Ella le dirigió una mirada de antipatía al darse cuenta de que la pregunta iba para ella. La desnudez del Fyren revelaba unas proporciones atractivas: pectorales bien desarrollados, pantorrillas torneadas y, en general, una silueta de pies a cabeza que revelaba agilidad y atletismo. Pero, además de agua, parecía chorrear también un montón de obscenidades morales, de modo que Aurienne se negó a contribuir a su arrogancia contestando a la pregunta. Era un buen espécimen, al igual que un forúnculo puede ser un buen espécimen; el mejor forúnculo del mundo, el más torneado y el más bello, pero al mismo tiempo rebosante de suciedad y que pedía a gritos ser extirpado y drenado.

Dado que la amable empleada que la había atendido andaba

cerca, Aurienne optó por una respuesta cortés y respondió que Mordaunt no tenía Nada Ofensivo.

—¿Nada ofensivo? —repitió Mordaunt—. *¿Nada ofensivo?*

Vaya, había molestado al forúnculo, quien comentó, con tono ulceroso, que con ese estúpido báculo ella tenía pinta de pitonisa de los mares. Acto seguido, se encaminó hacia los baños.

Aurienne examinó las cicatrices que le atravesaban la esbelta musculatura de la espalda. Ignorando por un momento su máxima de «No hacer daño», pensó que ya tenía la mayoría de los trazos necesarios para escribir «IDIOTA»; tan solo le faltaban un par de diagonales.

Los baños consistían en cinco piscinas repartidas entre formaciones rocosas naturales. El espacio estaba iluminado con faroles de gas. El vapor flotaba sobre el agua, acompañado de un leve tufillo a azufre. Costaba respirar; Aurienne tenía la impresión de que, cada vez que tomaba aire, los pulmones se le llenaban de humedad. Su pelo, recogido en su moño habitual, cobró vida, y de él empezaron a desprenderse curiosos mechones que parecían querer palpar el ambiente.

Aquí y allá, a través de la nube de vapor, podía entrever las cabezas de otros clientes que flotaban en el agua.

Al entrar, un empleado les señaló un cartel:

PROHIBIDO EL SEXO EN LOS BAÑOS

POR FAVOR, CONTENGAN LAS SECRECIONES

Mientras pasaban de largo, Aurienne vio una frase que alguien había añadido a mano debajo y que habían tratado de borrar; ponía: «Nadie quiere bañarse en tu lefa, Scrope».

Y debajo: «Demasiado tarde».

Aurienne se estremeció.

Mordaunt la condujo a una de las piscinas más vacías, donde solo había una pareja haciendo manitas bajo la atenta mirada de un vigilante.

—Bueno —dijo él—. Aquí está bien.

Entonces, sin previo aviso, se quitó la toalla. Aurienne retiró la mirada justo a tiempo antes de ser testigo de otro pene no solicitado. A ella le gustaban por igual los penes y las vulvas, pero los penes tenían, por regla general, más tendencia a aparecer por sorpresa, lo cual era una lástima porque no eran tan bonitos como las vulvas, a excepción tal vez de los penes brillantes de caramelo de la tienda de arriba.

Mordaunt se metió en el agua y dijo:

—Joder, está ardiendo.

Entre el Fyren, el calor y el esperma de Scrope, a Aurienne no le apetecía lo más mínimo zambullirse ahí. Optó por sentarse al borde de la piscina, con la Toalla del Pudor firmemente amarrada alrededor de sus partes nobles, y estiró un pie con cautela para probar el agua.

—¿No te metes? —preguntó Mordaunt desde algún lugar tras la nube de vapor.

—¡Está hirviendo! —protestó ella.

—No seas cobarde —dijo él.

—Me voy a desmayar.

—En la balada aquella, ¿la sanadora estaba dentro del agua con el paciente?

—El relato no lo especificaba; solo ponía que las aguas eran curativas en la luna llena de marzo. Y aunque lo especificara, yo no me pienso meter. No quiero nadar en el semen del tal Scrope. Espero que disfrutes escabechándote en ese caldo de patógenos.

—Gallina.

—El agua está de un color extrañamente lechoso, admítelo.

—¿No estarás insinuando que Scrope tiene semen como para llenar cinco piscinas?

—¿Has visto al Caballero Ensartador? Todo es posible.

Mordaunt emitió un ruidito de desagrado y desapareció entre el vapor durante un rato, como si quisiera calmarse haciendo unos largos.

Al regresar, preguntó:

—¿Te parece que este lugar encaja con lo que buscamos?

—No —respondió Aurienne—. Nunca había respirado una atmósfera tan densa.

—Yo tampoco —dijo Mordaunt—. Pero inténtalo de todos modos.

Salió del agua y se acercó a Aurienne. Se colocó a su lado estratégicamente para dejarla fuera de la vista del vigilante y de la otra pareja de la piscina.

Aurienne miró con fastidio el rastro blanquecino de tejido cicatricial que tenía en la base del cuello. Ya había malgastado su seith una vez en él ese día. Además, estaba rompiendo el protocolo al no desinfectarse las manos, pero se había dejado el hlutoformo en la cesta con el resto de sus cosas.

—¿Hola? —preguntó Mordaunt.

—Debería reservar esta seith para ayudar a alguien que valga la pena —dijo Aurienne.

—Valgo veinte millones de thrymsas y la cura de la viruela —dijo él.

—La vacuna, no la cura —le corrigió ella. Tras unas cuantas miradas furtivas a su alrededor, encendió su tācn. En algún lugar, la luna de Cúsc brillaba por encima de ellos. Tocó la piel húmeda del Fyren con la palma de la mano. Una vez más, vertió su seith en él. Una vez más, sintió la muerte en las terminaciones de su sistema seith y la lenta degeneración del resto.

Y una vez más, su seith no pudo hacer nada. Lo que está muerto muerto está.

Se retiró.

No necesitaba decirle a Mordaunt que no había pasado nada. Ya lo sabía. Murmuró un «mierda» que se disipó en la bruma que los envolvía.

—Te dije que esperaras un fracaso —dijo Aurienne.

Mordaunt la miró. El vapor se condensó en su rostro y se adhirió a la barba incipiente de su mandíbula.

—Hay algo en tu hipótesis. También hay algo en esa Piedra.

—Tal vez. Pero podría llevar años determinar ese algo. La conjunción correcta de tiempo y lugar y... a saber qué otros factores podrían estar en juego, que simplemente no se mencionan en las antiguas leyendas. Para tus propósitos inmediatos, la Piedra de Monafyll es un callejón sin salida.

—¿Cómo se llamaba el filólogo ese? —preguntó Mordaunt—. ¿El que tradujo la lengua desconocida de la Piedra?

—No es un filólogo, es un filólogo *desprestigiado* —corrigió Aurienne—. Y lo tradujo *según él*. Se llamaba Widdershins. Pero sus conclusiones se desestimaron. Perdió su puesto de profesor. Lo echaron a la calle. Te aseguro que seguir esa línea de investigación es una pérdida de tiempo aún peor. —Se secó las gotas de la cara—. Echaré otro vistazo a los datos. Estoy dándole vueltas a la idea de que ciertos momentos y lugares pueden ser más poderosos que otros. O tal vez haya un efecto acumulativo si se superponen suficientes factores: el lugar adecuado, la hora adecuada, el tiempo adecuado, la luna adecuada. No lo sé. Es difícil establecer patrones cuando los relatos no proporcionan más que un par de detalles circunstanciales. Detalles que, a su vez, pueden haber cambiado al contarlos una y otra vez.

Mordaunt hizo una mueca entre las nubes de vapor.

Aurienne no tenía tiempo ni ganas de andarse con medias tintas.

—No te enfurruñes. Desde el principio fui sincera respecto a lo absurdo de esta misión.

—No me enfurruño —dijo Mordaunt, enfurruñado.

—Te dije que actuar *ad hoc* no serviría para nada —le recordó ella—. Te avisaré cuando haya encontrado la mejor coyuntura para la luna llena de abril. Mientras tanto, intenta controlar tus ilusiones.

—Podrás darme lecciones de control cuando seas capaz de controlar tu propia toalla.

Aurienne bajó la mirada y descubrió que tenía un pecho casi al aire. Volvió a colocar el rebelde en su sitio.

El enfado de Mordaunt dio paso a la arrogancia. A Aurienne le entraron ganas de pisarle la cabeza y ahogarlo.

La pareja de la piscina se marchó y Aurienne y Mordaunt

aprovecharon para desahogarse a gusto. Mordaunt dijo que lo que Aurienne realmente quería era un Espíritu más Flexible; y que era una insoportable combinación de prepotencia y cabezonería. Aurienne le dio las gracias y le dijo que le consultaría la próxima vez que necesitara el consejo de un Forúnculo con cuatro pelos. Él, humillado, dijo que cómo se atrevía, teniendo en cuenta que su moño parecía una cebolla. Ella le informó, de paso, de que nunca volvería a hacerle una segunda sanación de luna llena, y que tendría suerte si a la siguiente se dignaba a presentarse siquiera. Mordaunt dijo que ya había pagado por sus servicios, así que ¿seguro que quería convertirlo en su enemigo? Aurienne replicó que ¡como si no fueran ya enemigos! Él le preguntó si podía dejar de agitarle el bastón en la cara como una pastorcilla desquiciada. Ella le soltó el bastón en las manos y anunció que se largaba. Mordaunt le preguntó que para qué quería él ese cacharro, además de para estrangularla. Aurienne dijo que podía utilizarlo para ahorcarse, si lo deseaba.

Y tras tan cariñosa despedida, cada uno se fue por su lado.

6

OSRIC ESTÁ A PUNTO DE ASESINAR A UNA NIÑA

Osric

La Orden Fyren tenía un sistema de organización más nómada que la Orden Haelan. Cada pocos meses cambiaban su base de operaciones, lo que permitía a Osric conocer los rincones más pintorescos de los Tīendoms. Esa noche se encontraba en un callejón iluminado por chisporroteantes faroles de aceite en la encantadora localidad de Shanksby, en Strathclyde, disfrutando de las vistas (una rata mordisqueando una cabeza humana cortada) y los aromas (orina, sufrimiento).

Osric echó un rápido vistazo a la cabeza cercenada para ver si sabía de quién se trataba (no era el caso) y prosiguió entre edificios en diversos estados de descomposición. Por fin localizó su objetivo: un local de boticario medio en ruinas con las ventanas tapiadas. Los colmillos de cerbero tallados en la puerta descascarillada indicaban que aquella era la ubicación actual del cuartel general de los Fyren.

El cartel de «Boticario» que colgaba en lo alto había sufrido algunas alteraciones, y ahora proclamaba, con no menos rigor:

SICARIO

SE OFRECEN SERVICIOS DE SANGRÍA

La campanilla de la puerta emitió un tintineo siniestro al abrirse. A Osric le sobrevino el olor acre de *materia medica* en descomposición. En la penumbra se vislumbraban innumerables hileras de frascos de cristal ambarino, algunos rotos y otros no, con las etiquetas polvorientas emborronadas por las sombras. El resto de los enseres del boticario estaban desperdigados por el suelo: desde libros de recetas desintegrados hasta una balanza de latón hecha trizas.

Detrás del mostrador había un hombre delgado que sostenía un estoque en equilibrio sobre la punta de un dedo. Era el distinguido Sacramore, el segundo al mando de la Orden Fyren: un hombre menudo, hipersensible a las corrientes de aire y un espadachín absolutamente letal.

—Osric, querido, me alegro de verte —dijo Sacramore.

—¿Quién ha perdido el melón? —preguntó Osric en referencia a la cabeza que había fuera.

—Un lord de poca monta —dijo Sacramore—. Ofendió a Tristane en una negociación. Amenazó con dar aviso de nuestra ubicación al rey de Strathclyde y la buena de Tristane quiso ahorrarle al rey la molestia de decapitarlo. El resto lo tengo aquí. —Sacramore dio una patadita con un zapato de satén a algo que había debajo del mostrador—. Debería deshacerme de él, pero, sinceramente, me sirve divinamente como reposapiés.

Del reposapiés rezumó un riachuelo de sangre que llegó hasta Osric, quien lo esquivó y se acercó al mostrador.

—¿Tienes algo para mí? —preguntó Sacramore, que no solo le daba a la espada, sino también al contrabando.

Osric dejó caer un puñado de piedras preciosas sobre el mostrador, robadas después de desplumar a su último objetivo.

Sacramore ni se molestó en mirar las piedras; parecía haber determinado su valor en base a su sonido. Echó un vistazo a Osric con expresión de urraca decepcionada.

—¿Por qué me haces perder el tiempo con esta morralla, querido?

—Aceptaré cualquier cosa que me des por ellas —dijo Osric.

—Vaya —dijo Sacramore—. Andas corto de dinero, ¿eh?

Osric, que acababa de pagar veinte millones de thrymsas por el privilegio de que lo llamaran Forúnculo con Cuatro Pelos, respondió con amargura:

—Un poco.

Sacramore se guardó las piedras con un gesto de disgusto, como si Osric acabara de hacerse caca en el mostrador. Señaló con la barbilla el anillo de sello que este llevaba en la mano derecha.

—Si alguna vez quisieras desprenderte de él, te ofrecería un buen pellizco.

—No está a la venta —dijo Osric.

—Deja que le eche un vistazo de todos modos —insistió, llevándose una lupa al ojo.

Osric se quitó el pesado anillo de oro del guante.

—¿Piedra de sangre? —preguntó Sacramore.

—De Rùm.

—Con intaglio de un lebrel rampante. —Sacramore sostuvo el anillo sobre la palma de la mano—. Calibre grueso. Dieciocho quilates. Caña bellamente adornada. Me gustan las volutas. Bastante desgastado; tiene unos cuantos siglos, ¿eh? —Le devolvió el anillo a Osric—. Si encontraras el comprador adecuado, podrías llevarte un pico muy jugoso.

Osric volvió a ponérselo.

—Ningún comprador podría pagar lo que me costó.

Sacramore, con la lupa aún pegada al ojo, lo miró con cara de disgusto.

—Qué dramático. ¿Quién no ha cometido alguna vez un parricidio de nada?

—¿Está Tristane? —preguntó Osric.

El hombre apuntó con su estoque hacia un pasillo detrás del mostrador.

—*Madame* te espera. Ten cuidado.

—¿Por qué? ¿Qué pasa?

—Nada. Adelante.

—¿De qué humor está?

—Quijotesco —dijo Sacramore.

—Hablo en serio —dijo Osric.

—Cinerario.

—Sacramore…

—No uses ese tono tan autoritario conmigo —dijo Sacramore—. Me vas a provocar un vahído.

Osric puso su mano sobre la del otro hombre en el mostrador y estableció un contacto visual profundo e íntimo.

—Ya sabes que dependo de ti.

Sacramore se abanicó con el pañuelo y dijo, tímidamente:

—Canalla seductor…

—Habla.

—No puedo abrir la boca.

—¿Ni siquiera para otras cosas?

—¡Osric! —jadeó Sacramore.

—Porque yo sí puedo abrir la boca.

—Eso es un poco descarado para alguien que está a un solo beso de distancia —dijo Sacramore.

Osric acarició con el pulgar los nudillos de Sacramore y deslizó la mirada hacia su boca.

—Has dejado de hablar y me estás poniendo nervioso —dijo él.

—No todo se puede decir con palabras —respondió Osric—. Para eso se inventaron las miradas anhelantes.

—Compórtate.

—Habla.

Sacramore cedió con un suspiro.

—Noldo acaba de salir de ahí temblando como un cachorrito asustado.

—¿En serio? ¿Por qué?

—Ni idea. Solo espero que no hayas hecho nada para disgustar a Madame.

—Por supuesto que no —aseguró Osric, a quien obviamente jamás se le ocurriría pasearse con ningún miembro de una orden enemiga y tal.

—Entonces no tienes nada de qué preocuparte —dijo Sacramore—. Me atrevería a decir que todo irá bien.

Osric se llevó la mano de Sacramore a la boca, le dio un beso que hizo que le temblaran las rodillas y se adentró en el pasillo. Entre las viejas cajas que atiborraban el espacio había una enorme bañera que desprendía un hedor fétido. El agua de dentro, absolutamente mugrienta, parecía borbotear con miles de sanguijuelas. ¿Qué clase de capricho de la naturaleza mantenía vivas a aquellas criaturas? Se asomó al borde de la bañera y encontró la respuesta: se estaban dando un festín las unas con las otras.

Interesante.

Llegó a la puerta del despacho del boticario y llamó con los nudillos.

—*Entrez* —resonó la voz de Tristane.

Osric *entroz*.

Tristane era una figura tan legendaria en el imaginario Fyren que a Osric aún le sorprendía verla haciendo cosas mundanas, como comerse una empanada de Cornualles.

—Siéntate —le pidió ella con la boca llena de pan.

Examinó a Osric con sus ojos verdes mientras este buscaba a tientas algún lugar donde sentarse en la penumbra: a Tristane le gustaba mantener la oscuridad en su sala de mando. La única luz provenía del leve resplandor de un motor Lovelace.

Tristane era la comandante de Osric, una respetada Fyren que, según los rumores, había matado a más de tres mil personas. Tenía el pelo más geométricamente correcto que Osric había visto en su vida y resultaba especialmente aterradora porque era francesa.

—Empanadillas de Pornualles —dijo Tristane, empujando una cesta hacia Osric—. Porque tienen forma de pene. Las trajo Leofric.

—Cómo no iba a traerlas Leofric —respondió Osric, cogiendo una de las pollas (Leofric era su compañero recurrente y un consumado parásito sexual).

—¿Ya te has hecho cargo del mercader de Painswick? —preguntó Tristane.

—Sí —respondió Osric—. Lo he desmembrado y lo he dejado a la vista en el escaparate, tal y como me pediste.

—Excelente. Que tu criada recoja el pago en Los Huevos Caninos. ¿Estás buscando otro encargo o quieres tomarte un tiempo libre para disfrutar de los frutos de tu trabajo?

—¿Qué más tienes?

Tristane deslizó un sobre hacia Osric.

—Un conflicto entre caballeros. Londres. Nuestros honorarios habituales por el asesinato, con una bonificación del cincuenta por ciento si haces que parezca un accidente.

Osric cogió el sobre.

—Hecho.

—El cliente ha indicado que prefiere la asfixia, pero te deja a ti la decisión final. —Tristane garabateó algo en un papel y acto seguido preguntó—: Por lo demás, ¿cómo te va todo?

La pregunta hizo que Osric se pusiera en alerta: a su comandante no le gustaba la cháchara.

—Bien —mintió—. ¿Por qué lo preguntas?

—No viniste el jueves —dijo ella—. Quería presentarte a los nuevos. ¿Se te olvidó?

Tristane le lanzó una mirada enigmática. A él se le secó la boca mientras masticaba la empanadilla.

—Mierda —dijo.

—*Effectivement* —replicó Tristane.

—Disculpa. Me surgió algo.

—¿Tenía algo que ver con tu pene?

—¿Perdón?

Tristane se recostó en la silla. El triángulo isósceles perfecto que formaba su cabello se balanceó con el gesto y enseguida volvió a su rigidez habitual.

—Te vieron en El Unicornio Lascivo. ¿Tenías alguna emergencia? ¿Era preciso que te dieran un masaje en los huevos ese día?

—Ah —dijo Osric—. Sí. El Unicornio. Es verdad. Estuve allí. Lo siento mucho… Se me olvidó que tenía otro compromiso.

Tristane lo observó en silencio. Por suerte, Osric tenía facilidad para mentir, por lo que le sostuvo la mirada con una expresión que daba a entender que estaba avergonzado por haber faltado al trabajo por un revolcón, y no por haberse escapado a unas aguas termales en luna llena con una Haelan en la búsqueda descabellada de la cura de una enfermedad incurable que lo mataría, si es que Tristane no lo hacía antes.

—Lo siento —repitió, acompañando la disculpa de una mueca de congoja por si acaso.

Rara vez Osric disgustaba a Tristane. De modo que ella dejó a un lado su enfado y no siguió indagando en sus inoportunos masajes testiculares.

Volvió al tema de los nuevos miembros.

—Es un grupo prometedor. Cuando estén entrenados, dudo que los Dreor puedan volver a competir con nuestros resultados.

Osric dejó escapar un silbido.

—Así que no han conseguido reponer sus filas desde la Guerra de Invierno.

—No. Tengo entendido que están funcionalmente extintos. Siempre he dicho que es una orden demasiado selectiva. No hay tantos individuos con la complexión adecuada, las inclinaciones adecuadas y la… inteligencia adecuada.

—O la falta de ella.

—Exacto —dijo Tristane—. De todos modos, no se nos puede subir a la cabeza, porque pronto perderemos a uno de los nuestros.

—¿Cómo?

—Noldovite.

—¿Qué pasa con él?

—Nuestro querido Noldo ha fracasado en una misión. —Tristane repiqueteó en el escritorio con unas uñas largas pintadas de negro, como insinuando que, en ese momento, no le tenía mucho aprecio a Noldo; de hecho, le habría hundido con gusto las garras en la yugular.

—Ah —dijo Osric—. Está mayor, ¿no? ¿Quizá es demasiado viejo para el trabajo de campo?

—Ojalá fuera solo la edad —dijo Tristane—. Pero la realidad es peor: parece que ha desarrollado algún tipo de conciencia.

—No —jadeó Osric.

—Es un mal que nos puede afectar a cualquiera —dijo Tristane—. Decidió que su objetivo, y cito textualmente, «no merecía ser asesinado».

—¿«No merecía»? —repitió él, escandalizado—. Nosotros no juzgamos. Ejecutamos.

—Ya lo sé. ¿Te imaginas que todos nos pusiéramos a discutir sobre quién se lo merece y quién no? En esta orden creemos en la igualdad. Sin juicios. Solo resultados. —Tristane negó con la cabeza en señal de preocupación y su melena triangular se sacudió—. Parece ser que a Noldo se le ha olvidado ese detalle clave de nuestra *philosophie*.

Osric se quedó pensativo.

—Como para fiarse de él…

—El objetivo que tenía en el encargo se ha dado a la fuga —dijo Tristane—. Me he visto obligada a devolverle el dinero al cliente, lo cual ha sido humillante, como te puedes imaginar. No hacemos reembolsos. Somos la Orden Fyren, no el Bazar de los Asesinatos.

—¿Qué vas a hacer con Noldo?

—Podría haber llevado a cabo una escisión de tācn, porque la verdad es que le tengo cariño y siempre ha servido bien a la orden, pero, teniendo en cuenta que no ha tenido los riñones sólidos ni para completar ni la tarea más básica, y que además nos ha hecho quedar como unos incompetentes…

Tristane tenía la encantadora costumbre de traducir literalmente las expresiones francesas por lo general, Osric le tenía demasiado miedo como para pedirle una aclaración. Asumió que Noldo tenía los riñones débiles y preguntó:

—¿Quieres que me encargue de él?

—No —dijo Tristane—. Lo haré yo misma. Se lo debo.

—Ten cuidado. Puede ser letal con la navaja blaec.

Tristane le dirigió una sonrisa indulgente. Sus ojos se convirtieron en dos lunas crecientes sobre sus mejillas.

—Gracias, pero... no creo que sea más letal que yo.

—¿Vas a contárselo al resto?

—Solo cuando tenga el cadáver. Lo traeré aquí para quemarlo. No es digno de nuestro tācn, ni siquiera muerto. —Tristane suspiró y volvió a ponerse seria—. Te espero aquí esta noche para conocer a nuestros nuevos reclutas. Que no se te olvide.

—Por supuesto —dijo Osric, con una reverencia—. Pido disculpas por lo de la semana pasada. No volverá a ocurrir.

—Controla tu polla, Mordaunt.

Entonces, con aire amenazador, le dio un buen mordisco a una penempanadilla.

Osric lo tomó como una señal para marcharse.

De vuelta en el pasillo, se cruzó con dos Fyren que iban a ver a Tristane: Lady Windermere y Brythe. Lady Windermere, que tenía su látigo en la cadera y andares de bailarina, a Osric siempre le había recordado a una mantis religiosa, en contraste con Brythe, que era un mostrenco desgarbado.

Lady Windermere le guiñó el ojo a Osric. Brythe estaba ocupado arrastrando a un pobre desgraciado que llevaban prisionero. Llevaba la maza colgada del cinturón; la misma maza, por cierto, culpable de la lesión que Osric había sufrido en el entrenamiento meses atrás.

«Tu columna cervical está pulverizada». Mientras Brythe se acercaba, Osric recordó la clara voz de Fairhrim. «Qué barbaridad».

Osric, que nunca había guardado especial rencor a Brythe por la lesión, ahora se maceraba en él. Aquel mazazo había derivado en complicaciones. Le había obligado a arrastrarse hasta una orden enemiga y a vaciar sus arcas en pago por una minúscula oportunidad de curar el estropicio de Brythe. Y ni siquiera podía reclamar justicia, porque revelar el alcance del daño lo pondría en el punto de mira de su orden y lo condenaría a una ejecución fulminante.

Por eso tuvo que reprimir la tentación de clavarle la daga en el pecho.

—¿Estás bien, Mordaunt? —preguntó Lady Windermere—. Te brillan los ojos de una forma extraña.

—¡Mordaunt! —Brythe se dio la vuelta con una sonrisa. Le dio una palmada en el hombro a Osric con tanta fuerza que por poco lo estampó contra la pared—. ¡Hermano! La mayor sabandija que han visto estos ojos. ¿Todo bien?

—Me alegro de veros a los dos —dijo Osric, tratando de controlar su impulso asesino. (Las antenas de mantis de Lady Windermere era muy sensibles a ese tipo de cosas).

Ella lo miró con curiosidad, pero no pareció detectar ninguna mala intención. Señaló a su prisionero con la barbilla.

—Acabamos de volver de una operación.

—Nos ha llevado varios días —dijo Brythe—. Tremendo coñazo. —Tiró de la cuerda y su infeliz prisionero se tambaleó y se le cayó encima—. Pero aquí tenemos a nuestro amigo, listo para el interrogatorio.

—Aquí huele un poco mal, ¿no? —indicó Lady Windermere.

—Serán las sanguijuelas —dijo Osric, señalando la bañera.

Lady Windermere se acercó a ella y observó el lento borboteo de las sanguijuelas.

—Pobrecitas.

—Ya —respondió él—. Deben de estar hambrientas.

Osric miró a Lady Windermere. Lady Windermere miró a Brythe. Brythe inclinó la cabeza en dirección al prisionero.

—¿Lo ablandamos un poco antes de presentarle a Tristane? —preguntó Lady Windermere.

—Me parece buena idea —dijo Brythe.

Brythe le retiró el saco de la cabeza del prisionero y lo empujó contra la bañera. El hombre chilló dentro de su mordaza al ver la masa viscosa y hambrienta que se retorcía delante de él. Justo cuando la cosa estaba a punto de ponerse interesante (a Osric le entusiasmaba el bienestar animal), sintió un cosquilleo en el tācn.

El deofol de Fairhrim estaba pidiendo paso.

—Bueno, os dejo con ello —dijo—. Ya me contaréis qué tal va. Todo esto es bastante innovador.

Brythe agarró al prisionero por el pelo y le hundió la cabeza en la bañera. Se oyó un gorgoteo fuerte y efervescente.

—¡Ya te contaremos! —exclamó Lady Windermere por encima de los chapoteos.

Osric salió del Sicario, no sin antes lanzarle un beso a Sacramore (que él le devolvió con un gesto florido) mientras cerraba la puerta.

Caminó las sombras hasta un tejado cercano. Su tācn no paraba de zumbar; el deofol de Fairhrim no tenía ninguna paciencia.

Como siempre, y dado que Fairhrim era una chula, la jineta albina apareció con un resplandor que le marcaba con todo detalle cada pelo y cada bigote.

—Ya era hora —dijo el deofol mientras se materializaba.

—¿Qué quieres? —preguntó Osric.

—Tengo que entregarte un mensaje. —El deofol se situó flotando frente a Osric—. Aurienne se ha pasado una semana haciendo análisis estadísticos inferenciales.

—¿Matemáticas?

—Sí.

—Es el tipo de pasatiempo que me esperaría de ella.

El deofol se encolerizó ante Osric.

—No lo ha hecho por *diversión*. Tienes que dejar tu agenda libre la noche de la luna de Hara. Reúnete con Aurienne en la viedra de La Anomalía. A las diez.

—Ha encontrado algo prometedor, ¿verdad? —preguntó Osric.

—Más prometedor que bañarse en esperma. —El deofol arrugó el hocico—. ¿Te dejó la piel suave, al menos?

—Como el culito de un bebé.

—Como tu cerebro, entonces.

Osric intentó pegarle un puñetazo al deofol, pero su mano pasó a través del animal.

—Aurienne dijo que eras lento —dijo el deofol—. Pensaba que era un eufemismo.

Acto seguido, desapareció. En aquel momento, Osric no habría podido decir quién era más insoportable, si el deofol o su dueña.

Entre congestiones y estornudos, marzo llegó a su fin de una vez por todas. Osric no supo nada más de Fairhrim durante el resto del mes, lo cual fue de agradecer, porque no la aguantaba. Sin embargo, con el paso silencioso de las semanas, que no traían consigo más que el avance de la corrupción, a Osric le sorprendió el deseo de que Fairhrim volviera a honrar su tācn con su seith. Esperaba que hiciese algún descubrimiento espectacular y que su deofol se materializase para insultarle mientras le daba la buena noticia.

Pero no ocurrió. En este sentido, ambos seguían provocándole.

Osric trató de hacer frente a sus ansiedades robando en las mejores galerías de los Tīendoms y asesinando a miembros de la nobleza menor.

—Tal vez... —sugirió a la señora Parson cuando el silencio se hizo demasiado largo— Fairhrim haya muerto.

La señora Parson le lanzó una mirada entre compasiva y cariñosa, de esas que a veces se le escapaban, como si no fuera su criada, sino más bien una tía indulgente.

—Ella se ha limitado a decirle lo que usted necesitaba saber. No esperará que una Haelan mantenga una correspondencia frecuente con un Fyren.

Estaban comiendo en la cocina. Bueno, Osric estaba comiendo. La señora Parson intentaba hacer mermelada de albaricoque, pero los albaricoques deshuesados desaparecían antes de llegar a la olla.

—Tengo la dirección que buscaba —dijo la señora Parson, mientras sacaba un pedazo de papel de su delantal y se lo tendía a Osric, que rondaba a su espalda—. ¿Ha quedado con la Haelan mañana por la noche?

—Sí, a las diez en La Anomalía. Está en Kent.

La señora Parson, que llevaba un rato midiendo las cantidades de azúcar, derramó un poco sin querer y chasqueó la lengua.

—Mañana es la luna de Hara —comentó él—. No sabía que las lunas tuvieran nombre. ¿Y usted?

—Mi madre me los enseñó hace mucho tiempo —contestó la señora Parson—. Fairhrim me sorprende. Los de su clase no suelen seguir los Antiguos Métodos.

—Ella tampoco los sigue. Es bastante reacia. Nunca sé con seguridad si va a curarme o a darme un rodillazo en las cebollas. —Osric se dejó caer en una silla—. No me gusta nada esto. No me gusta depender de ella.

—Es su única esperanza —dijo la señora Parson.

—*Aegri somnia*, eso es lo que es. El sueño de un enfermo.

Osric sintió un hormigueo en el tãcn, pero no se trataba de la frialdad contenida de la seith de Fairhrim, sino de algo enérgico, intenso y punzante. Levantó la palma de la mano. El deofol de Tristane resplandeció sobre la tabla de cortar de la señora Parson.

Era un turón, una criatura que normalmente era violenta e irritable, pero hoy estaba de un sorprendente buen humor.

—Hola. ¿Qué es esto? ¿Estáis haciendo mermelada?

—Eso intento —dijo la señora Parson—. De albaricoque.

—Qué bien —dijo el turón—. *Un délice.* Es como untarle sol a una tostada.

—¿A qué se debe el placer de tu visita? —preguntó Osric.

—Tristane ya tiene a Noldo —respondió el deofol con una pirueta de alegría.

—Oh, bravo —dijo Osric.

—Lo quemaremos mañana al atardecer —informó—. Se espera la asistencia de todos los Fyren. En Los Huevos Caninos.

—Allí estaré —dijo Osric—. Felicita a Tristane de mi parte.

El turón mostró los colmillos con regocijo y dijo:

—*Avec plaisir*.

Luego dio media vuelta y desapareció.

—Un mal día para Noldo —dijo Osric.

—Eso es justo antes de su reunión con la Haelan —dijo la señora Parson.

—Así es —respondió él—. ¿Cree que se dará cuenta del olor a Fyren flambeado?

Dejando a un lado las frivolidades, ver arder el cadáver de Noldo fue un sobrio recordatorio de la despiadada voluntad de la Orden Fyren de sacrificar a todo aquel que no sirviera a sus propósitos. Osric partió hacia La Anomalía en cuanto pudo, envuelto en una nueva sensación de urgencia por curar su maltrecho sistema seith, así como de un cierto tufillo a carne quemada.

La Anomalía era, en efecto, una anomalía. En las largas sombras del ocaso de abril, se parecía más a una choza que a una taberna, sofocada por los helechos, apoyada en su viedra con aire cansado. La viedra también era inusual: formaba un círculo casi perfecto y tenía un agujero en el centro.

La taberna estaba rodeada de árboles, entre los que apareció una figura rígida que avanzaba, con la frialdad de un iceberg, hacia Osric. Fairhrim había ocultado su vestido blanco de Haelan bajo una capa de viaje azul. Sin embargo, esta no lograba camuflar todo lo demás que la caracterizaba: los pómulos afilados, la barbilla erguida, el gesto de desdén de su boca.

Osric solía despertar, o bien pasiones, o bien terror (cuando descubrían lo que era). Pero a Fairhrim no le infundía ni lo uno ni lo otro. Se aproximaba con la sombría determinación de un soldado camino de la guerra.

Él se dio cuenta de que esperaba con impaciencia la inevitable escaramuza. Al fin y al cabo, había algo terapéutico en el derramamiento de sangre.

—Llegas tarde —dijo Fairhrim. Olisqueó el aire en su dirección—. Huele a quemado.

—Es por un cadáver —dijo Osric, sacudiéndose el abrigo—. Se pega el olor.

Fairhrim mostró su repulsa frunciendo los labios, que permanecieron así mientras Osric se recolocaba el abrigo.

—¿Estás esperando un beso o qué? —preguntó Osric—. Para tu consuelo: era un Fyren.

Esperó a que Fairhrim asimilara esta información. La asimiló y relajó la expresión.

—Bueno, pues eso sí que es una buena noticia. ¿Por qué habéis quemado a uno de los vuestros?

—Se portó mal —dijo él.

—Todos os portáis mal.

—Traicionó uno de los principios fundamentales de la orden.

—¿No es lo que estás haciendo tú ahora mismo? —preguntó Fairhrim con hostilidad.

—Sí.

—Entonces ¿serás el siguiente? —quiso saber ella con un tono de ilusión bastante ofensivo.

—No si haces lo que te pagué por hacer —dijo Osric.

—Me has pagado por algo imposible. ¿Crees que me dejarán asistir a la quema cuando esta misión fracase estrepitosamente?

—No va a fracasar —repuso él, deseando estar tan convencido como parecía.

Fairhrim se acercó a Osric y lo miró a la cara. Él no se movió para no dejarla ganar.

—Obstinación y esperanza —dijo Fairhrim—. Qué combinación más estúpida.

—Prefiero llamarlo fuerza de voluntad.

—Lo mencionaré en tu obituario, cuando asista a tu barbacoa de despedida.

—No habrá barbacoa de despedida.

—Bueno —dijo Fairhrim, en el tono que se emplea con un

idiota con el que ya no interesa discutir—. ¿Cómo está tu seith? ¿Algún cambio desde el mes pasado?

—Las fluctuaciones están empeorando. El entumecimiento se ha extendido.

—Sigues siendo capaz de usarla, lo cual es una buena noticia. —Fairhrim deslizó su mirada sobre él. Era tan penetrante que Osric sintió que en cualquier momento podría abrirlo en canal y asomarse dentro—. Tengo suficiente seith para este intento. Por muy naif, caótica y deficiente que sea esta vía de tratamiento, he decidido confiar en las matemáticas. He elaborado un plan para hoy basado en lo que parecen ser los parámetros más eficaces vinculados a la luna de Hara. No las tengo todas conmigo, por supuesto, pero no disponemos de una cantidad ilimitada de lunas llenas... ni yo tengo una cantidad ilimitada de seith.

Fairhrim señaló en dirección a un sendero ecuestre.

—Vamos hablando sobre la marcha. Hay que caminar un poco.

Osric la siguió por el sendero.

—¿Adónde vamos?

—A los South Downs —dijo Fairhrim—. Este lugar lo tiene todo: está en el límite entre la tierra y el mar, tiene un largo historial de fenómenos inexplicables en la luna de Hara y está repleto de antiguos túmulos.

—¿Túmulos?

—Túmulos funerarios.

—¿Nos gustan los túmulos?

—Sí. Los túmulos son buenos. Son lugares entre los vivos y los muertos, entre nosotros y la eternidad. Y las matemáticas lo confirman, por lo que parece.

Esta última frase la dijo como si se compadeciera de las matemáticas, como si las hubiera hecho pasar por algo impropio de las matemáticas y sintiera lástima por ellas.

—Y, por supuesto —prosiguió—, también estamos en una época de confluencia temporal, en el paso del invierno a la primavera. Intentaremos la sanación a medianoche.

—¿Cuánto vamos a subir? —preguntó Osric.

—Creo que solo una hora a pie —respondió Fairhrim—. Por cierto, esta zona es territorio de las hérgulas. Así que ten cuidado por donde vas.

—No me preocupa un puñado de brujas proscritas —dijo Osric. Fairhrim lo fulminó con la mirada—. ¿Qué pasa? —preguntó él—. Lo único que hacen es meterse en las acequias, cultivar setas y esas cosas.

—No necesitaba una nueva confirmación de que eres idiota, pero gracias.

—Le ruego me disculpe —dijo Osric, con menos intención de rogar y más de decapitar.

—¿Acaso has conocido a alguna hérgula? —preguntó Fairhrim, inalterable ante su expresión amenazadora.

—No —dijo él.

—Pues más te vale comportarte si nos cruzamos con alguna —dijo Fairhrim, con bastante consideración—. Tienen todavía menos respeto por la ley que tú... Y no les gustan ni un pelo los hombres —añadió, mirando a Osric como si fuera el peor espécimen de hombre que jamás hubiera pisado la tierra.

—¿Cómo puede alguien tener menos respeto por la ley que yo? —preguntó él, ofendido.

—Para ti, es algo que puedes quebrantar. Para ellas, simplemente no existe.

Osric reflexionó en silencio sobre esta divergencia filosófica. Dejaron atrás los bosques bañados por la luz de la luna y ante ellos se abrieron ondulantes colinas de tierras negras.

Tanto Fairhrim como Osric alzaron sus tācn en la oscuridad. Ella iluminaba con él sus pasos gracias a la proyección de un resplandor blanco sobre el sendero recto y angosto. Mientras tanto, él se movía entre las sombras; su seith delineaba contornos y perfiles, grietas en la tierra, la silueta de las hiedras adheridas a las rocas. Había una encantadora ironía en sus respectivas búsquedas: la luz de ella creaba puntos ciegos para él, las sombras de él eran una oscuridad inescrutable para ella; se guiaban por el mismo camino gracias a topografías opuestas.

Llegaron a una intersección marcada por dos carteles. Uno señalaba a la izquierda y decía: «Por Aquí», y el otro señalaba a la derecha y decía: «Por Allí».

—Muy práctico —comentó Osric.

Fairhrim siguió la señal de «Por Allí».

Llegaron a otro cartel que decía: «Ignora Este». El siguiente decía: «Aviso: Cartel Fuera de Servicio».

Fairhrim parecía imperturbable. Por su parte, Osric pensó que las hérgulas podrían dejar de hacer carteles y dedicarse simplemente a las setas.

Entonces llegaron a un cartel que apuntaba hacia arriba y decía: «Abajo».

—Pero vamos a ver —dijo Osric.

Subieron a la Colina de Abajo.

No tenía ninguna gracia.

Tras la estela de Fairhrim se desprendía un olor a tomillo molido y a festuca. La tierra se volvió fina bajo sus pies. La caliza brillaba como el hueso.

Atravesaron la típica puerta campestre donde las parejas se dan besitos. No hubo besitos.

A lo largo del sendero proliferaban unos arbustos espinosos, torturados por el viento, que amenazaban con desgarrar a cualquier viajero despistado que circulara por allí. Al pasar, Fairhrim explicó que era espino amarillo, y añadió que sus bayas eran una buena fuente de vitamina C. Osric no había pedido ese dato y le daba exactamente igual.

A su alrededor, el aire bullía de mosquitos y saltamontes.

Entonces él oyó que alguien decía, con una voz frágil y rasgada:

—¡Qué botas más feas!

Se detuvo y miró alrededor. No había nadie.

Fairhrim se detuvo a su vez.

—¿Has dicho algo?

—No —dijo él.

—Vale... —dijo Fairhrim con aire inquieto.

Se dio la vuelta y siguió caminando por el sendero a paso ligero.

—Y esta lleva el moño tan tirante que apenas puede cerrar los ojos —volvió a decir la voz, esta vez desde el otro lado del sendero.

Osric sacó la navaja blaec mientras miraba a su alrededor.

No había nada, a excepción de un montón de cardos mustios que se sacudían con la brisa.

Fairhrim se quedó mirando el lugar de donde había salido la voz.

—¿No has sido tú?

Él tenía muchos talentos, pero la ventriloquia no era uno de ellos.

—No.

—¿Y él por qué va tan encorvado? —dijo otra voz áspera desde algún lugar por detrás de ellos—. ¡Parece un cruasán mojado!

—La otra parece que tenga una vara metida en el culo, no sé qué es mejor —respondió otra voz—. Es totalmente... perpendicular.

—¡Y la cara de él!

—Como un sofá reventado.

—Fíjate en los ojos de ella.

—Del color de la mierda.

—¿Y la nariz del otro?

—Un forúnculo.

Entonces una nueva voz intervino:

—No dejéis que os molesten.

Osric y Fairhrim se dieron la vuelta y se toparon con una niña andrajosa sentada en una cerca. En su melena negra se reflejaba la luz de la luna. Iba vestida con harapos sujetos por hebillas en los codos y las rodillas. Los miraba mientras balanceaba unos pies descalzos llenos de barro. Ellos le devolvieron la mirada.

—Perdona, pero... Que nos molesten, ¿quiénes? —preguntó Fairhrim.

—Los grillos criticones —dijo la niña. Tenía el tallo de una flor morada metido entre los labios y no paraba de mordisquearlo—. ¿Qué hacéis aquí?

Fairhrim estiró los dedos para darle a Osric un apretón de advertencia en el antebrazo antes de que él pudiera abrir la boca, de modo que no le dio tiempo a mandar a la niña a la mierda.

—Estamos buscando algún lugar donde llevar a cabo un tratamiento sanador —dijo Fairhrim.

La niña señaló con un dedo mugriento hacia la parte más alta de la Colina de Abajo.

—Ese es un buen Algún Lugar.

—Gracias —dijo Fairhrim.

—Pero puede ser peligroso —añadió ella.

—Ah, ¿sí?

—El velo es muy fino allí arriba. No os caigáis. —La flor se agitó entre sus labios sonrientes—. Aunque hay pocas probabilidades.

—¿Por qué dices eso? —preguntó Fairhrim.

—No seréis capaces de cruzar —respondió la niña mirándolos con un gesto de desdén. (Además lo dijo como si Osric y Fairhrim fuesen iguales, cosa que, indudablemente, no eran)—. Ni siquiera sois capaces de ver —continuó—. Miráis, pero no veis nada.

Después de esta declaración lapidaria y ligeramente insultante, la niña bajó de un salto de la cerca y salió corriendo por el sendero.

—¡Espera! —gritó Fairhrim.

Pero ya había desaparecido. La hierba se mecía al viento por donde acababa de pisar.

Osric tenía poca paciencia con los niños enigmáticos que desaparecían misteriosamente. Estaba decidido a arrancarle unas cuantas respuestas a aquella mocosa.

—Vamos a por ella y…

—No —intervino Fairhrim—. Sea lo que sea lo que ibas a decir, no lo digas en voz alta.

—¿Era una hérgula?

—Puede que una joven. —Fairhrim lo miró con severidad—. Si lo era, no la encontrarás.

Osric se tomó la respuesta como un desafío. Le molestaba que la niña hubiera aparecido con tanto sigilo y desaparecido con tanta facilidad. Ni siquiera los mejores caminasombras Fyren eran capaces de una hazaña así. Exigía una explicación.

Ese día había hecho tres encargos y se estaba quedando sin seith, pero a pesar de todo se quitó el guante y encendió su tācn. Escudriñó las sombras por donde había desaparecido la niña. Primero vertió su seith a una distancia de unos quince metros, sin resultados; luego a treinta metros, sin resultados; a continuación, la vertió más allá de los treinta metros (su Coste se empezó a manifestar y se le nubló la vista del ojo derecho) y siguió sin encontrar nada. Había desaparecido.

Fairhrim, que llevaba un rato observando su búsqueda en soberbio silencio, dijo:

—Te lo dije.

—A lo mejor investigo un poco más sobre las hérgulas —dijo Osric. Fue lo más cerca que estuvo de admitir que Fairhrim tenía razón.

—Buena suerte —dijo Fairhrim—. Por algo crees que solo sirven para meterse en las acequias.

—¿Qué quieres decir?

—Están más seguras si todo el mundo cree que son unas inútiles. Nadie las molesta. Durante una época de la historia se las persiguió sin tregua. Nunca lo han olvidado.

—¿Y tú cómo sabes tanto sobre ellas?

—Hace bastante tiempo conocí a una... —Fairhrim se tocó el cuello y por un momento pareció melancólica, incluso triste, pero enseguida su expresión volvió a blindarse.

Osric volvió a centrar la atención en la cerca. No había ni una sola brizna de hierba dañada, ni un solo guijarro fuera de su sitio donde la niña había dado varias patadas. De la flor que había mordisqueado tan solo quedaban una hoja y un pétalo.

—Es una campanilla —dijo Fairhrim, observando el pétalo—. También conocida como dedal de hada.

—Lo dices como si fuera importante.

—Dicen que tienen propiedades. Aunque no está demostrado, por supuesto… —Fairhrim miró a Osric y enmudeció—. Tu ojo. Se ha vuelto blanco.

—Es por mi Coste.

Ella, que por un instante había parecido preocupada, murmuró un «ah» y enseguida recuperó su estoicismo.

Continuó caminando por el sendero. Osric empezó a sudar mientras ascendían. Los grillos empezaron a cuchichear de nuevo y centraron su atención en la forma del moño de Fairhrim («¡Nabo encrespado!») y en el olor corporal de Osric («¡Ceniza y sobaco!»).

Los comentarios fueron apagándose a medida que subían. Lo cual era bueno, porque a Osric le estaban dando ganas de reírse, pero no quería reírse con Fairhrim, porque entonces parecerían amigos, y ellos no eran amigos.

La miró de reojo. Tenía los labios más apretados que de costumbre y se crispó cuando uno de los grillos llamó a Osric «pajillero».

Llegaron a la cima de la Colina de Abajo.

—Bueno —dijo Osric, jadeando—, sin duda estamos en Algún Lugar.

—Pues sí —respondió Fairhrim. También le faltaba el aliento. Señaló en direcciones opuestas—. Arriba el cielo, abajo la tierra. Los vivos y los muertos. Presente y pasado. El paso del invierno a la primavera. Y la luna de Hara presidiendo en lo alto.

—Suena potente —dijo Osric.

—Vamos a probar.

Osric se quitó la capa y el pañuelo. Fairhrim soltó su maletín. También se desprendió de la capa y consultó su reloj de bolsillo mientras se acercaba la medianoche. Osric percibió el olor acre y limpio del hlutoformo cuando ella se lo untó en las manos.

Esperaron. El reloj marcó las 23.59. Dos liebres con los ojos como platos correteaban alegremente por la hierba. Se levantó algo de viento que hizo ondear el vestido blanco de Fairhrim. Parecía una novia en un altar salvaje. La festuca y el cardo danzaban sobre los túmulos. El mar susurraba una canción de aire melancólico.

Se encontraban en la frontera entre la muerte y la vida, justo encima de los huesos de los reyes.

Cuando solo faltaban diez segundos para la medianoche, Fairhrim tiró del cuello de la camisa de Osric para dejarle la nuca al descubierto. Era la tercera vez que lo intentaban y ya sabía qué esperar. Hubo un momento de silencio en el que ella le observó la nuca con atención. Luego le rozó con la palma de la mano y Osric sintió un escalofrío al percibir su tācn. Sintió la reticencia de su tacto, su deseo de apartarse, la fuerza de voluntad manteniendo la mano contra su piel.

Osric detestaba tener a una persona a su espalda, y su instinto le decía que no se mantuviera en aquella posición tan vulnerable... Pero era Fairhrim, así que no pasaba nada. Francamente, se le ocurrían pocas personas en las que confiara más que en ella para agarrarle por el cuello.

Un pensamiento extraño.

Fairhrim mantuvo la fría palma de la mano presionada contra su piel. Su seith también era fría. Al igual que en sus intentos anteriores, Osric sintió admiración por el control que ejercía sobre ella. Nunca se lo diría, por supuesto (bastante arrogante era ya), pero jamás había conocido a nadie con un dominio tan magistral de la seith. Y, al igual que en otras ocasiones, sintió alivio mientras su seith fluía a través de él. Era como si la propia Bondad inundara todo su sistema.

La luna flotaba en lo alto, firme, pétrea y blanca como el hueso. Y Osric, bajo la mano de Fairhrim, permanecía inmóvil en aquel lugar entre el mar y la tierra, el invierno y la primavera, los vivos y los muertos, lleno de esperanza. Una nube translúcida pasó por delante de la luna; el paisaje se volvió algo inestable, y vacilaba entre tonos perlas y negros. En la quietud, el tiempo parecía alterado. Un minuto pasaba como una hora. El horizonte se veía más amplio.

Fairhrim recorrió todo el sistema seith de Osric hasta la punta de los dedos, se mantuvo allí durante un momento de optimismo y se retiró.

El resplandor de la seith permaneció incluso después de haber apartado la mano. Osric sintió cómo lo atravesaba una especie de zumbido, un destello.

Pero no era la sanación que necesitaba. Estaba exactamente igual que antes. Una vez más, no había pasado nada.

Se sentía como un idiota por haber insistido en llevar a cabo aquella sarta de estupideces. Y ella era una idiota por seguirle la corriente.

—Me cago en todo —dijo Osric.

El suspiro exasperado de Fairhrim le erizó la nuca. Le sorprendió. La Haelan estaba tan convencida de que no funcionaría que debería haber esperado aquel fracaso. ¿Por qué ese suspiro de frustración, entonces? ¿Qué otra cosa esperaba?

También le sorprendió la intimidad del aliento de Fairhrim contra su piel. Le hacía cosquillas. Cosquillas placenteras.

Lo cual era preocupante. Porque nada en Fairhrim era placentero.

Durante unos instantes permanecieron en silencio, acompañados por su mutua decepción. Sin embargo, Osric no quería compañía: quería resultados.

—Joder, esto no funciona —dijo con rencor, volviendo así a prender la mecha entre ellos.

—¿De verdad? —dijo Fairhrim con acritud—. ¿No funciona? No me había dado cuenta.

Desde la seguridad de una guerra renovada (un oxímoron, pero bueno), Osric se recolocó el embozo.

Fairhrim lo dejó a solas para que se vistiera y empezó a pasearse por el entorno, a un paso cada vez más rápido debido a la tensión.

—Me falta algo.

—Bueno, hay una pista bastante crítica que te has negado a examinar más a fondo —dijo Osric.

Fairhrim se volvió. El vuelo de la falda se le enrolló en torno a los tobillos antes de recuperar sus nítidas líneas verticales.

—¿Una *pista crítica*? Por favor, ilumíname.

—La inscripción de la Piedra de Monafyll. Los fragmentos escritos en la lengua de las hadas.

Fairhrim miró fijamente a Osric. La tensión se le acumulaba en la mandíbula.

—¿Las alucinaciones de un filólogo desprestigiado sobre una lengua que no existe? ¿Esa es la pista que me falta? Menudo lumbreras.

—¿Por qué no? Obviamente este enfoque tampoco es la respuesta.

Fairhrim reanudó su agresivo paseo. Osric esperaba una negativa cortante y se preparó para contraatacar…, pero ella, para su sorpresa, acabó por darle la razón.

—Efectivamente, ¿por qué no? —dijo.

Osric sintió una especie de tropiezo, como cuando subes a lo loco las escaleras y descubres que el último peldaño no está ahí porque ya has llegado al rellano.

—Toda esta vía de tratamiento se basa únicamente en fantasías —continuó Fairhrim—. ¿Por qué no seguir con el delirio? ¿Sumergirse hasta el fondo en esta ridiculez?

—Te recuerdo que esta ridiculez es mi única esperanza de sobrevivir —dijo él.

—Los expertos no piensan lo mismo —dijo Fairhrim, como la despiadada criatura que era.

Osric sacó un trozo de papel, en el que había escrita una dirección con la pulcra caligrafía de la señora Parson, y se lo tendió a Fairhrim.

—Vamos a buscar al filólogo desprestigiado.

—¿Qué?

—Esta noche. Y no tendrás que seguir malgastando tu valiosa seith. ¿O es que tienes algo mejor que hacer?

—Pues sí, miles de cosas. —Leyó la nota de la señora Parson con la ceja levantada—. ¿Nether Wallop?

—¡Oh! —exclamó Osric—. Mi juego favorito: ¿es un nombre de lugar o de una persona con muy mala suerte?

—Será una pérdida de tiempo. Widdershins ya era un profesor de segunda antes de que se le fuera la olla. Está completamente chalado. Ya te lo dije: sus conclusiones se desestimaron. Le retiraron el título de doctor. No tiene ninguna credibilidad académica.

—Me da igual la credibilidad académica —dijo Osric—. Lo espabilaremos. Nos dará respuestas. Verás cómo encajan en el resto de los textos apócrifos.

—Puede que no quiera hablar con nosotros.

—Yo le haré hablar —dijo Osric.

—¿Cómo? —preguntó Fairhrim en un alarde de ingenuidad.

—Confía en mí.

—¿Que confíe en *ti*? —repitió Fairhrim—. En absoluto. ¿Y cómo que le harás hablar? ¿Vas a torturarlo o qué?

—Sí.

—¡No!

—Sí.

—¿Es que no tienes ningún tipo de piedad? —preguntó Fairhrim.

—No mucha, no.

—Me opongo categóricamente a la tortura.

—Ah, ¿sí? No me había dado cuenta —dijo Osric antes de dar media vuelta.

—Mordaunt —dijo Fairhrim, haciendo que el nombre sonara tan peyorativo que a él le encantó.

Durante todo el descenso de la Colina de Abajo estuvieron discutiendo sobre las ventajas de torturar a viejos profesores chiflados. Osric dijo que en eso él era el experto y que agradecería que Fairhrim reservara su sesuda opinión para su propia área de especialidad. Ella dijo que revisaría todas sus enciclopedias de tortura para perfilar todavía más su sesuda opinión y estampársela en la cara. Él le preguntó por qué tenía que ser tan obstinada. Fairhrim le preguntó a él cuándo dejaría de ser una Lacra para la Sociedad. Osric la llamó Policía de la Moral. Ella a él, Mendrugo Papanatas.

El aire nocturno estaba lleno del zumbido de los insectos, pero los grillos criticones no ofrecieron nuevos insultos, tal vez porque Osric y Fairhrim ya hacían un excelente trabajo ellos solos.

Regresaron a la viedra y al cobertizo que hacía las veces de taberna. En lugar de acercarse a grandes zancadas a la piedra, como Osric esperaba, Fairhrim se dirigió hacia La Anomalía.

—¿En serio? —dijo Osric—. Tenemos cosas que hacer.

—Es de mala educación usar su viedra para venir hasta aquí y no dejar nada —dijo Fairhrim.

Depositó una moneda en el alféizar de la ventana y obligó a Osric a que también dejara una.

La Policía y el Mendrugo apretaron su tācn contra la viedra, rumbo a Nether Wallop.

Las vicisitudes del odio

Osric

Osric y Fairhrim se materializaron en Nether Wallop (taberna: La Pulga Saltarina), que resultó ser una bonita localidad rural. Saludaron a una mujer que pastoreaba un montón de ovejas gordas y somnolientas y le preguntaron por Widdershins.

—¿Buscáis al viejo profesor? —La señora señaló un camino campestre—. Por ahí. Es la casa quemada. Buena suerte.

—Buena suerte ¿por qué? —preguntó Osric.

—Se ha ido lejos, ¿no? —dijo la pastora.

—¿No está en casa?

—No —respondió ella, como si a Osric le faltara un hervor—. Está Ido. Quiero decir, el profesor está ahí, por supuesto..., pero no.

—¿Está ahí, pero no?

—Ya sabes. Se lo llevaron las hadas —aclaró la pastora.

—¿Cómo que se lo llevaron las hadas? —repitió Fairhrim.

—Pues que se lo llevaron —dijo la pastora.

Ante la cara de póquer de Fairhrim y Osric, la señora aparentemente llegó a la conclusión de que estaba tratando con dos cretinos profesionales y se dio por vencida. Se alejó con sus ovejas, murmurando que cualquiera de ellas tenía más cerebro que esos dos juntos.

El camino los condujo hasta una vieja cabaña chamuscada, a

las afueras del pueblo. Osric llamó a la puerta, que estaba llena de hollín.

—¿Lo llamamos «Profesor»? —preguntó Fairhrim—. Ya no lo es, después del fiasco con todo el asunto de las lenguas de las hadas. Mejor «Widdershins» a secas. O «señor Widdershins». Bueno, tú déjame hablar a mí, como acordamos. Y no le amenaces.

—¿«Como acordamos»? Yo no he acordado nada —dijo Osric.

—Sí. Dijiste que de acuerdo.

—Dije: «De acuerdo, tu planteamiento confirma que no tienes ni idea de espionaje». Pero bueno, vamos a poner en marcha tu plan de pacotilla.

—¿*Mi* plan de pacotilla? Deberíamos estar buscando sus viejas publicaciones en los archivos para ver si encontramos una copia del artículo retirado sobre la Piedra, no asaltándole en su propia casa en mitad de la noche. Este es *tu* plan de pacotilla.

—Sé que te encanta asfixiarte con el polvo de los libros durante horas, pero yo prefiero acudir a la fuente, la verdad.

—Tus técnicas son anticuadas e innecesariamente crueles.

—Y tu método implica un siglo de investigación, tiempo del que no dispongo.

—Si tan poco tiempo tienes, ¿por qué estamos haciendo el imbécil en vez de seguir los datos?

—Los *datos* han tenido tres oportunidades para demostrar algo, y han fallado las tres veces.

—Te lo dije: así son este tipo de experimentos, y fuiste *tú* el que insistió en que lo lleváramos a cabo.

—Pensé que habías dicho que no era un experimento.

Se oyó un carraspeo.

Osric y Fairhrim levantaron la vista y se encontraron con un hombre orondo y calvo en el umbral de la puerta.

El hombre llevaba un colador en la cabeza, lo que no inspiraba una confianza instantánea.

Fairhrim recuperó su habitual impasibilidad y observó el colador con un leve movimiento de cejas.

—Perdone que le molestemos a estas horas. Buscamos al señor Widdershins.

—Yo soy el *señor* Widdershins —dijo el hombre, poniendo un énfasis furioso en la palabra «señor»—. ¿Qué queréis?

—Tenemos algunas preguntas sobre la Piedra de Monafyll —dijo Fairhrim—. Estamos llevando a cabo una pequeña investigación.

—¿Una investigación? —preguntó él. Su enfado desapareció. Se quedó mirando hacia algún punto por encima de la cabeza de Fairhrim y añadió—: Del latín *vestigium*, «huella» o «rastro».

Fairhrim aceptó sin rechistar la etimología no solicitada.

—Sí, exactamente.

Widdershins parpadeó y volvió a su actitud quisquillosa.

—¿Y cuál es vuestra titulación, si se puede saber? ¿Sois runólogos?

—No.

—¿Filólogos? ¿Dialectólogos? ¿Etimólogos? ¿Semiólogos? ¿Arqueólogos?

—Bueno... Yo soy Haelan —dijo ella.

El hombre hizo una mueca de desagrado. Fairhrim parecía ofendida.

—Si la Piedra estuviera herida, seguro que lo agradecería —dijo Widdershins, y enseguida se volvió hacia Osric—. ¿Y usted, señor del ojo blanco esperma?

La simple mención al Coste de Osric bien le hubiera valido al hombre una puñalada en el pulmón, pero Fairhrim estaba delante y sin duda pondría objeciones.

—Yo solo soy un Observador Interesado —dijo Osric, por no decir un Asesino a Sueldo.

—¿Un observador? —repitió Widdershins—. ¿Con la mitad de ojos de lo normal? ¿Acaso entregaste el derecho para que el izquierdo pudiera ver, como Woden?

—No se preocupe por los ojos de mi... compañero —intervino Fairhrim—. Usted publicó una investigación sobre la Piedra de Monafyll hace algún tiempo, pero se desestimó y nos gustaría tener una copia...

—Sí, se desestimó —dijo Widdershins—. ¿Y sabes qué más se desestimó? Mi financiación. Mi posición. Mi reputación. Mi *doctorado*. Ese artículo acabó conmigo. Esa es la naturaleza del sistema académico, ya sabes. No te puedes pasar mucho de los límites de lo Aceptado. Puedes perderlo todo.

Fairhrim se puso seria.

—Soy consciente.

Osric se sintió señalado, porque era culpa suya que Fairhrim se hubiera alejado de los límites de lo Aceptado.

—Entonces ¿qué hace una Haelan investigando la Piedra de Monafyll? —preguntó Widdershins—. No es más que una bagatela arqueológica para los de tu clase, ¿no? ¿O es que pretendes tirar tu carrera por la borda?

—Curiosidad personal —respondió ella.

Widdershins la examinó como si fuera un texto misterioso que descifrar. Luego dijo:

—Os voy a dar un consejillo sobre algo que me costó lo mío descubrir.

Hizo un gesto a Fairhrim y Osric para que se acercaran. Ellos se acercaron. Osric pudo ver el único pelo que le quedaba a Widdershins, blanco, brotando por un agujero del colador.

Widdershins les hizo un gesto para que se acercaran más. Ellos se inclinaron aún más.

—Iros a la mierda —dijo Widdershins en voz muy alta, rociándolos a ambos con saliva.

Y cerró de un portazo.

Fairhrim se quedó mirando la puerta. Se limpió debajo el ojo con la yema del dedo. Una navaja apareció en los nudillos de Osric.

Oyeron cómo otra puerta se abría y se cerraba, esta vez en la parte de atrás de la casa. Se miraron y a continuación atravesaron un lecho de espesa lavanda hasta llegar al jardín trasero.

Detrás de la cabaña había un riachuelo hacia el que se dirigía Widdershins, ataviado con un par de botas de agua. Se quitó la camisa y se metió en el arroyo iluminado por la luna, con el colador todavía en la cabeza.

—No tiene pezones —señaló Osric. Y entonces le gritó a Widdershins—: ¡Oiga! ¿Por qué no tiene pezones?

—No puedes ir por ahí preguntándole a la gente por qué no tiene pezones —lo reprendió Fairhrim.

—Los perdí en el incendio —dijo Widdershins.

Chapoteó en el arroyo.

—Señor Widdershins, ¿qué está haciendo? —preguntó Fairhrim con tono de preocupación.

—Buscar renacuajos. *Obviamente*.

—Es noche cerrada —señaló ella.

—El mejor momento. Venga, iros a tomar por culo.

—Queremos una copia de su artículo, y después nos iremos con mucho gusto a tomar por culo —dijo Osric—. ¿Conserva alguna?

—Ya no existe —dijo Widdershins, chapoteando—. Lo quemé todo.

—¿Y qué decía? —preguntó Fairhrim—. ¿Qué conclusiones sacó sobre la Piedra?

Widdershins hizo oídos sordos.

—Deje ya los renacuajos y responda —dijo Osric.

Widdershins volvió a poner la misma cara de ausencia de antes.

—Renacuajos. Del latín *rana* con el sufijo diminutivo *-ajo*, y la inserción de una sílaba epentética.

—Usted sospechaba que el idioma de la Piedra era una lengua de hadas —insistió Fairhrim—. ¿Realmente logró traducirla?

Widdershins se quedó mirando a un punto al lado de su hombro.

—Traducir. Del latín *traducere,* «hacer pasar de un lugar a otro». También existe la versión procedente del griego, «metáfrasis». Y eso es lo que hacen estas cosas... Pasan de un lado a otro, nos hablan a través de los abismos del tiempo y de lenguas olvidadas hace muchos años.

Widdershins se quitó el colador de la cabeza y lo sumergió en el riachuelo.

Osric perdió la paciencia.

—Como este petardo nos vuelva a dar otra lección de etimología, me voy a cagar en...

—Petardo —dijo Widdershins—. Del francés *pétard*. El sufijo *-ard* suele indicar una cualidad específica, generalmente peyorativa. Y así obtenemos, por ejemplo, «bigardo» y «moscardón». —La mirada perdida de Widdershins volvió a centrarse y se clavó en Osric—. Y por supuesto, «bastardo», pero ese lo conoces de sobra, muchacho, ya que tú mismo eres un ejemplo estelar.

Osric se volvió hacia Fairhrim y dijo con un gesto informativo:

—Estoy a un pelo de polla de matar a este hombre.

—No conozco esa unidad de medida —dijo Widdershins, que también se volvió hacia Fairhrim—. ¿Cómo de inminente es mi muerte? ¿Cuál es la longitud de un pelo de polla estándar?

A Osric le interesaba la respuesta de Fairhrim (probablemente tenía en alguna parte un informe completo sobre pelos de polla con gráficas, medias y esas cosas), pero ella no contestó a la pregunta. Pasó junto a Osric y se detuvo en la orilla del arroyo.

—Me gustaría volver al tema de la Piedra y la traducción...

—¡He pescado uno! —dijo Widdershins. Mostró a Fairhrim el colador, donde se retorcía un renacuajo.

—Muy bonito —dijo ella—. Un renacuajo precioso. Pero, volviendo a su artículo, ¿qué pasaría si utilizáramos sus descubrimientos y demostrásemos que tenía razón?

—Ah, ¿sí? Y ¿cómo vais a hacerlo? —preguntó él—. ¿Vais a invocar a un hada para que lo confirme?

—Si usted me dijera lo que cree que decía la Piedra...

—No decía nada. Como mucho podemos decir que lo *expresaba* en un sentido abstracto.

—De acuerdo. Si me dijera lo que expresaba, ya fuera un ritual de sanación o un patrón, y yo descubriese que hay algo de verdad en ello..., que usted no estaba equivocado, o desubicado, o chiflado, podríamos revertir algunas de las desgracias que ha sufrido. Corregir la desestimación. Favorecer su reincorporación como profesor.

—Pobre criaturita estúpida —dijo Widdershins, aunque no quedó claro si a Fairhrim o al renacuajo—. Tengo un cubo para ti.

—¿Perdón?

Widdershins señaló con la barbilla redondeada hacia el fondo del jardín.

—En el cobertizo. Esa es mi contribución a tu temeraria misión, si estás tan empeñada en manchar tu prestigio con esto.

—Le aseguro que no —dijo mientras lanzaba a Osric una mirada elocuente—. Sin embargo, las circunstancias me han dejado sin alternativas.

—Pues coge el cubo galvanizado —dijo Widdershins—. Y quédatelo. Ahoga en él tus penas cuando esto acabe en una tragedia irremediable.

Widdershins se adentró en el arroyo y desapareció bajo las largas frondas de los sauces que lo bordeaban.

—Galvanizado —dijo mientras se alejaba, con el mismo tono suave y soñador de antes—. De *Galvani*, apellido de un erudito del siglo XVIII que se dedicaba a retorcerles las patas a las ranas muertas.

Fairhrim lo miró mientras se marchaba, con una arruga vertical entre las cejas.

—¿Voy a acabar como él?

—¿Como un cencerro? —preguntó Osric.

—Desprestigiada. —Fairhrim se mordió el labio—. Despojada de todo lo que me importa.

—Hasta que no te dé por chapotear en las charcas en busca de renacuajos, no tenemos que inquietarnos —dijo Osric.

—No eres gracioso.

—Y tú no estás chiflada. Deja de preocuparte.

—No estoy chiflada *todavía*. Pero me temo que cuanto más tiempo paso contigo, más cerca estoy de llegar a ese punto.

—Ja —dijo Osric, porque aquello era, de nuevo, propio de ella—. Vamos a por ese cubo.

Atravesaron el jardín de Widdershins y encontraron un cobertizo en ruinas. Allí, entre palas desvencijadas, botas de agua rotas, moho y óxido, encontraron el cubo. Estaba lleno de una docena de grandes bloques de un material quebradizo de color blanco grisáceo. ¿Qué era aquello? ¿Cal?

A Osric le habría gustado ser el primero en averiguarlo, pero, por supuesto, Fairhrim se le adelantó. Se arrodilló junto al cubo, sacó uno de los bloques y pasó los dedos por las tenues marcas que había grabadas.

—Es un molde de yeso de la Piedra —dijo.

Sacó el resto de los bloques del cubo y los colocó en el suelo. Cuando Osric terminó de comprender sus intenciones, se arrodilló a su lado y empezó a examinar aquel rompecabezas, pero ella ya había terminado de unir los pedazos.

El molde de la Piedra de Monafyll, de unos dos metros de largo, yacía fragmentado ante ellos.

—¿Cómo puedes ser tan rápida? —preguntó Osric.

—He pasado horas y horas estudiando imágenes de la Piedra —dijo Fairhrim—. ¡Oh! Mira esto.

Por todos los bloques había pegadas aquí y allá pequeñas notas manuscritas con una caligrafía inclinada.

—Son notas de traducción de Widdershins —dijo Fairhrim, buscando a tientas su maletín—. Supongo que son provisionales. ¿Puedes leérmelas? Empieza por arriba.

Sacó el cuaderno del maletín. Osric ya había visto una vez aquel horror: estaba encuadernado con una espiral rosa brillante y decorado con un gato fucsia.

Osric leyó los fragmentos de la traducción.

—«Hijos de la luna. Reino de las hadas. La cura de todos los males». Y luego hay tres signos de interrogación... Creo que esta parte no la tenía muy clara.

—Ya veo —dijo Fairhrim, levantando la vista de su cuaderno—. ¿Cómo sigue?

—«Principios de amaneceres y finales de atardeceres». Eh... Luego entra en el calendario lunar propiamente dicho. «Luna de Hrímfrost, enero, exilio. Luna de Hyngre, febrero, chorro de luz...».

Mientras él hablaba, Fairhrim iba tomando notas, hasta acabar con un largo texto de caligrafía ilegible. (Osric le preguntó: «¿Qué es esto? ¿Se supone que es un número? ¿Pone cinco o tres? ¿*Trinco*? ¿*Cres*?»).

1. Luna de Hrímfrost (Escarcha)	exilio
2. Luna de Hyngre (Hambre)	chorro de luz
3. Luna de Cúsc (Castidad)	cargado de sueños (?)
4. Luna de Hara (Liebre)	... mirar a través de la tibia de una liebre...
5. Luna de Blædnes (En flor)	... sol ennegrecido en el confín de la tierra
6. Luna de Begbéam (Zarza)	Cruce de flujos de agua (?)
7. Luna de Hunig (Miel)	arco iris (???)
8. Luna de Thunor (Trueno)	las olas te arrastran
9. Luna de Bédríp (Cosecha)	esa morada oculta
10. Luna de Meodu (Hidromiel)	el sendero gris (?), el reino en penumbra
11. Luna de Gnyrn (Luto)	luz y sombra entre las hojas
12. Luna de Endeláf (Última)	sumido en las sombras

—Esperaba que hubiese instrucciones más precisas —dijo Osric—. Esto no es gran cosa.

—Te equivocas —dijo Fairhrim—. Es muchísimo.

—Ah, ¿sí?

—Bueno, suponiendo que sea correcto, claro —dijo Fairhrim—. Podría utilizar parte de esto para confirmar mis peores teorías. Aunque no tengo ni idea de cómo Widdershins fue capaz de traducirlo. Por lo que tengo entendido, es una lengua aislada. No tiene cognados ni relación lingüística con ninguna lengua conocida. Supongo que no supo cómo explicarlo a sus colegas.

—Quizá se lo chivaron los renacuajos.

Fairhrim estaba absorta en su cuaderno.

—Pero esto es un avance. Podemos trazar una especie de plan. Estas traducciones nos ayudarán a reducir considerablemente las posibles ubicaciones. Mira la luna de Blædnes... Ahora sabemos que buscamos un acantilado, una playa o un borde de algún tipo. Puedo revisar mis gráficas y poner en orden toda la información.

—¿Crees que «la cura de todos los males» incluye la corrupción seith? —preguntó Osric.

Fairhrim levantó la vista de donde estaba arrodillada.

—Si este tratamiento fuera una cura para todos los males, acabaría también contigo.

—*Oye.*

—En fin, de todas formas, puede que nunca lo averigüemos. —Fairhrim volvió a meter los bloques de yeso en el cubo.

—¿Te vas a llevar el cubo? —preguntó Osric.

—Sí. Para recoger mis lágrimas cuando esto acabe en tragedia, o algo así me ha dicho Widdershins. —Se colocó el cubo sobre la cadera—. Me voy. Me pondré en contacto contigo antes de la próxima lunación, para que podamos proceder con esta misión... lunática.

—Qué chiste más malo —dijo Osric—. De todas formas, esto no acabará en tragedia.

Fairhrim sacudió con desesperación el cuaderno en dirección a Osric.

—Esto no es ciencia. No es medicina. Es una absoluta fantasía, una ida de olla, una quimera, un delirio, un despropósito, una excursión por el país de las maravillas. Y va a salir mal, porque todo en este plan está mal.

—Va a funcionar, o ambos pereceremos estrepitosamente.

Osric se dio cuenta de que había ofendido a su Medio Para Lograr un Fin, que ahora tenía una expresión particularmente Final.

—*Tú* perecerás estrepitosamente. Yo seguiré con mi vida de antes, feliz y sin contacto alguno con ningún Fyren.

Y así, volvieron a la escaramuza. Salieron del cobertizo. Se levantó un viento díscolo que le revolvió el pelo a Osric y sacó un mechón rizado del interior del moño de Fairhrim.

—O me curas, o morirás conmigo —dijo Osric.

—Vaya, ¿ahora me vienes con amenazas?

—Se llama «incentivar».

—Mi único incentivo es una orden directa de Haelan Xanthe. Esa es la única razón por la que no te he echado todavía a los Warden.

—Tal vez deberías; prefiero que me desmiembren a tratar con una pretenciosa estirada y quejica.

—Pues a lo mejor lo hago. Sería un alivio no tener que aguantar más a una pústula humana inútil como tú.

—¿Pústula? —repitió Osric.

—¿Tiquismiquis? —dijo Fairhrim.

Se fulminaron con la mirada el uno al otro: Osric con enorme desprecio, que tenía la intención de hacerle comprender que era la mujer más cargante del mundo; Fairhrim, a su vez, con intenso oprobio, que dejaba claro que lo consideraba deficiente tanto a nivel mental como moral.

Fairhrim no tenía ningún miedo, estaba más que dispuesta a desafiarlo. Estaban muy cerca. Así era la guerra: cada ataque, cada batalla acercaba más y más a los contrincantes. Ahora sus alientos se entremezclaban, traspasaban umbrales que sus labios jamás cruzarían. Aquello estaba tan mal que era casi erótico.

Fairhrim se ruborizó. Osric tragó saliva. De repente, los ojos no se contentaban con ver; de repente, la boca ansiaba probar.

No entremezclaron más sus alientos porque ninguno de los dos respiraba. En lo alto del cielo colgaba una luna llena de cicatrices. Su luz se derramaba con suavidad sobre las mejillas sonrojadas de Fairhrim, sobre el mechón de pelo adherido a su labio. Desprendía un brillo oscuro en la mirada. El viento levantaba pétalos de lavanda a su alrededor como virutas de paja.

Fairhrim retrocedió con un parpadeo. Recuperó su habitual impasibilidad, aunque algo la había vuelto quebradiza. Se cubrió con la capa, lanzó una última mirada a Osric y se alejó sin decir palabra.

Él esperó a que desapareciera por el sendero antes de seguirla hasta la viedra. Se tomó su tiempo: tenía un malestar post-Fairhrim que necesitaba quitarse de encima.

Había pura brujería en un buen par de ojos brillantes.

Lástima que tuvieran que pertenecerle a ella.

NOBLESSE OBLIGE

Aurienne

De los cuatrocientos niños trasladados a Swanstone durante el brote de viruela de Platt, los Haelan habían conseguido sacar de peligro a trescientos, hasta el momento. Los pacientes restantes se encontraban en el Pabellón 14, la antigua cafetería, reconvertida en un dormitorio de cien camas. En esas camas yacían los niños, todavía maltrechos por la fiebre, pero con vida gracias a la dedicación y la obstinación de los Haelan.

La regulación emocional era uno de los puntos fuertes de Aurienne, pero, a medida que el brote se recrudecía, sus estrategias preferidas (supresión, compartimentación) iban perdiendo eficacia. Durante el turno de ese día en el Pabellón 14, una niña de no más de cuatro años, llena de costras y entre delirios, se agarró con fuerza a los dedos de Aurienne y a esta se le saltaron las lágrimas. Aurienne miró a su alrededor para comprobar que nadie la veía, se arrodilló junto a la cama de la niña y abrazó su cuerpo extenuado.

Tenía que seguir. La necesitaban. Tomó aire para recuperar la calma (lo que hizo que le inundara el hedor del hlutoformo y de la enfermedad), se secó las lágrimas, apretó por última vez la mano de la niña y se dirigió a la cama contigua. Como una cobarde, no tomó nota del nombre de la paciente; no quería notar su ausencia si había muerto cuando le tocara el siguiente turno.

Aurienne también veía signos de desgaste en los demás. Lorelei, la jefa de Pediatría, que solía ser una persona odiosamente alegre, ahora tenía los ojos hundidos, se movía como un autómata y se dirigía a Xanthe con una apatía impropia. La propia Xanthe, con quien Aurienne compartía el turno, parecía hervir de furia. Escuchó el informe de Lorelei mientras revisaba una hilera de camas. Cada vez que apretaba la mandíbula, le temblaba la arrugada piel de la papada.

Xanthe solía ser explosiva. Esta ira contenida preocupaba a Aurienne más que un arrebato de cólera.

Su turno terminó a las siete de la tarde.

—Ven —le dijo a Aurienne al finalizar los protocolos de higiene—. Vamos a por la cena y nos la llevamos a mi despacho.

Aurienne y Xanthe se dirigieron a la cafetería provisional, ahora situada en un pasillo. Aurienne echaba mucho de menos la comida de su familia (ensaladas ácidas, los briuats rellenos de pollo de su madre, el rfissa aromatizado con fenogreco), pero la seith se regeneraba mejor con comida pesada y calórica, y eso era lo que mejor sabían hacer en las cocinas de Swanstone. Amontonó en la bandeja unas cuantas empanadillas de setas empapadas en mantequilla, un poco de carne estofada, una selección de quesos y algunas tartaletas de nata.

El despacho de Xanthe era una agradable sala de techo bajo situada en la planta baja del ala sur de Swanstone. Durante el día estaba bañada por el sol, por las noches se iluminaba gracias a una enorme chimenea, y tenía una tetera caliente en todo momento. Aurienne se sentó en una otomana parcialmente llena de revistas sobre ingeniería tisular, regeneración de miembros y tratamiento del fallo orgánico terminal. Xanthe ocupó un sillón y por poco desaparece entre los cojines con la bandeja sobre las huesudas rodillas.

—Hay que joderse —declaró.

Le tendió a Aurienne un fajo de cartas a cambio de la revista sobre el fallo orgánico.

—¿Qué es esto? —preguntó Aurienne.

—Les pregunté a mis colegas a lo largo y ancho de los Tīendoms si alguno había recibido fondos suficientes para desarrollar la vacuna. Han pasado cuatro meses de este brote, y ya van miles de niños contagiados en los Tīendoms, pero nadie ha recibido nada sustancial. Ni nosotros, ni las universidades, ni ninguno de los grupos de investigación. Y eso a pesar de las múltiples peticiones, que son cada vez más insistentes.

—Estaba dispuesta a achacarlo a su incompetencia, pero creo que ahora se ha convertido en crueldad —contestó Aurienne—. Supongo que es porque la viruela solo afecta a los niños más pobres, en los que no «merece la pena» invertir dinero.

Xanthe mordió un pepinillo con agresividad.

—Lo lógico sería pensar que, con una decena de reyes y reinas disputándose la supremacía de las narices, habría por lo menos uno fiel al principio de *Noblesse oblige*, ¿no?

—No son lo suficientemente franceses —dijo Aurienne.

—Ese es el problema. Deberíamos haber dejado que los franceses ganaran la dichosa conquista normanda y listo. Pero no. Los derrotamos. Y ahora, ocho siglos después, aquí estamos, con diez reinos ridículos y diez payasos al mando, en lugar de disfrutar de una nobleza francesa con valores decentes. —Xanthe le dio un mordisco a un trozo de queso y añadió—: También tendríamos mejor brie.

Aurienne hojeó las cartas de los contactos de Xanthe. Todas confirmaban la recepción de las cantidades más irrisorias en apoyo al desarrollo de la vacuna.

—Los países más septentrionales son los que tienen las tasas más bajas de viruela. Supongo que eso explica su falta de interés —dijo Aurienne, repasando las cifras—. El Danelaw y Dyfed contribuyeron algo... No mucho, pero algo. Kent y Mercia son los peores. Tienen una de las tasas más altas de incidencia de la viruela y son los que menos han aportado.

—Dumnonia también —añadió Xanthe—. Menudos payasos. Todos ellos.

—Payasos con una clara falta de empatía.

—No reconocerían la empatía ni aunque la tuvieran delante mordiéndoles la polla.

—¿Qué va a hacer? —preguntó Aurienne.

—Mandar una carta diciéndoles cuatro cosas a todos esos payasos —dijo Xanthe—. Ya las tengo preparadas.

Xanthe se levantó del sillón y se dirigió a su escritorio. Junto a su bola de escribir de plata había otra pila de cartas. Con aire misterioso, sacó también un tubo de ensayo sellado, lleno de un líquido transparente.

—¿Qué es eso? —preguntó Aurienne.

—Un complemento especial que voy a incluir en las cartas —dijo Xanthe—. Una especie de posdata.

—¿Una posdata? ¿Considerada peligro biológico?

—Sí.

—Haelan Xanthe, eso no.

—¿No? ¿Es que no has visto a esos niños cuyas supuestas vidas acabamos de prolongar tres horas? ¿Y a los monarcas lanzándoles un puñado insultante de thrymsas? Y mientras tanto, la vida en sus castillos continúa: que si mascaradas, que si óperas, que si banquetes...

—Es espantoso, una desgracia, pero no puede hacerlo. Será mejor que se trague su venganza.

—No puedo tragármela —dijo Xanthe, moviendo el tubo—. Me saldrán verrugas en la boca.

—¿Qué?

—*Ignis papillomavirus* —dijo Xanthe, tapando el tubo con cinta adhesiva—. No me mires así. Unas verrugas no matan a nadie.

—Es una enfermedad terriblemente dolorosa —dijo Aurienne.

—Igual que la viruela.

—¿Ha hablado de esto con el resto de los directores?

—Prendergast es un diplomático —dijo Xanthe, agitando con desdén el tubo de las verrugas—. A veces no estoy segura de cuál es la diferencia entre un diplomático y un felpudo. Para mí es lo mismo. Abercorn no es más que un pedo viejo.

—No lo es —dijo Aurienne. (Abercorn era un endocrinólogo muy respetado).

—En este caso, ha sido tan eficaz como un pedo viejo.

Aurienne no solía atreverse a llevar la contraria a Xanthe, pero la ira de su mentora se estaba transformando peligrosamente en venganza. Cogió la pila de cartas de Xanthe y descubrió que iban dirigidas a reyes y reinas a los que llamaba: «Querido Idiota Integral», o «Apreciado Cretino», o «Estimado Invertebrado Absoluto».

—Élodie está trabajando en la vacuna —dijo Aurienne—. Hay resultados a la vista. Si enviara esto y contagiase a todo el mundo de verrugas (que sí, ya sé *perfectamente* que no son letales), nuestra orden sufriría las represalias.

—No debemos lealtad a ninguno de esos payasos.

—Cierto, pero quiera o no, estamos en territorio del rey del Danelaw, a quien se ha dirigido como —Aurienne revisó la carta— «un cerdo anémico, endogámico y cobarde». Podría complicarnos mucho las cosas. Podría desterrarnos. Acuérdese de cuánto tardamos en desarrollar nuestras instalaciones en Swanstone.

—Podría suavizarlo —dijo Xanthe—. Podría poner «cerdo» a secas.

Lo cierto es que ya se estaba suavizando. Le quitó las cartas a Aurienne.

—Escribirlas me ha hecho sentir mejor.

—Lo sé.

La boca de Xanthe desapareció sobre sí misma mientras se chupeteaba las encías. Con un gesto decidido, arrojó las cartas a la chimenea.

—Tengo doscientos años, Aurienne. Creo que ya se me está agotando la paciencia.

Aurienne observó cómo la ira de Xanthe se retorcía y ardía en el fuego. Recordó el apretón de la mano de la niña y pensó en todos los monarcas dentro de sus castillos, con sus fiestas y sus bailes y sus preciosos hijos a salvo de la viruela, y una parte de ella deseó que Xanthe hubiera enviado esas cartas bien repletas de verrugas.

Había algo positivo en los días siguientes, y era que, entre todos los focos de estrés de la vida de Aurienne, el que llevaba por nombre Osric Mordaunt estaría ausente durante un mes entero. Mayo resplandecía de belleza ante ella: quedaban cuatro semanas hasta la luna de Blædnes, cuatro semanas de normalidad, cuatro semanas sin interactuar con el delincuente asesino.

Pero, obviamente, el destino tenía otros planes. Al destino, pensó Aurienne, le gustaba tocar las narices.

Esta contribución a la filosofía moderna pasó inadvertida porque Aurienne estaba atrapada detrás de su escritorio por culpa de Quincey, revisando la pila de correspondencia.

La deofol de Mordaunt le provocó un cosquilleo en el tācn. El destino le había regalado un indulto de cinco días antes de que él se volviera a entrometer en su vida. «Que Frīa me ampare», pensó. El dinero de Mordaunt venía realmente bien en Swanstone; él, sin embargo, tenía un escaso valor añadido para Aurienne, excepto por los picos de cortisol que le provocaba.

Mientras la deofol hormigueaba en la palma de su mano pidiendo permiso para materializarse, Aurienne se vio incapaz de decidir qué era peor: la perspectiva de tener que atender al Fyren, o a Quincey y su interminable papeleo burocrático.

Aquel era el precio (o la maldición) de ser la Mejor. Todo el mundo requería siempre algo de ti.

Aurienne ignoró la petición de la deofol. No le debía al Fyren disponibilidad inmediata. Y si le molestaba tener que esperar, pues mejor.

El pobre Quincey, que estaba al tanto de la Tremenda Aversión de Aurienne por la burocracia, en ese momento trataba de agilizar la reunión. Requerían que Aurienne se uniera a una mezcla de comités, equipos de trabajo y equipos de operaciones, que desarrollara planes de estudio para una serie de universidades, que evaluara a posibles aprendices Haelan y que dedicara más tiempo a las clínicas comunitarias.

El cosquilleo en el tācn de Aurienne se detuvo. La deofol de Mordaunt se había retirado, probablemente a informar a su amo de su fracaso.

—Dos casos para su consideración —dijo Quincey, colocando unas cartas delante de Aurienne—. La primera, una lesión por compresión que ha dañado los canales seith. La otra creo que le gustará: hemorragias seith. La paciente es una Ingenaut; provoca incendios cada vez que se acerca a un motor.

—Pídele a Whitman que se ocupe de la lesión por compresión —dijo Aurienne—. Yo me encargaré del caso de hemorragia. Parece una buena candidata para el ensayo de microoclusión. Pero que la trasladen a mi sala. No voy a perder el tiempo con viedras.

Quincey, satisfecho de haber acertado, tomó nota y pasó al siguiente punto.

—También hemos recibido esto. —Quincey le entregó un memorándum—. Se ha pedido a todos los Haelan que sigan dedicando quince horas semanales a la sala de viruela, en vista de la crisis actual. Los directores piden su comprensión en estos tiempos difíciles.

Aurienne cogió el memorándum, agradecida de que le recordaran que eran tiempos difíciles. Por poco se le olvida.

—Y, por último, estas bestias reclaman su atención. —Quincey le tendió a Aurienne un amasijo de gráficas sujetas con clips vasculares—. Y eso es todo. Por favor, dígame si puedo ayudarla en alguna otra cosa.

—Lo haré —dijo Aurienne—. Gracias, Quincey. Eres la única razón por la que todavía no he abandonado todo esto para irme al exilio.

Quincey se sonrojó. Estaba desesperadamente enamorado de Aurienne, y de vez en cuando lo demostraba parloteando sobre tonterías, cosa que, para desgracia de ella, empezó a hacer en ese momento. Se apoyó en el escritorio de Aurienne en lo que pretendía ser un gesto de galantería, y empezó a contarle sus planes para el viernes por la noche, que incluían un festival del ruibarbo y sus correspondientes guerras territoriales.

Aurienne volvió a sentir un cosquilleo en el tācn: la deofol de Mordaunt había vuelto a la carga. Mordaunt era el ser más ruin que había conocido, pero hasta el protozoo más inútil servía de utilidad de vez en cuando.

—Tengo un deofol —dijo Aurienne. Hizo un gesto a Quincey para que saliera—. Buena suerte con la mafia del ruibarbo. O el cártel. ¿Serías tan amable de cerrar la puerta al salir?

Quincey hizo una reverencia y se marchó. Intentó cerrar la puerta tras de sí, pero Aurienne oyó sus balbuceos («Lo siento, no puede entrar, está atendiendo un deofol, perdone, lo siento, ¿no me ha oído?»), después una algarabía de beligerancia, y entonces irrumpió en la sala la directora de Traumatología y Cuidados Intensivos, acompañada de la mejor viróloga de la Orden Haelan.

La cabeza rapada de Cath contrastaba fuertemente con los exuberantes rizos rubios de Élodie. Ese era uno de sus muchos contrastes; a Cath le encantaban los cementerios, las amputaciones y el boxeo, mientras que a Élodie le gustaba tocar el piano, las enfermedades oscuras y prensar flores en los libros. Estaban hechas la una para la otra.

—A Aurienne no le importará; solo somos nosotras —le dijo Cath a Quincey con amable calma, como si no acabara de someterlo a sus órdenes. Entonces se volvió a Aurienne—: Hemos traído algo para picar.

Élodie, pálida y sin fuerzas, siguió a Cath y se tumbó en el suelo.

—¿Qué haces? —preguntó Aurienne.

Élodie, con su suave acento francés, respondió:

—Sobrellevarlo.

A Aurienne le pareció una idea excelente y se levantó de su silla para tumbarse junto a Élodie, con la falda del vestido extendida en un semicírculo. En efecto, había mucho que sobrellevar.

Cath se unió a ellas en el suelo y se sentó con las piernas cruzadas entre los aperitivos (galletas saladas, cubitos de queso, uvas, un gran vaso de té). Les dio de comer a Aurienne y Élodie así tal cual, mientras repetía: «Mis preciosos cadáveres, ¡si tenéis mortajas y todo!».

Los Haelan podían escoger cómo llevar el uniforme blanco, Aurienne, partidaria de la estructura y la feminidad, solía elegir vestidos tradicionales de la orden. El atuendo blanco de Cath ese día consistía en unos pantalones de cintura alta y una larga levita entallada, de corte exquisito, que hacía que todas las demás parecieran vestidas con sacos. Aurienne tomó nota para visitar a los fabricantes textiles de la orden e investigar esta opción.

Sin embargo, todas sus charreteras de plata eran idénticas; Aurienne, Cath y Élodie habían obtenido su tācn al mismo tiempo y, por tanto, cada una lucía diez líneas que indicaban sus diez años como Haelan.

—Que entre ese deofol —dijo Élodie, dándole a Aurienne un toquecito en el brazo—. Te hemos interrumpido.

Aurienne no soportaba mentir a sus mejores amigas, pero, dado que el deofol era de un maldito Fyren, no tenía elección.

—No te preocupes. Solo era mi madre. —Optó por un cambio de tema imprevisto, pero táctico—: ¿Os habéis enterado de que quieren que mantengamos las quince horas en Pediatría?

A Cath se le escapó un suspiro.

—Pues no. ¡Por los pezones de Frīa! ¿Podemos pedir una exención? No me he atrevido a recortar mis horas de clínica, pero todo lo demás se ha echado a perder.

—Yo tengo una —dijo Élodie mirando al techo—. Una exención, quiero decir.

—Obviamente, tú sí —dijo Cath.

—¿Tu equipo ha avanzado con la vacuna? —preguntó Aurienne.

Élodie esbozó una leve sonrisa.

—Teniendo en cuenta lo ajustados que son los plazos y la sensación de que en cierto modo somos responsables de todos los nuevos niños enfermos, estoy contenta. Tenemos unos cuantos candidatos. Pronto podremos poner en marcha un programa de vacunación. Gracias a los dioses. Ninguno de nuestros colegas de las universidades ha conseguido mucho.

—¿Ninguno? —preguntó Cath.

—Tienen los laboratorios paralizados, igual que nosotros —dijo Élodie—. No hay dinero, a excepción de la financiación interna. Nadie ha conseguido sacar nada sustancial de ninguno de los consejos de investigación, ni de los Tiendoms.

—Eso me dijo Xanthe —dijo Aurienne—. Es una vergüenza.

—Por lo que parece, todos han cambiado de prioridades estratégicas —dijo Élodie con un vago gesto—. No tengo ni idea de política.

—Quién iba a decir que prolongar las muertes masivas de niños iba a ser el movimiento político más astuto —reflexionó Aurienne.

—Son niños que no le importan a nadie —dijo Cath.

—Algún día esto se convertirá en caso de estudio —dijo Élodie. Empezó a trazar distintos puntos en el aire mientras lo imaginaba—. Enfermedades prevenibles mediante vacunación. Financiación de la investigación. Variables socioeconómicas.

Cath sugirió como título *Un estudio sobre la gestión a manos de gilipollas integrales y sobre los inocentes que murieron por su culpa*.

—Durante el último brote de viruela de Platt, tenían una excusa: la vacuna aún no se había desarrollado —dijo Élodie—. Pero eso fue hace unos cien años.

—¿Qué provocó el fin del último brote? —preguntó Aurienne.

—La extinción de la población huésped —dijo Élodie.

—Dioses.

Cath puso cara de horror.

—Son muchos niños muertos.

—Sí —dijo Élodie—. La propagación se limitó a pequeños asentamientos de Mercia. Lichfield y alrededores. Fue antes de que se popularizara el uso de las viedras, por lo que el virus se mantuvo relativamente localizado. Pero ese ya no es el caso. Las fronteras entre los Tīendoms están abiertas, a menos que estalle la guerra.

—Y no van a cerrar las viedras para evitar la propagación, faltaría más —dijo Cath—. Sería un inconveniente para muchos... Los únicos que lo sufren son los niños de la calle y de los orfanatos.

Cath le pasó el termo de té a Aurienne, que lo destapó.

Aurienne inhaló un fragante vapor de hierbabuena.

—Qué maravilla.

—¿Tienes tazas? —preguntó Cath.

—No, pero tengo esto —dijo Aurienne, cogiendo una caja de recipientes estériles para muestras—. Están nuevos.

—Fenomenal —dijo Cath.

Aurienne sirvió el té en perfectas raciones de sesenta mililitros, que las tres Haelan se bebieron a sorbos.

Entonces el tācn de Aurienne volvió a hormiguear, esta vez con fuerza, casi como una punzada de dolor. La deofol de Mordaunt *otra vez*. Aurienne se excusó para ir al baño, mientras hervía de furia.

Recorrió el pasillo, se ocultó tras una puerta cerrada, apuntó su tācn al suelo y dio paso a la deofol de Mordaunt. (Tuvo la tentación de apuntarlo al retrete, pero dominó el impulso; probablemente la máxima de «No hacer daño» incluía ahogar deofoles en el váter).

El espacio se llenó de volutas negras y humeantes que se agruparon en forma de loba. La sonrisa blanca de la deofol de Mordaunt se materializó entre las sombras, seguida de un par de ojos dorados.

—Más te vale tener una excelente razón para haber insistido de esa forma —dijo Aurienne—. Estoy a puntito de romper mi vínculo con tu amo.

La deofol trató de esbozar una sonrisa conciliadora, pero, dado que era todo dientes afilados, el efecto fue más bien el contrario.

—Saludos, Haelan. ¿Cómo estás? Hoy tienes muy buen aspecto, si me permites decir…

Aurienne, que había dormido tres horas y había comido dos unidades de galletas saladas y un vasito de té, sabía perfectamente el aspecto que tenía.

—No te lo permito. ¿Qué quieres?

—Disculpa las molestias —dijo la deofol, tumbándose sobre su vientre mientras barría ampliamente el suelo con la cola vaporosa—. Es urgente. Mi amo tiene…, tiene un fuerte estreñimiento seith.

—¿Perdón?

—Apenas puede invocar seith. No hay manera de que le llegue al tācn. Casi no tenía ni para enviarme a mí.

—¿Un bloqueo? —preguntó Aurienne.

—No lo sé. ¿Puedes venir? —La deofol reanudó su engatusador movimiento de cola—. No te verá nadie. Su mayordomo y su jardinero no están ahora.

—Vaya, qué educada eres cuando necesitas algo —dijo Aurienne.

—Lo sé —dijo la deofol enseñando más los dientes—. Soy así de manipuladora.

—¿Dónde está? —preguntó Aurienne.

—En la mansión familiar. Rosefell Hall. Tiene una viedra privada. ¿Puedes venir? ¿Por favor?

La deofol estaba intentando poner ojos de cordero degollado, pero, teniendo en cuenta que era una criatura oscura de alma corrupta, el esfuerzo era más inquietante que otra cosa.

—De acuerdo —dijo Aurienne.

—Gracias —dijo la deofol con gran alivio—. Le diré que estás de camino.

—Enseguida voy —dijo Aurienne—. Tengo que terminar aquí. Vete. No pueden verte.

—Claro —dijo la deofol con la cabeza gacha, mientras desaparecía—. Muchas gracias, Haelan. Te estará esperando.

Aurienne regresó a su despacho y encontró a Trauma y Virología completamente fritas en el suelo. Se le escapó un bostezo de envidia mientras preparaba su maletín. Gracias a Mordaunt y su nueva crisis, el sueño tendría que esperar.

Se deslizó de puntillas, recolectando sus cosas mientras Cath y Élodie dormían. Sin embargo, sus esfuerzos fueron en vano: justo cuando estaba cerrando el maletín, en el patio bajo su despacho retumbó un griterío.

Aurienne se acercó a la ventana con la intención de abrirla y reprender a los culpables (aprendices alborotados con el jolgorio habitual de los viernes, que probablemente venían de la taberna), pero, al abrir la ventana, vio que la conmoción no había sido culpa de ningún aprendiz escandaloso. Eran los Warden.

—¿Qué demonios...? —murmuró Aurienne.

Élodie y Cath se levantaron enseguida, una adormilada y la otra malhumorada. Lograron atisbar el final de una reyerta: el brillo azul del tācn de los Warden (la cabeza cornuda de un uro salvaje), el resplandor de sus defensas y la captura de tres o cuatro figuras vestidas de negro. Los Warden ensartaron a las figuras contra el suelo, y estas se estremecieron y se quedaron inmóviles.

En el otro extremo del patio, unos aprendices curiosos asomaron la cabeza tras una puerta. Un Warden les pegó un grito y ellos retrocedieron y volvieron adentro.

Los centinelas de Swanstone entraron a toda prisa en el patio cargados con antorchas. A su luz, Aurienne vislumbró salpicaduras de sangre en las losas y las siluetas de tres hombres y una mujer, encapuchados y embozados, empalados en el suelo.

Uno de los Warden levantó a uno de los muertos por el cuello y le retiró la capucha. La cabeza del hombre se balanceó hacia un lado, sin vida. Otra Warden extrajo su lanza del cadáver, o más bien la arrancó; lo hizo sin esfuerzo, a pesar de haberla clavado en la columna vertebral del hombre. La tercera Warden registró el cuerpo, despojándolo poco a poco de sus ropas hasta que el muerto quedó desnudo, a excepción de la sangre que le manaba del orificio del diafragma ensangrentado.

Los Warden procedieron del mismo modo con los otros tres

cadáveres. La verdad es que el primero fue el que corrió mejor suerte; como los demás habían caído en las trampas, cuando los alzaron para su registro perdieron varios miembros.

Aurienne no reconoció a ninguno de los cuerpos.

Cath dejó escapar un silbido.

—Órganos frescos para la Unidad de Trasplantes.

—Y material para el laboratorio de anatomía —añadió Aurienne.

Cath señaló un pie cercenado.

—Ponle un trozo de cuerda y tendrás un amuleto de la suerte.

—*Regardez*, los directores están saliendo —dijo Élodie.

La pequeña silueta de Xanthe entró en el círculo de luz de las antorchas, junto con un hombre calvo, Abercorn, y otro flaco, Prendergast.

—¿Qué habéis descubierto? —preguntó Abercorn, mientras Aurienne, Cath y Élodie escuchaban a escondidas como traviesas aprendices.

—Los detectamos hace unas horas, husmeando en el foso —dijo Verity, la Warden más alta—. Los hemos despistado con una barrera irregular a lo largo del muro este. No se fiaban, pero al final han entrado. No llevan ninguna clase de identificación.

—¿Qué es esto? —preguntó Prendergast, señalando a un montón de objetos apilados junto a los cuerpos.

—Artefactos incendiarios —dijo Verity—. Llamad a un Ingenaut. Hay que inspeccionarlos y desactivarlos.

Otro de los Warden, Haven, examinó una daga brillante bajo la luz.

—Estaban bien equipados. Este equipo es de calidad. Y además llevaban encima un montón de oro.

—¿Alguna idea de qué buscaban? —preguntó Xanthe.

Verity dio un puntapié con su escarpe de acero a un amasijo de cuerdas, guantes y garfios.

—Iban preparados para una incursión. No sabemos con qué propósito. No íbamos a esperar a que entraran en Swanstone para averiguarlo.

—¿Eran miembros de alguna orden? —preguntó Prendergast.

—No. —Haven extendió las manos inertes de los cuerpos—. No tienen tãcn.

En el patio resonó el timbre severo e irritado de Xanthe.

—Quizá la próxima vez podríamos intentar cogerlos vivos, para poder interrogarlos.

Haven volvió su yelmo hacia Xanthe.

—Nuestra labor es matar a los intrusos nada más verlos. Si desea cambiar el acuerdo, hable con el líder de nuestra orden.

Aurienne se puso en tensión ante el tono de Haven. Élodie ahogó un pequeño grito de indignación.

Xanthe estaba mucho menos alterada que su público.

—Muy bien. Si habéis acabado con los cadáveres, les daremos un uso. Gracias por vuestra vigilancia.

Antes de regresar a sus puestos, los Warden al menos tuvieron la cortesía de hacer un gesto de despedida, tanto a ella como al resto de los directores.

Aurienne, Élodie y Cath se acomodaron en el alféizar de la ventana para observar los acontecimientos como si fueran las tres Moiras. Se llevaron los cadáveres, limpiaron la sangre y recogieron toda la ropa. Felicette, la Ingenaut que vivía en Swanstone, una mujer con gafas y ligeramente desequilibrada, examinó los artefactos incendiarios, luego los recogió entre sus brazos y se marchó trotando como un niño con regalos nuevos. Los tres directores se retiraron a la fortaleza, con aire de preocupación.

—Me pregunto qué estarían buscando —dijo Élodie—. No creo que haya sido otra vez el jardín medicinal, no con esas bombas. A menos que quisieran destruirlo.

Aurienne ahogó un grito ante esa idea tan horrible.

—Tenemos una bóveda muy resistente —dijo Cath—. Tal vez las bombas solo eran una distracción.

—¿Crees que nos dejarán salir? —preguntó Aurienne—. Tengo que ir a…, a ver a mis padres ahora.

Otra mentira por culpa del Fyren. Qué asco. El resentimiento fermentó dentro de Aurienne como una especie de levadura.

—¿Es necesario que vayas precisamente esta noche? —preguntó Élodie.

—No pasa nada —dijo Cath—. Probablemente un Warden la escoltará hasta la viedra.

Tenía razón. Un cuarto de hora más tarde, cuando Aurienne se acercó a Verity en la puerta principal, esta la sometió a un interrogatorio respecto al motivo de su salida. Aurienne volvió a mentir descaradamente y fue escoltada hasta la viedra del Publica o Perece.

Verity estaba inquieta. No paraba de mover el yelmo a derecha e izquierda mientras cruzaban el puente de Swanstone hacia la aldea; llevaba la lanza suelta en el guantelete y se le notaban los hombros tensos incluso debajo de las hombreras. Las barreras protectoras le brillaban bajo los pies.

—¿Van a abrir una investigación o algo así para averiguar quiénes eran esas personas? —preguntó Aurienne.

Las respuestas de Verity eran más secas de lo habitual.

—Nosotros no. No estamos aquí para jugar a los detectives. Tendrás que preguntar a tus jefes.

—Estoy segura de que la abrirán —dijo Aurienne—. Esos no eran ladrones del montón.

—No, no lo eran. Había mucho dinero detrás.

—Esto no me gusta un pelo.

—No te preocupes, Haelan. —Verity le apretó el hombro a Aurienne con una mano pesada, revestida de acero—. Si vienen más, correrán la misma suerte. Ni siquiera tenían tācn.

—Supongo que no hay muchas cosas que te preocupen de verdad estando destinada en Swanstone.

—No, solo algunas.

—¿Cuáles?

—Que la Orden Agannor haga algún movimiento. —Verity inclinó su yelmo, con gesto pensativo—. Imagina tener que luchar contra tu propia hermana de lanza porque está poseída por uno de esos monstruos... O tal vez un asalto de Dreor. Aunque es poco probable en los tiempos que corren.

A Aurienne le pareció interesante que la Orden Fyren no apareciera en la lista de Verity. Seguro que Mordaunt se ofendería.

—Pero bueno, es hablar por hablar —dijo Verity—. Los Acuerdos de Paz prohíben ese tipo de ataques tan viles entre órdenes.

—Nunca he conocido a un Agannor ni a un Dreor —señaló Aurienne.

—Mejor —dijo Verity—. Espero que nunca lo hagas. Una vez nos atacó un Dreor en Tintagel. Sembró el terror al otro lado de nuestros muros. Hicieron falta dos Warden para derribarlo. Fue como luchar contra un perro rabioso, solo que el perro llevaba una armadura y una guadaña, y era incluso más grande que yo.

—¿Y qué pasó? —preguntó Aurienne.

—Lo capturamos. Dinadan, el líder de los Warden, convocó a las demás órdenes en el Stánrocc para llegar a un acuerdo sobre qué hacer con la criatura. Nuestra postura era que el Dreor había cometido una agresión contra la Orden Warden y debía ser ejecutado, conforme a los Acuerdos de Paz. Todos los Senderos Brillantes votaron a favor; los Fyren y los Agannor votaron en contra; las hérgulas se abstuvieron. La Orden Dreor no envió a ningún representante. Así que ganaron los Senderos Brillantes. Cuando volvimos a Tintagel, atamos a un Warden a cada una de las botas del Dreor y lo partimos por la mitad. Luego lo quemamos. No paró de reírse en todo el tiempo.

—¿Están todos así de locos? —preguntó Aurienne.

—No. Hay diferentes..., bueno, podríamos llamarlos «rangos». Algunos adquieren el tăcn y siguen igual que tú y que yo cuando recibimos el nuestro. Otros adquieren el tăcn y pierden la cabeza. Parece ser que, cuanto más débil es la voluntad, mayor es el riesgo. Eso he oído. Tampoco es que sepa mucho. Es mejor no saber mucho sobre los Senderos Sombríos.

Al llegar al Publica o Perece, Aurienne dio un golpecito con una moneda en la ventana para llamar la atención de Grette, la tabernera, y la dejó en el alféizar.

Verity esperó mientras Aurienne vertía su seith en las runas del pub cercano a la casa de sus padres en Londres.

—Gracias por escoltarme —dijo Aurienne—. Y por tranquilizarme. Espero que el resto de la noche sea menos accidentada. Wes hāl, que vaya bien.

Verity le hizo un parco gesto de despedida a Aurienne mientras esta se adentraba en la gratícula de la viedra.

Luego llegó otro momento de diversión patrocinado por Mordaunt; al materializarse en la viedra de Londres, Aurienne se topó con un vecino de sus padres y tuvo que inventarse otra excusa para librarse de él.

Tomó la viedra a otro pub y por fin desde allí pudo llegar a su destino: Rosefell Hall, la residencia de la familia Mordaunt.

ROSEFELL HALL

Aurienne

Los viajes a través de las viedras siempre mareaban a Aurienne, y varias inmersiones consecutivas en la gratícula de viedras empeoraban todo aún más, por lo que el trayecto a través de la línea ley fue un verdadero horror.

Todas las moléculas de Aurienne se reconstituyeron en Rosefell, en algún lugar de Mercia. Tenía una sensación de clandestinidad, mareo y hartazgo de sus propias mentiras. Se apretó el tā cn contra la frente para calmar las náuseas mientras se orientaba. Se encontraba junto a una viedra, al borde de un amplio camino de grava cubierto de maleza.

La luna menguante, escondida entre las nubes, apenas arrojaba luz, de modo que Aurienne tuvo que caminar hasta la casa con el tācn sostenido en lo alto. El aire estaba cargado del sonido de los insectos nocturnos, acompañado del crujido de sus pasos sobre la grava.

Rosefell Hall apareció al fondo. La enorme mansión se alzaba negra ante Aurienne. Era un edificio ancho e intrincado, lleno de ventanas tapiadas aquí y allá; tenía un tejado al que le faltaban la mitad de las tejas y paredes atestadas de enredaderas. En lo más alto había una veleta con forma de lebrel que daba vueltas sin parar, a pesar de que no hacía viento.

Cómo no iba a vivir el Fyren en ese lugar. Parecía completamente maldito. Era una guarida.

A Aurienne no le gustaban nada las enredaderas. Eran escaleras para ratas.

Las enormes puertas de la casa estaban flanqueadas por lebreles heráldicos que sostenían escudos adornados con pétalos. De la puerta colgaba una aldaba de latón deslucido con forma de ramillete de rosas silvestres. Aurienne llamó con tres golpes impacientes que hicieron callar a los insectos nocturnos.

Esperaba que las puertas se abrieran de forma dramática y que tal vez apareciera un siniestro mayordomo, al que ya había pensado pedirle que fuera a buscar al infeliz de su señor. Sin embargo, las puertas no se abrieron, ni apareció ningún criado. En lugar de eso, sonó un chasquido del pomo, acompañado de una retahíla de quejas ahogadas.

Al final, entre las puertas aparecieron las yemas de los dedos enguantados de Mordaunt, luego sus manos y después su cara.

—No sueles recibir visitas, ¿eh? —preguntó Aurienne (sin echarle una mano).

Mordaunt tenía cara de pocos amigos.

—Has tardado tanto en venir que se han oxidado las puñeteras bisagras.

—Me ha sido imposible salir antes. Tienes suerte de que haya venido.

Él no se molestó en preguntar qué la había retrasado, así que mejor: Aurienne se lo guardó para próximas negociaciones.

—La próxima vez entra por la puerta de atrás, junto a las cocinas —dijo Mordaunt.

Era bastante atrevido por su parte asumir que habría una próxima vez, pero de acuerdo.

Al fin, él logró abrir una rendija lo suficientemente ancha como para que Aurienne se deslizara dentro.

—Pasa.

No iba tan bien vestido como de costumbre. El cuello de la camisa no estaba impecable; le hacía falta una pasada de plancha.

Tenía una mirada suspicaz, casi salvaje. Su pelo plateado, normalmente bien peinado, ahora estaba revuelto.

La puerta se cerró tras Aurienne, a quien le cayó encima un trozo de yeso. También una araña. Mordaunt se deshizo de ambos murmurando una disculpa por estas molestias añadidas a su persona.

—No me importa —dijo Aurienne—. Vivo en una buhardilla.

Lo siguió al interior de la casa. Sus pasos resonaban en las baldosas del cavernoso vestíbulo. En las ventanas (las que aún no estaban tapiadas) lucían también vidrieras de lebreles y rosas heráldicas. Gruesas vigas atravesaban los techos, ennegrecidos por el moho. Las velas titilaban aquí y allá, arrojando una luz tenue.

—¿Vives solo en esta casa tan grande y tan vacía? —preguntó Aurienne.

—Sí —respondió Mordaunt.

—Así que eres un misántropo.

—¿Por qué crees que me dedico a matar?

Mordaunt la guio por el vestíbulo y se adentraron en una serie de pasillos abovedados.

—¿Qué le pasó a tu familia? —preguntó Aurienne.

—Los maté a todos.

—Ah.

—Y me comí sus corazones.

—Oh.

—¿Me crees?

—Sí.

—¡Cómo te atreves!

—Creía que querías que me fiara de ti —dijo Aurienne.

—¡No cuando es evidente que miento! —dijo Mordaunt.

—Entonces, si no los mataste, ¿dónde están?

—Bueno —admitió Mordaunt, como un niño pillado en una mentirijilla—, maté a mi padre. Mi madre murió por… otros motivos.

—¿No naturales?

—No.

A ambos lados del pasillo se abrían oscuras habitaciones como mausoleos. Decenas de exquisitos muebles se descomponían en su interior, cubiertos con sábanas blancas. El papel de pared estaba desconchado. Las cortinas, podridas. Las tablas del suelo crujían incesantemente bajo sus pies. Todo era grandeza en decadencia.

A Aurienne le agradó ver aquello. Por ella, el Fyren podía pudrirse.

Un pequeño estornudo acompañó este pensamiento tan poco empático. Aurienne no soportaba el polvo.

Llegaron a la parte de atrás de la casa, a una zona que parecía un poco más habitada y, por suerte para la nariz de Aurienne, menos polvorienta. Pasaron junto a un piano de cola, una sala llena de retratos, otra repleta de jarrones de plata y espejos, y otra de esculturas de mármol.

—Soy un gran apasionado de la belleza —dijo Mordaunt. Ante la cara de incredulidad de Aurienne, añadió—: Parece como si dudaras de mí.

—Matar es lo más menos bello que hay.

—De algún modo hay que financiar la belleza.

Aurienne no hizo más comentarios, a excepción de un leve murmullo crítico. Pasaron por delante de una pequeña armería repleta de armas y de una galería de cuadros con impresionantes paisajes soleados.

—¿Qué son? —preguntó Aurienne.

—Paisajes.

—¿Paisajes de un delirio febril?

—Se llama impresionismo.

Pasaron por una profunda alcoba. Estaba decorada con cortinas rosas y malvas y tenía forma de un peculiar tubo.

—¿Se supone que debe parecer un colon? —preguntó Aurienne.

—¿Un colon? —repitió Mordaunt.

Aurienne señaló los volantes, flecos y pliegues rosados que había por todas partes.

—Vellosidades. Mucosa. Submucosa. Estas bolsas parecen criptas intestinales muy realistas.

Mordaunt se sintió tan dolido como ofendido.

—¿Qué? No. Esto formaba parte de la experiencia visual de mi espléndido De Beauveau. *Rosas crepusculares*. Tuve que venderlo.

Aurienne observó el fondo del colon, donde había un marco desnudo.

—¿Por qué?

—Tú —dijo Mordaunt. La palabra estaba cargada de resentimiento.

—¿Yo?

—Veinte millones de thrymsas.

—Ah.

—Debería haber seguido con el plan del secuestro —se lamentó él.

—Hiciste bien en no hacerlo —respondió ella.

Mordaunt no parecía convencido. Aurienne no discutió. No necesitaba saber qué estragos podría haberle causado. El lema de «No hacer daño» se sostenía hasta que chocaba frontalmente con la defensa propia, y en ese caso Aurienne era capaz de hacer... Bueno, bastante daño. Los Haelan sabían exactamente cómo mantener viva a la gente, pero también a la inversa: conocían unas cuantas formas interesantes de provocar la muerte instantánea. Por algo el tācn de la orden era un Aer.

—Eso también es culpa tuya —dijo Mordaunt, señalando una serie de enredaderas que se enroscaban alrededor de un cuadrado desnudo en la pared—. Y eso también —añadió, señalando un hilo de agua que no enmarcaba nada.

Aurienne no se disculpó por los huecos en la opulencia. De hecho, le resultaban gratificantes. Si lo hubiera sabido, le habría pedido treinta millones. No, cuarenta millones y todo Rosefell Hall. Podrían haber utilizado la mansión como una unidad de aislamiento después de algunas reformas.

Mientras caminaban, una vocecita declaró:

—¡Ladilla!

Aurienne se volvió hacia Mordaunt, quien, por su parte, parecía hastiado.

—Es uno de esos malditos grillos criticones.

—¿Te siguió desde la Colina de Abajo?

—Debió de hacer de polizón. Ahora vive aquí. Pero no hay manera de encontrarlo para matarlo.

—Caraculo —dijo el grillo.

—Vete a la mierda —respondió él.

—¡Chúpamela! —gritó el bicho.

—Cuando te encuentre —amenazó Mordaunt, dirigiéndose a la sala por entero—, voy a hacerte sufrir.

—Igual deberías ocuparte primero de los traumitas que tienes con papá —dijo el grillo.

Mordaunt, con aire sombrío, retomó la marcha por el pasillo seguida de Aurienne.

Llegaron a un salón en el que abundaban el ormolú, el alabastro y el oro. Había cachivaches decorativos por todas partes: figuritas de bronce en poses eróticas, candelabros con forma de cigüeña, tinteros engastados con joyas, perros de porcelana fina, cofres de piedras preciosas, caballos, relojes, globos terráqueos, bustos de mármol, una enorme langosta dorada. Todas las paredes estaban cubiertas de tapices, a excepción de una en que lucía un gran mapa de los Tīendoms finamente labrado en oro, plata y cobre.

Mordaunt le ofreció a Aurienne una silla de respaldo alto y él se sentó enfrente en otra idéntica.

Gracias a las llamas que crepitaban en la chimenea, esta era la habitación mejor iluminada de la casa. El fuego ardía débilmente y emanaba un humo fragante, con un punto amargo. Otorgaba a la escena un cierto aire gótico al titilar sobre los paneles de madera y los rasgos regios de Mordaunt, llenos de cicatrices. Esa noche solo llevaba una camisa arremangada hasta los codos, que dejaba ver unos antebrazos especialmente fibrosos. Las venas que los surcaban eran el sueño de cualquier flebotomiano.

Un pensamiento, profano e inoportuno, brotó en la mente de Aurienne: Mordaunt, desaliñado, principesco, bañado por la luz taciturna del fuego, era verdaderamente atractivo.

Madre del amor hermoso. Aurienne no había considerado a nadie realmente atractivo desde…, desde *ella*.

Bueno, no pasaba nada. Tenía una boca desafortunada y una moral aún más desafortunada, por lo que Aurienne estaba bastante a salvo. Además, ella tenía mejores pómulos.

Le sorprendió ver a muchos perros viejos cojeando o dormitando por el salón. Eran asustadizos, la mayoría habían huido en cuanto puso un pie en la habitación. El único lo bastante valiente como para quedarse era un terrier artrítico que apenas podía ladrar. Exhalaba violentas bocanadas de aire que parecían tratar de dar órdenes amenazantes. Aurienne lo miró fijamente. Él le devolvió la mirada. El terrier, satisfecho por la valentía de aquella humana ante a su ferocidad, regresó a su cojín.

Sobre una mesa baja había una tetera y algunas galletas que Mordaunt le ofreció con un gesto de cortesía.

—No, gracias —dijo Aurienne, que recordaba lo que había dicho Mordaunt sobre los tés paramnésicos de su servicio y no deseaba probar su potencia—. Tu deofol dijo que no eras capaz de invocar seith a tu tācn.

Por primera vez desde su llegada, Aurienne pudo distinguir bien el rostro de Mordaunt. Bajo la barba rala, parecía afligido.

—Hoy, en mitad de una misión, he notado una fluctuación —dijo—. He podido terminar el encargo, pero desde entonces no he sido capaz de invocar mi seith.

Se quitó el guante y levantó el tācn hacia Aurienne. La espantosa calavera de cerbero parpadeó con un tenue destello rojo y luego volvió a desvanecerse en tonos granates. Mordaunt soltó una maldición y volvió a concentrarse, pero su tācn no respondió y permaneció inerte como una mancha de sangre sobre su palma.

—Vamos a echarle un vistazo —dijo Aurienne. Dejó el maletín en el suelo y se puso en pie—. Quítate la camisa, por favor.

Mordaunt se levantó y se desabrochó la camisa.

—Entonces ¿se acabó? —preguntó con una voz que pretendía sonar despreocupada, pero que pareció un quejido ahogado—. ¿La corrupción ya se ha extendido a los nódulos?

—No lo sé —respondió ella—. Vamos a averiguarlo.

El terrier olisqueó el aire y estornudó en señal de protesta mientras Aurienne se lavaba las manos con hlutoformo.

—¿Por qué tienes tantos perros?

—Me los encuentro, o bien ellos me encuentran a mí.

—¿Y por qué te los quedas?

—¿Por qué no?

—Todo lo demás que tienes por aquí es raro, bonito o caro.

Mordaunt le tapó las orejas al terrier y le dijo:

—No le hagas ni caso. —Luego se volvió hacia Aurienne—. ¿Qué te pasa? Además, estos animales salen carísimos; ¿tienes idea de lo que cuesta traer al veterinario para que examine a ocho perros?

Aurienne no trató de comprender su lógica; no parecía tener ninguna.

—Bueno. Date la vuelta. A ver qué hay por aquí.

Se quitó la espuma del hlutoformo de la palma de las manos y cayó en ese estado de calma y curiosidad previo a la efusión, de agradable impaciencia por resolver un problema. Como cualquier Haelan, adoraba estos momentos de descubrimiento, a pesar de que el paciente fuera un Fyren. Estaba visto que una era capaz de acostumbrarse a cualquier cosa.

Mordaunt estaba nervioso. Su coraza de seguridad se había desvanecido; tenía los ojos nublados de un gris inquieto. Las oquedades bajo sus pómulos se hicieron más profundas al apretar la mandíbula y la cicatriz de sus labios se aclaró. Se abrió el cuello de la camisa con un gesto tan brusco que podría haber desgarrado la tela. Se había desabrochado los botones, pero había olvidado quitarse los tirantes, que le impedían desvestirse del todo. Se retiró la prenda de los hombros con las manos temblorosas. Evitaba el contacto visual con Aurienne y mantenía la vista fija en la lámpara de araña apagada, como un condenado a muerte que mira al sol por última vez, a la espera de la horca.

—Me sorprendería que fuera la corrupción —dijo Aurienne—. El hecho de que todavía puedas provocar un parpadeo en el tãcn me hace pensar que es otra cosa.

Mordaunt no contestó. Mantenía la misma cara de condenado, pero ahora con el pecho desnudo.

—Vale —dijo Aurienne—. He tenido un día largo y no he ahorrado mucha seith. No esperaba necesitar más antes de acostarme. Puede que vaya un poco lenta.

Él asintió, tenso.

Aurienne presionó con la palma de la mano en la clavícula y activó su tãcn. Como era de esperar, en lugar de brotar de ella con frescura, como solía ocurrir a primera hora de la mañana, su seith parecía aletargada. Aun así, la vertió en Mordaunt.

En la mayoría de sus sesiones anteriores, él estaba de espaldas a ella. Esta vez, podía verle la cara. Su boca, normalmente preparada para lucir una sonrisa insufrible, ahora trazaba una amarga línea. Centímetro a centímetro, Aurienne se abrió paso a través de sus canales seith en descomposición.

—¿Estoy acabado? —preguntó él.

—Cállate —murmuró ella.

Aurienne se concentró en su seith, pero aun así podía sentir cómo Mordaunt la miraba, ahora en silencio. Su respiración era lenta y pausada, pero su pulso no mentía y latía desaforadamente bajo la palma de la mano de Aurienne.

En ese momento, Mordaunt carecía de lo único que le daba poder, que lo hacía intocable, que lo convertía en un Fyren.

En ese momento, era un mero mortal.

Aurienne debería haber disfrutado de aquella vulnerabilidad. Deseaba disfrutarla. Pero, a decir verdad, solo le parecía patética.

La degeneración del sistema seith podía causar una acumulación excesiva de proteínas de la matriz extracelular en los canales seith. Y exactamente eso fue lo que Aurienne encontró en el antebrazo izquierdo de Mordaunt: una obstrucción donde sus canales deteriorados se cruzaban con los sanos. Un émbolo de seith precioso, jugoso y ejemplar, que impedía el flujo hacia su tācn.

Aurienne le retiró la mano del pecho.

—¿Y? —preguntó él a media voz. Dio un paso vacilante hacia ella y luego retrocedió.

Aurienne no era cruel. No quiso prolongar su agonía.

—Te pondrás bien. Un cúmulo de células muertas ha obstruido uno de tus canales seith.

Mordaunt dejó escapar un suspiro de alivio. Agarró a Aurienne por las muñecas y las soltó inmediatamente como si quemaran. Empezó a pasearse frenéticamente por la habitación. Levantó los brazos, los entrelazó detrás de la cabeza y se quedó mirando al techo.

Una vez agotado el arrebato de energía, se acercó de nuevo a Aurienne.

—¿Como un coágulo?

—Exactamente como un coágulo —asintió Aurienne—. Un émbolo de seith.

—¿Qué hacemos? —preguntó Mordaunt.

—¿Cómo que «hacemos»? —dijo Aurienne—. *Yo* te lo limpiaré.

—Gracias a los dioses que existes —dijo Mordaunt.

—Eso, da gracias por mi existencia. Porque esto normalmente requeriría una embolectomía, que es un procedimiento desagradable con alto riesgo de daño permanente.

Aurienne esperó a que le dijera que era una arrogante, pero el comentario no llegó. En lugar de eso, Mordaunt la observó con una expresión contradictoria, de desganado respeto, de reacia estima.

—¿Así que puedes arreglarlo? —preguntó—. ¿Ahora?

—Quizá —respondió Aurienne.

—¿Quizá? —repitió Mordaunt.

—No me has preguntado por qué he llegado tarde hoy —dijo ella.

Mordaunt, haciendo gala de una inteligencia inusitada hasta ese momento, se puso en alerta. Tenía motivos: en ese momento, Aurienne iba con ventaja.

—Debería haberte preguntado —dijo Mordaunt con súbita e hipócrita cortesía—. ¿Por qué has llegado tarde, querida Haelan?

—En tus andanzas por el mundo del crimen —Aurienne hizo un aspaviento con la mano hacia un montón de escoria imaginario—, ¿has oído hablar de alguien que tenga como objetivo Swanstone?

—No —dijo Mordaunt—. ¿Por qué?

No hubo atisbo de duda en su respuesta, aunque eso no ayudó a Aurienne a adivinar si mentía o no.

—Esta noche los Warden han atrapado a cuatro intrusos —dijo Aurienne—. No eran los intrusos habituales. De vez en cuando hay ladrones que quieren colarse en el jardín, o drogadictos que asaltan el almacén de medicamentos. Pero en esta banda iban armados hasta los dientes, llevaban artefactos incendiarios y estaban muy bien financiados.

—¿Tenían tăcn? —preguntó Mordaunt.

—No.

—Idiotas. Es casi imposible burlar a los Warden, salvo para mí. ¿Y civiles, además? Tenían ganas de morir.

—O estaban desesperados —dijo Aurienne—. O alguien los ha coaccionado. O buscaban algo o a alguien en concreto, lo bastante importante como para arriesgar sus vidas.

—Interesante —dijo Mordaunt.

—¿Puedes intentar averiguarlo? —preguntó Aurienne.

—¿No vas a curarme el émbolo hasta que acceda?

—Exacto —dijo Aurienne.

El Fyren se cruzó de brazos sobre el pecho desnudo, y el gesto le juntó los pectorales. Aurienne observó, fugazmente, que tenía más escote que ella.

—¿Y bien? —preguntó Aurienne.

Justo cuando Mordaunt abrió la boca para responder, sonó un golpe en una parte distante de la casa.

Entonces se oyó un grito:

—¡Hola! ¿Hay alguien?

El terrier afónico ladró. Mordaunt se dio la vuelta de un salto. Aurienne se quedó paralizada.

—Mierda —dijo él.

Antes de que Aurienne pudiera procesarlo, el Fyren la arrastró por la habitación y la metió en un armario.

—Quédate aquí —dijo Mordaunt por encima de sus quejas ahogadas—. No te muevas.

Se oyeron más golpes, como si alguien se estuviera chocando contra los muebles. Por el pasillo retumbaron una serie de pasos irregulares.

La puerta del armario se había quedado entornada, lo que permitía a Aurienne entrever la sala de estar por una rendija. Mordaunt metió su maletín Haelan bajo el sofá de una patada.

El autor de los pasos irregulares entró en la habitación. A juzgar por su capa y su capucha, también era un Fyren. Al igual que Mordaunt, llevaba un montón de fundas de armas enganchadas al cuerpo, pero entre los cuchillos y las espadas llevaba también un par de tijeras rosas y un rodillo de amasar.

Mordaunt, todavía descamisado, se dirigió hacia el intruso y susurró:

—Leofric. ¿Qué haces aquí?

Leofric se quitó la capucha, dejando al descubierto una tez pálida y una mata de pelo pelirrojo que brotaba hacia arriba de alguna forma inexplicable.

Los perros ancianos volvieron a la sala y empezaron a gimotear y a cojear a su alrededor, moviendo la cola. Leofric intercambió saliva con ellos mediante vigorosos besos (Aurienne se estremeció) y se abalanzó sobre Mordaunt para darle un abrazo torpe. Este lo contrarrestó con los brazos completamente rígidos.

—Me ha entrado una Preocupación —declaró Leofric.

Se puso flácido y cayó en los brazos de Mordaunt.

—Vas como una cuba —dijo él.

—Sí —masculló Leofric a duras penas, y entornó los ojos mirando a la mesa—. ¡Oh! ¿Son galletas de chocolate?

Leofric se lanzó sobre las galletas, pero fue incapaz de reunir la coordinación necesaria para llevárselas a la boca. Mordaunt le metió unas cuantas.

—¿Qué quieres? —preguntó Mordaunt—. ¿Cuál es la Preocupación?

Leofric cerró los ojos para concentrarse en masticar. Mordaunt miró hacia abajo, vio que la correa del maletín de Aurienne aún sobresalía por debajo del sofá y le dio un puntapié para meterla más adentro.

—Tengo que enseñarte algo... porque confío en ti —balbuceó Leofric.

—¿El qué?

Aurienne no sabía qué tenía que enseñarle Leofric a Mordaunt, pero desde luego no se imaginaba que en ese momento se bajaría los pantalones y los calzoncillos.

Mordaunt tampoco se lo había imaginado.

—Pero ¿qué estás haciendo?

—¿A ti te cuelga un huevo más que el otro? —preguntó Leofric, señalando el testículo en cuestión.

—Súbete los pantalones, pedazo de memo.

—¿Sí o no?

—No lo sé —dijo Mordaunt—. Nunca he comprobado su simetría.

—Pues vamos a verlos —dijo Leofric, señalando la entrepierna de Mordaunt.

—Vete a la mierda —respondió él.

—¿Qué..., qué hago? —preguntó Leofric—. ¿Debería ir al médico?

—No lo sé.

—¿Le doy una palmadita? ¿Un pellizco? ¿Crees que eso lo subirá?

—Tienes que irte.

Leofric se puso filosófico.

—¿Sabes? Creo que mi vello púbico no es lo suficientemente rizado. ¿Qué te parece? Con sinceridad.

Mordaunt quedaba fuera del estrecho campo de visión de Aurienne, pero igualmente oyó su gruñido exasperado.

—Largo.

—¿Por qué? —preguntó Leofric, ofendido y enfurruñado—. ¿Qué estabas haciendo tan importante? ¿Por qué estás medio en bolas?

—No es asunto tuyo.

Leofric pareció sospechar.

—Apuesto a que tú también estabas a punto de darte una palmadita en las pelotas.

—No —dijo Mordaunt.

—A punto de masajeártelas, entonces. Pues te voy a decir una cosa. —Leofric apuntó con un dedo a la cara de su compañero, como si estuviera a punto de darle un consejo profundo. Luego dijo—: No te enredes los dedos con el vello púbico.

Mordaunt alucinó.

—¿Cómo de largo crees que tengo el vello púbico?

—No sé. Seguro que te lo trenzas.

—Vete a tomar por culo.

—El chico de las trencitas.

—No pienso repetírtelo. Fuera.

Leofric se puso gallito.

—¿Y si no quiero?

—Te azotaré con mi trenza de vellos púbicos.

El otro echó la cabeza hacia atrás y soltó una carcajada aguda.

Mordaunt, perdiendo la paciencia, le subió los pantalones, lo agarró por los hombros y lo condujo hacia la puerta.

—Vete a casa.

—¡Trencitas! —relinchó Leofric.

—Vete a la viedra, y no quiero volver a oír hablar de vello púbico —dijo Mordaunt, espoleándolo hacia la puerta.

Leofric soltó un desgarrador lamento acerca de sus testículos desiguales.

La sala de estar se quedó en un silencio tan solo interrumpido por los golpes ocasionales de Leofric contra los muebles mientras Mordaunt lo echaba a empujones. Finalmente, se oyó un portazo, seguido de los chasquidos de varios cerrojos.

Mordaunt volvió a la sala de estar, completamente irritado. Abrió el armario y al fondo vio a Aurienne, descompuesta, tratando de recuperarse de un ataque de risa silenciosa.

Mordaunt le tendió una mano para ayudarla a levantarse. El movimiento fue brusco, el agarre más suave. Aurienne se incorporó, se secó las lágrimas y recobró su seriedad habitual. Más o menos.

Qué pena que no pudiera compartir esta anécdota con Élodie y Cath.

—Eso ha sido… —dijo Aurienne.

—Corramos un tupido velo —dijo Mordaunt. Parecía irritado en extremo. Estaba rojo como un tomate de la vergüenza.

—Tu amigo es…

—No es mi amigo —dijo Mordaunt.

—¿Quién es?

—Leofric. Solo tiene una neurona, lo justo para no cagarse encima.

—Parecía simpático…

—Es un imbécil con un imán para el caos. Imposible decir si es el precursor o la causa. Le odio.

—Hay que decir que sí que tiene el vello púbico sorprendentemente liso —dijo Aurienne—. Incluso rígido.

—No me puede importar menos el vello púbico de Leofric.

—Podría sacarle un ojo a alguien.

Mordaunt cerró el armario detrás de Aurienne con un chasquido y preguntó con aire de profundo sufrimiento:

—¿Es necesario insistir en este tema?

Aurienne insistió.

—¿Su deofol es un puercoespín?

—Veo que tienes un humor basado en los golpes bajos.

—No, bajo tenía Leofric el huevo —dijo Aurienne—. ¿Es un puercoespín?

—Es un erizo de mar.

Aurienne estuvo a punto de soltar una carcajada, pero se contuvo y dijo:

—Un erizo de mar. Naturalmente.

—Naturalmente.

—Dile que la asimetría testicular es normal. Sin embargo, si le duele o si le sale algún bulto, debería ir al médico.

—No le voy a decir *nada*. ¿Podemos continuar con tu burdo intento de coacción?

Aurienne recobró la compostura ante aquella condescendencia. ¿Burdo? ¿Cómo se atrevía?

—Es una *negociación* —dijo—. Y mantengo los términos básicos, dadas las limitadas capacidades de mi interlocutor. Yo te ayudo con el émbolo y tú me ayudas a averiguar qué buscaban esas personas.

Ante este intercambio indudablemente justo (en opinión de Aurienne), Mordaunt dejó escapar un suspiro dramático.

—Si cuentan con tantos recursos como dices y además son lo bastante atrevidos como para intentar colarse en Swanstone, podríamos estar hablando de cualquiera. Esto podría llevar años. Y conlleva mucho riesgo.

—Permítame recordarle que es usted un experto en recopilación de datos —indicó Aurienne.

—Permítame *a mí* recordarle *a usted* que me pagan generosamente por esa habilidad en particular.

—¿Curarte el émbolo no te parece un pago sustancioso?

Mordaunt había entrado al trapo. Aurienne parpadeó con toda la inocencia del mundo.

—Tienes suerte de que te necesite —dijo él.

—¿Así que tenemos un trato?

—Sí, pero es una mierda de trato y no me gusta un pelo.

—Conozco esa sensación —dijo Aurienne.

Mordaunt entornó los ojos.

—Venga, sigamos.

Volvieron a colocarse frente al fuego.

Aurienne hizo una pausa antes de apretar su tācn contra el pecho de Mordaunt.

—Debo advertir, más que nada porque no me fío de ti, que, a medida que tu estado evolucione, tendrás un significativo riesgo de tener más bloqueos como este. Espero que cumplas tu palabra, de lo contrario no te ayudaré la próxima vez que te ocurra esto.

—Ah, muy bien —dijo Mordaunt—. Ahora me amenazas, ¿no?

—La culpa la tenéis tú y tu nefasta influencia.

—Yo lo veo más bien como una virtud —dijo Mordaunt, como una mariposa presumida.

Aurienne presionó el tācn justo debajo de la clavícula de Mordaunt y se adentró en sus canales seith en busca de la obstrucción. Estaba exhausta y su seith fluía despacio, pero este procedimiento en particular requería más delicadeza que fuerza. Se sumergió en él hasta encontrar de nuevo la obstrucción. Entonces, con una efusión mínima de seith, rompió el émbolo.

El efecto fue instantáneo. Mordaunt extendió la mano. Su tācn de cerbero emitió un resplandor de un rojo intenso.

—Lo has logrado. —Mordaunt recuperó la sonrisa, ágil, amplia, radiante—. Por las tetas de Hel, has hecho que pareciera pan comido. Pensaba que estaba acabado. Eres brillante.

El brillo rojo de su tācn le provocó a Aurienne sentimientos encontrados: satisfacción de ver que la cosa funcionaba como debía y, al mismo tiempo, consternación por haber devuelto al ruedo a un Fyren fuera de servicio. Tenía un Coágulo de Cancelación de Asesinatos y ella se lo había quitado.

La consternación superaba a la satisfacción. Ese tācn era un arma criminal. Su ánimo se hundió aún más que el huevo de Leofric. De pronto no estaba segura de haber tomado la decisión correcta. Una cosa era jugar a celebrar un absurdo ritual lunar que jamás funcionaría, y otra era curarlo de verdad.

Mordaunt notó su incomodidad y se le borró la sonrisa.

—Tienes cara de arrepentimiento.

—He devuelto a un asesino a las calles.

Mordaunt se puso los guantes para ocultar su tãcn, como si Aurienne fuera una especie de pez que pudiera olvidarse así como así de todo lo que había visto.

—Pues yo agradezco que haya funcionado, aunque tú no —dijo Mordaunt. Hizo una breve reverencia de cortesía que a Aurienne le incomodó un poco—. Gracias, Haelan Fairhrim.

Ella no respondió: «No hay de qué», porque no era verdad.

Un finísimo hilo de sudor le humedeció la frente. Esta noche había sobrepasado un poco el límite de su seith, aunque no lo suficiente como para desencadenar su Coste.

Mordaunt se abrochó la camisa (una tarea difícil con los guantes puestos) y se puso la capa con un movimiento elegante. El hombre afligido y patético de antes volvió a convertirse en el Fyren; imponente, seguro, jovial.

—Por lo que veo, Fordyce y Shuttleworth tenían razón sobre ti —dijo—. Eres un Prodigio.

—No me hagas cumplidos —dijo Aurienne.

—¿Te incomoda?

—Sí.

—Bien. Me gusta verte sufrir.

Esta última frase vino acompañada de un guiño.

Insoportable.

—Investigaré la fuente de financiación de tus amigos —continuó Mordaunt—. Pero te advierto que podría tardar meses en descubrir algo de utilidad.

Se acercó a uno de los muchos espejos de la habitación para hacerse los últimos retoques en el cuello de la camisa y el cabello. Aurienne lo consideró un gesto inútil: aunque la pústula se vista de seda, pústula se queda.

—Te acompañaré hasta la viedra —dijo Mordaunt.

—No hace falta —respondió ella.

—Sí hace falta —insistió él—. Leofric podría estar todavía dando tumbos por ahí. Yo iré primero. ¿Tienes suficiente seith para volver a Swanstone?

Una pregunta muy caballerosa; Mordaunt tenía buenos modales cuando quería.

—Estoy bien —dijo Aurienne, a quien jamás se le ocurriría quedarse sin seith por culpa de él.

Mordaunt la acompañó a través de las oscuras cocinas. Al igual que la mayor parte de la casa, daban una impresión general de desuso, salvo una parte de la encimera donde había unas brillantes macetas de cobre secándose bajo un jardín colgante de hierbas aromáticas.

—Espera aquí —dijo Mordaunt—. Te llamo cuando sea seguro.

Se desvaneció en la oscuridad. Aurienne esperó bajo el dintel en ruinas y contempló el paisaje desde ese lado de la casa. La luna permanecía escondida y solo ofrecía una velada sugerencia de sí misma a través de las nubes. El páramo verdinegro se perdía en el horizonte bajo su luz vacilante, entre ondas de brezo y hierba algodonosa, salpicadas aquí y allá por árboles achaparrados.

—Ya puedes venir —la avisó Mordaunt.

Aurienne se reencontró con él a la vuelta de la esquina, en el camino de grava.

El aire nocturno estaba húmedo debido al frío de finales de primavera y, después del ambiente enmohecido de la casa, resultaba exquisito respirar.

Caminaron en silencio hasta que Mordaunt, incapaz de sosegarse, rompió el hielo.

—He estado pensando en Widdershins y su sol ennegrecido —dijo.

—Ah, ¿sí? —dijo Aurienne, en un tono que sugería que las aportaciones de Mordaunt tenían un interés limitado.

Mordaunt no captó la indirecta. Era insistente y espeso como la mucosa.

—Sí —dijo—. Para la luna de Blædnes de mayo. Pensé que podría ser una referencia a un eclipse, pero no hay ningún eclipse, ni solar ni lunar, previsto para los próximos meses. —La miró—. Pero supongo que eso ya lo sabías.

—Por supuesto —dijo Aurienne.

—Entonces ¿qué significa el sol ennegrecido en el confín de la tierra? —preguntó—. ¿Nubes? ¿Humo?

—Significa que toda la traducción de Widdershins es un invento —explicó Aurienne—. No sé nada del sol ennegrecido, pero, si dejamos de lado nuestra incredulidad, algo que, de todos modos, es necesario para este plan, tal vez encontraríamos intersecciones interesantes con los datos sobre lugares en los confines de la tierra. Penínsulas. Cabos. Promontorios. Hay un anal oscuro de Fortriu que se centra en cierta geografía... A ver, ¿qué te hace tanta gracia?

—¿No son oscuros todos los anales?

—Anales. No anos. Uno es un registro escrito. Lo otro es una parte del sistema digestivo.

—Pero ambos pueden ser oscuros —dijo Mordaunt.

—Sí.

—Tirando a negros.

Aurienne observó al Fyren. Se reía mucho de los anos para haber salido de uno.

—¿Has terminado? —preguntó Aurienne.

—Sí.

—Enviaré a mi deofol con instrucciones cuando haya averiguado dónde debemos reunirnos para la luna llena de mayo.

—Odio a esa pequeña rata de cloaca —dijo Mordaunt.

—El sentimiento es mutuo. Él se refiere a ti como el Parásito.

Las nubes se rasgaron cuando llegaron a la viedra. La luz de la luna parecía escarcha a su alrededor. El camino de grava se unía con el páramo negro como una larga estría blanca.

Bajo la luz de peltre, todo era diferente, frío, distante. Las sombras reflejaban a sus sujetos con lívido detalle. La luz perfilaba la oscuridad, la oscuridad amplificaba la luz.

Aurienne apretó su tācn contra la viedra.

No se dieron las buenas noches.

10 GUANO

Osric

Dos doncellas, seducidas; un ayuda de cámara, ídem; un soldado de Northumbria, muerto en su cama. Osric estaba teniendo un buen día.

Aunque seguro que no le duraba, debido a que Fairhrim seguía por ahí.

Le había sido de una utilidad espectacular para tratar el émbolo, pero cualquier simpatía que Osric hubiera desarrollado hacia ella fue erradicada por la llegada de su deofol.

—Deja de interrumpirme durante el trabajo —dijo Osric mientras la jineta albina de Fairhrim se materializaba.

—Me da la impresión de que siempre te pillo matando a alguien —dijo la rata de cloaca, y empezó a agitar los bigotes ante el cadáver de la cama—. ¿Ya está lo bastante muerto? ¿Seguro? ¿No quieres darle alguna otra puñalada?

—Esto no es nada —dijo Osric—. Es el estándar de la industria.

—¿Puedes dejar de meterle el dedo mientras te hablo? —preguntó el deofol.

—En primer lugar, con mi pulgar hago lo que quiero. En segundo lugar, no. Se ha metido un pergamino por el culo. El mismo pergamino que, por desgracia, me han pagado para recuperar.

—Qué asco —dijo el deofol.

—Lo sé —dijo Osric—. Estos guantes eran nuevos.

Osric recuperó el pergamino y lo guardó en una bolsa.

—Tendrás que decirle a tu dueña que puedo confirmar de primera mano la oscuridad de los anales.

—¿Qué hay en el pergamino? —preguntó el deofol, ladeando la afilada cabeza—. Aparte de giardiasis.

Osric arrojó sus guantes sucios al fuego que titilaba en la chimenea del muerto.

—Planos de fortificaciones de Northumbria, de interés para Strathclyde.

—¿Cuánto te han pagado?

—Una fracción muy pequeña de la fortuna que pagué por el placer de la asistencia de Fairhrim. ¿Qué noticias me traes?

—Debes reunirte con ella una hora antes de la puesta de sol, el día de la luna de Blædnes, en Muckle Flugga.

—¿En dónde? —preguntó Osric, incapaz de discernir si el deofol le había dicho el nombre de un lugar o se estaba aclarando la garganta.

—Muckle Flugga —repitió el deofol—. En Fortriu. Es el punto más septentrional de los Tīendoms.

—Suena romántico.

—Allí hay un faro. La viedra está en el Woolf. Por favor, lávate antes de irte. Hueles a letrina.

Tras esta última aportación, el deofol desapareció.

Al cabo de unos días, y ya sin olor a letrina, Osric irrumpió en el Woolf. La taberna llevaba bastante tiempo abandonada y de ella no quedaban más que varias paredes medio derruidas. La viedra estaba tan desgastada y era tan pequeña que hacía las veces de asiento, de modo que Osric aposentó en ella sus nalgas (torneadas y musculosas).

Ante él se desplegaba un hermoso paisaje de costa rocosa que se disolvía en el mar, y allí, en el extremo de un saliente, se encontraba el faro. A excepción de la brisa salada y el revoloteo de los pájaros, todo estaba en calma.

Osric deseó poder tomarse un momento para apreciar aquella belleza, pero, por supuesto, Fairhrim apareció con la delicadeza de una ventisca.

La viedra la escupió sobre el regazo de Osric. Se levantó en mitad de un remolino de faldas y cosas, en un caos impropio de ella. Sus pies descalzos le dejaban a la vista las medias, llevaba el pelo suelto y húmedo sobre los hombros y estaba a medio vestir.

—¿Qué...? —dijo Osric.

—Sujétame esto —dijo Fairhrim, estampándole el maletín contra el pecho—, y esto —le arrojó la capa—, y esto —añadió, lanzando sus botas a la pila.

Se abrochó la larga hilera de botones de su vestido ayudada de un gancho especial. De la clavícula le colgaba una piedra redonda con un agujero en el centro que normalmente quedaba oculta por el cuello alto del vestido. La piedra bruja y su cordón de cuero raído resultaban incongruentes con los demás adornos de Fairhrim, todos ellos afilados y plateados.

—Impactante —dijo Osric ante el hecho de que tuviera garganta.

Fairhrim no se dignó a contestarle: en aquel momento estaba más preocupada por apoyarse en algún sitio mientras se calzaba una bota.

—Indecente —dijo Osric ante el hecho de que tuviera tobillos.

Fairhrim le puso la mano en el hombro con violencia.

—He tenido que salir a toda prisa. No podíamos perdernos la marea.

Los rizos empapados empezaron a gotear sobre la capa de Osric. Olía a jabón.

—¿Puedo preguntarte por qué parece que acabas de salir de la bañera?

—Porque acabo de salir de la bañera —dijo Fairhrim.

—¿Por qué te das un baño justo antes de subir a un faro?

—He tenido un imprevisto con un paciente.

—¿Un imprevisto?

—Estaba drenando una úlcera. Era explosiva. Sorprendentemente purulenta. Me ha rociado medio litro de pus en el pelo. ¿Quieres más detalles?

—No —dijo Osric.

—Me lo suponía.

Fairhrim terminó de abrocharse las dos botas. Se escurrió el pelo y se lo enrolló en su habitual Moño Reprimido, atravesado por una cureta de plata. Colocó la mano con un giro de muñeca ante Osric, que le devolvió la capa y el maletín.

Tras alisarse la falda por última vez, Fairhrim recuperó su aspecto y compostura habituales. Mantenía la barbilla alta, como si no acabara de caer sobre Osric como un cataclismo a medio vestir.

—Bueno —dijo en tono animado—. ¿Nos vamos a perder el tiempo otra vez?

—Sí, por favor —dijo Osric.

Se dirigieron unas sonrisas poco entusiastas y se encaminaron al faro.

—¿Has notado algún cambio en la seith desde el émbolo? —preguntó Fairhrim.

—Creo que no —respondió Osric.

—Bien. ¿Y has descubierto algo sobre los intrusos de Swanstone?

—Estoy trabajando en una pista. ¿Allí han investigado?

—Sí, pero con poco éxito. Sabemos que no llegaron por ninguna de las viedras cercanas. Los artefactos incendiarios estaban fabricados a mano; nuestra Ingenaut no ha podido determinar su procedencia. Y los cuerpos no han revelado nada. —Fairhrim resopló con impaciencia—. Le he dicho a Xanthe que nos estás ayudando a cambio de la reparación del émbolo.

—¿En serio?

—Sí. Le ha parecido bien y espera que consigas justificar tu existencia siendo de alguna utilidad para el mundo.

—Muy optimista.

—Eso dije yo.

Fairhrim lo condujo hacia el mar. Bajo sus pies bailaba una mezcolanza de hierbas marinas y flores silvestres que Osric no conocía, de colores blancos, púrpuras y amarillo pálido.

—Tu querido Widdershins nos dijo que debíamos ir a los confines de tierra, y este es uno de los puntos más remotos de los Tiendoms —dijo Fairhrim—. Mis datos sobre la luna de Blædnes favorecen las puestas de sol en el sesenta y siete por ciento de las ocasiones, cuando las leyendas son lo bastante buenas como para especificar una hora, así que esa es la dimensión temporal de hoy. Este lugar también presenta varias de esas intersecciones que indican los datos: está entre la tierra y el cielo, entre los cambios de marea, en la costa. Y el faro se encuentra en una antigua confluencia.

—¿Romana?

—Nórdica. Una vía marítima.

—¿Y qué hay del sol ennegrecido de mi querido Widdershins? —preguntó Osric, dado que el sol se alzaba brillante sobre ellos y no estaba ennegrecido.

—No lo sé —dijo Fairhrim—. Tendrás que preguntarle a qué se refería. He mirado el barómetro y hoy estará nublado. Puede incluso que llueva.

—Ah, sí —dijo Osric, mirando el cielo violentamente azul—. Es indudable que va a llover a cántaros.

—Esto es el mar del Norte. El tiempo no puede estar cinco minutos sin cambiar.

A medida que se acercaban a la costa, la brisa aumentó. Osric esperaba una sensación refrescante y salada, pero en lugar de eso sintió el impacto de lo que solo podía describirse como un fuerte hedor.

—¿Qué es esa peste? —preguntó mientras sus fosas nasales se llenaban de acritud.

Fairhrim olfateó el aire y respondió:

—Guano. Por aquí hay una gran colonia de alcatraces.

—Es repugnante —dijo Osric, reprimiendo una arcada.

Fairhrim no se inmutó por el olor a mierda fermentada al sol.

—Después del drenaje purulento de antes, esto me parece francamente agradable.

Siguió caminando con una serenidad pasmosa en mitad del hedor.

—Una vez tuve un paciente con múltiples fístulas gastrointestinales. Exudaban un líquido pútrido. Pero la fascitis necrosante es peor. Se te queda el sabor en la boca durante varios días.

Osric sacó un pañuelo y se lo llevó a la cara.

—¿Mejor? —preguntó Fairhrim.

—Sí —dijo él con la voz ahogada—. Ya no huelo nada. Creo que se me ha disuelto el tabique nasal.

A medida que se acercaban al faro, pudieron distinguir unas cuantas siluetas corpulentas que merodeaban por la base.

Fairhrim se detuvo. Osric se chocó con ella.

—¿Qué pasa? —preguntó él.

—Mira esos —respondió ella, señalando a las siluetas.

Cómo no, eso era lo que la preocupaba: un puñado de imbéciles deambulando por ahí, y no la inmolación de la nariz de Osric.

—Se supone que este faro no tiene personal —dijo Fairhrim.

—Pues yo veo unas cuantas personas —dijo Osric.

—Tal vez sean turistas —aventuró ella—. Si hay alguno en la parte de arriba, seré agradable y le pediré que se marche para poder continuar con nuestras tonterías sin que nos observen.

—Iré yo —dijo Osric—. Soy más agradable a la vista que tú.

Fairhrim echó la cabeza hacia atrás, exclamó: «¡Ja!», como si Osric hubiera hecho un chiste buenísimo, y siguió caminando.

Esto molestó bastante a Osric, porque sin duda él era más guapo que ella. ¿No? ¿Acaso era ella más guapa que él? Imposible. Observó a Fairhrim con una nueva y celosa mirada, pero ahora solo se veía su espalda, y la única conclusión que sacó fue que tenía buena figura.

—No es momento para bromas —dijo Fairhrim por encima del hombro—. Concentrémonos en la misión.

—Yo *soy* la misión.

Osric siguió a Fairhrim por un sendero de hierba aplastada hasta la orilla del mar mientras discutían sobre su belleza relativa.

—Al menos admite que soy guapo —dijo él.

Entonces Fairhrim se preguntó, con aire filosófico, si una enfermedad podía ser guapa, y él se picó aún más.

Los turistas del faro iban notablemente bien armados.

—Un alegre grupo de veraneantes, claro que sí —dijo Osric—. Apuesto a que están a punto de hacer un pícnic familiar. Los sables son para cortar el asado.

A Fairhrim no le hizo gracia.

—¿Quiénes son y qué hacen aquí?

—Voy a averiguarlo —dijo Osric—. Quédate aquí. —Entonces, al ver la cara de disgusto de Fairhrim, añadió—: Te necesito viva, no ensartada por Barbanegra y compañía.

—Bueno. Intenta ser diplomático, ¿vale?

—¿Qué significa eso?

—No ataques a nadie.

—Ah —dijo Osric.

Parecía que a Fairhrim con aquella respuesta no le valía.

—*Prométeme* que no vas a atacar a nadie —insistió.

El problema de Fairhrim era que tenía demasiados principios.

—¿Y si es en defensa propia? —preguntó Osric.

—En defensa propia —dijo Fairhrim, con palabras de las que podría arrepentirse— la cosa cambia completamente, claro está.

—Bien.

—¿Prometes no asesinarlos?

Osric fingió pensárselo y luego dijo:

—No.

Y se alejó. El viento se llevó la réplica de Fairhrim, que dijo algo sobre que era un ser abyecto. Él no respondió porque, en efecto, lo era.

Avanzó hacia el faro. La marea había retrocedido y había abierto a su paso un resbaladizo camino de rocas. Los percebes crujían bajo sus pies mientras Osric avanzaba por esta pasarela provisional.

Al acercarse, fue desafiado por un grito áspero:

—¡Eh!

—¿Qué? —dijo Osric.

—¿Qué haces aquí? —preguntó el hombre. Llevaba una armadura de cuero mal ajustada y una espada maltrecha; tenía aspecto de bandido.

—Estoy dando un paseo —dijo Osric.

—Pues aquí no se puede pasear.

A Bandido Uno se le unieron dos colegas de aspecto igual de despreciable, que observaron el atuendo de Osric con interés.

—Me gustan tus botas —dijo Bandido Dos.

—Yo quiero la capa —dijo Bandido Tres—. ¿Lo que veo en los bordes es oro auténtico?

Osric decidió ejercitar sus precarias habilidades diplomáticas, dado que estaba siendo observado.

—Tenéis que marcharos de aquí durante unas horas.

—Este faro es nuestro —dijo Bandido Uno, metiendo los pulgares en la cintura de los pantalones e inflando el pecho—. Es propiedad privada.

—Danos tus botas —dijo Bandido Dos.

—¿Hay alguien más ahí? —preguntó Osric, señalando al faro con la barbilla.

—Veinte hombres —respondió Bandido Uno, al mismo tiempo que Dos decía:

—Cincuenta hombres.

—O sea que nadie —dijo Osric—. Bien. Largo de aquí de una puta vez. No me hagáis recurrir a la violencia.

Los hombres lo miraron fijamente mientras procesaban su audacia. Osric no era el hombre más paciente del mundo y en una situación normal ya les habría cortado el cuello. Sin embargo, dado que estaba bajo la férrea evaluación de Fairhrim, les dio otra oportunidad.

Se quitó el guante y les mostró su tācn.

—Última advertencia.

—¡Un Fyren! —jadeó Bandido Uno.

—Me cago en todo —dijo Bandido Dos.

Ambos salieron corriendo. Aún quedaba Bandido Tres, el más estúpido de todos. Osric se volvió a poner el guante y examinó al hombre con desinterés: ¿cómo podía deshacerse de él provocando el menor rechazo posible por parte de Fairhrim?

—Me apuesto lo que quieras a que esa marca es falsa —dijo Bandido Tres—. Que solo es un tatuaje.

Y entonces decidió poner a prueba su teoría lanzándole un puñetazo a Osric. Este lo bloqueó: por débil que fuera el golpe, consideraba que su nariz tenía una forma muy bonita y prefería mantenerla así.

Ahora que el otro había abierto la veda, la incursión de Osric en la diplomacia llegó a su fin y le propinó un puñetazo fulminante a Bandido Tres, que le impactó directamente en la boca, por tonto.

Osric le hizo señas a Fairhrim. Ella echó a andar hacia el faro mientras él ataba al hombre con su propio cinturón.

—¿De verdad ese era el único curso de acción posible? —preguntó Fairhrim.

—Sí —dijo Osric, sacándose un diente del guante.

—Creía que los Fyren eran más sutiles.

—No voy a malgastar mi seith con gentuza así.

—Qué bien poder elegir —sentenció Fairhrim por toda respuesta.

Osric le lanzó el diente.

Subió la escalera de caracol del faro. Era impresionante poder notar la mirada punzante de Fairhrim clavada justo entre los omóplatos.

Ascendieron con esfuerzo. Atravesaron un almacén lleno de cosas de los bandidos y el desagradable olor del guano desapareció, dando paso al del moho. Las escaleras estaban llenas de polvo, a excepción de donde habían pisado los criminales.

Encima del almacén estaba la antigua sala de vigilancia, ahora reconvertida en dormitorio.

—Mmm —dijo Osric.

—¿Qué? —preguntó Fairhrim.

—Que aquí hay unas diez camas —señaló él.

Ahora se arrepentía de haber dejado marchar a los bandidos Uno y Dos. Debería haber sido proactivo y haberlos matado.

—¿Deberíamos preocuparnos? —preguntó Fairhrim.

—¿Preocuparnos? —repitió Osric—. No seas ridícula. Estoy aquí.

Fairhrim levantó una ceja para informarle de que lo consideraba un idiota.

—Si aparecen, están muertos —dijo él—. Sin embargo, preferiría que no nos interrumpieran. Ayúdame con esto.

Gracias a la inestimable ayuda de Fairhrim (lo único que hizo fue retorcer sus endebles muñecas y gruñir), Osric empujó y tiró unas cuantas cajas en mitad de la escalera. No detendrían a una banda de bandidos violentos, pero al menos les servirían de aviso si alguien intentaba subir.

El siguiente tramo conducía a la cocina del viejo farero, que estaba llena de cajas con provisiones de dudoso frescor.

Finalmente (y tras muchos resoplidos que ambos hicieron todo lo posible por disimular) llegaron a la sala de la linterna. Era circular, con un gran armazón de cristal, y ofrecía una vista espectacular del océano.

La linterna estaba en el centro de la sala, negra e inactiva.

Fairhrim examinó el artilugio.

—Nunca había visto tantas bombillas, ¿y tú? Una obra fascinante de los Ingenaut. Supongo que se enciende al atardecer. Me pregunto dónde estarán los sensores.

La ingeniería de faros no figuraba entre las principales aficiones de Osric.

—¿Tenemos que ponernos fuera o dentro? —preguntó.

—Fuera —contestó Fairhrim.

Después de buscar durante un rato, en uno de los cristales

encontraron un picaporte que conducía a una plataforma exterior.

Osric salió y Fairhrim lo siguió con poca seguridad. Él la miró con el ceño fruncido y ella dijo:

—No me gustan nada las alturas.

—Pero si vives en una torre.

—La torre tiene muros de piedra de tres metros de grosor. Y ventanas que me separan de la muerte.

Osric no pudo seguir interrogándola sobre sus contradicciones porque en ese momento recibieron el azote del viento. Ahí arriba parecía tener vida propia. Un ráfaga le impactó en la nuca a Fairhrim y le deshizo el moño. A Osric le levantó la capa mientras trataba de estrangularlo. A su alrededor, el aire no paraba de dar violentos bandazos, y cada intento de corregir el caos (sujetarse el moño, agarrarse la capa, alisarse la falda, salvar el pañuelo) se convertía en una competición.

Osric se rindió primero y volvió a entrar para arrojar la capa y el pañuelo a la sala de la linterna.

Fairhrim parecía más tenaz, pero, tras una lucha infructuosa con su peinado, capa y falda, también acabó por arrojar al interior cualquier cosa que pudiera volarse. Su melena se sacudía en una larga y voluminosa coleta, y a cada segundo cambiaba de opinión entre azotar los ojos de Fairhrim o meterse en la boca de Osric.

Por segunda vez en el día, Osric disfrutó al verla tan desconcertada. No le vendría mal un poco de caos entre todo su orden.

—Por lo menos aquí arriba hay menos guano —comentó. El viento se le metió en la boca abierta (muy maleducado) y le salió por las fosas nasales.

Fairhrim se pegó a la pared de cristal, lo más lejos posible de la barandilla. Le temblaba la voz por efecto del viento.

—La puesta de sol es en unos minutos.

—Bien. ¿Y dónde están tus nubes? —preguntó Osric, porque Fairhrim era, obviamente, la responsable directa de su ausencia.

—¿Y dónde está tu sol ennegrecido? —preguntó Fairhrim, como si la culpa fuera suya.

Un nuevo torbellino los azotó como un latigazo. Las pesadas faldas de Fairhrim se levantaron por encima de sus rodillas. Osric atisbó unas medias blancas y, sobre ellas, unas ligas negras que le indicaron que Fairhrim las llevaba a la nueva moda, a la altura del muslo. Un muslo bien torneado, curvilíneo, con una deliciosa hendidura donde la liga presionaba la suave piel.

Lo cual habría sido interesante mirar si a Osric le hubieran interesado las ligas lo más mínimo, que no era el caso, o si Fairhrim le hubiera parecido remotamente atractiva, que tampoco era el caso. (Eso fue lo que se dijo a mí mismo con gran confianza, anulando cualquier recuerdo de unos ojos de brillo oscuro y un rizo sobre un labio húmedo).

Dado que todo aquello era tan poco interesante y que prefería mirar cualquier cosa menos las piernas de Fairhrim, Osric volvió la atención al mar.

Se arremolinaba abajo, vivo e inquieto. La marea empezó a subir cuando el sol comenzaba a ponerse y el implacable azul del cielo se tornó de un púrpura intenso.

Se oyó un crujido detrás de ellos. El enorme grupo de bombillas de la sala de la linterna se encendió y emitió un primer haz de luz a través del mar, que capturó las agitadas olas y las tiñó por un instante de dorado.

—Mira —dijo Fairhrim. El viento alargó la última sílaba y la arrastró con él.

Más allá del centelleo de las olas doradas, en el horizonte se estaba formando una niebla. O eso fue lo que supuso Osric que era. Pero, a diferencia de la niebla, se movía con voluntad propia. Se espesó hasta convertirse en un banco de nubes que se aproximaba a ellos; un banco de nubes que avanzaba, imposiblemente, contra el viento.

La nube se acercaba en torpes tartamudeos, y tan solo se hacía visible cuando la alcanzaba la temblorosa luz del faro.

Entonces Osric se dio cuenta de que se trataba de una única y espumosa bandada de pájaros.

—Los alcatraces —dijo Osric.

—*Sort sol* —jadeó Fairhrim—. Es lo que llaman «murmuraciones» en el Danelaw. *Sort sol*, sol negro.

Con un vertiginoso estruendo, la colonia (miles, cientos de miles de pájaros) se abalanzó contra el faro en una única masa en ebullición.

Osric retrocedió un paso, al igual que Fairhrim. La luz volvió a parpadear y vieron sus propias siluetas proyectadas contra el muro de pájaros de enfrente. El batir de innumerables alas y corazones sacudió el aire hasta hacerlo vibrar. El zumbido atravesó a Osric, lo llenó, reverberó en sus huesos.

El faro emitía su pulso luminoso contra aquel enjambre. Osric podía ver decenas de formas en él mientras oscilaba de un lado a otro: primero una hilera de árboles, luego cascadas, más tarde olas que rompían contra las rocas. Formas tenues, formas brillantes, formas Conscientes.

Se sentía desorientado y mareado. Necesitaba tocar algo sólido.

Tomó la mano de Fairhrim justo en el momento en que ella tomaba la suya. Ella le agarró con fuerza de los guantes; él le apretó el pulgar con el suyo.

La vorágine daba vueltas sobre ellos. Eran el único punto fijo del universo; todo lo demás giraba alrededor.

La vorágine estaba sobre ellos.

Borró el mundo.

La fugaz trascendencia

Aurienne

No existían el mar, ni el cielo, ni el faro. Solo el aire destrozado por un batir de alas, solo el tacto del guante de Mordaunt contra sus dedos.

Un destello blanco ribeteado de negro inundaba la visión de Aurienne, se replegaba sobre sí mismo, se precipitaba al vacío dando tumbos. La luz se quebraba en los resquicios de las alas y las plumas, la luz de un mundo dorado donde brillaba un sol incesante.

Había algo en aquel clamor celestial, algo semiconsciente, algo que no era bueno pero tampoco malvado. Aurienne sintió que se relajaba. Las reglas se volvieron menos rígidas. Las cosas no se resistían; las cosas no decían no.

Vaciló. El aire le vibró en la mejilla. Se había abierto una ventana.

¿Sería capaz de hacerlo?

El faro parpadeó. Cien mil ojos brillantes la observaban.

Aurienne, frente a Mordaunt, alargó la mano hacia su nuca y lo estrechó en un sencillo abrazo. Posó la palma sobre su cuello, sintiendo la calidez de una piel marcada por el tejido cicatricial, ahora erizada. Sintió el aliento de las alas contra su mejilla y el de Mordaunt contra sus labios.

Cien mil ojos vibraban arriba, abajo, dentro, fuera, inundándolo todo.

Aurienne activó su tācn y allí, en el mismo confín del mundo, a la luz de otro lugar, entre seres alados y terrestres, entre el mar y el cielo, entre la oscuridad y el resplandor, vertió su seith en Mordaunt.

Él se estremeció. El espacio entre el cielo y la tierra se contrajo; el firmamento se convirtió en algo palpable. Aurienne notó cómo su seith se henchía, al igual que los pájaros y el aire mismo. La infinitud de alcatraces trazó un barrido hacia arriba, mucho más allá del faro, rumbo a cielos violetas.

El viento se convirtió en un murmullo demasiado bajo para ser comprendido.

La ventana se cerró.

Aurienne retiró la mano del cuello de Mordaunt. Se quedaron mirándose, sin aliento, parados, estupefactos.

Mordaunt tenía el cuello de la camisa torcido y el pelo hecho un desastre. Aurienne se sintió en un estado similar, y también exhausta: arrastrada por el momento, había vertido el él su seith en cantidades imprudentes.

Aurienne sostuvo su tācn sobre la clavícula de Mordaunt. Daba igual que le quedara poca seith, tenía que saber si había funcionado. Realizó un diagnóstico en vivo.

Él le clavó la mirada, todavía aferrado a su mano izquierda. En aquella intensidad había desesperación; tenía el pulso acelerado y sus labios susurraron un «por favor» inaudible.

Lo único que se podía oír era la calmada respiración del mar, que sonaba como si una gigantesca criatura se hubiera ido a la cama.

El diagnóstico de Aurienne resplandeció débilmente sobre el haz intermitente del faro. Empezaron a temblarle las manos debido al Coste; cada segundo de la pantalla era un drenaje de energía, cuyo nivel ya estaba muy bajo.

Nada había cambiado en el sistema seith de Mordaunt.

Aurienne sacudió la cabeza.

—De verdad que pensaba... —dijo, al mismo tiempo que Mordaunt hablaba.

—Pero he sentido que…

Pero no. Habían pensado y sentido mal.

—Joder —dijo Mordaunt.

Aurienne enmudeció. Sintió en su interior una descarga de decepción y alivio. Decepción porque había estado tan y tan cerca de la imposibilidad. Alivio por no haberlo conseguido, porque siempre había sabido que aquello acabaría en fracaso, y esto confirmaba que tenía razón, y (más allá de cualquier otra cosa) un Fyren no merecía ser salvado. Y de nuevo decepción, porque le habría gustado tener éxito. Y de nuevo alivio, por no haberlo logrado.

Seguían cogidos de la mano.

A la agitación emocional se unió el aumento de las náuseas. Aquel diagnóstico en vivo había acabado de exprimir las reservas de Aurienne. Se le nubló la vista. Las manos le escocían. Los nudillos se le agrietaron y las uñas le empezaron a sangrar.

—¿Fairhrim? —dijo Mordaunt.

—Necesito sentarme.

Intentó agarrar el picaporte de la puerta de cristal.

Mordaunt la abrió. Le soltó la mano y se la apoyó en el codo. Ella se apartó, pero él siguió sujetándola.

—No necesito que… —murmuró Aurienne, y entonces le fallaron las piernas.

Mordaunt la ayudó a meterse dentro. No le dijo: «No seas tonta», pero ella lo vio en la tensión de su mandíbula.

Aurienne se agarró al vano de la puerta al pasar. No tenía visión de túnel ni temblores: se pondría bien. Simplemente se había pasado un poco.

—¿Te has quedado sin seith? —preguntó Mordaunt.

—Sí.

Él ahogó una pequeña exclamación al fijarse en las manos de Aurienne.

—¿Eso es tu Coste?

—Solo el principio.

—Mierda.

Apoyó a Aurienne en la repisa que bordeaba el interior de la sala de la linterna y se quedó de pie frente a ella, vacilante. Tenía el ceño fruncido y un gesto tenso en la boca. Expresaba una preocupación inquietante. Su boca estaba hecha para el sarcasmo, no para este gesto de intranquilidad por ella.

—Estoy bien —aseguró Aurienne.

Mordaunt seguía con los ojos clavados en sus manos ensangrentadas.

—Es feo, ¿verdad? —dijo ella.

—No elegimos nuestro Coste —dijo Mordaunt. Se sentó a su lado—. Siempre había imaginado que este experimento, de funcionar, habría sido en un momento como este.

Aurienne asintió. Hoy habían llegado al límite de algo. Algo muy parecido a lo que contaban las leyendas: un parpadeo, una grieta en este mundo y un atisbo de otro más allá del velo. En mitad de aquel estruendo de alas, habían tenido la sensación de encontrarse en algún punto de esa cúspide en la que lo imposible se volvía posible, donde lo incurable podía sanar.

Aurienne se topó con la misma emoción que en sus primeras incursiones en las leyendas; casi creía; quería creer. Y ahora debía esperar un mes entero hasta la siguiente luna llena. (Era increíble que estuviera anticipando su siguiente cita con Mordaunt, pero, bueno… Estaba deseando volver a intentarlo).

—¿Te encuentras mejor? —preguntó Mordaunt.

—Un poco. Puedes quitar esa cara de preocupación. Me inquieta.

—Te necesito. Necesito tus manos. Me preocuparé todo lo que quiera mientras parezcan carne picada.

—Cuando haya recuperado mi seith, me curaré.

—Tienes que descansar —dijo Mordaunt.

Aurienne echó la cabeza hacia atrás y se apoyó en el cristal que tenía a su espalda. Era incómodo y resbaladizo. Agotada y sin importarle lo que él pensara, se dejó ir y apoyó la mejilla en el suave terciopelo de la capa de Mordaunt.

Cerró los ojos y acompasó su respiración con la cadencia de

las olas que oscilaban por debajo de ellos: primero hacia un lado, luego hacia el otro. El faro proyectó su haz en mitad de la oscuridad. A lo largo de leguas y leguas sobre el océano, las sombras se dividían, se juntaban y volvían a dividirse.

El malestar de Aurienne remitió y al fin abrió los ojos.

El cielo lavanda había dado paso al negro. Había salido la luna de Blædnes.

La noche convirtió las ventanas en un espejo oscuro. Mordaunt la observaba en el reflejo. La luz del faro iluminaba su rostro: la cicatriz que le atravesaba la boca, los rasgos que ella no admitía que fueran atractivos, los ojos que reflejaban pálidamente la luz.

Era un Fyren.

Pero también un hombre.

Ahí estaba, imperfecto y lleno de cicatrices, bajo una luna imperfecta y llena de cicatrices. Inmóvil, alerta, atento. Su aliento hormigueaba sobre la sien de ella, el corazón le latía despacio, con la lentitud cuidadosa y reservada de un hombre que controla su respiración. La forma de su boca, de algún modo, importaba. Se le había pegado uno de los mechones de pelo de Aurienne a la barba incipiente.

Solo era un hombre. Estar tan cerca de él, en ese momento, liberó sin querer aquella idea. Solo era un hombre que, a la luz de otro lugar, había estado a punto de rozar sus labios con los de ella. Solo era un hombre que había susurrado, desesperadamente, «por favor».

Se apoyó sobre ella, o ella sobre él, y sus brazos se tocaron. Sus reflejos unidos en la ventana formaban una suave y agradable trigonometría. Había una extraña intimidad en el hecho de percibir su calor corporal. Aurienne se preguntó si él pensaría lo mismo de ella, pero no obtuvo más respuesta que la muda presión de su brazo.

No significaba nada. No podía significar nada debido a lo que eran. Eran naderías imposibles. Sin sentido alguno. Inútiles.

Mordaunt se movió y ella sintió el roce de su anillo de sello;

la piedra tallada, tibia como la sangre, le acarició la muñeca. Su piel recibió el contacto como si fuera un beso.

Aurienne vacilaba entre la repulsión y la atracción, entre querer más y desear alejarse, un vaivén tan cambiante como las olas, tan palpitante e intermitente como la luz estroboscópica del faro. Este era el verdadero lugar limítrofe. Se preguntó si él también sentía el impulso, la atracción.

La luz volvió. Aurienne levantó la vista. Lo pilló desprevenido. En lugar de un espejo de plata, se topó con un gris abismal. La intensidad de su mirada la sorprendió incluso al hallar en ella la respuesta. La contemplaba con ansias de adoración y, al mismo tiempo, de profanación.

Cuando la luz se encendió otra vez, volvió el espejo.

Permanecieron así sentados largo rato, apoyados el uno contra el otro, existiendo en dos estados a la vez.

El odio podía sentirse extrañamente como algo más.

Aurienne no solía tener que aplicar sus estrategias de gestión emocional a la vida fuera de su trabajo, pero se le ocurrió que, si tenía que decidir, por ejemplo, si era buena idea dormir sobre el hombro de Osric Mordaunt, debía pensar con la cabeza. Un poco de contención no vendría mal.

—Lo siento —dijo Aurienne, apartándose del hombre en cuestión.

—No pasa nada —dijo Mordaunt. La garganta le sonaba seca; carraspeó.

Ambos se levantaron. Él se sacudió la capa como si la estuviera aireando.

Aurienne se pasó los dedos doloridos por los rizos despeinados, que volvió a colocar en su sitio con su cureta de plata.

—Ha subido la marea. ¿Cuánto tiempo llevo dormida?

—No estoy seguro —dijo Mordaunt—. Una hora, tal vez.

—Entonces nos quedan aún varias horas aquí atrapados.

—Vaya.

Aurienne miró hacia abajo.

—Con la marea tan alta, los tipos esos no volverán, a menos que tengan un bote.

—Pues ojalá volvieran —dijo Mordaunt—. Así tendría algo de entretenimiento.

—Supongo que tienes que matar gente cada pocas horas, o si no te vuelves loco de aburrimiento, ¿no?

—Exacto —dijo Mordaunt—. ¿Tienes hambre?

—Sí —dijo Aurienne—. Nunca salgo de Swanstone sin algo de picar en el maletín, pero esta vez me fui con tanta prisa que no tengo nada... ¿Adónde vas?

Mordaunt ya estaba a mitad de la escalera de caracol.

—A la cocina. Necesitas comer algo.

—No le voy a robar la comida a nadie —dijo Aurienne.

El suspiro de Mordaunt retumbó en las paredes.

—Seguro que ellos le robaron la comida a otros. ¿Te hace sentir mejor eso?

—Peor me lo pones.

—No, mejor. Una cosa cancela a la otra. Matemáticas básicas.

Aurienne, todavía un poco mareada, decidió que no estaba en condiciones de ponerse quisquillosa. Así que no volvió a cuestionar las dudosas matemáticas del Fyren.

La luz intermitente de la sala de la linterna se desvaneció cuando Aurienne bajó también por la escalera. Descubrió la ubicación de la encimera de la cocina cuando su cadera impactó contra ella.

—Es verdad —dijo Mordaunt—. Se me olvidaba que eres inútil en la oscuridad.

Aurienne alzó la fría luz de su tācn.

—¿Cómo puedes ver algo?

—Secreto profesional —respondió él.

—¿Tiene que ver con caminar las sombras?

—No es asunto tuyo. —Mordaunt encontró una lámpara de gas y la encendió—. Deja de malgastar seith; se supone que deberías estar recuperándote.

—El consumo de un poco de luz en mi tācn es absolutamente mínimo..., pero de acuerdo. Gracias por la lámpara —dijo Aurienne. Se reservó los secretos profesionales de Mordaunt para futuras indagaciones.

Mordaunt rebuscó por la encimera y agrupó todas las provisiones de los bandidos. Aurienne y él las examinaron a la luz. En realidad, era un montón de sobras: patatas grisáceas, uvas pasadas y otras cosas demasiado difíciles de identificar. Emanaban un leve olor a basura.

—Menudo festín —dijo Mordaunt.

—¿Cómo elegir entre todas estas delicias? —preguntó Aurienne.

Mordaunt se comió una uva.

—Es como comerse... un ojo.

—¿Qué es esto? —preguntó Aurienne, sosteniendo un cuenco.

—Lóbulos —dijo Mordaunt.

Aurienne encontró un plato de huevos revueltos con aspecto de mocos, que empujó hacia Mordaunt. Este se lo cambió por un salchichón arrugado. Aurienne inspeccionó su borde blanco y mohoso.

—Esmegma —dijo Mordaunt.

—Qué asco das —dijo Aurienne.

Él encontró un paquete blando de algo que arrojó al centro de la mesa. Explotó como un pañal.

—¿Bechamel? —sugirió Aurienne.

—¿Crees que podría estar un poco caducada?

—Está azul.

—Toma —dijo Mordaunt, y colocó una enorme calabaza sobre la mesa.

—¿Cómo voy a comerme esto?

—Afloja la mandíbula.

—Está podrida —señaló ella, señalando una siniestra hendidura en la calabaza, información que Mordaunt recibió con estoica dignidad diciendo:

—Dioses. Huele a culo de Dreor.

—¿Cómo sabes a qué huele?

—Son conjeturas basadas en un encuentro.

—¿Luchaste contra un Dreor?

—En absoluto. No estoy tan loco. Me escapé. —Mordaunt levantó la tapa de una bandeja de algo parecido a un plato de pasta—. ¿Qué te parece?

Aurienne la inspeccionó.

—¿Has visto alguna vez lo que sale cuando alguien se toma una pastilla antiparasitaria?

—Dioses —dijo Mordaunt—. Tú sí que das asco.

—Mataría por una taza de té —dijo Aurienne, y se apresuró a buscar en los armarios.

Mordaunt dijo que él también mataría por una taza de té, solo que de manera literal, a diferencia de ella, que era una cobarde. Aurienne encontró una tetera abollada, y Mordaunt una lata con la etiqueta «Té» que contenía restos secos de algo. Pidió su opinión a Aurienne, quien señaló que lo mismo podría ser té que polvo barrido del suelo; Mordaunt afirmó que debía de ser pelo de la axila de una sirena. Lo hirvieron.

Mordaunt olfateó la taza con aire aristocrático, como quien valora un buen vino.

—Percibo el aroma de... semen cocido de bacalao.

Dejaron el té a un lado.

Al final, la marea bajó y Aurienne y Mordaunt descendieron por la escalera de caracol del faro y volvieron a cruzar el puente.

A medida que se aproximaban a la viedra de las ruinas del Woolf, se dieron cuenta de un problema inminente.

Junto a la viedra había un gran grupo de hombres, sentados, de pie o caminando de un lado para otro. Hombres que parecían bandidos que habían huido en busca de refuerzos.

Aurienne dijo que aquello era De Lo Más Inoportuno.

Mordaunt sugirió, de forma muy poco original, matarlos a todos.

—No —dijo Aurienne—. Podemos ir a buscar otra viedra.

—Esta es la única que hay por la zona —dijo Mordaunt.

—Podríamos negociar.

—¿Te parece que estén dispuestos a negociar? —preguntó él, con toda la razón, porque los hombres ya habían empezado a desenvainar sus armas. Le brillaron los ojos mientras observaba al grupo—. Podría eliminarlos a todos desde aquí.

—No —dijo Aurienne.

—O podría acercarme más y...

—No.

—¿Y si...?

—No.

—Pero se merecen que los castiguemos por ese té —dijo Mordaunt—. Puedo matarlos solo un poco.

—¿Matarlos «solo un poco»? La muerte no es divisible.

No pudieron terminar su debate sobre si el asesinato era una actividad fraccionable porque los bandidos se desplegaron ante ellos y empezaron a acercarse. Aurienne reconoció a dos de su anterior encuentro con Mordaunt. Sus refuerzos (cuatro docenas de hombres, tal vez) les habían infundido nuevo valor para enfrentarse al Fyren.

Por su conversación, Aurienne comprendió que habían aplicado cierta lógica criminal a la situación: habían decidido que, si una dama había contratado a un Fyren para que la protegiera, es porque debía de tener Cierto Valor. Algunos de los hombres miraron a Aurienne y otros su maletín (solo contenía gel para quemaduras, tiritas y una férula, que en su conjunto valdrían un total de treinta thrymsas).

Los bandidos habían llamado a su jefe, un hombre corpulento que se movía con una confianza reforzada por todos los secuaces que lo acompañaban. Se frotaba las manos como una mosca que ha encontrado una caca especialmente suculenta.

En cuanto a Mordaunt, tenía en los ojos un brillo de alegre expectación. Aurienne sabía que no tendría escrúpulos en asesinar a todos aquellos hombres. Los escrúpulos no formaban parte de su ser.

El jefe de los bandidos sonrió a Aurienne. No tenía más dientes que una piedra sarsen.

—¿Cómo es que ha venido a vernos hasta aquí semejante preciosidad? Qué suerte la nuestra.

Aurienne levantó la palma de la mano (dramatismo necesario, dada la presencia del Fyren) y dijo:

—No os acerquéis más, por favor. No hace falta que muráis hoy.

—¿Cómo que preciosidad? —intervino Mordaunt—. ¿Quién es más guapa, ella o yo?

Esto hizo reflexionar al jefe de los bandidos. Se llevó un dedo carnoso a la barbilla y consultó a sus colegas.

Aurienne les rogó que huyeran mientras pudieran; Mordaunt la hizo callar y le dijo que antes tenían que pronunciarse. Entonces, un bandido dijo que ella tenía mejores pestañas, pero que él tenía mejores pómulos, insultando así a los dos mortalmente.

El cabecilla de los bandidos se separó del grupo para concluir:

—Más o menos lo mismo.

Aurienne profirió un grito de indignación. Mordaunt, sujeto al delirio de que él era indudablemente más guapo, se ofendió a su vez.

—Bueno —dijo Mordaunt—, ahora sí que vais a morir.

—No seas tonto —dijo el jefe—. Por mucho que seas un Fyren, nosotros somos cuarenta y tú solo uno.

Aurienne esperaba que Mordaunt soltara de pronto veinte cuchillos arrojadizos y matara a los hombres ahí mismo. Sin embargo, él se limitó a agacharse y empezó a toquetearse los cordones de las botas.

El jefe de los bandidos lo tomó como una muestra de sumisión.

—Muy bien —dijo—, permítenos invitar a la dama a venir con nosotros, despacio.

—Estáis cometiendo un error —dijo Aurienne—. Os va a matar. Dejadnos llegar hasta la viedra y os dejará en paz. No tengo dinero. —Sacudió su maletín abierto—. Mirad: nada de valor.

—No tienes dinero aquí —argumentó el jefe—, pero sí en alguna parte. Cuesta millones contratar a un Fyren.

—No lo he contratado —dijo Aurienne.

—Entonces lo hizo tu papá, quien pagará una buena suma para recuperar a su hijita.

—No. El Fyren no está aquí por contrato. Está aquí por voluntad propia, no por dinero.

El jefe de los bandidos hizo una mueca burlona.

—¿Que no está aquí por dinero? ¿Un Fyren?

—Comprendo tu escepticismo —dijo Aurienne—, pero esta vez es verdad. Por favor, créeme. Déjanos marchar.

—Los Fyren son buenos, pero no son dioses, niña. Es solo un hombre.

Mordaunt seguía agachado junto a Aurienne, manoseando sus botas.

—¿Qué estás haciendo? —susurró ella.

—Debo tener cierta deportividad —dijo Mordaunt. Se desató uno de los cordones—. Además, no quiero ensuciar mis cuchillos. Tú limítate a poner el grito en el cielo desde aquí.

—Que ponga... ¿qué? No los mates —dijo Aurienne, cortándole el paso—. Son idiotas... Carecen totalmente de juicio... Tenemos que darles una oportunidad.

—Ya les has dado una oportunidad —dijo él—. Además, han amenazado con secuestrarte.

—¿Y? *Tú* me amenazaste con secuestrarme.

—Exacto: solo *yo* puedo hacerlo. No pretenderás decirme que esta pandilla supondrá una gran pérdida para el mundo.

—No eres tú quien ha de decidir eso.

—La muerte es una parte de la vida —dijo Mordaunt.

—No puedes jugar a ser dios y acelerarla —repuso Aurienne.

—Pss. Tú juegas a ser dios y la ralentizas; ¿qué diferencia hay?

—Porque es por el Bien.

—Ellos no son el Bien.

Uno de los bandidos, visiblemente cansado de este intercambio de teorías, les lanzó un hacha. Mordaunt la agarró mientras daba vueltas en el aire entre los dos (había que reconocer que tenía unos reflejos impresionantes), se volvió hacia los hombres y comentó:

—Eso ha sido un gran error.

Dejó caer el hacha. Se acercó hacia los bandidos armado tan solo con el cordón de la bota, con tanta tranquilidad que, de haber sido ella misma una de ellos, Aurienne se habría sentido ofendida.

El cordón osciló en el aire. El guante de Mordaunt cayó al suelo. El tācn rojo brilló como una mancha de sangre.

Los miembros más inteligentes de la banda se estremecieron al ver la calavera de cerbero. Luego se oyeron gritos diciendo que la dama valía millones, y que no era más que un solo hombre. No podía enfrentarse a todos, obviamente (*obviamente*), solo estaba montando un numerito (aunque muy intimidante) y probablemente ni siquiera el tācn fuera real (¿qué iba a hacer, cargárselos a todos?).

Mordaunt le daba vueltas al cordón de la bota a medida que avanzaba.

—Bastardo arrogante —dijo el jefe de los bandidos.

—Ahí llevas razón —dijo Mordaunt.

—¡Corred, idiotas! —dijo Aurienne, llevándose las manos a la boca.

—Hoy te vamos a enseñar unas cuantas lecciones —dijo el jefe de los bandidos.

—Creo que la enseñanza será mutua —dijo el Fyren.

El jefe hizo avanzar a sus esbirros. Su estrategia consistía en acorralar a Mordaunt, quien, por su parte, se volvió hacia Aurienne y dijo, con otro de sus odiosos guiños:

—Defensa propia.

A continuación, se desató una extraña escaramuza durante la cual Mordaunt, con aire de pícaro regocijo, estranguló a hombres a diestro y siniestro con el cordón de su bota mientras ellos se abalanzaban sobre él con sus espadas, destripándose sin querer los unos a los otros. Le superaban ampliamente en número y, sin embargo, a cada paso de baile de Mordaunt se desplomaban dos o tres bandidos, y su tācn brillaba de un rojo diabólico, y los cuerpos impactaban contra el suelo mientras él caminaba las sombras hacia su siguiente víctima. En efecto, era muy bueno en lo que hacía. El problema era que lo que hacía era Muy Malo.

Aquello se estaba convirtiendo en una masacre desatada tan solo con un cordón, hasta que el jefe de los bandidos cogió una lanza y logró rozar con el filo el hombro de Mordaunt. Entonces este se puso serio, le arrancó la lanza de la mano y ensartó al jefe y a los dos hombres que tenía detrás, obteniendo así una grotesca brocheta de bandidos.

Los cuarenta murieron.

Y sí, Aurienne puso el grito en el cielo.

OSRIC, EL MICROBIO

Osric

Unos días después, en las profundidades del bosque, Osric culminó un encargo arrastrando unos cuantos cadáveres en poses trágicas junto a un carruaje volcado. El efecto era conmovedor: había ocurrido un terrible accidente. El carruaje se había precipitado ladera abajo, provocando la rotura de unos cuantos cuellos. Y así, sin más, el rey de Mercia había perdido a uno de sus principales hombres y Osric se había ganado un buen montón de thrymsas, cortesía del rey del Danelaw.

Fairhrim tenía la habilidad de pillarle justo después de asesinar. Su deofol presionó el tācn de Osric con insistencia hasta que él le permitió el paso.

El deofol se materializó en la esquina más alta del carruaje volcado. Desde esa posición, observó la matanza y luego bajó de un salto al hombro de Osric.

La jineta solo era una criatura hecha de seith, pero Fairhrim era tan buena que había logrado darle peso. Y, según descubrió Osric cuando veinte alfileres perforaron su capa, pequeñas garras, también hechas de seith.

—Au —dijo Osric.

—No quería mancharme de sangre —dijo el deofol.

—Solo es un charquito.

—¿Un charquito? Es tan grande que tiene su propia marea.

—Compartes la tendencia de tu dueña a la exageración.

—Curioso —dijo el deofol, cambiando de hombro—. Ella te acusa de lo mismo.

—¿Qué quieres? Y quítame las garras de encima.

El deofol retiró una sola garra.

—¿Has liberado a los caballos?

—Sí.

—¿Por qué?

—Son criaturas inocentes.

—Y tú eres el defensor de los inocentes, ¿no? —dijo el deofol.

—¿Qué quieres? —repitió Osric.

—Aurienne quiere saber si estás disponible para una reunión. Dentro de dos días, al mediodía. —De mala gana, y como si se lo hubiera aprendido de memoria, el deofol añadió—: Es consciente de tu preferencia por las citas nocturnas. Sin embargo, es su única oportunidad de escabullirse.

—¿Dónde?

—Toma una viedra hacia La Ostra Húmeda. Sigue los carteles de la clínica de desinfestación de *Pthirus pubis*.

—¿La clínica de qué?

—Tú sigue los carteles. Tiene algo que enseñarte. También me ha pedido solicitarte que te abstuvieras de cometer ninguna masacre por el camino, pero veo que ya es demasiado tarde.

—Allí estaré —dijo Osric—. Puede que yo también tenga un hallazgo interesante que compartir.

El deofol hizo un sonido de arcada.

—No aceptaremos ninguna bobada por reciprocidad, gracias.

—Es a petición suya.

—Ah, ¿sí? Bueno, entonces de acuerdo. Ella es perfecta y todo lo que hace bien hecho está. A diferencia de ti.

Con un último apretón en el hombro de Osric, el deofol desapareció.

Desde la viedra de La Ostra Húmeda, Osric siguió los carteles hacia la clínica. Descubrió, de paso, que las *Pthirus pubis* eran ladillas.

No había cola en la puerta de la clínica.

Osric llamó. Fairhrim le abrió.

—¿Tenías algo que enseñarme? —preguntó Osric.

—No —respondió Fairhrim—. Te he invitado por el mero placer de tu compañía.

Dioses, qué borde podía llegar a ser. Osric frunció los labios.

Fairhrim le hizo pasar. Parecía severa, como si estuviera a punto de pedirle que recitara todas las tablas de multiplicar.

—¿Vas a darme un sermón sobre que las masacres están mal? —preguntó Osric.

Fairhrim respondió desconcertada:

—No.

—¿No?

—Eres una Calamidad.

—Gracias.

—Pero tenemos asuntos más importantes que tratar.

—¿Más importantes que yo?

—Mira este mapa —dijo Fairhrim, como si un trozo de papel fuera, efectivamente, más importante que Osric.

Sobre la camilla de la clínica había un mapa arrugado de la gratícula de viedras. Era un objeto bastante trivial; todo el mundo tenía dos o tres de ellos colgados en casa u olvidados en los bolsillos, que consultaban cuando viajaban a un lugar desconocido.

—Viedras —dijo Osric—. ¿Y qué?

Fairhrim señaló la pared junto a la camilla, donde había colgado un mapa salpicado de chinchetas rojas.

—Estas son las ubicaciones aproximadas de cincuenta leyendas; al menos las que contenían suficientes detalles como para señalarlas con cierta precisión. ¿Ya lo ves?

Osric comparó algunos de los puntos rojos con las ubicaciones de las viedras y dijo:

—Algunas están cerca de las viedras, lo cual no es ninguna

sorpresa, porque ya las hemos usado, y otras no. ¿Debería sacar alguna conclusión?

Fairhrim sacó un proyector polvoriento y deslizó en él el mapa de las viedras. Era lo bastante fino como para proyectar en la pared un fantasma de sí mismo. Tras algunos ajustes, Fairhrim superpuso la imagen sobre el mapa colgado junto a la camilla.

Entonces Osric cayó en la cuenta. Los puntos rojos de los cuentos de hadas se agrupaban no en torno a las viedras, sino en las intersecciones de las líneas ley que las conectaban.

—Los cruces de líneas ley —dijo Osric.

—Exacto. En las leyendas aparecían las «encrucijadas», por supuesto, ya que son el típico lugar intermedio, pero ninguna mencionaba las líneas ley propiamente dichas.

—Eres brillante —dijo Osric.

Fairhrim le dirigió una mirada severa por encima de la hombrera de ala de cisne, afilada como la plata.

—No me hagas cumplidos. Fue un error no haberme dado cuenta hasta ahora. —Deslizó el dedo sobre el mapa. Las líneas ley proyectadas le decoraban el dorso de la mano como si fueran venas—. La primera pista me la dieron estas agrupaciones en las encrucijadas. Muchas de nuestras carreteras se construyeron en paralelo a las principales líneas ley. Y no sé si es casualidad, pero tenemos muchos datos que ubican algunas leyendas justo en esas intersecciones.

—¿Dónde está el faro? —preguntó Osric.

Fairhrim señaló el punto más septentrional del mapa.

—Ahí.

Tres líneas ley se cruzaban en la isla.

—¿Y qué pasa con los puntos donde se cruzan más? —Señaló las marcas en forma de estrella con intersecciones de cuatro o cinco líneas ley—. ¿Son mejores?

—Puede que cuantas más, mejor. Nuestras excursiones al estanque y a los baños fueron un fracaso, y solo tienen una línea ley cerca. Ya te he dicho que pensaba que una acumulación de factores limítrofes podría hacer que el lugar y el tiempo fueran más poderosos. Sin embargo…, no puede ser tan fácil. Mira esto.

Se dirigió al otro extremo del mapa y, al pasar junto a Osric, lo rozó. Él se distrajo con la naturalidad del gesto. Normalmente la gente no se atrevía a rozar a Osric Mordaunt. Fairhrim se colocó a una distancia prudencial y Osric volvió a concentrarse en el mapa.

Ella señaló un punto en el extremo sur de la isla donde se cruzaban cinco líneas ley. Osric observó una etiqueta borrosa de la viedra en La Anomalía.

—Los South Downs —dijo Osric.

—Es un cruce de cinco líneas ley —dijo Fairhrim—. *Cinco.* Y no funcionó.

—Maldita sea.

—Estos hallazgos son totalmente inconcluyentes. Y, por supuesto, ni siquiera podemos decir que lo del faro fuera un éxito. Tuvimos un… momento *extraño*…, pero ningún resultado. Y eso que contábamos con la luna llena, las tres líneas ley, el sol ennegrecido de Widdershins y todas las dimensiones limítrofes de tiempo y lugar que metimos con calzador.

Fairhrim se detuvo frente al mapa. Había algo metálico en su mirada y en el gesto duro e insatisfecho de su boca. Contuvo un suspiro; el leve movimiento de sus fosas nasales la delató.

—¿Adónde vamos ahora? —preguntó Osric.

Fairhrim no le respondió. Se inclinó para tomar notas.

Nadie ignoraba a Osric Mordaunt. Él hechizaba o aterrorizaba a cualquiera que se le acercara. No podía *ignorarle*. ¿Quién se creía que era?

Observó el moño de Fairhrim, molesto. Observó los pelitos que se le escapaban por la nuca. También su cuello, que estaba en una posición perfecta para partirse. Qué lástima que ella fuera su Medio Para Lograr un Fin, porque le estaban dando ganas de hacerle sufrir el Fin en sus propias carnes.

Se colocó detrás de ella para mirar por encima de su hombro. Sus notas eran casi ilegibles, pero pudo descifrar algunos fragmentos: «Atención a los cruces de líneas ley, a pesar de las pocas pruebas que respaldan la nueva estrategia»; «Reducir las ubicaciones para la lunación de junio».

—Bien —dijo Fairhrim, terminando la última frase con un punto final.

Se enderezó y le golpeó a Osric en toda la boca con el moño.

—Ojo con eso —gruñó Osric.

Fairhrim se pasó la mano por el moño para comprobar si estaba intacto (los dioses no permitieran que un pelo se enganchase en los labios agrietados de Osric).

—Ojo *tú.* ¿Qué hacías tan cerca?

—Estaba echándole un ojo a lo que hacías —dijo Osric.

—No necesito que me supervises —le espetó Fairhrim.

Se escabulló a un cuarto trasero (hasta el movimiento de sus faldas emanaba desprecio) y, tras un estruendo, reapareció con el difractor Franklin y su maraña de cables.

—Vamos a echar un vistazo a tus progresos, ya que tenemos el equipo.

Fairhrim señaló un armario, mandó desnudarse a Osric y añadió que, si quería, esta vez eligiera entre la selección de batas para adultos.

Osric examinó un enigmático montón de sábanas. Metió una mano entre ellas y sacó varios pedazos de tela bastante confusos: trozos elásticos, trozos largos, trozos que colgaban más allá de lo tridimensional, trozos incomprensibles, desconcertantes, arcanos.

Se ató uno como si fuera una toga.

La brusquedad del puño de Fairhrim contra la puerta le hizo volver en sí, pero recuperó a tiempo su porte de *flâneur*. Se apoyó en la camilla. Tenía unas cicatrices impresionantemente atractivas, la mandíbula heroicamente perfilada, los pectorales virilmente torneados... Nada de eso era para el disfrute de Fairhrim, simplemente era su estado habitual. Sin embargo, le gustaría verla tratando de ignorar ese dechado de virtudes.

Fairhrim entró sin mirar nada de aquello.

Aunque sí observó su atuendo.

—Eso —dijo— es un tapete.

—Pues creo que me queda bien —dijo Osric.

Fairhrim no dio su opinión al respecto.

—Siéntate.

En un arrebato higiénico, sacó el hlutoformo. Se lo roció en las manos y en dirección a Osric, como si fuera un apuesto microbio que se hubiera acercado demasiado. Él se introdujo en la nube de saneamiento. Fairhrim manipuló la máquina.

Osric se pasó una mano por el pelo. Ella le ignoró. Luego flexionó los abdominales. Ella no reaccionó. Se mordió el labio. Desestimado de nuevo. Por último, emitió un profundo sonido gutural cuando ella le extendió el hlutoformo frío sobre la piel. Fairhrim le dijo que se comportara como un adulto.

Aquella mujer era lo Peor.

La toga quedó arrugada a un lado; el hlutoformo completó su agria labor; Fairhrim apretó el tentáculo del difractor contra el pecho de Osric y el cacharro comenzó a emitir sus habituales gorjeos.

—¿Por qué tienes tantos arañazos en los hombros? —quiso saber Fairhrim.

—Te he puesto los cuernos —respondió Osric en tono sugerente.

—¿Con un roedor? —preguntó ella.

Osric, que no quería que se le tuviera por un follaratas, se vio obligado a aclarar:

—Tu deofol me arañó, el muy asqueroso.

—Ah —dijo Fairhrim.

No se disculpó.

Pegó unas pegatinas con cables a varias partes de Osric (no «sus partes», sino a otras menos interesantes). (De todos modos, no tenía ningún interés en que Fairhrim tocara sus partes).

Al igual que otras veces, el difractor proyectó en la pared una silueta brillante con forma de hombre. Las líneas blancas que representaban los canales seith sanos relucían; las negras las atravesaban con siniestras trayectorias.

—No te muevas —dijo Fairhrim mientras estudiaba la imagen.

Osric se inquietó al ver unas marcas brillantes a lo largo de sus canales seith que antes no estaban.

—¿Qué son esas manchas? —preguntó.

La imagen de la pared se distorsionó y parpadeó mientras hablaba; el gorjeo del difractor se volvió burlón.

—He dicho que no te muevas —repitió ella—. Esos son mis marcadores de seith.

Fairhrim se quedó mirando la figura de la pared durante una eternidad que duró dos minutos. Se llevó un dedo a la barbilla y dijo: «Mmm», pero Osric no supo si aquel «Mmm» era bueno o malo.

Sacó un complicado instrumento de plata, tomó medidas de la figura de la pared y anotó los resultados en la tabla de Osric. La tabla era temperamental y caprichosa, pero se volvió dócil cuando empezó a rellenarla. Osric se dio cuenta de que, en el apartado de «Nombre del paciente», ella había puesto un alias (lo cual estaba bien), pero el alias era «Pústula I.» (lo cual le ofendió).

—Ya puedes relajarte —dijo Fairhrim mientras tomaba notas. Empezó a parlotear distraídamente mientras escribía—. Tu sistema seith es maravillosamente robusto, a pesar de la enfermedad. La verdad es que da gusto estudiarlo. Gran parte de mi trabajo se aplica a civiles que solo utilizan su seith para viajar por las viedras o para enviar un deofol medio difuso. Sus canales apenas se marcan en el difractor. Pero tú tienes unas líneas muy bien desarrolladas. Muy jugosas. —Fairhrim levantó la vista—. ¿Cómo va la torpraxia? El entumecimiento.

—Aún persiste.

—Dime cuándo dejas de sentir esto —dijo Fairhrim.

Osric respondió mientras ella le deslizaba un dedo helado por los brazos, y luego por los muslos y las piernas, y por el pecho y la espalda. Después tomó las notas correspondientes. Nadie hizo ningún comentario respecto a la proximidad de los dedos a sus partes y, si el dedo era suave, Osric no lo notó.

Fairhrim volvió a su tabla.

—¿Tienes algo bueno que contarme? —preguntó él.

—No —dijo por toda respuesta.

—¿Por qué no? —preguntó Osric en un tono que, a decir verdad, era un poco lastimero.

—La tasa de deterioro se mantiene dentro de los parámetros esperados —dijo Fairhrim.

—Entonces, ¿nada de lo que hemos hecho ha tenido ningún efecto?

—Ninguno perceptible… Al menos en tu sistema seith —dijo Fairhrim, dando a entender que había habido diversos impactos nefastos en otros lugares.

—Hemos perdido el tiempo —dijo Osric.

—Sí, como advertí desde el principio.

—Joder.

—No hay mucho más que pueda hacer en este momento.

—Abrázame y dime que todo va a ir bien.

La mirada ascendente de Fairhrim empezó escéptica, se tornó seria y enseguida volvió al escepticismo.

—Ha sonado casi como si lo dijeras de verdad —dijo Fairhrim—. Muy bien.

Osric, que obviamente no lo decía de verdad, le hizo un gesto con la cabeza, como un actor complacido.

—Gracias.

Fairhrim arrancó los tentáculos del difractor y se llevó el artefacto rodando. Le indicó que se vistiera y salió de la sala, privándose así de seguir contemplando su soberbia masculinidad. Peor para ella.

Cuando Osric terminó de vestirse, Fairhrim regresó y guardó los diversos mapas, papeles y objetos que había esparcidos por la clínica. («Me los llevaré a casa, no puedo arriesgarme a que me los pillen», dijo, como si su contenido fuera vergonzoso y perverso).

Una vez concluida la tarea, se sacudió las manos con la actitud de quien pasa al siguiente punto de su lista, se volvió expectante hacia Osric y dijo:

—Bueno.

Osric, que había sido ascendido de microbio a siguiente punto en la orden del día, preguntó:

—¿Qué pasa?

—Mi deofol me dijo que tenías hallazgos que compartir.

—Ah. Eso.

—Sí... Eso. ¿Has descubierto algo sobre los intrusos de Swanstone?

—Sí.

Fairhrim continuó mirando a Osric con expectación y, de hecho, con mucho más interés que cuando era un microbio. Ahora sí que tenía toda su atención. Ahora no le ignoraría.

Se lo tomaría con calma. No abusaría de su poder.

Abusó inmediatamente de su poder.

—No sé... —dijo Osric—. No tengo claro que merezca la pena compartirlo.

Eso era una tímida incitación a que Fairhrim pusiera en marcha sus dotes de zalamería.

No hubo zalamería. Solo una orden:

—Cuéntamelo.

—Es poca cosa. Prefiero contártelo cuando tenga algo más sólido.

Fairhrim le lanzó a Osric una mirada intensa. Mantuvo los ojos clavados en él. Por una vez, no era Osric quien necesitaba algo de ella, quien necesitaba exigir o coaccionar o suplicar. Le producía un placer terrible poseer algo que ella quería.

Osric se dio la vuelta, como si se dirigiera a la puerta.

Fairhrim dio un paso hacia un lado para permanecer en su campo visual.

—Cuéntamelo.

Sí. Aquello le estaba gustando.

—Puede que tenga un contacto —dijo Osric.

—¿El de quien ordenó la intrusión?

—Pss —dijo Osric en tono burlón—. Eso sería demasiado fácil. Mi contacto es alguien que podría saber algo sobre la persona que orquestó el plan.

—¿Quién es?

—No necesitas saberlo. He quedado con él esta noche. Te lo diré si descubro algo que merezca la pena.

—¿Puedo ir? —preguntó Fairhrim.

—¿Qué?

—¿Puedo ir? —repitió ella—. ¿Esta noche? ¿A conocer a esa persona?

—Claro que no —dijo Osric.

—¿Por qué no?

—En primer lugar, una Haelan remilgada en El Ojo Trasero suscitaría demasiadas preguntas.

—¿El... Ojo Trasero? —repitió Fairhrim con cierta confusión.

—Es el bar más cutre de Londres. Solo hay gentuza.

Fairhrim digirió esta información antes de serenarse e insistir de nuevo.

—Yo estoy en mejor posición para hablar con ellos, para llegar al fondo de esto.

—No. Lo estropearías.

—No tengo muy claro que *tú* no lo vayas a estropear —dijo Fairhrim—. Esto es importante.

—Déjame hacer mi trabajo y tú haz el tuyo. Nos volveremos a ver cuando yo tenga la información y tú hayas ayudado a los minusválidos, o lo que sea que hagas.

—Tu trabajo —dijo Fairhrim— es asesinar.

—El espionaje es una de mis muchas especialidades. Además, cuando uno amenaza con asesinar suele obtener confesiones interesantes.

—¿Ese es tu plan?

—No. Mi plan es irme ahora e informarte de mis hallazgos más tarde. —Osric pensó en darle una palmadita en la cabeza a Fairhrim para conseguir el grado máximo de condescendencia; sin embargo, por su forma de mirarlo, pensó que podría llevarse un mordisco—. Quédate aquí.

—Consigue respuestas sin coaccionar a nadie —dijo Fairhrim.

—No.

—Me da igual cómo lo hagas normalmente, pero *esta vez* necesitamos información fiable.

—No.

—He revisado los estudios sobre el uso de la tortura...

—Ahórramelo.

—... y hay un consenso científico abrumador respecto a que las técnicas coercitivas no funcionan. Es una de las herramientas para obtener información menos eficaces. Da pie a confesiones falsas. La gente admite cualquier cosa bajo coacción. Y yo necesito que obtengas información *real* de este contacto. Además, no quiero más muertes sobre mi conciencia...

—Solución: deja de tener conciencia.

Fairhrim miró a Osric con arrogancia de reina, y Osric, reducido a la condición de campesino, vio que había cometido lesa majestad al interrumpirla.

—Gracias —dijo ella— por esa incisiva recomendación.

—Tu alternativa es seguir poniendo el grito en el cielo.

Fairhrim puso cara de que, por primera vez, se estaba esforzando para contener su temperamento. Levantó la mano.

—Me voy.

—Bien. Vete. Deja de agitarme tu estúpido cisne en la cara.

—No es un cisne, es un Aer.

—¿Un aeroqué?

—Un Aer. A-E-R. Es uno de los compañeros de Frīa. Símbolo de pureza y sanación. Cualquiera que intente matarlo sufre una muerte instantánea.

—Tonterías —dijo Osric.

—Preferible a los restos chamuscados de un perro —dijo Fairhrim con una mirada avinagrada al tācn de Osric.

Se dirigió hacia la puerta.

—Eso, vuelve a la Casa de los Apestados —dijo Osric—. Aunque no estoy seguro de quién es más apestado, si la Casa, los niños o tú.

—¡Y tú vuelve a tu choza en ruinas y púdrete allí!

Se despidieron con los niveles habituales de estima y afecto.

El Ojo Trasero

Osric

Fairhrim ocupaba una buena parte de los pensamientos de Osric, cosa bastante molesta. Aquella tarde pasó demasiado tiempo recreando la discusión en su cabeza, dando lugar a otra disputa imaginaria en la que él ganaba con réplicas agudas e ingeniosas. Consideró la posibilidad de enviar su deofol a Fairhrim con un guion, para que ella se enterase de lo que era capaz.

Logró controlar su mente antes de entrar en El Ojo Trasero. Necesitaba estar alerta y no preocupado por Fairhrim y su lengua.

Osric frecuentaba ocasionalmente El Ojo Trasero, uno de esos pequeños antros de perversión, tan útiles para su trabajo, donde las noches en las que nadie acababa ardiendo se consideraban noches tranquilas. La taberna era pequeña y tenía un olor y un encanto inconfundibles. Los azulejos amarillentos que alicataban la pared evocaban algo a medio camino entre la trastienda de un matadero y un aseo de caballeros. La barra era lo bastante ancha como para que cupieran de pie un cliente y medio. En la pared de enfrente había pegadas imágenes pornográficas; Osric supuso que era por si a los clientes les apetecía sacudirse la sardina mientras esperaban sus pintas.

De la barra colgaba un cartel que rezaba: PROHIBIDO EL CANIBALISMO.

Osric, con la capucha puesta y las gafas ahumadas cubriéndole el rostro, se mimetizaba perfectamente entre la gente; la mayoría de la clientela iba encapuchada y tenía un aire siniestro. Pidió una pinta y se retiró a una mesa de la esquina, desde donde tenía una vista excelente de las dos docenas de mequetrefes que se apiñaban en El Ojo Trasero.

Observó el ir y venir de la fauna local. Era la típica taberna donde cada cliente tiene un mote, que Osric fue descubriendo a medida que se saludaban con mayor o menor simpatía: Perry el Pamplinas, el Casposo, Steve el Alarife, el Rascayhuele, el Pitofloro.

En la mesa con Osric estaba sentado el encantador Monodiente, un tipo que jadeaba por debajo del bigote y bebía a sorbos algo misterioso que llamaba «zumo largo», que olía a alcanfor puro y que rebajaba con aguarrás. Osric sospechaba por sus guantes que se trataba de un caminante de algún Sendero Sombrío, más concretamente un Agannor, dado el exceso de púrpura de su atuendo.

La fuente de Osric le había aconsejado que buscara a un hombre con un tatuaje de lobo en el cuello. Localizó a su objetivo encorvado sobre una mesa, charlando con otras dos personas de aspecto tan desagradable como él. El hombre estaba fumando un puro particularmente repugnante. Al estirar el cuerpo para recostarse, dejó al descubierto su estómago, sobre el que había tatuado: «Atención: Peligro de Asfixia», con una flecha apuntando hacia su polla.

Precioso.

El plan de Osric era sencillo: seguir a Peligro de Asfixia, subirlo a un tejado, interrogarlo sobre el asunto de Swanstone y, cuando ya no le fuera útil, matarlo.

La simplicidad del plan se rompió con la entrada de dos mujeres, una de rojo y otra de azul. El vestido de la de rojo consistía básicamente en una rejilla escarlata y, además, en un alarde de decoro, se había puesto dos pezoneras en forma de corazón. La de azul era alta, con el busto más discreto pero las caderas más redondeadas, llevaba botas altas hasta el muslo y una falda muy corta, en cuya parte trasera se leía: «Rebota rebota». Las mujeres se detuvieron a charlar con Madam Miffle, que estaba aposentada en su silla de ruedas cerca de la puerta.

—¡Oh! —Monodiente le dio un codazo a Osric—. La de rojo es Cerys. ¿No es un bellezón? He visto un par de películas suyas en el Sinema. —El denso aliento de Monodiente le exfolió la cara a Osric—. Miffle suele ponerla a trabajar en el bar que tiene más arriba de la calle, que es más elegante. Me pregunto qué estará haciendo aquí esta noche.

Monodiente miró embelesado a la mujer de rojo y le enumeró a Osric toda su filmografía (*Muerte por mil putas* y *bufonas 4*), y acto seguido le informó de que tenía las tetas aseguradas y que les había puesto nombre (de izquierda a derecha: Ruegos y Preguntas).

—A la otra no la reconozco —susurró Monodiente—. Supongo que es nueva. Pero está de buen ver.

La nueva estaba detrás de Cerys. Llevaba un pañuelo de gasa que le cubría parcialmente la melena y guantes de encaje en las manos. Pero sí, pensó Osric cuando ella se volvió hacia él y vislumbró la curva de su mejilla y la forma de su boca, era una chica guapa. Recorrió con la mirada el espacio que había desde las botas hasta el borde de su falda. Una chica guapa con unos muslos interesantes... Y entonces el pañuelo, los guantes y el atisbo de su rostro encajaron y se dio cuenta de a quién estaba mirando.

Apretó la pinta.

—¿Qué? —preguntó Monodiente.

—Joder, esa... Es... Bueno, da igual —balbuceó Osric.

Salvado por la campana. Sin motivo aparente, el Pitofloro se arrancó la camisa y retó al Rascayhuele a una pelea. El Casposo se abalanzó sobre ambos. Peligro de Asfixia y su séquito arrojaron sus bebidas sobre los combatientes y acabaron metidos también en la refriega.

Osric se unió a Cerys, Madam Miffle y (sí, joder) Fairhrim en el rincón donde se habían refugiado.

—Hola —le dijo a Fairhrim, en un tono que quería decir más bien: «Te voy a matar».

Cerys se instaló entre Osric y Fairhrim. La verdad es que Ruegos y Preguntas formaban una barricada impresionante.

—¿Qué quieres?

Osric estaba a punto de mandar a Cerys a la mierda, cuando se dio cuenta de que Madam Miffle no tenía piernas, pero sí un sable antiguo apuntándole a la ingle.

—¿De qué museo has robado eso? —preguntó.

Sintió la doble amenaza a medida que Cerys se acercaba: podía elegir entre asfixia por tetas o tétanos en los huevos, por lo que decidió cambiar de táctica.

—Tu nueva chica me ha llamado la atención —dijo Osric.

—Esta noche está libre —dijo Madam Miffle—. Aún está aprendiendo.

—Solo quería charlar con ella. Ver si... Eh... Si conectamos.

Madam Miffle y Cerys se volvieron hacia Fairhrim, que fulminó con la mirada a Osric. Sin embargo, asintió.

—Bien —dijo Madam Miffle—. Nuestra tarifa por media hora de conversación es de trescientas thrymsas.

—Eso es un puto atraco —dijo Osric.

—O pagas o te vas —dijo Madam Miffle con un siniestro chasquido de sables.

Osric pagó.

Cerys y sus pezoneras se apartaron.

—Quédate donde te vea. Y no la toques.

Como si a Osric se le ocurriera tocar a la Haelan más insoportable y entrometida que jamás había pisado la faz de la tierra. A menos que fuera para asesinarla, claro.

Además, Fairhrim no tenía derecho a tener unos Muslos Interesantes.

Osric le sugirió entre dientes que fueran a la barra. Ella asintió con el cuello en tensión.

Se deslizaron por la pared para evitar la trifulca y se apretujaron en la barra. Estaban de espaldas al resto, lo cual era ideal, ya que su conversación parecería cualquier cosa menos amistosa.

Osric pidió un whisky. Fairhrim pidió agua.

Dioses.

—No me dijiste que habías cambiado de profesión —dijo Osric.

—Solo temporalmente —dijo Fairhrim.

—¿Cómo puedes caminar con esas botas tan ridículas?

—¿Cómo puedes ver con esas gafas tan ridículas?

—Son para pasar desapercibido.

—Pareces una abeja.

El camarero volvió con las bebidas y a continuación, por algún motivo que solo él conocía, se lanzó de cabeza a la pelea.

—No deberías haberme hablado —dijo Fairhrim con los dientes apretados—. Creía que se te daba bien disimular.

—Tu presencia ha estropeado bastante el plan, ya que ahora tengo que asegurarme de que no te arrastren a un carruaje para follarte hasta dejarte sin sentido. ¿Cómo se te ocurre venir aquí? Esas mujeres te venderán al mejor postor.

—No. Las conozco. Trabajamos juntas. Les pedí que me ayudaran a colarme de incógnito esta noche. ¿Quién es nuestro informante?

—Es *mi* informante, lo he encontrado gracias *mis* fuentes y seré *yo* el que hable con él.

—Estás aquí siguiendo *mis* órdenes, por la seguridad de *mi* gente y lo haces para pagar por *mis* servicios de sanación de tu pequeño émbolo.

Osric trató de contraatacar, pero las ingeniosas frases que había pensado se esfumaron sin dejar rastro. Le dieron ganas de clavarle un puñal a Fairhrim, tal vez seguido de una daga, pero no quería que Madam Miffle se acercara con su artefacto de castración. En lugar de eso, clavó la mirada en las imágenes pornográficas que había detrás de la barra. Fairhrim hizo lo mismo.

—¿Por qué tantas vulvas? —preguntó, nuevamente irritada—. Lo lógico sería que hubiera más anos, teniendo en cuenta el nombre del lugar.

—No me puedo creer que haya pagado trescientas thrymsas para oír cómo te quejas de la falta de anos.

Fairhrim puso cara de malas pulgas. Se quedaron mirando el Muro de las Vulvas en silencio. La refriega continuaba tras ellos. Alguien sacó afuera a un tipo sangrando por los ojos. Un grupo de gente entró, agarró a Steve el Alarife y lo arrastró al cuarto trasero. Él se defendió con una espátula. El camarero cogió en volandas a Perry el Pamplinas y lo lanzó contra la diana; no hizo diana, pero le partió el cuello. Los vasos de cerveza volaban por todas partes como fuegos artificiales.

—¿Y ahora qué? —preguntó Fairhrim.

—Hemos llegado a un punto muerto —dijo Osric.

—Ya que tu plan consistía en amenazar con asesinar, y supongo que también en asesinar de verdad, déjame intentarlo primero con el informante para ver qué descubro. Si no coopera, lo haremos a tu manera.

Había que reconocer que la idea tenía sentido. Si hacían lo contrario, Fairhrim no tendría mucho que hacer, debido a que el tipo estaría muerto y tal. Había muchas probabilidades de que al final Osric también se saliera con la suya.

—Vale —dijo él.

Fairhrim lo miró con suspicacia. Osric no solía estar de acuerdo con ella.

—¿Cuál es el informante? —preguntó.

Osric señaló a Peligro de Asfixia, que en ese momento estaba presionando la cara del Casposo contra un amasijo de cristales rotos. A continuación, Peligro de Asfixia decidió meterle por el gaznate una botella de cerveza para ahogarle.

Fairhrim lo miraba como si fuera una letrina pública.

—Ya veo.

El Casposo se desmayó. Peligro de Asfixia le apagó el puro en el ojo y se dirigió a la barra. Osric y Fairhrim interrumpieron su conversación cuando el hombre se acercó. Se abrió paso entre ellos y golpeó el mostrador con la mano.

—Qué sed da este trabajo —declaró—. Un whisky doble.

Peligro de Asfixia miró a Fairhrim con leve interés, retiró la vista y enseguida se volvió de nuevo hacia ella, con los ojos como platos. Osric fue testigo de cómo el hombre se enamoraba súbita y desesperadamente de Fairhrim: se le ablandó la mirada, abrió la boca y dijo con un jadeo entrecortado:

—Guau.

Fairhrim dirigió una pequeña y tímida sonrisa a Peligro de Asfixia. (Nunca había dirigido una pequeña y tímida sonrisa a Osric. Es una simple observación, para que conste).

El tabernero apareció con el whisky, que puso en la mano de Peligro de Asfixia antes de volver a su partida de dardos.

Peligro de Asfixia, saliendo de su estupor, dijo:

—¡Bua! Eres un regalo para la vista. ¿De dónde has salido? No te había visto antes por aquí.

Intentó beberse el whisky de un trago, pero se tiró encima la mayor parte al quedarse con la boca abierta mirando a Fairhrim, completamente aturdido.

—Soy nueva —dijo ella. Luego miró recatadamente hacia abajo y se retiró un mechón de pelo tras la oreja.

(¿Desde cuándo Fairhrim era *recatada*?).

—Eres una puta preciosidad —dijo Peligro de Asfixia—. ¿Para quién trabajas?

(¿Era preciosa? No. Osric era un gran conocedor de la belleza. No era preciosa. Lo único que tenía era una mirada fastidiosamente imponente y una boca enloquecedora que combinaba de manera aleatoria comentarios estúpidos con otros inteligentes. Como mucho era guapa. Guapa, a secas).

—Acabo de empezar a trabajar con Madam Miffle —dijo Fairhrim.

—¿De dónde te ha sacado?

—Necesitaba ayuda y tuvo la amabilidad de acogerme —explicó ella.

Cerys, espoleada por Ruegos y Preguntas, se abrió paso hacia ellos a través de la trifulca, para mantenerse al tanto de la conversación. Osric ahogó una exclamación al descubrir que Madam Miffle estaba a su lado. Entonces, en un susurro sobresaltado le preguntó cómo, en nombre de Hel, había llegado hasta allí, y ella respondió:

—Túneles.

Fairhrim les hizo un gesto a sus dos escoltas para que se alejaran. Cerys y Madam Miffle retrocedieron y, por cierto, no le cobraron a Peligro de Asfixia su escandalosa tarifa por conversar con Fairhrim, lo cual era claramente injusto.

Peligro de Asfixia no se dio cuenta de ninguno de esos detalles porque estaba mirando fijamente el «Rebota rebota» del culo de Fairhrim.

—¿Qué estás bebiendo? —preguntó.

—Oh, hoy nada —dijo Fairhrim—. Es la primera noche que salgo. No voy a beber ni a irme con ningún cliente.

—Madam Miffle me perdonará por invitarte a una copa. He sido un buen cliente a lo largo de los años. —Peligro de Asfixia le hizo un gesto al camarero y pidió otro whisky doble para ella.

Cogió los vasos con una mano, y con la otra agarró del brazo a Fairhrim para llevársela a su mesa.

Osric esperó unos minutos y luego se unió a una partida de cartas de la mesa de al lado. Se dio cuenta de que había muchos ojos puestos en Fairhrim; todas las mujeres del lugar encontraban excusas para pasar por su mesa y comprobar que estaba bien. Cerys estaba especialmente atenta, tanto que, en un momento, Peligro de Asfixia levantó las manos y dijo:

—¡Joder, que no estoy haciendo nada!

Cerys le dio una palmadita en la cabeza y siguió su camino.

Osric se esforzó por no imaginarse nada «rebotando rebotando».

A Fairhrim no parecía gustarle el whisky, pero le dio un sorbo coqueto mientras Peligro de Asfixia le contaba quiénes eran sus chicas favoritas de Madam Miffle y lo que le gustaba hacer con ellas, y a continuación, con vulgar detalle, lo que deseaba hacer con Fairhrim.

—¿Tienes un vestido? —preguntó—. ¿Un vestido grande y esponjoso?

—Eh... Tendría que mirarlo...

—Bien. Compruébalo. Quiero que te vistas como una princesa. Parece que acabas de salir del castillo de un puto cuento de hadas.

(Qué idiota. Fairhrim vivía literalmente en una fortaleza).

Peligro de Asfixia pegó un grito hacia la barra para pedir que le sirvieran algo de comer. El camarero, con otro grito, le respondió que se fuera a tomar por culo.

—Hablando de castillos —dijo Fairhrim, acercándose un poco más a Peligro de Asfixia—. ¿Te has enterado de que han atacado Swanstone?

(Sutil, Fairhrim. Muy sutil).

—¿Cómo sabes eso? —dijo Peligro de Asfixia.

—Algunos hombres lo estaban comentando aquí antes —dijo Fairhrim, haciendo un gesto vago hacia el bar.

—¿Qué hombres?

—No estoy segura, creo que ya se han ido.

A Fairhrim no se le daba bien hacerse la tonta, pero al parecer esa interpretación fue suficiente para Peligro de Asfixia.

—No —respondió—. No había oído nada.

Lo normal habría sido que la conversación hubiera terminado de manera natural en ese momento, por supuesto, pero Fairhrim no había conseguido lo que quería. No permitió que la frustración se reflejara en su rostro; solo Osric se dio cuenta por cómo retorció un guante de encaje bajo la mesa.

Peligro de Asfixia arrastró la silla de Fairhrim para acercarla a él, tanto que ahora sus muslos se rozaban. Impidió que ella se alejara sujetándole la rodilla con una mano.

Las damas de la sala se quedaron inmóviles de repente. Osric lo notó porque él mismo también estaba quieto mientras decidía cómo amputarle el brazo a Peligro de Asfixia por haber tocado a su Haelan.

Una mujer que pasaba por detrás de Peligro de Asfixia levantó una bandeja sobre su nuca, dispuesta a estampársela.

Peligro de Asfixia, ajeno a todo, dijo:

—Eres tímida. Eso me gusta. Nos lo vamos a pasar muy bien en cuanto tus guardianas te suelten.

Fairhrim se quitó las manos a Peligro de Asfixia de encima, pero él volvió a agarrarla. Ella se revolvió en la silla; entonces él tiró de su muslo y la estrechó contra sí.

Osric esperaba haber disfrutado con la incomodidad de Fairhrim; normalmente le gustaba verla sufrir. Pero en lugar de eso, hervía de furia. Solo ansiaba hundir su navaja blaec profundamente en el cuello grasiento de Peligro de Asfixia.

Fairhrim cogió el vaso vacío de Peligro de Asfixia.

—¿Otra copa, eh…? No sé cómo te llamas.

—Scrope —dijo Peligro de Asfixia.

Fairhrim apretó el vaso con fuerza y Osric se atragantó con su bebida.

—¿Scrope? —dijo Fairhrim.

—Sí. ¿Has oído hablar de mí? —preguntó Scrope, antes conocido como Peligro de Asfixia, con una sonrisa que probablemente pretendía ser picarona. (Pero no tenía suficientes dientes. Osric hacía mucho mejor la sonrisa picarona).

—Puede ser —dijo Fairhrim—. Dicen que siempre te enteras de… Bueno, de todo. Pero debo estar confundiéndote con otra persona. Después de todo, tú no sabes nada del rumor de Swanstone. Ahora vuelvo. Era whisky, ¿verdad?

Después de pinchar a Scrope con aquella sutil aguja, Fairhrim se acercó a la barra. Pidió otro whisky y luego se excusó para ir al baño.

Osric se retiró de su partida de cartas.

—Diarrea fulminante —dijo, y el grupo no pidió más explicaciones.

Osric no necesitó preguntar dónde estaban las letrinas, le

bastó con seguir el tufillo a orina rancia. Abrió de un empujón la puerta del retrete y encontró a Fairhrim haciendo una especie de ejercicio de respiración profunda en el baño y lavándose los brazos donde Scrope la acababa de tocar.

—¿Cuál es el siguiente paso de tu plan maestro?

—No lo sé —dijo Fairhrim—. Estoy improvisando.

—Podrías haberme dicho que ibas a intentar seducirle.

—Ese no era el plan. Pero, bueno... Si soy su tipo...

—Es lamentable de ver.

—¿De ver? ¿Y yo qué? Yo lo estoy viviendo. —Se estremeció—. Ese tipo es un desecante vaginal.

—Llévale otro whisky e intenta preguntarle por el castillo de nuevo. Y si no funciona, vuelve con tus amigas, que te mantendrán a salvo, y yo haré esto a mi manera, como deberíamos haber hecho desde el principio.

—Bien —dijo Fairhrim.

—No me puedo creer que haya pagado trescientas thrymsas para ver cómo Scrope te mete mano.

—¿Es Scrope? ¿El famoso Scrope eyaculador de los baños?

—Pregúntale a él. Estoy seguro de que estará encantado de hablarte de sus hábitos masturbatorios.

Llamaron a la puerta.

Osric y Fairhrim abrieron y se toparon con Cerys, Madam Miffle y otras dos mujeres fuera. Todas miraron a Osric como si el alborotador fuera él, en lugar de Fairhrim. Iban armadas con cuchillos, sables y dos botellas rotas. Estaban listas para atacar.

—¿Todo bien? —preguntó Cerys.

—Todo bien —contestó Fairhrim—. Gracias. Ya casi he conseguido lo que necesito.

Osric hizo tiempo en el pasillo para dar a Fairhrim la oportunidad de retomar su conversación con Scrope. Las mujeres le dejaron atrás entre miradas suspicaces.

Se reincorporó a la partida de cartas y respondió a unas cuantas preguntas ingeniosas sobre el ojo de su trasero, ya que estaban en El Ojo Trasero. Scrope y Fairhrim retomaron la charla. Monodiente ganó un número sospechoso de rondas. A Osric le costaba prestar atención a sus cartas, más allá del as de corazones que no paraba de aparecerle entre las manos.

Ahora Scrope le estaba pidiendo a Fairhrim (dioses, ¿en serio?) que le palpara los músculos.

(Osric nunca se habría permitido ese ridículo alardeo).

—Tienes más músculos que los Warden —dijo Fairhrim.

—Bah —espetó Scrope—. Menudos cabrones.

—¿No te caen bien?

—Son unos gilipollas moralistas. Igual que los Haelan y cualquiera de esos que se hacen llamar caminantes del Sendero Brillante. Se creen mejores que los demás.

Osric se llevó una sorpresa al coincidir en eso en concreto con Scrope. La impasibilidad de Fairhrim le sirvió de algo; no reaccionó a su agravio, salvo por una leve sonrisa.

—Pero hay que decir que los Warden son buenos en lo suyo. —Scrope apuró los restos del whisky.

—¿Sí?

Scrope parecía dividido entre la discreción y el deseo de impresionar a Fairhrim. Al final ganó lo último. Se inclinó sobre ella y le susurró algo al oído.

—¿En serio? —exclamó Fairhrim.

Scrope volvió a susurrar.

Fairhrim lo miró con los ojos como platos.

—Pero ¿quién haría algo así?

Scrope susurró algo más.

Fairhrim puso cara de... Bueno, una cara coqueta.

—Sabía que eras el famoso Scrope, el que se entera de todo.

Scrope tiró descuidadamente del brazo de Fairhrim y le murmuró algo más al oído que Osric no entendió.

—Nunca he oído hablar de él —dijo ella, llevando los dedos a la boca de Scrope, que en ese momento trataba de pegarse a su oreja—. ¿Es importante?

—Sí, pero no tanto como para que a ti te importe. Tú dedícate a perfeccionar tus mamadas, ¿eh?

Al fin llegó el plato de comida de Scrope. La engulló. Ahora que ya tenía la información que necesitaba, la paciencia de Fairhrim se agotó tan rápido como su sonrisa. Osric observó cómo se desvanecía su tímido aire de adolescente. Su mandíbula recuperó su gesto habitual. Bajó los hombros y recuperó la firmeza. Su porte se volvió frío, autoritario, severo.

Scrope, ocupado en su abrevadero, no se percató de estos cambios. Se rascó el vientre. Se le subió la camisa. Fairhrim se fijó en el tatuaje de «Peligro de Asfixia» y puso una cara de asco todavía más exagerada que antes. Scrope se abalanzó sobre las patatas.

—¿Es necesario que hagas tanto ruido al masticar? —preguntó Fairhrim.

—¿Eh? —respondió Scrope con agudeza.

Fairhrim emitió un suspiro de impaciencia y se levantó.

—¿Adónde vas? —preguntó Scrope con la boca llena de patatas.

—Me marcho —dijo Fairhrim.

—No. No te vas a ninguna parte. Esta noche te vienes conmigo. Madam Miffle hará una excepción. —Agarró a Fairhrim de la cintura, luego bajó la pesada mano y se la hundió bajo la falda para tocarle el culo—. Madam Miffle, las piernas de esta quedan inauguradas esta noche, ¿me oye?

Fairhrim apartó las manos de Scrope. Osric pensó en veintiséis maneras de matarlo usando solo una patata. Madam Miffle se materializó en la mesa a una velocidad absurda. En un momento su sable estaba sobre el antebrazo de Scrope.

—Soy *yo* la que decide, y he dicho que no —dijo Madam Miffle.

—Venga, Mags. Te pago el doble de la tarifa normal. ¿Qué te parece?

—No.

—El triple.

—No.

Scrope, que obviamente consideraba que su oferta era irresistible, dijo:

—¿No? ¿Cómo que no? ¿Qué coño tiene de especial esta tía?

—La estoy entrenando —dijo Madam Miffle.

—Eres una imbécil sin sentido de los negocios.

—¡Esa lengua! O te pongo en la lista negra. Y no volverás a encontrar ni una sola chica en todo Londres. Puedes desenterrar a tu madre y follarte sus huesos.

Scrope levantó las manos.

—Vale. *De acuerdo*. Siempre nos quedará mañana. ¿Mañana vienes, chica?

Fairhrim, que en ese momento se deslizaba tras la silla de Scrope en dirección a la puerta, no respondió. Él la agarró del muslo al pasar. Sería uno de sus últimos gestos en la tierra.

Scrope pinchó una salchicha y se la tendió.

—Al menos chupa un poco de mi salchicha.

—Eso —dijo Fairhrim— se parece demasiado a un pezón cercenado.

Después de este microrrelato de terror de ocho palabras, salió de la taberna.

Scrope la siguió con la mirada y luego se dirigió hacia la puerta.

Por cierto, se equivocaba. No siempre queda mañana. Para él, por ejemplo, mañana no existiría.

Cubertería: riesgos y peligros

Aurienne

Aurienne hizo una mueca de disgusto al salir de la taberna. Los manoseos de Scrope se habían convertido en dolorosos tirones mientras escapaba. Con un solo toque de su tăcn podría haberle sacado los sesos por los ojos, pero también habría destapado la artimaña, de modo que al final decidió contenerse.

Daba igual. Había conseguido lo que buscaba.

A pocos pasos de la entrada de la taberna, se le acercaron Cerys y algunas de las chicas de Madam Miffle para devolverle el maletín. Charlaron durante unos minutos (qué tal estaba el bebé de una, cómo se estaba curando la infección de la otra, si alguna necesitaba anticonceptivos) antes de que Aurienne se marchase a través de la viedra de la taberna. Se moría de ganas de lavarse y cambiarse de ropa.

Mientras caminaba hacia la viedra, Aurienne creyó oír los pesados pasos de un hombre a su espalda. Sin embargo, por más que miró no logró ver nada, y llegó a la viedra sin más interrupciones.

Allí la esperaba una sombra alargada: el Fyren había decidido acompañarla.

—Dioses —dijo Mordaunt, bajándose la capucha al emerger de la penumbra—. Qué bien ha estado la increíble seducción del bandido pajillero. Menudo espectáculo. ¿Qué te ha dicho? ¿Te ha dado algún nombre?

—Aquí no podemos hablar —dijo Aurienne. Entonces vio algo brillante en la mano de Mordaunt; algo brillante que goteaba sospechosamente—. Eh... ¿Qué es eso?

—Nada —dijo él, lanzándolo hacia atrás por encima del hombro.

El objeto brillante dio varias vueltas en el aire... ¿Era una daga?

No. Un tenedor.

—¿Qué hacías con un tenedor ensangrentado? —preguntó Aurienne mientras el objeto caía al suelo con un estrépito.

—Lo estaba usando.

Aurienne dio un paso en dirección al tenedor.

—¿Para qué?

Mordaunt se interpuso en su camino.

—Creía que ya te ibas.

—Me iba, pero...

Se oyó una especie de gemido que procedía del sitio donde había caído el tenedor. Aurienne esquivó a Mordaunt para pasar junto a él, pero chocó contra su pecho.

—Deberías irte —dijo el Fyren.

Aurienne le dio un empujón (lo cual costó un poco) y dobló la esquina. Allí encontró a Scrope, con al menos dos docenas de puñaladas. No estaba del todo muerto, pero tampoco del todo vivo.

—¿Qué has hecho? —exclamó Aurienne.

—Se ha caído —dijo Mordaunt.

—¿Se ha *caído*?

—Sí. Sobre el tenedor.

—¿Se ha caído sobre el tenedor? ¿Veinte veces?

—Sí. Debido al... miedo.

—¿De qué tenía miedo?

—Del tenedor.

Aurienne se arrancó el guante para curar al moribundo.

—Estás completamente loco.

—No, estoy perfectamente cuerdo —replicó Mordaunt—. Tú, en cambio, tienes el instinto de supervivencia de un bizcocho.

—¿Perdón?

—Te ha seguido hasta aquí. Y seguramente no era para invitarte a cenar. Te ha visto hablar con Cerys y las chicas. Podría haber chantajeado a cualquiera para obtener información sobre ti. Y te necesito sana y salva, así que...

—No puedes matar a cualquiera que te moleste —dijo Aurienne. El pulso de Scrope era débil bajo su tācn; le quedaba poco.

—Puedo y lo hago —dijo Mordaunt.

—La gente querrá saber quién lo ha asesinado y por qué. Le echarán de menos.

—¿Que le echarán de menos? ¿A un tipo como este? —Mordaunt dio un puntapié a Scrope con la bota, como si fuera un saco de basura—. Eso está por ver.

Scrope se retorció y murió.

—Ya da igual —dijo Mordaunt—. Sus restos están aquí. Los tenemos delante. Y mira... Nadie ha venido corriendo.

—Es un ser humano.

—Era. *Era* un ser humano.

—¿En serio? ¿Ahora te haces el gracioso?

Mordaunt llevó a Aurienne de regreso a la viedra.

—Venga, puedes poner el grito en el cielo desde aquí.

—¿Podríamos ir alguna vez a algún sitio —preguntó Aurienne mientras se daba la vuelta— sin eliminar a parte de la población?

—¿Preferirías que la aumentáramos? —preguntó Mordaunt.

Arrastró el cuerpo de Scrope al pozo ciego del patio trasero de El Ojo Trasero. Se oyó un chapoteo del que emanó un olor nauseabundo. Osric volvió a bajar la tapa del pozo con un ruido metálico y preguntó en tono jovial:

—Bueno, ¿adónde vamos? Tenemos que hablar.

Aurienne se llevó las manos a las mejillas, sin dar crédito.

—Va a... Se va a pudrir en el pozo sin más.

—Sí, esa es la idea. —Mordaunt se sacudió el polvo de los guantes—. Así es como uno se deshace de la mierda. ¿Vamos a una clínica?

—Quiero darme un baño. Todavía puedo sentir sus manos sobre mí.

—Entonces, a mi casa.

—¿Cómo?

—Bueno, no vamos a ir a Swanstone para darnos un baño y estar de cháchara.

—¿Es que tienes un baño que funcione en esa mansión en ruinas?

—No —dijo Mordaunt, con violento sarcasmo—. Me baño en la taza del váter.

—De acuerdo —dijo Aurienne—. Pues vamos a tu casa.

Presionaron su tācn sobre la viedra, que les recordó que tuvieran «cuidado con el pie», y fueron arrastrados hacia la línea ley.

Rosefell Hall estaba más o menos en el mismo estado que cuando Aurienne había ido de visita, salvo por la presencia de la criada de Mordaunt, el cual presentó a las mujeres así:

—Ah, señora Parson, aquí está. Le presento a mi Medio Para Lograr un Fin, Haelan Fairhrim. Le ruego que no se fije mucho en su atuendo; no es ninguna dama de la noche. Es una historia demasiado larga y estúpida para contársela ahora. Fairhrim, esta es mi criada, la señora Parson.

La señora Parson era una mujer gruesa, de piel blanca y pelo negro, a excepción de las mechas grises que le atravesaban el moño. Bajó la cabeza.

—Haelan Fairhrim, es un honor.

Ella tuvo la impresión de que era una persona muy competente. La señora Parson tenía un aspecto tan correcto con aquel pulcro delantal que Aurienne se preguntó si la pobre mujer sabría que trabajaba para un Fyren. Quizá, al contrario que su empleador, era una persona normal.

—Mucho gusto, señora Parson —dijo Aurienne, inclinando la cabeza a su vez.

La aludida se volvió hacia Mordaunt y, en un tono que rozaba la reprimenda, dijo:

—Ojalá hubiera sabido que esperábamos compañía.

—Ha sido una decisión improvisada —dijo Mordaunt—. A Haelan Fairhrim le gustaría asearse; ha tenido un desafortunado encuentro con un cerdo pervertido.

—¿Qué? —exclamó la señora Parson.

—Ya me he hecho cargo del problema —le aclaró él—. No podía permitir que acosara a nuestra Haelan.

—Espero que lo haya hecho sufrir, señor —dijo la criada.

—En efecto.

—¿Está muerto, señor?

—Sí.

—Envíele un dedo del pie a su madre, señor.

—Buena idea.

Bueno, reflexionó Aurienne, era un detalle por parte de la señora Parson confirmarle tan rápido que ella también estaba loca.

La criada desapareció unos minutos para preparar el baño y regresó con varias toallas bajo el brazo y dos lámparas de aceite. Condujo a Aurienne escaleras arriba. A la luz de las lámparas, ella se dio cuenta de que a la señora Parson le faltaban algunos dedos de la mano izquierda. Por la madurez de las cicatrices parecía una herida antigua, pero traumática. No había sido una amputación limpia.

Las lámparas proyectaban sombras estremecedoras sobre varios cuadros cubiertos con sábanas y tapices descoloridos. El piso superior de Rosefell estaba aún más desolado que el de abajo y apestaba a podredumbre seca. Aurienne, enemiga mortal del polvo, comenzó una rítmica serie de estornudos al compás de sus pasos.

La señora Parson estaba entre avergonzada y preocupada por el estado de la mansión.

—Tendrá que disculparme por cómo está la casa. Solo estamos mi marido y yo, él es el jardinero. El señor Mordaunt no quiere emplear a nadie más. No doy abasto para mantener todas las habitaciones. Aunque me aseguro de que sus aposentos sean habitables, por supuesto, y acabo de limpiar el Salón Magnolia.

—¿Lleva mucho tiempo con la familia?

—Oh, sí. Unas cuantas décadas. Pero, bueno, ya no queda mucha familia. El señor Mordaunt es el último del linaje.

Llegaron a la zona de dormitorios de la mansión, donde cada puerta estaba adornada con un pequeño marco de latón. Algunas todavía lucían, en tinta descolorida, los nombres fantasmales de huéspedes de tiempos más prósperos. En la alfombra de felpa se apreciaba un surco de erosión. A lo largo del pasillo había muebles que en otro tiempo fueron elegantes, y sobre ellos había unos cuantos candelabros deslustrados.

—Hubo un tiempo en que habríamos tenido preparadas cualquiera de estas habitaciones para acogerla en cualquier momento —comentó la señora Parson.

—¿Qué pasó? —preguntó Aurienne.

—El despilfarro.

—¿De Mordaunt?

—¿El joven? Oh, no. Él está recuperando la fortuna. O en eso estaba hasta que llegó usted, por supuesto. —La señora Parson añadió esto con naturalidad, sin la acritud que solían tener los comentarios de Mordaunt al respecto—. El mayor, y sus predecesores, eran bastante menos sensatos.

No ofreció más detalles sobre la escasa sensatez de esos antepasados y Aurienne no insistió.

—¿Puedo preguntarle...? —dijo la criada mirando de reojo a Aurienne, y enseguida vaciló y enmudeció.

—¿Sí? —la animó esta.

—¿Se pondrá bien? —preguntó la señora Parson—. ¿Hay alguna esperanza?

—No puedo comentar nada sobre su pronóstico —dijo Aurienne—. Tendrá que preguntarle a él.

—Me dijo que no había muchas esperanzas. Supongo que «no muchas» es todavía algo.

—Supongo que sí —respondió ella.

—Me ha dicho que han recurrido a los Antiguos Métodos.

—Por pura desesperación, sí —dijo Aurienne—. No hay cura conocida para su enfermedad.

—Es un gran alivio que, al menos, esté en las mejores manos posibles —dijo la señora Parson—. Aunque sé, teniendo en cuenta su tācn y el de él, que sus manos no son las más voluntariosas.

Aurienne respondió de la forma más educada que pudo.

—En efecto. Somos diametralmente opuestos en todos los frentes posibles.

—Tal vez le sorprendan los puntos que tienen en común.

Ante esto, Aurienne no fue capaz de hallar ninguna respuesta educada.

La señora Parson se detuvo ante una puerta decorada con magnolias.

—Ya estamos aquí. Después de usted, Haelan.

Aurienne entró en la suite, que tenía los techos altos. No había más luces que las lámparas de la señora Parson. El aire era silencioso y denso y todo estaba lleno de sábanas que cubrían el mobiliario y que absorbían el ruido de sus pisadas.

El cuarto de baño incluía el lujo de una chimenea. La señora Parson se había tomado la molestia de encender el fuego. Aurienne olfateó el humo: era el mismo humo fragante que había olido en el salón, con ese extraño trasfondo de amargura.

—¿Qué leña utilizan aquí?

—Endrino —dijo criada—. Está por toda la finca. Es una invasión. La mitad de las horas que pasa despierto mi marido las dedica a podarlos. Pero no todo es malo, la leña es muy decente. Arde despacio.

Abrió el grifo que adornaba la gran bañera de cobre, murmuró algo sobre la caldera y finalmente con un puñetazo convenció al grifo para que manara agua caliente.

La señora Parson le dejó una lámpara a Aurienne.

—El señor Mordaunt no es muy dado a las luces —dijo mientras la depositaba junto a la bañera—. Hemos hablado de instalar electricidad en la casa, hace años, pero, bueno… Como ya solo está él, sería de muy poca utilidad.

La criada se marchó. Aurienne se quitó la ropa que había comprado a las chicas de Madam Miffle y se metió en la bañera. Se afanó especialmente en frotar los lugares donde la había tocado Scrope; los últimos recuerdos vivos de un hombre muerto.

Gracias a Mordaunt y su tenedor, esa noche también se había manchado las manos de sangre, literalmente, que se limpió con una gran sensación de culpa. Ella y el Fyren habían dejado un montón de bandidos muertos en el faro, y ahora otro cuerpo más se pudría en El Ojo Trasero. No podían seguir así.

Aurienne se secó. En el maletín llevaba uno de sus vestidos Haelan, una versión más liviana y veraniega de su vestimenta habitual. Lo sacudió, se lo puso y, recuperando un poco su identidad, salió de la suite equipada con la lámpara. Con tantos pasillos sombríos y desiertos, se equivocó de camino y descubrió más colecciones de Mordaunt: una pared cubierta de relojes, una habitación llena de cráneos antiguos, tanto humanos como de animales… (Aurienne también coleccionaba cráneos. Le ofendió haber descubierto tan pronto que sí tenían algo en común).

Mientras buscaba las escaleras, se topó con unas puertas dobles cerradas con llave. Una vitrina llena de libros indicaba que se trataba de la biblioteca. La curiosidad de Aurienne se vio frustrada por la cerradura, de modo que, en su lugar, se fijó en el contenido de la vitrina. El resplandor de su tācn reveló textos sobre anatomía: un conjunto de los siete *De humani corporis fabrica* de Vesalius.

Se le escapó un estornudo de camino a la escalera, bajo los nobles rostros de los ancestros Mordaunt. Viajó a través de los siglos entre retratos ennegrecidos por el tiempo y modernos daguerrotipos mientras descendía. Había rasgos de Mordaunt en todos los retratos: un hoyuelo en la barbilla por aquí, una melena plateada por allá, ojos grises, bocas que insinuaban insufribles sonrisas. Abundaban las armaduras de caballero. Y ahora el único vástago que quedaba de la familia era un Fyren. Qué bajo habían caído. Aunque, en sus inicios, ¿acaso no se había premiado a las órdenes de caballería por ejercer la violencia?

El grillo criticón de Mordaunt seguía por allí; una vocecilla le advirtió a Aurienne, mientras se marchaba, que olía a mayonesa de bote.

Aurienne halló a Mordaunt sentado con abandono en una butaca grande del salón. Él también se había lavado; debía de haber encontrado una taza de váter en alguna parte. Estaba recostado en actitud byroniana, con una camisa blanca a medio abrochar, el pelo húmedo peinado hacia un lado y los talones de las botas apoyados en la chimenea. La única luz de la sala provenía del hogar. Aurienne acalló a la parte de su cerebro que se había dado cuenta de que, una vez más, estaba Muy Guapo.

Alrededor de Mordaunt había desperdigados media docena de perros ancianos. Esta vez no huyeron de la presencia de Aurienne; un par de ellos agitaron la cola en señal de tímido reconocimiento. Solo el terrier afónico salió de su estado de letargo. Ladró con tanta fuerza a Aurienne que se tambaleó sobre las patas y, tras un intercambio de miradas, se retiró a su cojín.

En el sillón, junto a Mordaunt, había un frágil lebrel norteño inglés al que le faltaban una pata y un ojo. Él le acarició el huesudo lomo con una mano enguantada. La extraña amabilidad reverberó y chocó violentamente con lo que Aurienne sabía de Mordaunt; esa misma mano acababa de matar a puñaladas a un hombre con un tenedor.

Presidiendo a los cánidos dormidos como una reina primigenia estaba la silueta sombría de una loba, la deofol de Mordaunt. La luz de las estrellas se colaba por una vidriera y proyectaba sobre ella la forma de un elegante lebrel. La loba yacía en la postura de una esfinge. Sus ojos dorados, que no parpadeaban, se toparon con los de Aurienne cuando esta entró en el salón.

No la saludó. No había rastro de aquellos solícitos movimientos de cola de su último encuentro.

La gran loba volvió a centrar su atención en Mordaunt, que dijo:

—Puedes retirarte.

La deofol agachó la cabeza y se desvaneció como una niebla estigia.

Un viejo gran danés se acercó a Aurienne y le metió el hocico en la entrepierna.

—¡Rigor Mortis! ¡Siéntate! —ordenó Mordaunt.

—¿Has llamado al perro Rigor Mortis? —preguntó Aurienne, mientras Rigor Mortis hacía caso omiso de la orden.

—Todos se llaman como lo que estaba sucediendo cuando me los encontré —dijo Mordaunt. Fue señalando a los perros mientras enumeraba sus nombres—: Incendio. Perjurio. Falsificación. Escándalo Público. Alta Traición. El terrier se llama Diversos Delitos. El lebrel es Crème Brûlée.

—¿La *crème brûlée* era el crimen?

—No, el arma homicida. —Mordaunt le hizo señas a Aurienne para que se acomodara en un sofá—. Perdona que esté a medio vestir. He pensado que no eras lo bastante importante como para arrugar un pañuelo planchado.

—Perdóname tú a mí —contestó Aurienne, sacando un pie de debajo de la falda—. No me apetecía volver a ponerme las botas de Cerys y con las prisas me olvidé de mis zapatos.

Mordaunt, con la mirada clavada en el dobladillo del vestido, dijo:

—Un pie. Un *tobillo*. Escóndelo. Me vas a revolver las entrañas.

Aurienne se sentó en el sofá frente a Mordaunt y guardó su escandaloso pie.

—Se me habrá pegado la indecencia de Cerys.

—Ha sido francamente obsceno —dijo Mordaunt—. Tal vez la señora Parson pueda prestarte unos zuecos para volver a casa.

—Zuecos, perfecto. Justo lo que necesito para entrar en mis aposentos sin hacer ruido.

Mordaunt desvió la mirada al rostro de Aurienne. La observó con algo parecido al interés masculino, a lo que esta respondió enarcando una ceja.

—¿Eres consciente de que tienes la garganta al aire? —preguntó Mordaunt.

—Aquí solo estás tú.

—¿*Solo*? Cómo te atreves.

—Me he perdido un poco en el camino de vuelta —comentó ella—. He visto tu biblioteca.

—¿Cuál?

La pregunta dejó a Aurienne ligeramente anonadada.

—¿Tienes... más de una?

—¿Tú no?

Ella hizo caso omiso de la réplica.

—Había una vitrina junto a la puerta con ejemplares de *De humani corporis fabrica*.

—Ah. Entonces es la de Historia Natural. La otra es de Historia del Arte y Literatura Clásica.

—¿Por qué tienes una copia de *De humani*?

—Tengo una pequeña colección de textos clásicos de anatomía.

(Aurienne volvió a irritarse; otro punto en común).

—¿Qué pasa? —dijo Mordaunt con el ceño fruncido—. ¿Crees que los Haelan sois los únicos que estudiáis el cuerpo humano?

—Supongo que necesitáis saber dónde apuñalar.

—Exactamente —dijo él—. Además, no me insultes llamándolo «copia»; es una edición original. Tiene unos trescientos años...

Mordaunt se interrumpió. Acababa de fijarse en el antebrazo de Aurienne, donde tenía aún la marca de la mano de Scrope. Sus ojos, normalmente entornados por la despreocupación (real o fingida), se abrieron de par en par, y todo el cinismo de su rostro se esfumó. Se enderezó y su cicatriz se convirtió en una vívida línea blanca que le atravesaba los labios.

En solo un segundo ya se le había pasado. Volvió a reclinarse, se tapó los ojos, recuperó su cinismo y dijo:

—Lástima que Scrope ya esté muerto. Podría haberme divertido un poco más con él. ¿Tienes hambre? He pedido que nos traigan el té y esas cosas. ¿O quieres algo más fuerte?

Aurienne se curó el moratón del brazo.

—Son las tres y media. Deja dormir a la señora Parson.

—La señora Parson aún es capaz de soportar alguna que otra aventura nocturna —dijo la aludida, entrando en el salón con una bandeja de cubiertos de plata y un juego de té.

—¿Cómo lo tomas? —preguntó Mordaunt, sirviéndole una taza de té—. ¿Con un chorrito de leche?

—No, gracias —dijo Aurienne.

—¿Azúcar?

—No.

—Nada divertido. Por supuesto.

Aurienne observó cómo Mordaunt vertía aproximadamente cinco litros de leche en su taza de té.

—¿Diversión? ¿Así llamas a ese ultraje?

—Todos tenemos nuestros vicios —respondió él, echándose una cantidad igualmente grotesca de azúcar.

La señora Parson les sirvió un montón de galletas y un cuenco de fruta, y los dejó solos.

—Granadas —observó Aurienne.

—Sí —dijo Mordaunt—. Son una metáfora.

En el cuenco también había un plátano grande, ligeramente flácido. Aurienne no preguntó si también era una metáfora.

Dejó el té, las granadas y el plátano-flan sin tocar.

—¿Qué le ha pasado a la señora Parson en la mano?

—¿En la mano...? Ah, sí. De niña tuvo un accidente con una picadora de carne. A veces hace una recreación muy divertida del momento; deberías pedirle que te la haga.

A Aurienne no le hacían gracia esos accidentes, pero dejó de lado el tema en lugar de darle el sermón.

—Tenemos que hablar de esta noche.

—Sí —dijo Mordaunt—. Ha sido una insensatez por tu parte ir allí. Ten la amabilidad de reservar tus estúpidas fiestas de disfraces para cuando termines de curarme. Entonces ya me da igual lo que te pase.

—No me refería a que habláramos de eso —dijo Aurienne—, pero gracias a mi «estúpida fiesta de disfraces» he conseguido la información que necesitaba.

—Ni siquiera sabes si es fiable.

—Y puede que nunca lo sepa, porque, hablando de insensateces: has matado a nuestra fuente. Y eso es de lo que realmente tenemos que hablar: de todos los cadáveres que estamos dejando a nuestro paso.

—Así es como gestiono *mis* negocios —dijo Mordaunt.

—Bueno, pues ya no podemos hacerlo a tu manera.

—Yo no te pido que lo hagas a mi manera. Te pido que lo hagas bien.

—Un trauma torácico provocado por un tenedor que resulta en muerte no es mi idea de hacer las cosas «bien».

Mordaunt sacudió un guante en dirección a Aurienne.

—Haces que todo suene muy poco poético.

—Lo siento, ¿quieres que te lo repita en pentámetros yámbicos?

—Sí.

Aurienne no lo hizo, porque no recordaba qué eran los pentámetros yámbicos. Recuperó la compostura y dijo:

—Me gustaría que acordáramos no emplear la violencia salvo como último recurso.

—Me parece una pérdida de tiempo.

—¿No asesinar gente durante cinco minutos es una pérdida de tiempo?

Mordaunt echó la cabeza hacia atrás y suspiró mirando al techo.

—La violencia es el primer y mejor recurso. Pero, muy bien... Allá tú con tus delirios.

—Entonces estamos de acuerdo: no más cadáveres —dijo Aurienne.

—Menos cadáveres —dijo Mordaunt.

—Ninguno.

—Alguno.

Se miraron fijamente. Aurienne sintió la magnitud del abismo que los separaba: moral, ética, constitucionalmente. Todos los puntos que tenían en común se desvanecieron en la nada.

—¿Por qué te asusta tanto la muerte? —preguntó Mordaunt.

—La muerte no me asusta. Estoy muy acostumbrada a la muerte, *demasiado*, de hecho. El problema es que tú vas por ahí repartiéndola a diestro y siniestro.

—Mi enfoque no tiene nada de arbitrario —dijo Mordaunt—. Soy un profesional; evalúo las situaciones y actúo en consecuencia.

—Y yo también soy una profesional y estoy a cargo de un tratamiento, no de un matadero.

—Un matadero. Buena idea.

—¿Buena idea para qué?

—Da igual —dijo Mordaunt—. No es importante.

—Pues entonces podríamos pasar a lo que *sí* es importante: el nombre que dio Scrope.

—Sí —dijo Mordaunt—. ¿Cuál es?

—Bardolph Wellesley.

Mordaunt pegó un bote.

—¿Wellesley? ¿En serio?

—¿Lo conoces?

—Es uno de los hombres de confianza de la reina de Wessex. Poderoso. Rico. ¿Cómo es que no sabes quién es?

—No estoy puesta en las vidas de los reyes y las reinas —dijo Aurienne—. Mi orden es apolítica.

—Al igual que la mía, sobre el papel, pero eso no significa que vaya por ahí absolutamente ajeno al mundo —dijo Mordaunt—. Todas las órdenes están bajo el control de algún miembro de la realeza, incluida la tuya.

—Te equivocas.

—Eres una ingenua.

Volvieron a mirarse fijamente.

Mordaunt se encogió de hombros.

—La reina de Wessex es la monarca más poderosa de los Tīendoms. Conque Bardolph Wellesley, ¿eh? Muy interesante, la verdad. Puede que no lo sea, puede que Scrope solo intentara impresionarte con el nombre.

—Si realmente es cierto, ¿por qué uno de los hombres de la reina de Wessex iba a enviar a alguien a Swanstone? —preguntó Aurienne—. La gente no es tan estúpida. A excepción, por supuesto, de un infame idiota que se coló para visitarme y volcar todas sus esperanzas en cuentos de hadas.

El Infame Idiota aceptó el agravio con los ojos entornados.

—¿Qué tenemos nosotros que Wellesley no pudiera conseguir por sí mismo? —musitó Aurienne—. ¿O que quisiera destruir? ¿Registros de pacientes? ¿Material inédito? ¿Nuestros archivos? ¿Nuestra cámara acorazada?

—Wellesley es rico —dijo Mordaunt—. No creo que le interese vuestra caja fuerte.

—Si Scrope estuviera vivo, podríamos interrogarlo sobre la fuente de su información —dijo Aurienne.

—Si estuviera vivo, habría torturado a Cerys para que le dijera quién eres y dónde encontrarte. Y entonces habría cruzado la raya. Y yo habría tenido que matarlo de todos modos.

—No seas ridículo. No habría hecho eso.

—¿Quién de nosotros conoce mejor a este tipo de sabandijas y sus costumbres?

—Tú —reconoció Aurienne—. Porque eres una de ellas.

—¿Perdón? ¿Yo? ¿Una rata de cloaca como Scrope? ¿Has visto dónde vivo?

Aurienne miró a su alrededor. Dado que no había ninguna cloaca a la vista, reculó:

—De acuerdo. Entonces supongo que solo eres una rata. Una rata a secas.

—Gracias. —Mordaunt, aliviado, volvió a acomodarse en su butaca.

Aurienne activó su tăcn para llamar a su deofol.

—Tengo que informar a Xanthe de estos progresos.

—¿Progresos? —dijo Mordaunt en tono burlón—. Una mierda de información de una mierda de fuente.

—Te recuerdo que la mierda de fuente era tu fuente —dijo Aurienne, y a continuación susurró el nombre de Cíele en su tăcn. (El nombre de un deofol era privado y, desde luego, Mordaunt no era digno de conocer el suyo).

Su querido Cíele se materializó en sus brazos y se frotó cariñosamente contra su hombro. El roce de su pelaje era suave e intangible como un suspiro.

Cuando se fijó en el Fyren, dijo:

—Puaj.

—Veo que te acuerdas de Mordaunt —le dijo Aurienne a su deofol.

—Igual que de una hemorroide particularmente notoria —dijo Cíele.

Aurienne no se rio, aunque le entraron ganas.

—Te dije que fueras educado.

—Yo siempre me comporto con educación —repuso Cíele—. Ni siquiera le he hecho sangre.

—Sí que me hiciste sangre —dijo Mordaunt.

—No es más es una pequeña jineta —dijo Aurienne—. Fue un accidente.

Mordaunt llamó a Cíele «alimaña del tamaño de un escupitajo con cara de comadreja». Cíele se asombró en voz alta de que la hemorroide fuera capaz de hilar tantas palabras seguidas.

—Tendrás que aguantarle durante un tiempo —dijo Aurienne.

—Lo sé —contestaron Mordaunt y Cíele al unísono.

—Me estaba hablando a mí —dijo el deofol.

—Es evidente que hablaba conmigo —dijo el Fyren.

—Estaba hablando con él —dijo Aurienne, señalando al primero.

Mordaunt puso mala cara y se llevó una galleta a la boca.

Aurienne se volvió hacia Cíele.

—Ahora, querido, tienes que ir a ver a Xanthe. Dile que el Fyren me ha ayudado a averiguar quién podría haber enviado a los intrusos a Swanstone: un hombre llamado Bardolph Wellesley, que es, al parecer, uno de los hombres de más confianza de la reina de Wessex. Menciona que la fuente era un baboso borracho que ahora está muerto, porque el Fyren no es capaz de estarse quietecito con los tenedores…

—Que sí —la interrumpió Mordaunt—. Ya sabemos que está muerto. ¿Qué quieres que haga? ¿Una sesión de espiritismo?

—En fin, pregúntale a Xanthe cómo le gustaría proceder —continuó Aurienne—. Y no olvides los saludos.

—Hecho —dijo Cíele.

Se oyó la presión suave y apenas perceptible de cuatro patas de seith contra el brazo de Aurienne y entonces Cíele se esfumó en una nebulosa blanca.

Aurienne y Mordaunt apenas habían empezado a discutir a gritos sobre si Cíele merecía o no seguir viviendo (Aurienne estaba totalmente a favor; Mordaunt, en contra) cuando ella sintió en el tācn un hormigueo de seith, suave pero recio. El deofol de Xanthe, Saophal, pedía paso.

El arrugado ajolote se materializó y observó a los ocupantes del salón con parpadeos lentos.

—Aurienne, hola. Ponte unos calcetines, no vayas a coger frío. Fyren, saludos cordiales. ¿Hoy no llevas tutú?

—El rosa no me favorece —dijo Mordaunt.

—Ah, ¿no? A mí me pareció que combinaba bien con tu hígado amarillo. —Las finas branquias del ajolote revolotearon en dirección a Mordaunt—. Las pruebas de la implicación de Wellesley suenan endebles, cuanto menos.

—Exacto, son palabras que ha balbuceado un saco de mierda —dijo Mordaunt—. Aunque cierto es que era un saco de mierda bien relacionado.

—Es una vía para seguir investigando —dijo Aurienne—. Es mejor que lo que tenemos ahora.

Saophal se acercó flotando a la cara de Mordaunt y clavó en él un ojo negro.

—Xanthe requiere algo más concreto.

—Bien por Xanthe —dijo Mordaunt.

—Debe de ser difícil colarse en el castillo de Wellesley —dijo Saophal.

—Que envíe a los Warden —propuso él.

—Los Warden no están a nuestras órdenes y, además, no hacen infiltraciones —dijo Saophal—. Entrarían entonando un himno de guerra y colgarían a Wellesley de sus propias murallas con las extremidades desgarradas. La situación requiere un método más sutil. Nos encontramos en la interesante tesitura de necesitar los servicios de un Fyren.

—¿Cuánto me pagáis? —preguntó Mordaunt.

—¿Pagar? —repitió Saophal. Se volvió hacia Aurienne—. Aurienne, ¿cuál es la tasa de recurrencia de los émbolos en un sujeto que sufre un deterioro avanzado de la seith?

—Cincuenta por ciento en los tres primeros meses y noventa y cinco por ciento en los seis siguientes —respondió Aurienne.

—Qué exagerada —dijo Mordaunt.

—La estadística está a disposición de cualquiera —dijo ella—. Si quieres, puedes hacer tu propio análisis. Avísame si tus conclusiones difieren.

El ajolote hizo revolotear sus branquias con satisfacción.

—Tus honorarios, por tanto, serán la asistencia de Aurienne en tu próximo, e inevitable, émbolo de seith.

—¿Desde cuándo los Haelan negocian con los Fyren? —preguntó Mordaunt.

—Abriste la veda cuando te colaste en el despacho de Aurienne —dijo Saophal—. No te hagas el tonto ahora. Tú consigues información sobre Wellesley, nosotras te salvamos de la traición de tu cuerpo.

—Y, en caso de que las cosas vayan mal, soy prescindible —dijo Mordaunt.

Saophal soltó una carcajada.

—Por supuesto. Piensa en nuestra oferta. Mientras tanto, nada de favores, Aurienne. Si se bloquea, se bloquea. Puede ir a un cirujano para que le haga una embolectomía de seith, si quiere. Son *muy* divertidas.

Aurienne inclinó la cabeza.

—Entendido.

Saophal dio media vuelta lentamente y desapareció.

—No pienso hacerlo —dijo Mordaunt, mirando fijamente el lugar donde Saophal acababa de esfumarse—. Es una coacción flagrante. Demasiado para la bondad de los Haelan.

—Xanthe ha encontrado un factor de ventaja y lo utilizará para proteger a su orden —dijo Aurienne—. Además, tú me coaccionaste primero a mí. Mereces que te den de tu propia medicina.

—Así que solo soy un Factor de Ventaja, ¿verdad?

—Y yo solo soy un Medio Para Lograr un Fin, ¿no?

Mordaunt pareció molesto por la réplica, pero algo cambió cuando sus ojos se toparon con los de Aurienne: era una mirada profunda que la escrutaba, la interrogaba. Ella le plantó cara: eso es lo que era, ¿no? Un intercambio puramente práctico entre una Haelan y un Fyren. No había nada más allá de la transacción. Nada más allá de la dicotomía. ¿O sí?

Las preguntas se quedaron flotando, sin que nadie las pronunciara en voz alta, en el ambiente cargado de indiferencia.

Mordaunt esbozó una sonrisa forzada, teatral.

—Tienes razón, Haelan Fairhrim. Y así debemos permanecer el uno para el otro, Ventaja y Medio, a este lado de la eternidad.

—Solo tenemos que soportarlo un poco más.

—El veneno se administra en pequeñas dosis.

—Un día esto se acabará y podremos olvidarnos el uno del otro.

—¿Me olvidarás? —preguntó Mordaunt.

—Eso espero —dijo Aurienne.

—Me rompes el corazón.

—No tienes corazón —repuso ella—. Además, ¿no es preferible olvidarte a seguir odiándote?

—Prefiero que me odies a que no pienses en mí.

A Aurienne no se le ocurrió ninguna respuesta a la luz de esta confesión, así que guardó silencio. Se recolocó la falda (no era necesario, estaba impecable) y miró a la chimenea.

Mordaunt suspiró bruscamente, como cuando uno quiere cambiar de tema de repente.

—Supongo que ahora ni siquiera me harías un diagnóstico para comprobar si se está formando un émbolo.

—Claro que no —dijo Aurienne—. Tienes que infiltrarte en la Fortaleza Wellesley. Ya has oído a la deofol de Xanthe: no puedo hacerte favores.

—¿Y siempre haces lo que te ordenan?

—Necesitaría una razón de peso para contravenir una orden directa de Xanthe.

—¿Que yo te lo pida amablemente no es una razón de peso?

—Que me pidas algo amablemente es una excelente razón para no hacer nada.

—No iré a la Fortaleza Wellesley. Yo no saco nada con eso.

—¿Que no sacas nada? —repitió Aurienne—. ¿No quieres tenerme cerca en tu próximo bloqueo?

Mordaunt, al darse cuenta de que la había ofendido por la manera en la que ella enderezó de pronto la columna, reculó:

—Bueno, quería decir…

—¡Que no sacas *nada*! ¡De mí! ¡De una Haelan especialista en seith!

—Bueno, dicho así, obviamente sí, algo saco. Me refería a compensación *económica*. Suelo recibir muy buen pago por encargos de este calibre.

Aurienne se levantó entre balbuceos. Con una calma nacida de la profunda irritación, dijo:

—Tu compensación es tener acceso a mí. Si eso no te parece suficiente, no hay problema. Podemos atenernos a nuestro acuerdo original. Yo que tú iría contratando a un cirujano. Puedo recomendarte a algunos que han hecho embolectomías de seith causando solo una mínima carnicería. Normalmente les cuesta encontrar el coágulo, por supuesto, así que tienen que hacer algunas incisiones y pescarlo. Sin embargo, eres un Fyren grande y fuerte, estarás bien. Tu torpraxia está tan avanzada que apenas sentirás el dolor. Solo espero que no te cercenen sin querer los canales seith durante el proceso. Te quedan muy pocos intactos.

Mordaunt parecía perturbado.

—No tienes por qué irte. Lo he dicho sin pensar.

—Como haces siempre —dijo Aurienne—. Me voy. Dale las gracias a la señora Parson por el té.

Con las botas de Cerys colgadas de un hombro y el maletín del otro, Aurienne salió de la casa. Mientras se marchaba, el grillo criticón la llamó ñu.

¿Que no sacaba nada de esto? Años de trabajo, décadas de formación y práctica ¿para que un inútil despiadado y ulceroso le dijera que no sacaba *nada* de ella? Ojalá cogiera su próximo émbolo y se ahogara con él.

La decadente casa de Mordaunt quedó atrás. El cielo nocturno parecía enorme, claro y tranquilo. El aire, impregnado de olor a brezo y trébol, la tranquilizó. Respiró hondo, purificándose; esa noche había pasado demasiadas horas en una taberna maloliente y, después, en la ruinosa carcasa de Rosefell Hall.

Por un breve espacio de tiempo, la colaboración con Mordaunt había parecido casi posible. Pero tal vez era mejor no involucrarse en más tratos con él. Había que reducir al mínimo los pactos con el diablo.

Las estrellas centelleaban en lo alto de la eternidad, cubiertas por el fino velo de una nube. De las hondonadas brotaba una niebla perfumada con el tenue aroma del helecho.

Bajo la franja de la luna menguante, un búho dibujó una hélice.

Aurienne siguió el camino de grava que conducía a la viedra de Rosefell. Apenas hacía ruido al caminar sobre los guijarros con los pies descalzos.

No obstante, había otra persona aún más silenciosa.

—Fairhrim —la llamó Mordaunt.

Aurienne no se volvió.

—No tenemos nada más que hablar esta noche.

—Fairhrim.

—Mi deofol te dará instrucciones para la próxima luna llena.

—Espera.

Notó cómo unos dedos enfundados en un guante de cuero le cogían de la mano.

Aurienne se volvió. El Fyren estaba detrás de ella, todavía en mangas de camisa, con el cuello desnudo y la mirada seria.

Nunca le había visto serio.

Ella se detuvo, con la mano en la suya, a dos pasos de él, como si estuvieran empezando a bailar. Incluso a través del guante podía notar el calor que desprendía.

Esperó. Entre ellos sopló una brisa silenciosa. La luz de la luna, que todo lo perdonaba y todo lo abarcaba, oscilaba dispersa sobre la niebla, robaba colores, borraba detalles. El mundo se volvió brumoso; todo parecía más suave y difuso, más tierno y tenue.

Los chotacabras sobrevolaban el páramo, frente a la luna hechizada. Sus sombras correteaban a los pies de Aurienne en veloces trayectorias, y el significado de las cosas parpadeaba dentro y fuera de la existencia, tan solo visible si ella no se fijaba demasiado.

Mordaunt mantenía los hombros tensos y un aire abatido mientras apretaba la mano de Aurienne. Ella sintió la batalla que se libraba en su interior con la misma claridad con la que percibía la noche.

La necesitaba, y la odiaba por ello.

—Lo haré —dijo Mordaunt.

Osric saca definitivamente de quicio a Aurienne

Osric

Nunca había entrado en sus planes esto de negociar, esta nueva ronda de regateos, esta ligera coacción en medio de un páramo negro convertido en un mar plateado. No era parte del plan buscar con desesperación las únicas manos que podían curarlo, estar en deuda con una Haelan demasiado brillante, permanecer con el alma desnuda ante ella a la sombra de una viedra y allí, empapado por la niebla, doblegarse a su voluntad.

—Lo haré.

¿Dónde estaba su espíritu de guerra ahora? Debería estar listo para la escaramuza, no en este estado de rendición, no en esta suspensión entre la guerra y la paz.

Le ponía enfermo esperar su respuesta con la respiración contenida, contando los latidos del tiempo hasta que ella dijo:

—De acuerdo.

Odió el súbito alivio, la gratitud y, sobre todo, la admiración que sintió por ella y que le llenó el pecho.

Ella era la única que podía salvarlo de la carnicería de otro cirujano. Cómo no iba a admirarla. Era la única con experiencia, con el control de la situación. No tenía más remedio que admirarla. Era la única que podía intentar curar su enfermedad. ¿Cómo podía no admirarla? Le gustaba la singularidad. Apreciaba lo excepcional.

Ella solo se relajó cuando él susurró:

—Gracias.

Osric llevaba demasiado tiempo en mitad de aquel mar plateado, cogido de la mano de ella como si estuviera a punto de besarla en el dorso. Se le ocurrió, en un arrebato de locura, que podría tirar de Fairhrim y hacerlo. Sería tan fácil. ¿Con qué fin? ¿Qué ganaría? No lo sabía. La brecha debía mantenerse. El umbral no debía cruzarse. A eso estaban condenados: a permanecer en un umbral. En el límite, tan solo en el límite. Siempre a punto de caer. Él era lo que era; ella era lo que era.

Ella nunca cruzaría la línea.

El aire cargado de niebla le humedeció la garganta a Fairhrim, luego la frente, la mejilla, y la envolvió en una extraña luz. Se interponía entre Osric y la inconmensurable oscuridad no solo el vacío del cielo nocturno, sino el vacío de la muerte.

Tenía los ojos grandes y amables. Osric se sumergió en ellos como si fuera un mar profundo.

Ella dijo:

—Podemos ayudarnos mutuamente.

Él respondió:

—Lo sé.

Se deslizaron un poco sobre el límite entre la rivalidad y la alianza, en un nuevo punto de incertidumbre.

—No tiene por qué gustarnos —dijo ella.

Osric no respondió. Ya le gustaba. Odiaba que le gustara.

Fairhrim movió la mano, inquieta. Llevaban entrelazados demasiado tiempo. Dio un tirón para romper el contacto.

Osric odiaba haber llegado entero a la viedra y que ahora le faltara un trozo de sí mismo, porque se lo había entregado a dos ojos brillantes como estrellas.

Nada de eso importaba. Osric se convenció de ello al día siguiente, cuando las cosas estaban menos alteradas por la luna. No importaba haber visto a Fairhrim caminar descalza, ni haber vislumbrado sus tobillos bonitos a la luz de la luna.

¿A quién le importaban los tobillos bonitos?

Nada le podía importar menos.

Debía tener cuidado de no confundirla *a ella* como persona con lo que necesitaba *de ella*. Eran cosas diferentes. Necesitaba desesperadamente sus dotes de sanadora, no su presencia.

Lo único que importaba era que, con todo el asunto del émbolo, Fairhrim lo tenía agarrado por los huevos. (¿Y por qué, dioses, no podría haberle tocado alguien amable? ¿Por qué no podía haber sido alguien que los agarrara con cariño? ¿Por qué tenía que ser Fairhrim y su puño de hierro?)

Tal y como había prometido, Fairhrim envió a su deofol unos días después con instrucciones para la siguiente luna llena. Tras el habitual saludo amistoso (Osric amenazó con usar al deofol de escobilla para el retrete; el deofol le advirtió que su barbilla parecía un par de testículos), Osric recibió indicaciones para llegar a una clínica en la aldea de Mortehoe, en Dumnonia.

Los carteles de la clínica le informaron de que sufría desgarros en los pezones.

Fairhrim debía de creerse muy graciosa.

Osric llamó a la puerta de la clínica, con la intención de advertirle que, si no andaba con cuidado, pronto podría convertirse en una muerta más de Mortehoe.

Supo que algo no iba bien cuando la Haelan abrió la puerta de la clínica con un cordial «Bienvenido, pase» en lugar de un insulto.

En su rostro se dibujó una sonrisa forzada.

Osric estaba a punto de preguntarle qué era esa proeza geométrica que estaba haciendo con la boca, cuando Fairhrim se señaló a los pechos. Osric los miró fijamente. No vio ningún motivo de preocupación. De hecho, ya se los había visto casi sin ropa y le habían parecido preciosos. Fairhrim volvió a señalarse los pechos con más fuerza hasta que Osric comprendió que estaba indicando algo a su espalda y que trataba de hacerlo con discreción.

Miró detrás de ella, donde había una cortina que dividía la sala en dos. Un par de piernas peludas sobresalían por debajo.

Osric enarcó una ceja mirando a Fairhrim. La ceja le preguntó si debía matar a esa persona.

Fairhrim no negó inmediatamente con la cabeza, lo cual fue una sorpresa.

Todavía en el mismo tono educado, le indicó a Osric que tomara asiento en la sala de espera. Con una expresión de profesionalidad congelada en el rostro, desapareció tras la cortina para ocuparse de su paciente.

—¿Qué te parecen mis ubres? —dijo él.

Osric conocía al propietario de esa voz. Solo había un hombre en el mundo con esa voz.

—Por favor, deje de flexionar los pectorales —respondió Fairhrim—. Lo va a empeorar.

Osric se levantó de un salto y descorrió la cortina.

—¿Qué cojones haces aquí? —preguntó.

Leofric (porque, por supuesto, era Leofric) levantó la vista.

—¿Osric? ¿Qué haces *tú* aquí?

Estaba sentado en una silla, parcialmente vestido con una de las batas rosas. Tenía un pezón ensangrentado.

—Disculpe —dijo Fairhrim, arrebatando la cortina de la mano a Osric—. Esto debe permanecer cerrado.

—No pasa nada. Es mi mejor amigo —dijo Leofric, encantado de la vida.

—No somos amigos —dijo Osric.

—¿Qué les ha pasado a tus pezones, Os? —preguntó Leofric—. Vamos, enséñanoslos, no seas tímido.

—Esperaré mi turno —dijo Osric.

Regresó muy tenso a su asiento, desde donde procedió a mirar fijamente a Leofric mientras fantaseaba sobre su muerte, ritos funerarios, obituario, etc.

—Vaya golpe de suerte encontrar esta clínica —dijo Leofric a Osric por detrás de Fairhrim—. He pasado por delante y justo he visto el cartel. Anoche me pasé un poco con el vicio.

—Tengo que ir a buscar el instrumental —dijo Fairhrim, con la columna vertebral todavía más erguida que de costumbre.

Y desapareció por el cuarto de atrás.

—Qué maja, la Haelan —susurró Leofric—. Aunque es un poco rígida. Seguro que es capaz de partirme la polla con un ejercicio de Kegel. Pero ya me la estoy ganando. Tarde o temprano me las gano a todas. La he hechizado con mi ingenio y mis tetillas. Está tremenda.

—No me había dado cuenta —dijo Osric. Aún estaba distraído por la imagen no solicitada de Fairhrim haciendo ejercicios de Kegel con la polla de Leofric.

—¿Crees que debería preguntarle por mi huevo caído? —preguntó Leofric.

—Es una clínica para desgarros de pezones.

—¿Cómo te desgarraste los tuyos?

—Jugando al polo.

—Pijo de los cojones —dijo Leofric—. Le preguntaré a la Haelan si se ha planteado abrir una clínica de huevos. Oye, ¿qué crees que haría si descubre que somos Fyren? ¿Deberíamos mostrarle nuestro tācn cuando nos vayamos? Sería divertido, ¿no?

Leofric levantó la palma de la mano, donde había tenido la precaución leofricista de colocar una venda. Como si cualquier Haelan competente no fuera a darse cuenta de lo que había debajo.

Por suerte, esta Haelan en concreto sabía exactamente lo que era Leofric, y había hecho la vista gorda a su astuta artimaña.

—Ni se te ocurra —dijo Osric—. Nos denunciaría y causaría problemas entre las órdenes.

Leofric se reclinó en la silla con aire abatido.

—¿Desde cuándo eres un aburrimiento de persona?

Después de recolocarse varias veces, se levantó y se dirigió a la mesa, donde cogió un tubo de ensayo grande que mostró a Osric.

—Métetelo por el culo.

Fairhrim acababa de regresar para volver a imponer la ley y el orden. La sugerencia de Leofric no le gustó.

—Deje eso —dijo, en un tono que pondría en acción a un molusco.

Leofric pegó un bote y obedeció.

—Siéntese —añadió ella.

Pronunció la palabra en un tono tan imperativo que Leofric se sentó automáticamente en la silla sin rechistar.

Fairhrim devolvió el tubo de ensayo a su soporte. Leofric esbozó una sonrisa tentativa que ella no le devolvió. A continuación, ella empezó a aplicarle en el pezón, con cierto aire de venganza, varios apósitos empapados en espuma.

—¿Qué coño es eso? —preguntó él, con gesto de dolor.

—Hlutoformo —respondió Fairhrim.

—Se usa en todos los Tīendoms —explicó Osric, con conocimiento de causa.

—Tu madre también se usa en todos los Tīendoms —replicó Leofric.

Osric sacó un cuchillo.

El tăcn de Fairhrim emitió un destello y hubo un escalofrío en el aire cuando vertió su seith en el pezón herido. La expresión de la Haelan era impasible, pero Osric la conocía lo suficiente como para descifrar esa pequeña arruga de su nariz: ¿cómo se atrevía otro Fyren idiota a hacerle malgastar su seith?

—¿Te has planteado alguna vez abrir una clínica de huevos? —preguntó Leofric.

Fairhrim era la campeona de la contención.

—No. Debería ir a un médico. —Colocó una venda sobre el pezón de Leofric—. Ya está. La piel aún es nueva, así que tenga cuidado de no volver a usar pinzas durante al menos una semana. Y por el amor de Woden, esterilícelas antes de usarlas. Este frasco contiene antibióticos, tómese uno al día hasta que se acaben.

Leofric cogió el frasco.

—¿Me provocarán una erección que dure más de cuatro horas?

—No.

—¿Me vas a dar un besito en el pezón para asegurarte de que todo está mejor?

La tolerancia de Fairhrim a las tonterías nunca había sido alta, pero ahora acababa de alcanzar un nuevo mínimo. La temperatura del aire bajó mientras miraba fijamente a Leofric.

Este le devolvió la mirada con un gesto esperanzado.

—Vete o te lo desharé todo, y además te arrancaré el otro pezón —dijo Fairhrim.

—Au —respondió Leofric.

Fairhrim, en una vorágine de movimientos eficaces, recogió la ropa de Leofric y se la puso en los brazos.

—Vístete rápido. Tengo otro paciente que atender. Adiós.

La Haelan volvió al cuarto trasero. Osric la vio llamar a su deofol, que se materializó y escuchó atentamente mientras ella pasaba revista a los armarios enumerando un listado de suministros que había que reponer del inventario de la clínica.

—Nos faltan gel de dextrosa, pastillas para la indigestión, kits de sutura, bastoncillos…

—Ese esfigmomanómetro parece muy antiguo —dijo el deofol—. ¿Deberíamos pedir que lo cambien?

—Añádelo al listado, aunque dudo que lo aprueben —respondió Fairhrim—. Y, por pedir, un carrito nuevo… A este solo le queda una rueda.

El deofol volvió su cabeza afilada hacia Osric y Leofric.

—Veo que se han juntado todos los anticonceptivos en un solo lugar.

Fairhrim también los miró con frialdad.

—Me gusta ser organizada.

Osric frunció el ceño. Leofric era demasiado estúpido para ofenderse. Fairhrim cerró de un portazo.

—Me cae bien —dijo Leofric mientras se vestía.

—No creo que sea mutuo —señaló Osric.

—¿No? Me da la impresión de que hemos conectado. De todos modos, me da igual lo que pienses, tú no entiendes de sentimientos íntimos.

—Y supongo que tú eres un experto, ¿no?

—Más que tú —dijo Leofric—. Nunca había conocido a una Haelan. Sinceramente, no es tan mala, ¿verdad? Un poco estirada, pero eso es de esperar; todos tienen un palo metido en el culo. No me ha juzgado lo más mínimo por haberme puesto pinzas en los pezones. ¿Te espero? ¿Quieres que te coja de la mano mientras te toquetea el pezón a ti?

—No.

—Bueno. Pues me largo. Tengo que asesinar a un abogado. —Leofric se volvió hacia la puerta del cuarto trasero, se puso las manos alrededor de la boca a modo de altavoz y dijo—: ¡Adiós, dulce Haelan! ¡Lo nuestro nunca habría sido posible!

Fairhrim no respondió.

Leofric se marchó.

Ella salió del cuarto con el aspecto más atónito que le permitían sus facciones.

—Bueno. Eso ha sido traumático.

—Y obsceno —dijo su deofol antes de desvanecerse en una nube blanca.

—Me alegro de que no le juzgues por haberse puesto pinzas en los pezones —dijo Osric.

—Tengo un palo metido en el culo, no soy quién para juzgar a nadie —dijo Fairhrim—. Cuando le he visto por poco se me escapa un grito. Solo podía pensar en erizos de mar.

Condujo a Osric hasta la mesa del cuarto trasero, sobre la que había un montón de papeles revueltos y un mapa medio doblado, con aspecto de haber sido descolgado a toda prisa.

—No quería que Leofric lo viera —explicó Fairhrim. Con movimientos precisos y fastidiosos, volvió a apilar los documentos—. Lo he quitado todo mientras se desvestía. Sostén esto.

Osric sujetó contra la pared las esquinas del mapa. Fairhrim se agachó bajo sus brazos para volver a clavarlo, e hizo lo propio con las tablas de datos, el dibujo de la Piedra de Monafyll y las notas de Widdershins.

Al igual que la última vez, esa cercanía tan casual le sorprendió. Normalmente el número de personas que se acercaban a un Fyren sin un ápice de miedo eran cero.

Ahora esa cifra se había elevado a una. Lástima que tuviera que ser Fairhrim.

Ese tren de pensamiento se vio interrumpido por un súbito:

—Au… ¡Au!

Fairhrim había pegado el moño a Osric, y la cureta de plata que le sujetaba el pelo se había enganchado en la funda de cuchillo que llevaba en el antebrazo. Osric intentó desenredar el entuerto, pero los guantes no ayudaban en una tarea tan delicada, y lo único que consiguió fue enganchar más pelos en una hebilla. Fairhrim le dejó dos segundos de torpeza antes de apartarle la mano y hacerlo ella misma.

Para cuando terminó de desenredarse, se le habían roto tres cabellos, que salieron volando de la funda de Osric como telarañas, encajes rotos o el favor secreto de una dama.

—¿Podrías dejar de ir por ahí pillándote el pelo en todas partes? —preguntó Osric.

Fairhrim volvió a recogerse el moño.

—Tal vez si no fueras armado hasta los dientes en todo momento, podría pasar a tu lado sin quedarme calva.

Y su deofol había dicho que Osric era un exagerado.

Fairhrim, ya con el pelo en su sitio, volvió su atención al mapa.

—Bien. ¿Dónde estaba?

—Has trasladado las líneas ley a esto —dijo Osric.

—Sí, es mucho más fácil que andar con dos mapas. También he cambiado las chinchetas.

Osric acababa de darse cuenta de que el mapa estaba salpicado de corazones rosas.

—Eh… ¿Son…?

—Las pezoneras de Cerys, sí —dijo Fairhrim, agitando una hoja llena de ellas—. Me gusta el adhesivo: no daña el mapa.

Había colocado los corazones sobre las zonas que habían visitado, pero también sobre otras nuevas: una en Somerset, otra en Dyfed y otra en el mar vacío de la costa de los South Downs, donde vivían las hérgulas. («Cinco líneas ley», dijo Fairhrim refiriéndose a este último punto. «Me apetece volver e intentarlo de nuevo. Pero solo cuando hayamos agotado el resto de las opciones»).

—La lunación de junio es dentro de tres semanas. —Fairhrim le dio un golpecito con el dedo al corazón sobre Somerset—. Esta es mi propuesta para el próximo intento. He podido localizar de forma concluyente una docena de leyendas en esta zona específica, y todas tienen lugar durante la luna de Begbéam.

—Eso es en un cruce de tres líneas ley —dijo Osric—. Prometedor.

—Sí, y en la intersección de dos cursos de agua, lo que coincide con la traducción de junio de Widdershins. —Fairhrim señaló sus notas, que indicaban: «Cruce de flujos de agua»—. Pero lo más interesante de todo es que si vamos precisamente aquí… —detuvo la yema del dedo en una pegatina— añadiremos un laberinto a la combinación.

—¿Qué tiene de bueno un laberinto?

—Es otro tipo de lugar limítrofe. Caminos sagrados, caminos de peregrinos, los laberintos son formas de alcanzar un nuevo estado de conciencia, formas de acercarse al Otro Mundo. Desorientan. Son un lugar frágil. —En los labios de Fairhrim se dibujó una mueca de desagrado—. Un tema recurrente es la importancia de confiar en el camino, aunque parezca serpentear sin rumbo.

—Se parece un poco a lo que estamos haciendo en este momento —dijo Osric.

—¿Verdad? Lo odio.

—¿Así que vamos a Avalon?

—Sí. Al Færwundor, en Glastonbury Tor, para ser exactos.

—Ah —dijo Osric.

—¿Qué pasa?

—Es una fortaleza druida.

—¿Y?

—Eh… Puede que me conozcan.

Fairhrim le lanzó una mirada suspicaz.

—¿Que te conozcan?

—Tal vez maté a su Vidente jefe hace un tiempo... —dijo Osric, con el tono más inocente jamás usado para confesar un asesinato.

—¿*Cómo*? ¿Por qué?

—Por dinero —dijo Osric.

Ella se llevó los dedos a las sienes.

—Mordaunt.

(Pronunció su nombre como si fuera una palabrota y él se dio cuenta de que le gustaba).

—A decir verdad, me decepcionó un poco que el vidente no me *viera* venir —comentó Osric.

Fairhrim era tan impermeable a su ingenio como a sus encantos y permaneció impasible.

—¿Por qué tienes que complicarlo siempre todo? —Suspiró.

—Podemos probar en cualquiera de estos otros lugares —dijo Osric, señalando las alternativas marcadas en el mapa—. Uno donde no me hayan condenado a la Triple Muerte.

—¿La qué?

—La Triple Muerte de los druidas. Empalamiento, lapidación, ahogamiento. ¿No has oído hablar de ella? Tienes que salir más de casa. Y aquí... ¿Qué te parece aquí? —Osric señaló otro de los corazones del mapa, se dio cuenta de que estaba hablando solo y se dio la vuelta—. ¿Qué te pasa?

—Creo que estoy llegando a mi límite —respondió Fairhrim.

Salió de la sala de espera con su maletín, del que sacó unas traducciones marcadas con sus notas.

—Mira. Varias referencias concretas a la luna de Begbéam, todas en un radio de ochocientos metros de esta zona.

Osric hojeó los documentos. Cuando las leyendas eran lo bastante sólidas como para proporcionar datos temporales, Fairhrim había identificado las que, efectivamente, mencionaban la luna de Begbéam de una forma u otra: la luna en el reverdecer del brezo pardo, la luna llena en el mes de la cosecha de la fresa, la sexta luna llena, la época de floración del cerezo silvestre…

—Te has cargado mi idea de una forma espectacular —dijo Fairhrim. Se volvió hacia el mapa. Aunque se mantenía tan erguida como siempre, había algo desalentador en su postura: en sus brazos cruzados, en su mirada baja.

—Hagámoslo —dijo Osric.

Fairhrim le lanzó una mirada funesta.

—Te busca la ley druídica. No podemos pasearnos tan tranquilos por el Færwundor. Lo tenía todo planeado, ¿sabes? Iba a pedirle a Xanthe que solicitara una visita a su enclave para un proyecto de investigación. Te iba a hacer pasar por mi asistente. Pero ahora, en cuanto te vean…

—Permíteme que te hable del concepto de «ser un poco malo» —dijo Osric.

Fairhrim hizo un breve gesto de desagrado.

—No voy a colarme en el Færwundor. Los druidas son aliados de los Haelan.

—No te vas a colar tú —dijo Osric.

—Bien.

—*Yo* sí.

—No voy a pisar territorio druida con el hombre que asesinó a su Vidente jefe —se opuso Fairhrim—. Nos pillarán.

—No conoces bien mis capacidades. Si nos pillan, cosa que no sucederá, irán a por mí. Tú mostrarás tu tācn y dirás que te obligué a cumplir mi voluntad. No le harán daño a una Haelan.

Ella se negó.

Osric dijo que era Una Inflexible.

Ella estuvo de acuerdo con eso.

Fairhrim se dio la vuelta y empezó a ordenar la mesa con frustración.

—¿Por qué has tenido que echarlo todo por tierra? Esto tendría que haber sido un simple paseo a la luz de la luna. Los datos sobre este lugar en concreto y esta luna en concreto son los más convincentes hasta la fecha.

—¡Pero si estoy buscando soluciones! —dijo Osric—. Podrías buscarlas tú también.

—¿Que estás buscando soluciones? —repitió Fairhrim. Se volvió hacia él, erguida y alta. Llevaba en la mano una caja de bisturíes. Desvió la mirada a las hojas y viceversa, con una expresión muy propia de alguien que busca soluciones, si la solución fuera clavarle un bisturí en la garganta a Osric.

Él se preguntó si no tendría sangre de valquiria en algún lugar de su linaje.

Con los dientes apretados, Fairhrim murmuró para sí misma: «No hacer daño».

—Hay otra complicación, ya que estamos en el tema —dijo Osric—. Wellesley.

—¿Qué pasa con él?

—Una putada —dijo Osric.

—Explícate.

—Ahora mismo las cosas están un poco tensas entre las reinas de Kent y Wessex. Ambas partes han reforzado sus fortalezas. Wellesley tiene quinientos hombres reunidos en la Fortaleza Wellesley..., básicamente una guarnición.

—Pensaba que eras muy bueno en lo tuyo —dijo Fairhrim—. ¿No puedes caminar las sombras para burlarlos?

—Normalmente, sí. Pero he hecho un pequeño reconocimiento y he descubierto que Wellesley ha tomado medidas anti-Fyren.

—¿Qué narices es una medida anti-Fyren?

—Ha inundado toda su fortaleza de luz —explicó Osric—. Es imposible caminar las sombras cuando no hay sombras.

—¿Por qué ha hecho eso? ¿Qué esconde?

—No lo sé. Podría ser información. Podría ser paranoia. Podría ser que tiene miedo a que Kent contrate a un Fyren para ir a por él. El coste de iluminar un torreón entero y sus alrededores durante semanas es exorbitante. Hacer eso es una idiotez; es como gritar a los cuatro vientos que están protegiendo algo muy valioso.

—¿Podría ser a propósito? —preguntó Fairhrim—. ¿Una estrategia? ¿Para desviar la atención de otra cosa?

—Si es un ardid de guerra, es arriesgado, caro y estúpido.

—Cierto. Entonces ¿qué vas a hacer?

—No infiltrarme en la Fortaleza Wellesley, ya que no quiero que me den por el culo con quinientas lanzas.

—Eso no es muy de buscar soluciones —dijo Fairhrim.

Así era tratar con Fairhrim: tenías que elegir bien las palabras, porque ella podía cogerlas y devolvértelas más afiladas que antes. (A propósito, a Osric se le ocurrió que, cuando a uno le gustaban las cosas afiladas y bonitas, Fairhrim era el tipo de mujer que podía empezar a gustarte si no tenías cuidado. Sin embargo, no podía ser tan estúpido. Era una imprudencia absoluta).

—No sería una simple infiltración —dijo Osric—. No puedo entrar caminando las sombras.

Fairhrim lo examinó y luego pronunció un «Mmm» cargado de significado.

—¿Qué? —dijo Osric.

—Tu soberbia ha perdido contra la razón; es estimulante.

—Encantado de que mi incapacidad te agrade.

—Conocer tus límites no es incapacidad —dijo Fairhrim—. Pero Xanthe me prohibirá que te ayude con el próximo émbolo. Wellesley era tu única opción.

—Desde el último bloqueo solamente he tenido las fluctuaciones habituales —dijo Osric—. Estoy convencido de que las estadísticas esas no eran más que tácticas para asustarme…

—No.

—…, pero, a pesar de todo, he decidido entregarte mi confianza.

—No, gracias. A saber dónde ha estado antes.

—Qué cruel. Me estaba mostrando vulnerable.

Fairhrim levantó una mano para mantenerlo a raya.

—Puedes ahorrarte eso también.

—¿Cómo puedes ser tan mala con tu propio paciente?

—No eres un paciente.

—Te preocupas por mí.

—Me preocupo por tu salud, no por ti.

—Au.

Fairhrim, impasible, continuó con su interrogatorio.

—¿Cómo llevas la torpraxia?

—Peor. Se me cayó una garrafa de lejía en el pie y ni siquiera me di cuenta.

—¿Una garrafa de lejía?

—Estaba disolviendo un cuerpo.

—Disolviendo un cuerpo... Por supuesto —Fairhrim puso cara de dolor. No hizo más comentarios sobre el asunto y añadió—: Hablaré con Xanthe.

—¿Eres la mascota de Xanthe? ¿Tienes que consultarlo todo con ella?

—Fue ella quien me metió en esta debacle, así que le toca compartir la carga de la toma de decisiones, sí.

—¿Y qué vamos a hacer con la luna llena? —preguntó Osric.

—Tenemos semanas para resolverlo. Ya encontraré una ubicación alternativa. *No* pienso colarme en el Færwundor con el hombre que asesinó a su Vidente. ¿Por qué hiciste eso? Los druidas son inofensivos.

—Era una oferta que no podía rechazar.

—Monstruo.

—Te recuerdo que ese pago financió gran parte de la cura de la viruela —dijo Osric.

—No es la cura, es la vacuna —dijo Fairhrim—. Y eso no lo arregla. Podrías haber ganado el dinero con cualquier otro trabajo. Pero da igual, esto es una pérdida de tiempo. —Con el tono de quien quiere pasar página, preguntó—: ¿Podemos comprobar tus progresos, ya que estás aquí?

—Bien.

—Ya conoces la rutina —dijo Fairhrim.

—Desnudarme, etcétera.

—Las cosas están en ese armario —le indicó ella, saliendo de la consulta.

Esta vez, Osric se aseguró de entender cuál era exactamente el armario señalado por Fairhrim. En su interior no encontró batas rositas, sino unos enormes bombachos de franela del mismo color. Se enfundó un par a la altura de un atrevido ángulo de la pelvis.

Entonces se dio cuenta de que el pantalón tenía la bragueta abierta y le faltaba un botón, dejando así al descubierto la parte más desnuda de la desnudez.

Decidió utilizar el horrible cuaderno fucsia de Fairhrim como taparrabos.

Fairhrim, acompañada del traqueteo del difractor Franklin, volvió a la consulta. Al principio solo se fijó en los pantalones, y preguntó:

—¿Vas a coger percebes?

Entonces vio su cuaderno y se lo arrebató.

—Mi taparrabos —susurró Osric.

—Abróchate la bragueta.

—No tiene botón —dijo él—. No mires, no vaya a ser que te entren ideas lujuriosas.

Fairhrim, magníficamente imperturbable por la polla que colgaba ante ella (*ofensivamente* imperturbable, a decir verdad), sacó un imperdible demasiado grande.

—Toma. Esto es una clínica, no un urinario público.

Osric se puso el imperdible con infinita *délicatesse*.

—Ninguno de los pantalones tiene botones, así que apúntalo en nuestro taparrabos.

Fairhrim dirigió el difractor hacia el pecho de Osric y enganchó los tentáculos a su cuerpo con una violencia, a todas luces, innecesaria.

Su desinterés por cualquiera de los menesteres de su bragueta aplastó a Osric hasta convertirlo en una pulpa espiritual. No es que quisiera que Fairhrim le mirara la polla, necesariamente; eso tan solo era la punta del iceberg. No era capaz de embelesarla, no era capaz de asustarla, ni de seducirla ni de intrigarla, ni de provocarle ni un ápice de curiosidad por nada que tuviera que ver con él. ¿Quién se creía que era? Su absoluta falta de interés le mataba.

La odiaba.

Fairhrim le ordenó que se sentara, cosa que Osric hizo, en la medida en que una pulpa es capaz de sentarse. Ella se puso a manipular algunos instrumentos de plata aquí y allá, sobre la figura proyectada en la pared, para medir los canales seith, tanto los intactos como los dañados, con sus brillantes marcadores. Una vez más, sacó una tabla de aspecto irascible y caprichoso («Paciente: Pústula I.»), que se calmó mientras registraba sus mediciones. Y una vez más, pasó un dedo por todas las extremidades de Osric (salvo por la más interesante) y anotó dónde empezaba y terminaba su entumecimiento.

Con el ceño fruncido, Fairhrim estudió los documentos que tenía ante sí. Apagó el difractor, le retiró los tentáculos con una nueva dosis de hlutoformo, volvió a colocarlos y encendió de nuevo la máquina. Los instrumentos de plata repitieron su habitual baile de chasquidos y rugidos sobre la figura proyectada. Fairhrim volvió a pasar el dedo por Osric y le preguntó si estaba seguro de que el entumecimiento se detenía justo ahí y no más adelante.

—Sí —respondió Osric—. ¿Por qué?

—Fíjate —se dijo Fairhrim—, apenas han pasado quince días desde nuestras últimas mediciones.

—¿Qué ocurre?

—Y todavía estamos dentro de los parámetros normales... Aunque no dentro de *tus* parámetros normales.

—¿Qué parámetros? ¿A qué te refieres?

Fairhrim, absorta en los números que tenía delante, no respondió. Volvió a toda prisa al difractor, dio varios golpecitos en los medidores, murmuró que todo estaba en orden, *pero*... Volvió a sus notas, desconcertada, inquieta; su calma era frágil. Se llevó los dedos a los labios. Recorrió una y otra vez las columnas con la mirada.

Una esperanza desbocada se apoderó del pecho de Osric.

—Fairhrim. ¿Qué pasa?

Una vez más, Osric contó agónicamente los latidos hasta que Fairhrim abrió los labios. Su mirada, rebosante de curiosidad, se topó con la de él. Ella tomó aire. Pasaron cien años. Él esperó, completamente a su merced. Deseó arrodillarse. Deseó agarrarle de la falda con los puños y postrarse a sus pies. Por favor, por favor, por favor.

—Tu degeneración se ha ralentizado, aunque sea brevemente —dijo Fairhrim—. Al menos, al medirla con estos instrumentos. No quiero decir que se haya detenido, por supuesto, aunque, técnicamente, sería lo correcto… Ven aquí, deja que te lo muestre.

Le retiró a Osric los tentáculos pegajosos del difractor y le hizo señas para que se acercara a la mesa de trabajo; él se inclinó sobre su hombro; ella repasó los números y empezó a darle toda clase de explicaciones; olía a hlutoformo y jabón; la esperanza latía salvaje y atronadora en el pecho de Osric; ella le dijo que no celebrara, pues había muchos otros factores a tener en cuenta; los números y las columnas se mezclaban; no paraba de hacer observaciones inteligentes; él escuchaba, sin comprender absolutamente nada, porque estaba de vuelta en el mar plateado, embelesado por la mujer de los ojos brillantes como estrellas, la única que podía curarle, la única que le estaba salvando la vida.

—Tú y tu cerebro —dijo con un suspiro—. Tú y todas tus bonitas aristas. Lo estás consiguiendo.

—Te estoy diciendo que podría haber muchas razones…

—Pero ¿esto es bueno?

—Sí. También es médicamente imposible. Pero es bueno.

Osric volvió a quedarse sin aliento y con el corazón desbordante de admiración. La mano desnuda de Fairhrim, agrietada y seca, yacía sobre la mesa junto a la suya enguantada.

Se la llevó a los labios.

Por primera vez, logró sobresaltar a Fairhrim lo suficiente como para que esta ahogara un grito.

Osric le dio un beso elegante en el dorso de la mano. Debería haberse detenido ahí, pero, como un tonto enamorado, le recorrió los nudillos con besos más pequeños y reverentes.

Podría haber seguido besándola hasta la muñeca, el antebrazo, el hombro y el cuello. Podría haberlo hecho perfectamente. Ahora que sentía aquella piel fría bajo su boca caliente, le dieron muchas ganas. En momentos así, uno deseaba venerarla un poco.

Los ojos de ella, abiertos de par en par y rebosantes de sorpresa, le recordaron que su mano no era, y nunca sería, suya como para besarla.

—Lo siento. —Osric le soltó la mano—. No debo mancillarte con mis besos.

Ella recuperó la mano y se la llevó suavemente a la clavícula.

—Un crimen pasional. Te perdono.

—Lo estás logrando. Escúchame, lo estás logrando.

En el rostro de Fairhrim asomó una minúscula sonrisa, pero no llegó a crecer del todo.

16

Asesinato en la Fortaleza Wellesley

Aurienne

¿Qué se siente cuando un Fyren te besa la mano? Una sensación temeraria. Embriagadora. Como vivir la vida al máximo. Como una catástrofe inminente.

Aquel momento era la convergencia de varios milagros extraños: los números (una emoción), la súbita y salvaje expresión de fervor de Mordaunt y, el mayor milagro de todos, compartir su alegría.

Aurienne se ruborizaba cada vez que recordaba aquel momento. La manera en que él se había acercado a ella y le había cogido la mano. La presión de su anillo. Los besos demasiado apasionados para ser platónicos. Se decía a sí misma que era la emoción por los resultados. La alternativa era aterradora.

Aurienne trató de apartar de su mente los calores (que etiquetó como «Inapropiados») y se centró en su turno de la mañana, que empezó con una visita a la sala de viruela. La niña de la última vez estaba mucho mejor: ya podía ver y hablar; de hecho, se encontraba tan bien que le había pedido un helado a Aurienne. Esta, encantada, se apresuró a enviar a un aprendiz para que atendiera esta importante petición.

Luego llegó la hora de las rondas. Los pacientes de Aurienne del Centro de Investigación de la Seith competían por su atención. Una compañera Haelan sufría un Coste desenfrenado sin siquiera haber usado su seith. Una amable anciana de Cardiff invocaba de repente a los deofoles de otras personas. La Ingenaut con hemorragias seith que había recibido el alta semanas antes estaba de vuelta. Había respondido estupendamente al tratamiento de microoclusión de Aurienne, pero se había sobreexcitado con unos imanes (si Aurienne había entendido bien) y su seith se había descontrolado hasta prender fuego a una nave ley.

Después de comer, Aurienne asistió a una ceremonia de investidura Haelan. Cuatro nuevos Haelan habían ganado sus alas, entre ellos Corinne y Nym. Una muchedumbre estaba congregada en el patio más grande de Swanstone, a los pies de una estatua de Frīa flanqueada por dos Aer voladores. Prendergast, uno de los directores de la Orden Haelan, presidía la ceremonia. Los nuevos graduados permanecían de pie con las manos cruzadas, escuchando su discurso.

—Me siento vieja —susurró Cath a Aurienne y Élodie—. Mirad qué caritas de bebés.

—No son más jóvenes que nosotras cuando recibimos nuestro tācn —dijo Élodie.

—¡Por favor! —dijo Cath—. Si son legalmente bebés.

—La de la izquierda es una de las tuyas, Cath, ¿verdad? —preguntó Aurienne.

Cath asintió.

—Es buena. Ha aprendido rápido que la medicina de urgencias es la ciencia de convertir cualquier cosa en un problema de medicina interna. ¿Y las dos de la derecha son tuyas?

—Corinne y Nym. Me eclipsarán dentro de pocos años.

—Bien —dijo Cath—. Necesitarás refuerzos; para entonces estarás al frente de este lugar.

—Nunca —dijo Aurienne.

—Como si lo viera —dijo Cath.

—Yo no lo veo.

—Ya lo sé. Tienes la imaginación de una berenjena.

Tras el discurso de Prendergast, se pronunciaron los discursos habituales sobre respetar la máxima de «No hacer daño», anteponer siempre los intereses de los pacientes a los propios, la profesionalidad y la empatía, cada uno de los cuales Aurienne recibió como un sermón dirigido específicamente a ella. Cuando alguien se puso a hablar de la ética en la investigación, empezó a buscar salidas.

Élodie le dio un codazo a Aurienne.

—¿Estás bien?

—Tienes cara de cordero degollado —dijo Cath.

Aurienne se moría de ganas de estallar en explicaciones sobre su flagrante falta de respeto por todo lo que representaba su orden, o que había hecho lo contrario de todo lo que aconsejaban aquellos magníficos oradores, o que casi merece la pena porque podía estar a punto de lograr un avance impresionante, pero que en realidad no merecía la pena porque estaba trabajando con un Fyren... Y, lo peor de todo, el Fyren le había besado la mano, y pensar en eso le desataba calores en lugar de escalofríos de asco, y todo estaba Mal.

Pero, obviamente, dijo:

—Indigestión.

Agradeció que se acabaran los discursos y, por tanto, la autoflagelación.

A continuación, llegó el momento del Marcado: los nuevos Haelan se arrodillaron ante la estatua de Frīa, que tenía los benévolos brazos abiertos. Extendieron la mano derecha. Prendergast presionó un sello humeante de seith, con la forma del tācn de los Haelan, en sus palmas abiertas.

Mientras observaba los rostros ansiosos de las figuras vestidas de plata, Aurienne recordó su propia experiencia en aquella misma posición. A pesar de que Xanthe le había asegurado lo contrario, había temido lo que cualquier aprendiz teme: que sus años de aprendizaje no hubieran sido suficientes para desarrollar su sistema seith y que el tācn no se encendiera. Pero se encendió, por supuesto (había trabajado y practicado demasiado como para que fallara justo en ese momento), al igual que en ese momento se encendió el tācn de los cuatro jóvenes Haelan arrodillados en el patio.

La muchedumbre rompió en aplausos. Los nuevos Haelan se llevaron su nuevo tãcn al corazón y se vistieron, por primera vez, con las túnicas blancas de la orden. Ahora su seith estaría abierta al mundo, mucho más allá de los pequeños usos cotidianos de los civiles. Ahora eran miembros de una orden. Prestaron el juramento de «No hacer daño» y juraron ser dignos del privilegio de llevar el título de Haelan. Finalmente, sobre los hombros les colocaron unas brillantes charreteras de plata.

Alguien tiró de la falda de Aurienne.

—Disculpe —dijo un aprendiz, inclinándose—. La necesitan urgentemente en el Pabellón 14. Transferencia de seith. Es Haelan Xanthe.

—Otra vez no —dijo Aurienne. Se despidió apenada de Cath y Élodie, y siguió al aprendiz al interior de la fortaleza.

A veces, los Haelan se vaciaban de seith para socorrer a pacientes especialmente difíciles. Xanthe era famosa por ello. Aurienne la halló desplomada sobre una cama entre los niños enfermos del Pabellón 14, rodeada de un puñado de Haelan de Pediatría con caras de preocupación. Estaba inconsciente y empapada en sudor. Antes de desmayarse, se le había desencadenado una gastroparesia; en el regazo tenía una bandeja con los restos del almuerzo.

Lorelei levantó la vista cuando Aurienne se acercó.

—Uno de los recién llegados ha empeorado esta tarde. Estaba en las últimas. Xanthe se ha negado a perderlo. Él está bien. Ella no.

Aurienne era una de las pocas de su orden que dominaba las transferencias de seith; el procedimiento requería un dominio inusual, incluso para una Haelan. Apretó su tãcn contra el pecho húmedo de Xanthe y, con gran delicadeza, infundió su propia seith en las reservas de la anciana, lo suficiente como para devolverle la consciencia y evitar otra oleada de Coste.

Xanthe volvió en sí murmurando:

—Estoy bien.

—No debería llevar su sistema tan al límite —dijo Aurienne—. Es duro para usted.

—Sí, vale, pero un niño vivirá un día más, así que ha valido la pena. —Se incorporó con la ayuda de Aurienne. Miró con tristeza los restos de su comida en el plato—. Qué lástima, la tarta de queso estaba excelente.

—Le traeremos otro trozo —dijo Lorelei. Llamó a un aprendiz—. Tú, a la cocina. Tráele ahora mismo la puñetera tarta entera.

—Muchos deberíamos añadir las transferencias de seith a nuestras habilidades —dijo otro Haelan de Pediatría.

—Corinne y Nym han hecho progresos —dijo Aurienne—. Creo que Corinne ya casi lo tiene. La competencia técnica de Nym es excelente, lo que le falta es confianza. Ambas se han ganado su tācn hoy.

—Oh, bravo —dijo Lorelei.

—Sí… Y seguro que vendrán más mejoras, y vendrán con fuerza.

—¿Han pasado a los cadáveres? —preguntó Xanthe.

—No. Aún están en el laboratorio. Pero pronto lo harán.

Xanthe recuperó el color en los labios cuando la seith de Aurienne repuso sus reservas. Aurienne apartó su tācn.

—¿Se encuentra mejor?

—Mucho. Venga, volved todos a vuestras tareas —dijo Xanthe a los Haelan reunidos alrededor de su cama—. Esos niños os necesitan más que yo.

Lorelei y los Haelan de Pediatría se dispersaron. Aurienne aprovechó que se había quedado a solas con Xanthe para hablar de la investigación del Fyren sobre Wellesley. Explicó la postura actual de Mordaunt, poco alentadora.

—A ver si lo he entendido bien —dijo ella en un susurro exhausto—. El Fyren no puede llevar a cabo la infiltración que queremos que haga, y la infiltración que no queremos que haga, sí puede hacerla.

—Correcto —dijo Aurienne—. No puede colarse en la Fortaleza Wellesley debido a las medidas anti-Fyren. Pero está encantado de colarse en el Færwundor para su próxima sesión de sanación, a lo que me opongo drásticamente.

—Fantástico —graznó la otra mujer.

—Por favor, Haelan Xanthe, hablemos más tarde. Tiene que descansar.

—Qué bobada, podemos hablar ahora. No estoy vomitando ni nada.

—Espero que la próxima vez que...

—Ahórrame el sermón —cortó Xanthe—. Ya conozco los riesgos. Acércate a ese montón de cosas de ahí; hay algo que quiero enseñarte.

Aurienne se tragó la regañina cariñosa y se dirigió al montón, donde estaban la cartera y la capa de Xanthe revueltas junto a la cama.

—La carpeta amarilla —indicó ella.

Aurienne reconoció la carpeta como el registro de solicitudes de servicios Haelan. De vez en cuando ayudaba a Xanthe a priorizar las peticiones, que iban desde solicitudes de ayuda a los Haelan en aldeas asoladas por la disentería a hospitales desbordados. Una sola Haelan y su seith eran capaces de darle la vuelta a cualquiera de estas circunstancias, aunque, por culpa de la viruela, todas las peticiones recientes habían sido rechazadas.

Entre las cartas del archivo se encontraban los sospechosos habituales. Aurienne reconoció los garabatos del rey de Northumbria, la angulosa caligrafía del rey del Danelaw, los elegantes trazos de la reina de Kentish (siempre envidiada por Aurienne, cuya escritura se asemejaba a las manchas abstractas de un cultivo de heces en una placa de Petri).

Xanthe extrajo una carta de la carpeta y la examinó con el ceño fruncido.

—Es como echarte a los perros —murmuró—. Pero irías acompañada de un lobo, así que, no veo por qué no...

Aurienne le lanzó una educada mirada interrogativa, pero Xanthe nunca solía dar explicaciones a nadie, y ahora estaba especialmente sumida en sus pensamientos.

—Creo que tienes los cocos para hacerlo —dijo Xanthe—. La cuestión es si quiero ponerte en riesgo.

—Los… ¿cocos?

—Los huevos. Los cojones.

—Ah.

Xanthe siguió divagando sobre el tamaño relativo de los cojones de Aurienne, su propensión a arrastrarse por el pavimento, su potencial de alcanzar la magnitud de zepelines en momentos de necesidad.

Salió al fin de su ensoñación dándole un golpe a la carpeta con un dedo retorcido por la edad.

—Puede que tengamos a ese cabrón.

—¿Qué cabrón? —preguntó Aurienne, dado que había tantos.

—Wellesley —dijo Xanthe.

—¿Cómo que lo tenemos?

—Hace unos meses, Wellesley pidió ayuda a los Haelan para tratar a una niña enferma —dijo Xanthe, tendiéndole la carta a Aurienne—. Pediatría estaba hasta arriba de casos de viruela, obviamente, así que nos negamos. Sé que tu fuente sobre la implicación de Wellesley no era de fiar, pero es una coincidencia interesante.

—¿Cree que la incursión en Swanstone podría haber estado relacionada con su hija? —preguntó Aurienne.

—¿Que si actuó como un padre desesperado por encontrar un sanador para su pobre hijita enferma?

—¿Por qué lo dice así? —preguntó Aurienne, hojeando la carta—. ¿No le parece sincero?

—Me parece un poco melodramático. Y tenía mil opciones mejores que irrumpir en Swanstone, si es que fue él… Y con artefactos incendiarios, por cierto. Pero si queríamos una puerta de entrada a la Fortaleza Wellesley, y una forma limpia de eludir sus medidas anti-Fyren, esa carta lo es. Yo podría encargarme de los trámites.

—Bien. Pero si Wellesley necesita a una Haelan para algún propósito perverso aún desconocido, se la estaríamos poniendo en bandeja de plata.

—Bien. Pero la Haelan podría hacerle estallar el corazón con un solo toque de su tãcn, si la situación lo requiriera. Y si la acompañara un guardia de Swanstone, tal y como dicta el protocolo, que en realidad fuera un asesino Fyren, tal vez podrían descubrir algo de utilidad, y de paso ella se mantendría protegida.

—Bien. Y Wellesley no sería tan estúpido como para hacer daño a una Haelan. Se ganaría la ira de casi todas las órdenes.

—Bien. Y, en el caso de que Wellesley fuera tan estúpido, los Warden solo estarían a un deofol de distancia.

—Bien.

—Bien.

Aurienne miró a Xanthe. Xanthe miró a Aurienne.

—Menos mal que tengo unos huevos como zepelines —dijo Aurienne.

—Pues que tengas buen viaje y un viento favorable —dijo Xanthe.

De esta manera, Aurienne se presentó en la puerta de la Fortaleza Wellesley con Osric Mordaunt tintineando tras ella, vestido con la armadura completa de Swanstone.

Había reaccionado al plan con el aplomo esperado, es decir, con una histeria inmediata.

Su histeria se fue convirtiendo en simple mal genio a medida que se acercaban a la fortaleza bajo una lluvia torrencial. Era de noche, pero nadie lo diría viendo la Fortaleza Wellesley, iluminada por cientos de focos vibrantes.

—Me cago. En toda. Mi estirpe —murmuró Mordaunt cada vez que la armadura emitía un sonido metálico.

—No te pongas nervioso —replicó Aurienne.

—Me pondré todo lo nervioso que quiera. ¿Has visto todas estas luces? No hay ni una sombra. Si pasa algo, estoy atado de pies y manos.

—Todo irá bien en cuanto entremos —dijo Aurienne.

—¿Bien? ¿*Bien*? Te estamos poniendo en peligro, te estamos

llevando a la fortaleza del hombre que creemos que atacó a tu orden. Como alguien te ponga la mano encima, morirá. Quiero que conste. ¿Qué clase de cretino diseñó esta mierda de armadura? ¿Por qué tengo que ir anunciando todos mis movimientos a bombo y platillo? Me pica el tăcn.

—Deja de moverte. Ponte recto. Tienes que ser convincente.

Aurienne y Mordaunt se acercaron a la portería bajo una lluvia repugnante que venía de diecisiete direcciones distintas.

Mordaunt, todavía furioso, no llamó a la puerta; la aporreó con el puño.

Con un escándalo de chirridos miró a su alrededor, entornando los ojos a través de la visera por culpa de las luces cegadoras. La fortaleza brillaba como el sol del mediodía.

Una mirilla se abrió al otro lado de la puerta. Un ojo suspicaz escudriñó a Aurienne.

—¿Quién es? —preguntó el dueño del ojo.

—Haelan Fairhrim y su escolta —dijo Aurienne—. Lord Wellesley me está esperando.

La mirada se volvió respetuosa.

—Un momento, por favor.

La puerta se abrió. Aurienne y su *soi-disant* escolta entraron en una especie de vestíbulo igual de iluminado. Además del ujier al que pertenecía el ojo, había una pequeña cuadrilla de guardias, así como un hombre orondo de modales ceremoniosos que se presentó como Pipplewaithe.

—Soy el chambelán de lord Wellesley —dijo Pipplewaithe, quitándose el sombrero de plumas y barriendo el suelo con él—. A su servicio, Haelan Fairhrim. Y permítame decirle que es un honor tener aquí a alguien de su orden.

—Gracias por recibirnos tan amablemente —dijo Aurienne.

Pipplewaithe se recolocó el sombrero; la pluma de avestruz se puso firme.

—Antes de que nos adentremos en la fortaleza..., y perdone que se lo pregunte, me temo que las medidas de seguridad extra se escapan a mi control... ¿Me permite ver su tăcn, por favor?

Aurienne se quitó el guante y mostró el tācn Haelan al chambelán. Hubo un coro de «ohhh» procedente del grupo de hombres, para quienes los Haelan eran, al parecer, extraordinarias criaturas mitológicas.

Mordaunt emitió un chirrido al lado de Aurienne.

—Parece todo en orden —dijo Pipplewaithe—. ¡En Orden! ¿Lo pilla? ¡Ja! Perdón por las molestias protocolarias. Nunca se es lo bastante precavido en estos tiempos tan convulsos.

—¿Tan inestables están las cosas? —preguntó Aurienne.

—No la quiero molestar con los detalles, pero hay mucha tensión con Ese Vecino Del Que Usted Me Habla... —La pluma de Pipplewaithe se volvió inquisitivamente hacia Mordaunt—. ¿Puedo preguntarle por su compañero?

Mordaunt se puso en posición de guardia junto a Aurienne, quien dijo:

—Este es mi protector, Flemilio. Es uno de los sargentos de Swanstone. Creo que mi orden ha informado a lord Wellesley de nuestros protocolos; debo estar acompañada en todo momento. Me temo que tendrá que permanecer armado y a mi lado. Ya sabe... No es más que otra molesta formalidad.

—Por supuesto —dijo Pipplewaithe con otra reverencia—. Bienvenido, sargento.

Mordaunt le devolvió el saludo, envuelto en más tintineos.

—Haga las inspecciones que crea necesarias —dijo Aurienne con un gesto en dirección a Mordaunt—. Él no tiene tācn, pero supongo que querrá revisar sus manos para comprobarlo usted mismo.

Mordaunt se quitó el guantelete derecho.

—Oh, seguro que no es necesario... —dijo Pipplewaithe, mientras observaba de cerca los movimientos de Mordaunt—. Ha venido con una Haelan acreditada. Pero, por ser rigurosos con el protocolo, será lo mejor.

Mordaunt le mostró al hombre su palma derecha, desprovista, por supuesto, de cualquier tācn.

—Excelente —dijo Pipplewaithe. Luego, con bastante más

inquietud, porque los caminantes de los Senderos Brillantes tenían el tācn en el lado derecho, pero los de los Sombríos lo tenían en el izquierdo, esperó a que Mordaunt mostrara la otra mano.

Mordaunt se quitó el guantelete izquierdo y le tendió la mano. Pipplewaithe pidió una luz, inspeccionó la palma de Mordaunt desde varios ángulos y la frotó con los dedos.

—Todo limpio —dijo Pipplewaithe—. Gracias, señor. Entremos.

Mordaunt volvió a ponerse el guantelete, que se deslizó sobre un injerto inmaculado, cortesía de Xanthe.

Atravesaron dos patios muy iluminados y llenos de lo que parecía una gran parte de los quinientos hombres de la Fortaleza Wellesley.

Pipplewaithe se volvió hacia Aurienne, temblando de emoción contenida. Ella le dedicó una sonrisa. Él le hizo otra reverencia (la pluma se inclinó hacia ella en señal de veneración) y dijo:

—Es un privilegio poder servir a una Haelan, aunque sea brevemente. Siento absoluto respeto por su orden. De hecho, me debo a ella en cuerpo y alma.

A Mordaunt se le escapó un bufido. La pluma de Pipplewaithe se levantó como presa de una febril ofensa. Mordaunt convirtió el bufido en un falso estornudo.

—Lo siento. Alergia —murmuró.

La pluma se calmó.

—Oh, ¿sí? Como iba diciendo, Haelan, estoy en deuda con ustedes. Mi marido fue seleccionado para uno de sus ensayos clínicos, hace muchos años. Liposarcoma. Tenía un pronóstico extremadamente malo. Cuando digo malo, me refiero a prácticamente terminal. Pero su orden lo salvó.

—Me alegra oír eso —dijo Aurienne—. ¿Estuvo a cargo de Haelan Linden?

—Exacto. Una sanadora brillante. ¿Sigue por ahí?

—Se jubiló hace unos años.

—Bien merecido. En fin, síganme por aquí y les instalaremos como es debido.

—¿Nos instalarán? —repitió Aurienne—. ¿No vamos a ver al paciente?

La pluma vaciló.

—Ah, sí, la pequeña Gwendolen. Eh… Dadas las horas que son, lord Wellesley propuso que los acompañara a sus habitaciones. Así podrá tomar un refrigerio, descansar y reunirse con él mañana por la mañana para hablar del caso de su hija.

—¿No debería verla con urgencia? —preguntó Aurienne—. ¿O es que ya está mejor?

—Oh, sí, está mucho mejor —dijo Pipplewaithe. La pluma se volvió evasiva—. Según mi humilde criterio, no corre ningún peligro inminente. La verdad es que sería normal preguntarse por qué hemos importunado a su orden para una simple… Bueno, ya sabe cómo es la preocupación parental… No hay nada igual. Aun así, haber traído a una Haelan, bueno, es bastante extraordinario… Porque él adora a la pequeña…

Con este comentario tan concluyente, Pipplewaithe guio a Aurienne y a Mordaunt por la fortaleza. Aurienne empezó a darse cuenta de la ingente tarea que tenían por delante: ¿qué buscaban exactamente y cómo podían encontrarlo?

Mordaunt parecía impasible. A la sombra de su yelmo, miraba atentamente de puerta en puerta, memorizando, o contando, o haciendo cosas de Fyren infiltrado, mientras Aurienne le daba conversación a Pipplewaithe. Al menos, el interior de la fortaleza no estaba tan iluminado.

Subieron otro tramo de escaleras. El mobiliario era cada vez más lujoso.

—Pues ya estamos —dijo Pipplewaithe, indicando unas puertas dobles con adornos de plata—. Espero que todo sea de su agrado. Las doncellas están a su disposición. —Las dos mujeres que flanqueaban la puerta hicieron una reverencia—. Vendré a buscarlos mañana por la mañana, cuando lord Wellesley esté listo. Está sumido en unas discusiones bastante difíciles con sus comandantes. Ya sabe cómo son estas cosas.

Aurienne no sabía cómo eran esas cosas; Pipplewaithe hizo

una reverencia; la pluma también. Y entonces ambos se marcharon.

Las doncellas se abalanzaron sobre Aurienne en un alboroto empalagoso: ¿podían ayudarla con el pelo? ¿Con su vestido? ¿A deshacer el equipaje? Finalmente tuvo que espantarlas con la excusa de que estaba exhausta. Le llevaron una bandeja rebosante de comida y avivaron el fuego para que no se resfriara con la humedad.

Mordaunt les interesaba mucho menos. Al salir, le señalaron dónde estaba su cama, que consistía en un jergón de paja en la antecámara.

—¿Se supone que esa cosa es una cama? —preguntó Mordaunt, en el tono de alguien que tiene demasiados privilegios y, por tanto, escasez de materia gris.

Las doncellas se sorprendieron de que un escolta cuestionara su hospitalidad. Aurienne le dio un codazo a Mordaunt, pero se hizo más daño a sí misma que a él, debido a la armadura.

—Eh... Gracias —gruñó—. Esto bastará.

Las doncellas se calmaron y cerraron la puerta tras de sí.

Aurienne entró en la alcoba, seguida de Mordaunt, que se quitó el yelmo entre más chirridos.

Mientras caminaba detrás de ella, con el yelmo bajo el brazo, la coraza reluciente adornada con las alas de cisne de un blanco plateado y el pelo revuelto hacia un lado, por un momento tuvo aspecto noble. Un caballero valeroso. Casi parecía que se había ganado las cicatrices a base de heroicidad y no de infamia.

Entonces abrió la boca («¿Has visto esa cama? Creía que era para el perro») y el espejismo se desvaneció, y volvió a ser el Fyren.

—¿Qué miras? —preguntó Mordaunt.

—Lo que pudo ser y no fue —dijo Aurienne.

Su enigmática respuesta interesó menos a Mordaunt que el espejo que había sobre la chimenea, donde se miró.

—¿Por qué no has dejado que te peinaran? —preguntó en tono inquisitivo, como si Aurienne hubiera dejado escapar una gran oportunidad.

—No he venido con la intención de que me hagan peinados —dijo Aurienne.

—Yo sí que habría aceptado, aunque a ti te hace más falta.

(No era un caballero de brillante armadura, pero sí un caballero de brillante pasivo-agresividad).

Mordaunt se tomó un momento para recuperar su característico peinado despeinado.

—Y esto —dijo, sacando la espada de Swanstone de su funda— es una porquería. El equilibrio es horrible y no tiene filo.

—¿Puedes clavársela a alguien en caso necesario? —preguntó Aurienne.

—Sí.

—Entonces sirve.

Mordaunt, que había estado inspeccionando el tamaño de la hoja con un ojo entreabierto, la miró con intriga.

—Pensé que teníamos que reducir el número de cadáveres.

—Así es —replicó ella—. Sin embargo, me gustaría no convertirme yo en uno. Esa bienvenida ha sido un poco extraña.

—Toda esta situación es extraña.

—¿Qué opinas al respecto?

Mordaunt sacó una piedra de afilar y se sentó en una otomana, armando un escándalo. Se puso a labrar la espada.

—No creo que la niña esté enferma. Tampoco creo que nuestro amigo lord Wellesley haya traído a una Haelan por sus habilidades… Al menos, no por ninguna niña.

—¿Quizá quiere curar a otra persona? ¿A sí mismo?

—Es posible. Además, esos hombres de ahí fuera están listos para el combate. No sé si eso concuerda con tu visita.

—Si cree que puede retenerme para usarme como médico privado, se va a llevar un buen susto.

Mordaunt deslizó la piedra de afilar por la hoja, pensativo.

—También serías útil en caso de que tuviera un prisionero rebelde con información crucial. Torturar, curar, torturar, curar.

—Eso es muy retorcido —dijo Aurienne.

—Yo lo haría —dijo Mordaunt—, pero dudo que él tenga mi

cerebro. ¿Está casado? ¿Hay alguna lady Wellesley? El chambelán no ha dicho nada, ¿no? Ese tal Pipiolo, o como se llame... No oía nada con el yelmo, su nombre sonaba como una trompetilla.

—Pipplewaithe.

—Eso.

—La esposa de lord Wellesley falleció al dar a luz —dijo Aurienne—. Lo mencionó en su carta a mi orden, entre otras muchas desgracias.

—Tal vez su objetivo sea encontrar una nueva esposa con un buen conjunto de habilidades útiles para la guerra. A lo mejor te quiere seducir.

—Le deseo suerte —dijo Aurienne.

—Lo sé. Eres una causa perdida.

—Lo dices como si tuvieras experiencia.

—Tengo experiencia —replicó Mordaunt—. Me insinué durante nuestro primer encuentro y fuiste implacable. Como el diamante.

—¿Tú? ¿Intentaste seducirme? ¿En nuestro primer encuentro?

—Bueno, ahora sí que me estás ofendiendo —dijo Mordaunt.

Parecía tan indignado que Aurienne le dieron ganas de soltar una carcajada. Se contuvo.

—Perdona, ¿qué parte se supone que era una insinuación? ¿La parte en la que te colaste en mi despacho? ¿La parte en la que pretendías secuestrarme? ¿O la parte en la que sobornaste a mi orden para que te curara en contra de mi voluntad?

—Como he dicho, eres una causa perdida —dijo Mordaunt, indudablemente picado.

—Te ha sentado mal —dijo Aurienne.

—No te preocupes, no tienes que disculparte tan rápido.

—Pss. Si no nos hemos cabreado mutuamente hasta el punto de querer agarrarnos por el cuello, es un día perdido.

Mordaunt contempló su espada mientras sopesaba sus palabras y, al final, admitió:

—Cierto.

—¿Cómo vamos a registrar la fortaleza? —preguntó Aurienne—. Este sitio es enorme.

—Eso déjamelo a mí —dijo Mordaunt—. Estoy deseando darme un paseíto nocturno.

—Pero... ¿Cómo sabes por dónde empezar? Ni siquiera sabemos lo que estamos buscando.

—Los seres humanos son fabulosamente predecibles. Y los aristócratas todavía más. Si hay algo interesante escondido en esta fortaleza, lo encontraré.

—¿Y si está tan paranoico que lo lleva encima? Lo que quiera que sea...

—Lo encontraré, independientemente del agujero donde lo esconda. Me he metido en hombres mejores por recompensas menores. Y no lo digo en un sentido sexual. Aunque también lo he hecho en sentido sexual. ¿Alguna vez tu deofol te ha contado mis observaciones sobre los anales?

—Sí. Me alegro de que creas tan gracioso. Pero no te metas demasiado en Wellesley. Si muere, las repercusiones podrían ser una guerra total.

—¿Y? —preguntó Mordaunt.

—No he venido a desencadenar una guerra.

—Culparán a Kent.

—Pero yo me culparé a mí por los miles de víctimas —dijo Aurienne. Mordaunt la miró como si fuera mitad extraterrestre—. ¿Qué?

—Tener conciencia debe de ser una carga —dijo Mordaunt.

—Gestionar tu falta de conciencia sí que es una carga.

—¿Podrías cargarte un poco más y pasarme esa bandeja?

Aurienne se volvió hacia el elegante aparador situado a su izquierda, sobre el que reposaba una bandeja igual de elegante.

—¿Vas a comer? ¿Confías en su comida?

—Claro que no —dijo Mordaunt. Empezó a coger cosas de la bandeja y a arrojarlas, con molesta precisión, a la chimenea—, pero al menos que parezca que sí.

La alcoba se llenó del humo de la pata de ganso chamuscada, el pastel de puerro y queso carbonizado y las tartaletas de mazapán reducidas a cenizas. Por último, vertieron el vino en una maceta. Mordaunt examinó después la etiqueta de la botella.

—Si esto no estaba envenenado, lo que acabamos de hacer es criminal.

—¿En serio? —dijo Aurienne—. ¿Esa es la parte criminal de esta misión?

—Tendré que echar un vistazo a su bodega —dijo Mordaunt, olfateando la botella—. Mmm... Primera calidad. Huele.

Aurienne acababa de confirmar que el burdeos olía de maravilla, afelpado, suave y agradablemente especiado, cuando de pronto un grito retumbó en la fortaleza.

El grito se convirtió en una risita aguda. Se oyeron pasos corriendo por el pasillo. Mordaunt volvió a ponerse el yelmo y abrió la puerta.

Una niña pasó corriendo a toda velocidad, seguida de dos niñeras que le suplicaban entre jadeos que se portara bien y volviera a la cama. Por la regañina, Aurienne dedujo que la niña (de mejillas sonrosadas, ojos brillantes y rizos satinados) era Gwendolen, la hija de lord Wellesley.

La niña se detuvo el tiempo suficiente para hacerle una pedorreta a Mordaunt y enseguida se alejó corriendo, sin dejar de reírse. Las niñeras desaparecieron tras ella.

Aurienne y Mordaunt se miraron en silencio. Él cerró la puerta.

—No he visto una niña más sana en mi vida —dijo él.

—En una situación normal te recordaría que no todas las afecciones son visibles —dijo Aurienne—, pero es verdad que su padre describió una retahíla de síntomas, cada uno más preocupante que el anterior, y esa niña no tiene ningún aspecto de estar postrada en cama, toser sangre ni vomitar sin parar.

—Esto huele a podrido —dijo Mordaunt—. ¿Tienes hora? No me cabía el reloj en esta estúpida armadura: no tiene bolsillos.

—Habértelo metido en el peto —dijo Aurienne, consultando su reloj de bolsillo.

—Imposible.

—¿Por qué?

—Porque ya estoy petado.

Aurienne le echó una mirada cínica.

—Esto está lleno —dijo Mordaunt.

—Son las once y media —dijo Aurienne, entre el ruido de golpes, mientras Mordaunt ponía a prueba la resistencia al impacto de la coquilla.

—Bien —dijo él—. Ayúdame a quitarme la armadura.

Ni Aurienne ni Mordaunt eran expertos en armaduras y sus peculiaridades; mientras averiguaban cómo quitársela, se pillaron varias veces los dedos y murmuraron unas cuantas maldiciones.

La capa del Fyren yacía en el fondo del maletín de Aurienne como el objeto profano que era. Aurienne deseó tener un par de pinzas con las que extraerla, pero se conformó con el índice y el pulgar.

—Está hecha de terciopelo genovés de la mejor calidad —dijo Mordaunt—. No hace falta que lo manipules como si fuese un puto pañal mojado.

Aurienne sacó unos guantes de cuero del maletín con el mismo gesto. Mordaunt se los arrebató. Se sacudió la capa y se la colocó sobre los hombros. En un raro alarde de ingenio, escondió la armadura de Swanstone en la cama del perro, con una manta echada por encima, que hacía que pareciera vagamente que un hombre estaba durmiendo encima.

Solo quedaba una cosa para completar la transformación de Mordaunt de galante caballero a asesino: la eliminación del injerto que camuflaba su tăcn. Introdujo un atizador entre las dos puertas de la habitación para asegurarse de que nadie los molestara.

—Menos mal —dijo mientras Aurienne sacaba su instrumental—. El picor es insoportable.

—Prurito. Es normal.

—Todo el procedimiento fue sorprendentemente perturbador —dijo Mordaunt—. Me parece que los Haelan estáis más cerca de caminar por los Senderos Sombríos de lo que decís.

Aurienne se empapó las manos en hlutoformo y luego mojó también las de él.

—Xanthe está especializada en regeneración. No te preocupes.

—Se cortó la palma de la mano —dijo Mordaunt.

—Y se la curó en un minuto.

—Entonces ¿por qué no puede regenerar mis canales seith?

—Ya te lo he dicho: los mecanismos que intervienen en la génesis de las fibras de seith aún se están estudiando. Los mamíferos las desarrollan durante la fase embrionaria; nadie ha hallado la forma de replicarlo en adultos.

—Au.

—Lo sé —dijo Aurienne, que acababa de presionar a modo de experimento el reborde del injerto—. Me parece una pena quitarlo: ha quedado fenomenal.

—Quítamelo. Me tapona la seith.

—Bonito crecimiento capilar —dijo Aurienne, acercando a la luz la palma de la mano de Mordaunt—. Está totalmente vascularizada. ¿Seguro que quieres quitarlo? Como profesional, me duele deshacerlo, pero, más allá de eso, te ofrece una oportunidad única de empezar una nueva vida sin la marca de un monstruo.

—*Me gusta* mi marca. *Me gusta* ser un monstruo.

—Es una pena, pero bueno. Siéntate. Esto estará listo en un santiamén.

Mordaunt se sentó en la cama junto a Aurienne y ella le colocó la mano sobre una almohada. No era en absoluto lo ideal; cualquier aprendiz suyo que hubiera operado en esas condiciones se habría llevado una bronca.

Poco a poco, con una cureta de plata, fue retirando el injerto, como si estuviera extirpando uno fallido y tuviera que retirar un colgajo de tejido necrótico. Y poco a poco fue apareciendo el tācn del cerbero: los cuernos ondulados, las cuencas de los ojos vacías, los dientes afilados.

Aurienne apretó su tācn contra la mano de Mordaunt y le curó la parte del injerto que se había adherido a la palma, donde la piel estaba en carne viva.

Ahora volvía a ser un auténtico Fyren. Pero en el interior de los ojos de Aurienne persistía, como una mancha solar, aquella visión de lo que podría haber sido: un hombre vestido con una reluciente armadura, de porte orgulloso y noble.

Sin embargo, no era más que un fantasma. Parpadeó y la imagen se desvaneció.

Mordaunt invocó la seith en su tăcn, a modo de prueba. Los ojos y la boca del cerbero emitieron un infame resplandor rojo.

—Mucho mejor.

Aurienne tenía sus discrepancias, y las expresó poniéndose a ordenar la habitación con una brusquedad innecesaria.

Mordaunt se colocó la capucha y se cubrió la cara con el embozo.

—Volveré dentro de unas horas. La dejo contigo.

—¿A quién? —preguntó Aurienne, pero Mordaunt respondió a su pregunta invocando a su deofol.

La silueta humeante de la loba se materializó. Por lo general, tenía la inquietante tendencia de hacer flotar sus dientes a la altura de los ojos de Aurienne, pero hoy flotaba a un nivel más bajo. Le clavó los ojos dorados a Aurienne con insolencia y luego los desvió hacia la puerta.

—Ella me encontrará en caso de que me necesites —dijo Mordaunt.

—De acuerdo.

Se convirtió en una sombra en la oscuridad de la antecámara.

—Y, Fairhrim…

—¿Qué?

—No pongas esa cara. Esta noche necesitas al monstruo, no al hombre.

Aurienne puso los ojos en blanco con tanta fuerza que se vio su propio córtex prefrontal.

El monstruo, agarrotado por la irritación, se marchó.

A Aurienne no le habría importado un poco más de filosofía barata sobre monstruos y hombres si el monstruo hubiera obtenido algo de utilidad. Sin embargo, a las cinco de la mañana ya estaba de vuelta con cara de mala leche y sin haber conseguido nada. Su deofol se disipó en una humareda malhumorada.

—Toda la fortaleza está limpia —dijo Mordaunt, retirándose la capucha—. He encontrado cosas, claro: planos militares, *billets doux* de amantes, algún dato aquí y allá, pero nada que conecte a Wellesley con Swanstone.

—Puede que no haya estado involucrado —dijo Aurienne.

Mordaunt parecía tan poco convencido como ella.

—Entonces ¿para qué ha invitado a una Haelan? ¿Para curar a una niña perfectamente sana?

Empezó a sacar de la capa una serie de cartas, pergaminos con sellos reales, mapas y puñados de resplandecientes joyas, y procedió a meterlas en el maletín de Aurienne.

—¿Qué es todo eso? ¿Y qué crees que estás haciendo? —preguntó ella.

—Hallazgos —dijo Mordaunt—. Voy a vender la información militar a Kent. Subastaré las joyas. En cuanto a las cartas, Wellesley tiene siete amantes, supongo que una por cada día de la semana, y puede valer la pena chantajear a alguna de ellas.

—¿Perdón? Has dicho que has encontrado cosas, no que las has *robado.*

—Claro que las he robado. Por cierto, no he matado a nadie, gracias por preguntar. No aprecias lo que hago por ti.

—No hemos venido a robar —dijo Aurienne mientras Mordaunt metía el contrabando en su bolso—. No puedes llevarte todo esto.

—Claro que puedo. ¿Qué vas a hacer? ¿Llamar a los guardias?

Aurienne le arrebató el maletín y lo volcó sobre la colcha.

—No pienso involucrarme en esto. ¿Sabes lo que supondría para mi orden que encontraran estas cosas en mi bolso? ¿Planos militares? ¿En serio?

—Vale, entonces, ¿dónde los meto? —preguntó Mordaunt.

—No lo sé. Me da igual. Métetelos donde te quepan.

—También he encontrado un gatito.

—Has encontrado un gatito.

—Sí.

Puso entre las manos de Aurienne una bolita de pelo trémula, mojada y negra.

—No podemos dejarlo aquí —dijo Mordaunt—. Los guardias lo tenían medio ahogado en un cubo. No puedo llevármelo a casa. Rigor Mortis se lo comerá. Llévatelo tú.

El gatito se escabulló de las manos de Aurienne y se metió en el maletín, desde donde les soltó un bufido lleno de odio.

—También tengo que ver qué hago con esto —dijo Mordaunt, sacando dos botellas de whisky del fondo de su capa—. Wellesley tiene una colección valiosísima, y lo sabe perfectamente. La bodega estaba bien custodiada. He tardado un cuarto de hora en entrar.

Aurienne lo miró fijamente.

—*No* vamos a sacar de la fortaleza el whisky carísimo de Wellesley como si fuera de contrabando.

—Vaya, eres la campeona de las aguafiestas.

—No lo sería si tú no introdujeras factores de estrés innecesarios en situaciones ya de por sí tensas.

Por los pasillos ya empezaba a resonar un murmullo y un parloteo de los criados que se dirigían a las alcobas para avivar el fuego y servir el desayuno. La Fortaleza Wellesley se estaba despertando.

Aurienne interrumpió su sermón.

—Vuelve a ponerte la armadura. En cualquier momento pueden aparecer para llevarnos a ver a Wellesley.

Mordaunt terminó de ponerse el traje justo a tiempo; las doncellas llegaron unos minutos después con una bandeja llena de desayuno para Aurienne. A Mordaunt solamente le ofrecieron un huevo duro.

Aún no se había puesto el yelmo. Las doncellas lo miraron de reojo mientras ventilaban la habitación y Aurienne oyó que una susurraba a la otra que, de haber sabido que *eso* estaba debajo del yelmo, le habría ofrecido usar su propia cama en lugar del jergón. Pero Mordaunt solo tenía ojos para Aurienne, y los mantenía entornados mientras murmuraba que no se podía ser tan mandona.

Mientras Aurienne terminaba de desayunar (o más bien de pinchar un poco el huevo y verter el té en la pobre maceta), llamaron a la puerta.

—Hola otra vez, Pipiol... Pipplewaithe —dijo Aurienne.

—Buenos días, Haelan Fairhrim. Sargento. —Pipplewaithe se quitó el sombrero—. Lord Wellesley está listo para usted. ¿Me sigue?

—Por supuesto —dijo Aurienne—. Por cierto, ayer vi a la paciente.

—Ah, ¡no me diga!

—Fue por casualidad. Se había escapado de sus niñeras. Una niña muy vivaracha. Su humilde criterio era correcto. No parece correr ningún peligro inminente.

La pluma de Pipplewaithe se encogió de vergüenza.

—¿Eso le pareció? Bueno, estoy seguro de que Lord Wellesley estará encantado de escuchar su valoración. Le ofrezco mis disculpas personales por su... tal vez innecesario... viaje hasta aquí desde el Danelaw. Aunque estoy seguro de que sabrá disculpar la preocupación de un padre. Le gusta rodearse de lo mejor de lo mejor, como sin duda habrá comprobado, pero llamar a una Haelan para... Bueno, ¿quién puede entender de verdad la mente de los grandes hombres? Ja, ja... ¿Vamos?

La pluma de Pipplewaithe temblaba. La armadura de Mordaunt emitió un chirrido y los tres se pusieron en marcha.

Entraron en una sala de espera rebosante de asientos de felpa, donde los visitantes de Wellesley pululaban antes de sus audiencias con el lord. Aurienne y Mordaunt eran las únicas visitas de esta mañana. Pipplewaithe les invitó a tomar asiento, llamó a una gran puerta de roble para indicar su llegada a quien estuviera dentro, y se marchó.

Aurienne y Mordaunt se miraron en un silencio cauteloso.

Al cabo de unos instantes se abrió la puerta que daba a la antecámara, revelando un salón de techos altos. Para consternación de Aurienne (y sobre todo de Mordaunt), allí dentro las medidas anti-Fyren volvían a estar vigentes; había focos apuntando a todos los rincones de la sala e incluso el suelo estaba bañado por la luz. No había ni una sombra, por lo que era imposible caminarlas.

Lord Wellesley y sus soldados estaban sentados alrededor de una mesa llena de restos del desayuno. A juzgar por la decoración, la afición favorita de Wellesley era el asesinato de especies raras de megafauna. De la pared sobresalían cabezas disecadas de varias bestias: un rinoceronte lanudo, una hiena de las cavernas, un tigre dientes de sable y un uro salvaje.

Debajo de este cementerio estaba sentado el mismísimo lord Wellesley. Tenía la coronilla calva, barba pelirroja y una mirada sagaz. Su cabeza, según observó Aurienne con generosidad, tenía forma de supositorio.

Lord Wellesley exclamó unas palabras de bienvenida, al tiempo que observaba con satisfacción a Aurienne y su atuendo Haelan, y dirigía una mirada calculadora a Mordaunt. Pareció satisfecho con los resultados de su aritmética visual. Le dedicó a Aurienne una reverencia.

—Pasa, pasa, querida Haelan —dijo Wellesley—. Había perdido la esperanza de recibir visitas de alguien de tu orden.

—No damos abasto —dijo Aurienne—, pero es un placer estar aquí. ¿Cómo se encuentra su hija?

—Mucho mejor. ¿Puedo ofrecerte algo? ¿Un té? ¿Has desayunado?

—He desayunado, gracias —dijo Aurienne—. Me alegro de que esté mejor. En su carta mencionó algunos síntomas preocupantes.

—Parece que ya se le ha pasado. Quizá me precipité con la alarma. Pero ¿por qué no te sientas? ¿Seguro que no quieres nada?

Estaba tramando algo. En condiciones normales, Aurienne le habría cantado las cuarenta por hacerle perder el tiempo y luego se habría marchado hecha una furia, pero ella también tramaba algo.

Se sentó en el borde de una silla.

—¿No debería echar un vistazo a su hija, ya que he venido hasta aquí?

—Por supuesto. Me tranquilizaría contar con su experta opinión. Pero, bueno, antes descanse un rato.

A continuación, mantuvieron una breve charla dirigida por Wellesley y respondida por Aurienne con monosílabos cortantes pero educados. Los soldados estaban tensos y quietos.

Mordaunt estaba tan solo a unos metros detrás de ella (el roce de metal contra metal le informaba de cada cambio de postura) y Aurienne se sintió aliviada. Sí: era un alivio que el Fyren estuviera allí.

Lo cual era, de lejos, el pensamiento más extraño que jamás se le había pasado por la cabeza.

Wellesley cambió de tema para hablar de la Orden Haelan, se inclinó hacia delante y pareció llegar, por fin, al quid de la cuestión.

—Por cierto, he oído que tu orden ha recibido una donación anónima de proporciones inusuales.

—Así es —dijo Aurienne. Se llevó las manos al corazón—. Fue un acto de suma generosidad; aún no me lo creo.

Mordaunt soltó un sonoro bufido.

—Fue poco convencional, ¿verdad? —dijo Wellesley.

—Sin duda —dijo Aurienne.

—¿Alguna idea de quién pudo ser este generoso donante?

La pregunta era graciosísima, dado que el generoso donante estaba justo detrás de Aurienne.

—Ni la más remota idea. Fue anónima, como bien sabe. —Aurienne ladeó la cabeza y preguntó con voz pícara—: ¿Fue usted?

Wellesley se aproximó a Aurienne con una cálida sonrisa,

aunque esta no se correspondía con su mirada, que permaneció fría.

—¿Crees que podría haber sido yo?

—Tal vez —dijo Aurienne, devolviéndole la sonrisa—. ¿Tengo el honor de conocer a nuestro maravilloso benefactor?

Se miraron con sonrisas de tontos, hasta que Wellesley se puso serio y dijo:

—Bromas aparte, Haelan... No. No he sido yo. Pero realmente me gustaría ponerme en contacto con el donante, para hacer mi propia donación. Quizá podríamos hacer una contribución conjunta a tu orden.

—Oh, eso es muy amable por su parte —dijo Aurienne—. Los directores estarán encantados.

Wellesley se acercó.

—Seguro que alguien de tu orden conoce la identidad del donante para ayudarme en esta misión.

Aurienne deseó que invirtiera en un cepillo de dientes.

—Me temo que ninguno de nosotros lo sabe —dijo—. Nos dejaron los fondos literalmente en la puerta, en sacos. Nadie vio nada, y eso que tenemos Warden en Swanstone; si alguien hubiera visto algo, habrían sido ellos.

Wellesley recuperó la sonrisa, aunque ahora parecía más bien una mueca de dolor.

—Cierto, tenéis Warden. Es sorprendente ese nivel de protección en un lugar dedicado a la sanación.

—Por desgracia, no todo el mundo se acerca a Swanstone con las mejores intenciones —dijo Aurienne.

—Me perdonarás que insista, pero ¿estás segura de que nadie en tu orden tiene idea de quién donó estos fondos?

—Sí.

La sonrisa de Wellesley se estaba desvaneciendo.

—Necesito saber quién hizo la donación.

—No puedo ayudarle —dijo Aurienne con una perfecta mirada entre confusa e inocente.

—Me gustaría que me dieras nombres de personas que puedan saberlo. Gente a la que pueda acercarme. Mis investigaciones no han dado resultado. Es vital que conozca la procedencia de los fondos.

—¿Por qué es vital?

—Eso no es asunto tuyo —dijo Wellesley—. Piensa: eres una Haelan, conoces el funcionamiento interno de la orden. Si tú no lo sabes, ¿quién podría saberlo? ¿Alguno de los directores?

—La donación era *anónima* —repitió Aurienne.

—Esa respuesta no me vale —dijo Wellesley.

—No le voy a dar nombres. Me da la impresión de que lo primero que haría usted sería ir a coaccionarlos para obtener información.

—En este momento, sí, eso es lo que voy a hacer —dijo Wellesley.

—Me niego —dijo Aurienne.

—Así que tienes nombres.

—No los tengo. —Aurienne se levantó—. Me marcho. Su actitud se ha vuelto alarmante. Pensé que me había hecho venir para tratar a una niña enferma, no para someterme al tercer grado.

Wellesley miró a Mordaunt, que ahora estaba recostado contra la pared de un modo decididamente poco protector.

—Te marcharás cuando yo lo diga —dijo Wellesley.

Los soldados se pusieron en pie. Cinco o seis permanecieron a su lado; los demás se acercaron a la puerta.

—Necesito unos cuantos datos —dijo Wellesley—. Recomendaciones. Algunas pistas hacia la dirección correcta. Eso es todo.

—No pienso señalarle a usted ni a sus hombres a nadie de mi orden. Ya se lo he dicho: nadie sabe quién entregó ese dinero.

—Piénsalo dos veces, Haelan.

—Es *usted* el que debería pensárselo dos veces —dijo Aurienne—. Esto me ha disgustado muchísimo, pero estoy dispuesta a marcharme y no mencionarle a nadie este absurdo interrogatorio. Lo consideraré un simple error de un padre angustiado.

Déjeme marchar. Le aseguro que, como mi orden se enfade, las consecuencias serán terribles.

—Hay cosas mucho más importantes en juego que tu pequeña orden jugando a las casitas en esa maldita fortaleza.

—¿En serio? Está usted al borde de la guerra. Mi orden puede retirar a todos los Haelan de Wessex y duplicar los de Kent. Si un hombre suyo cae, no volverá a levantarse. ¿Está seguro de que quiere retenerme aquí?

Wellesley apretó las manos hasta que se le pusieron los nudillos blancos.

—No es necesario recurrir a las amenazas. Dame nombres que poder investigar, tan solo alguno de manera extraoficial, y te dejaré libre. No hace falta que nadie sufra ningún daño. Solo necesito saber qué imbécil hizo una donación de veinte millones de thrymsas para salvar a unos mocosos desgraciados e infectos.

Aurienne aún sentía el apretón en los dedos de uno de aquellos mocosos desgraciados e infectos, por lo que trató de dominar su ira.

—Nadie lo sabe —repitió lentamente, para que las palabras penetraran en aquel supositorio humano—. Me voy. Me ha hecho perder el tiempo de forma abominable.

Mientras Aurienne se dirigía hacia la puerta, los soldados de Wellesley lo miraron. Este hizo un gesto seco y todos se agruparon en la entrada, armados con espadas, lanzas y escudos.

El Fyren no tenía sombras a las que recurrir. Aurienne lo miró a los ojos con la pregunta implícita de si debían preocuparse. Mordaunt se recostó contra la pared, imperturbable, lo que probablemente era una mala noticia para Wellesley y compañía.

—Diga a sus hombres que se aparten —le dijo Aurienne a Wellesley—. No tienen por qué morir hoy.

Era la segunda vez en muchos meses que le pedía a un hombre que se apartara para evitar una masacre. ¿Le harían caso esta vez?

Wellesley se limitó a mirarla con indiferencia. Los hombres soltaron una carcajada.

—No sé si te has dado cuenta —dijo Wellesley— de que tú no tienes más que un hombre.

—No —respondió Aurienne con una amargura basada en la triste verdad—. Tengo un monstruo.

Ahora Mordaunt sí que se movió. Un guantelete cayó al suelo con un ruido metálico. Con otro estruendo, cayó el otro. *Clang.* Después el yelmo. *Clang.* Las hombreras. *Clang.* La coraza.

Los soldados de Wellesley observaron el espectáculo con el ceño fruncido, y con razón, porque aquel escolta se estaba quitando la armadura en lugar de ponérsela, como cabría esperar que hiciese un sargento de Swanstone cuando su Haelan estaba bajo amenaza.

Finalmente, Mordaunt se quedó ante ellos en mangas de camisa y tirantes, sacudiéndose el polvo de las palmas de las manos.

—Buenas —dijo. Saludó tímidamente a los hombres de Wellesley. Su tācn emitía un resplandor rojo entre las luces blancas de la sala.

Hubo gritos ahogados. Hubo confusión. Los hombres se encogieron.

—¡Un Fyren! —jadeó alguien.

—No hay sombras, está indefenso —dijo Wellesley, que se había alejado varios pasos—. No tiene dónde esconderse. Matad a ese cabrón.

Mordaunt esbozó una sonrisa extrañamente parecida a la de su deofol.

—No lo hagan —dijo Aurienne—. Morirán todos. Háganse a un lado, por el amor de Frīa, y déjenme marchar.

—¡Destrozadlo! —gruñó Wellesley, y los soldados dieron un paso al frente.

—Vuestras lucecitas no han eliminado *todas* las sombras —dijo Mordaunt a medida que los hombres se acercaban.

Y se adentró en los únicos lugares oscuros de la sala: sus entrañas.

El primer hombre estalló en una masa húmeda y sanguinolenta cuando Mordaunt se materializó en su cavidad torácica. El segundo se convirtió en un amasijo de piernas cuando Mordaunt lo atravesó. El tercero se convirtió en un montón indefinido de órganos, huesos y extremidades. Y después vino otro. Y otro. Para mayor eficacia, Mordaunt sostenía la espada de Swanstone a la altura del cuello e iba decapitando a todo aquel que no estallaba.

Cuando hubo despachado a los hombres, Mordaunt, chorreando vísceras y sangre, se miró y dijo:

—Vaya. Otra camisa echada a perder.

Un largo trozo de intestino le resbaló por el hombro. Una porción de páncreas cayó al suelo con un suave chapoteo. Se despegó una rótula del pantalón.

Wellesley, paralizado al lado de Aurienne, cometió el error, el gravísimo error, el último error que cometería jamás, de ponerle la mano encima.

La atrajo hacia él, le puso el cuchillo en el cuello y le dijo a Mordaunt:

—Ni te acerques.

—Eso —dijo Mordaunt—, ha sido muy mala idea.

Pero Aurienne, a quien no le gustaba un pelo que le acercaran cuchillos a la garganta, no esperó a que la salvaran. Apretó su tācn contra el dorso de la mano de Wellesley, le infundió su seith y le pinzó la carótida.

Fue una acción que no tendría por qué haberlo matado, pero que, como todo lo demás, descarriló espectacularmente, y en lugar de desmayarse sobre ella, Wellesley cayó de espaldas y, con un crujido macabro, se abrió el cráneo y sus sesos se desparramaron por las baldosas de piedra.

Se hizo un largo silencio.

—Mierda —dijo Aurienne.

Mordaunt la miró con un nuevo interés.

—¿Cómo has hecho eso?

—Da igual *cómo* —dijo Aurienne—. Acabo de matar a lord Wellesley.

—Asesina —dijo Mordaunt en tono burlón, chasqueando la

lengua. Se acercó al cadáver de Wellesley y lo señaló con un dedo juguetón—. Se suponía que era mi trabajo. Iba a disfrutarlo. Pero te perdono.

Aurienne se quedó mirando la carnicería a su alrededor.

—¿Por qué le ha dado tanta importancia al nombre del donante? ¿No tendría que ser *bueno* recibir una donación? ¿Por qué tanta curiosidad? ¿Por qué tratar de hacer daño a una Haelan para averiguarlo? ¿De verdad le merecía la pena?

—No lo sé. Pero tenemos que largarnos. Hay una guarnición entera justo al otro lado de estos muros, y cuando descubran esto...

—Cierto —dijo Aurienne—. Vuelve a ponerte la armadura. Nunca hemos estado aquí.

Aurienne (que ahora era oficialmente una Asesina) volvió a la sala de espera, se alisó el vestido, se sentó en una silla y trató de parecer molesta en lugar de horrorizada. Mordaunt, con la ropa ensangrentada ahora oculta por una armadura reluciente y la espada limpia gracias a los pantalones de Wellesley, la siguió, cerró la puerta que comunicaba con la carnicería y se puso en posición de firmes junto a ella. Una fracción de segundo después, Pipplewaithe asomó la cabeza por la sala de espera con un movimiento inquisitivo de la pluma.

—¡Hola! —dijo—. Todavía no os han llamado, ¿no? Siempre van con retraso.

—No, no nos han llamado —dijo Aurienne—. Y ya estoy harta de esperar. En esta coyuntura, me gustaría ir a ver a la paciente, en lugar de a su padre.

—Lo siento mucho, Haelan Fairhrim —se disculpó Pipplewaithe—. Los interrumpiré. Me parece intolerable hacerla esperar tanto.

Pipplewaithe llamó, luego volvió a llamar, entonces abrió la puerta y profirió un grito agudo.

Aurienne y Mordaunt se hicieron los locos cuando la noticia de la masacre se extendió por la fortaleza. Los interrogaron durante horas, pero ellos fueron fieles a su versión (con gran ayuda del testimonio de Pipplewaithe, que ayudó a su credibilidad) de que habían permanecido todo el tiempo en la sala de espera, que no habían visto ni oído nada y que se enteraron de los asesinatos cuando el chambelán abrió la puerta.

Finalmente, todos acordaron que era imposible que una Haelan («No hacer daño», bla, bla, bla) y un solo guardia de Swanstone pudieran ser responsables de una carnicería a aquella escala contra diez de los mejores hombres de Wellesley, armados hasta los dientes, y que Kent debía de estar detrás de aquel asunto.

El subalterno de lord Wellesley, recién llegado de una batida, se dedicó a golpear unas cuantas mesas con el puño y declaró que Wessex debía declarar la guerra a Kent.

—Uy —dijo Mordaunt.

Entre un interrogatorio y otro, los retuvieron en su habitación. Nadie reparó en el ojo medio cerrado de Mordaunt bajo el yelmo; cuando sus interrogadores se hubieron marchado, explicó a Aurienne que saltar entre sombras que no estaban conectadas era mucho más agotador para su seith, y por eso había desencadenado su Coste.

En esos momentos de privacidad, Aurienne tenía tiempo de sobra para farfullar y atormentarse por la culpa. No paraba de darle vueltas al «No hacer daño». Acababa de hacer lo contrario: había asesinado. No era mejor que el Fyren.

Lo miró. Parecía aburrido; había matado diez veces más hombres que ella, y además a propósito, y no le importaba lo más mínimo. Aurienne, presa de los retortijones de culpa, deseó ser igual de insensible, pero la verdad es que era muy sensible.

Envió a Cíele a Xanthe con un informe de los últimos acontecimientos y muchas disculpas, como si estas fueran suficientes para expiar el inicio de una guerra.

La deofol de Xanthe, Saophal, les llevó su respuesta:

—Mierda.

—Eso es lo que dije. Además, he matado a alguien.

—¿A quién? —preguntó Saophal.

—A Wellesley —dijo Aurienne—. Me atacó y le hice perder el conocimiento, pero cayó mal. Se partió el cráneo y se le salieron los sesos. Murió en el acto.

Saophal estaba muy seria.

—¿Él atacó primero?

—Sí.

—Entonces fue en defensa propia.

—Sí. —Aurienne se agarró la cabeza con las manos—. Pero aun así, me siento mal.

—¿Quién estaba de testigo, aparte del Fyren?

—Nadie —dijo Aurienne.

—Entonces nadie lo sabrá —dijo Saophal—. Si el Fyren se lo cuenta a alguien, nadie le creerá.

—¡Eh! —dijo Mordaunt desde la cama.

—Si no te liberan pronto, envía a tu deofol —dijo Saophal—. Xanthe irá enseguida a ver a la reina de Wessex. No hay pruebas de tu implicación en esto. No podrán retenerte mucho más tiempo.

El ajolote desapareció. Aurienne la Asesina se sumió en la culpa. Mordaunt se acercó a la mesa donde aún estaban las botellas de whisky que había robado.

—¿En serio? —dijo Aurienne—. ¿Vas a tomarte una copa? ¿Ahora? ¿Entre interrogatorios? ¿Vas a beberte el whisky que le has robado a un muerto?

Mordaunt le acercó una botella.

—Soy un *bon vivant*.

—Eres un vulgar ladrón.

—¿*Vulgar*? ¿Cómo te atreves?

Mordaunt buscó una copa, abrió una de las botellas e inhaló.

Aurienne se adelantó a la valoración del whisky y, tratando de contener su agonía por la muerte de Wellesley, comentó que seguro que olía a Crimen y Actos de Brutalidad Injustificada;

entonces Mordaunt la interrumpió con un fuerte ataque de tos y una oleada de arcadas.

—¿Qué demonios es esto? —preguntó mirando la botella.

—Si está malo, te está bien empleado —dijo Aurienne.

Mordaunt inclinó la botella para observar el líquido del interior.

—No... Es que no es whisky.

Acercó la botella a Aurienne y se la colocó debajo de la nariz. El olor era ligeramente químico, ácido y familiar. Aurienne lo olfateó dos o tres veces hasta identificarlo.

Entonces dijo con la voz ahogada:

—Es caldo de sopoglicolato.

—Pues espero que despidan al cocinero. No he olido un caldo peor en mi vida.

Aurienne le arrebató el corcho a Mordaunt y lo volvió a colocar en la botella.

—Es un medio líquido... Una mezcla de estabilizadores y reguladores de pH... No te preocupes por los detalles... El caldo de sopoglicolato se utiliza para conservar virus.

Aurienne dejó la botella sobre la mesa junto a su gemela.

Ambos las miraron.

Al cabo de un momento, Mordaunt preguntó:

—¿He estado a punto de beberme un virus?

—No lo sé.

—¿Por qué Wellesley guarda virus en su bodega?

—No lo sé.

—¿Qué virus es?

—No lo sé, pero tengo un candidato.

—¿La viruela?

—La viruela. —Aurienne agarró las botellas—. Voy a pedir un análisis.

—Ah, así que ahora sí que quieres sacar botellas de contrabando de la fortaleza —dijo Mordaunt mientras Aurienne las metía en su maletín. El gatito negro seguía dentro. Soltó un bufido; habían interrumpido su siesta.

—¿Había más botellas? —preguntó Aurienne.

—La bodega estaba hasta los topes —respondió Mordaunt.

—¿Dijiste que estaba inusualmente bien custodiada?

—Sí. Dieciséis hombres.

—¿Nadie te vio?

—La duda ofende.

Aurienne escondió las botellas al fondo del maletín. Si sus sospechas se confirmaban, ya no se sentiría tan mal por haber asesinado a Wellesley.

Llamaron al gatito Actos de Brutalidad Justificada.

17
El señor Vergalta

Osric

Al final, Osric tuvo que admitir (a sí mismo, jamás a Fairhrim) que había sido una gran idea infiltrarse en la Fortaleza Wellesley. El plan había salido a pedir de boca. Cuando fue a vender la información de Wellesley a Kent, aprovechó la oportunidad para robar también información a Kent, y entonces se la vendió a Wessex. Magistral.

Ahora estaba frente a Sacramore mientras este tasaba las joyas de Wellesley en el Sicario.

—Calidad, calidad —dijo él, examinándolas con una lupa—. Preciosos hallazgos.

(Para Sacramore todo eran «hallazgos». Como si Osric se hubiera encontrado por casualidad un rubí de cien mil thrymsas. Como si se lo hubiera encontrado en la sopa).

El tarugo de Brythe salió del pasillo que llevaba al despacho de Tristane.

—Bonitos abalorios, Os —comentó al pasar.

—Cuando quieras puedes comerme los abalorios —dijo Osric.

—Yo te comeré los abalorios —dijo Sacramore a Osric.

—¿Y a mí? —Brythe se agarró las pelotas a través de los pantalones y las levantó en dirección a Sacramore.

Este apuntó su lupa hacia la entrepierna de Brythe.

—Enséñame qué ofreces.

—No me da tiempo —dijo Brythe—. Tengo que ir a un sitio. Hay que sacar unas cuantas respuestas. Y partir unos cuantos cuellos.

—¿Vendrás al encargo de Carnegie? —preguntó Osric.

—No. Me voy al Danelaw por un tema de negocios.

—¿Qué tema de negocios? —preguntó Sacramore, con la lupa puesta en la cara de Brythe.

—Un secreto.

—¿Qué secreto? —preguntó Osric.

—Solo lo saben los altos cargos Fyren. —Brythe abrió la puerta—. Tengo que ducharme, cagar y largarme. Luego nos vemos, pringados.

Brythe se fue. La puerta de cristal del Sicario se cerró tras él.

—¿A qué vienen esos aires? —preguntó Osric.

Sacramore miró la puerta a través de su lupa y luego se giró hacia el despacho de Tristane.

—Debe de haber aceptado.

—¿Aceptado qué?

—Un encargo que no creí que fuera a aceptar. Le habrán ofrecido una maldita fortuna.

—¿Quién?

Tras la lupa, el ojo entrecerrado de Sacramore expresaba un gran disgusto.

—Es muy poco ortodoxo. No me gusta. No aceptamos encargos que supongan un ataque directo a otras órdenes. Podría trastocar mucho las cosas.

—¿A qué orden?

—Ya he hablado demasiado —dijo Sacramore, y volvió a centrar su atención en las gemas, todavía con mala cara.

No importaba. Brythe había mencionado el Danelaw. Y solo había una orden con sede en el Danelaw.

Unos minutos más tarde, Osric se materializó en la viedra del Publica o Perece. La viedra estaba adosada al lado este de la taberna y, a la luz del atardecer, proyectaba sombras cada vez más profundas, muy convenientes para un Fyren que acechaba a otro Fyren.

Osric convocó a Cinder, su deofol. La loba se materializó solo parcialmente en las sombras más oscuras entre la viedra y el muro de la taberna.

—¿Qué ocurre? —preguntó, dejando asomar unos dientes relucientes.

—Localiza a Fairhrim —dijo Osric—. Dile que vaya a un lugar seguro. Hay un Fyren de camino a Swanstone y no sé por qué.

Un destello brilló en los ojos dorados de la deofol.

—Ahora mismo —dijo, y desapareció.

Osric se apoyó en la pared y esperó. ¿Por qué habían enviado a Brythe a Swanstone? Y, lo que era más importante, ¿qué cuellos iba a partir? ¿Sería el de Fairhrim uno de ellos?

¿Lo habían contratado para vengarse de la matanza que Osric y Fairhrim habían perpetrado en la Fortaleza Wellesley? Imposible. Habían sido absueltos y habían abandonado la fortaleza libremente; Kent había cargado con la culpa. Pero ¿y si Fairhrim se cruzaba en el camino del objetivo de Brythe? La mataría sin pensárselo dos veces.

¿Sería capaz Brythe siquiera burlar a los Warden? Osric había logrado colarse en Swanstone una vez gracias a su gran destreza y sutilidad. Pero Brythe era un zoquete.

¿Y si lograba burlarlos?

Durante la siguiente media hora, Osric observó a un puñado de viajeros que salían de la viedra de la taberna: varios Haelan (aunque no *su* Haelan), algunos empleados de Swanstone, lugareños e incluso, para consternación de Osric, uno de los Warden. Pero ni rastro de Brythe.

Nadie se percató de que el Fyren se había fundido entre las sombras a escasos metros de la taberna, con la navaja blaec pegada al muslo.

Porque sí: después de un largo debate interno, Osric había

decidido que Brythe iba a morir hoy. Pensaba interrogarlo y matarlo. No había otra forma de proceder. Brythe estaba trabajando en una misión secreta que no quería compartir con él. Si quedaba vivo, informaría a Tristane del interés de Osric, y Tristane haría preguntas que Osric no habría podido responder, así que, en resumen: Brythe debía morir. Primero responder y luego morir.

Cinder reapareció junto a Osric. Mantenía las orejas gachas y la voz muy baja.

—La Haelan no me ha dado paso.

—¿Otra vez? —gruñó Osric, porque no era la primera vez que Fairhrim rechazaba a su deofol.

—Lo he intentado varias veces. Puede que esté acompañada.

—Vuelve. Insiste hasta que te deje. Hazle daño si es necesario.

Cinder se desvaneció con un gruñido de irritación.

Osric acababa de encontrar una postura cómoda, apoyado sobre una pierna contra la pared (su postura de vigilancia favorita), cuando una silueta embozada apareció junto a la viedra.

Brythe, que se había materializado en un pueblecito del Danelaw, no estaba alerta. Osric dio dos zancadas. Localizó con su navaja blaec justo el punto de unión entre el cuello y el hombro y hundió el filo deliciosamente hacia abajo.

Un momento después, se dio cuenta de que solo había hendido el aire: Brythe había caminado las sombras. De la hoja de Osric goteaba un líquido rojo iluminado por la luz del atardecer. Dirigió su tācn hacia la sombra de un toldo que había más adelante (el lugar al que habría saltado, de haber sido apuñalado), y al llegar encontró a Brythe agachado, con la mano en el cuello, jadeante. Tal vez Osric había sido demasiado entusiasta. La herida era mortal. Solo le quedaban unos pocos minutos para un breve interrogatorio y Brythe estaría muerto.

Brythe, aún sin darse cuenta de que el ataque venía de un Fyren, apuntó su tācn hacia delante y caminó las sombras hasta un oscuro jardín.

Osric se materializó a su espalda y, con la intención de que dejara de correr para poder hablar, le seccionó los tendones de las corvas.

Brythe se arrastró por las sombras hasta un viejo muro de piedra que colindaba con el patio de una enorme fábrica de vidrio. Una desesperada ráfaga de cuchillos voló hacia Osric (la mayor parte del arsenal de Brythe, en apariencia), pero la mano derecha de Brythe colgaba inútil, por lo que se vio obligado a usar la izquierda y solo alcanzó a Osric de refilón (el hombro, la cintura, quizá la pierna). En el suelo, Brythe se aferró a su maza, pero era inútil sin el impulso que la hacía mortal.

Osric le hundió la navaja blaec en el brazo izquierdo, entre el radio y el cúbito.

La maza cayó al suelo.

—¿Osric? —jadeó Brythe cuando por fin lo reconoció—. ¿Por qué?

Él se sentó en cuclillas y puso la mano sobre la hemorragia descontrolada del cuello de Brythe.

—¿Quién le ha hecho a Tristane el encargo de Swanstone?

—Que te jodan —dijo Brythe.

—¿A quién te han mandado matar?

Las palabras de Brythe salieron con dificultad.

—Que... te... jodan.

Osric retiró la navaja blaec del brazo de Brythe de un tirón y la presionó contra su tācn.

Brythe gritó.

—¿A quién te han mandado matar? —preguntó Osric. La punta de la navaja se clavó en el ojo del tācn de Brythe.

—No voy a... Eres un traidor. La ira de Hel caerá sobre ti...

—Soy el favorito de Hel. —Osric deslizó la hoja entre dos metacarpianos de la palma de Brythe—. Responde.

La pérdida de sangre empezaba a hacer mella; Brythe se estaba desmayando. Osric retorció la hoja. Los delicados metacarpianos de la mano de Brythe se separaron. Volvió a la vida con un grito mientras Osric destruía su tācn.

—Puedo hacer que tus últimos momentos sean una tortura —dijo Osric—. ¿A quién te han mandado matar?

Brythe tenía la mandíbula desencajada. El rostro de la muerte se estaba apoderando de él. Prefería enfurecer a Osric y morir sin darle lo que quería.

Osric volvió a retorcer la navaja. Brythe volvió a gritar.

El sonido llamó la atención en el apacible pueblo. Aquí y allá, muchos lugareños dejaron lo que estaban haciendo y se preguntaron unos a otros qué estaba ocurriendo.

Osric acercó el filo al cuello de Brythe.

—Dímelo.

Brythe, lleno de rencor, se abalanzó hacia delante con las pocas fuerzas que le quedaban. La hoja de Osric, afilada al máximo, cortó tejidos, arterias y venas. Brythe se desplomó contra el brazo de Osric, parcialmente decapitado.

No hubo últimas palabras.

Era hora de irse. Las llamas de la enorme forja de la fábrica de vidrio le vinieron muy bien para deshacerse del cuerpo.

Osric se retiró a la seguridad del tejado de adobe del Publica o Perece mientras los lugareños salían a investigar el origen de los gritos.

De pronto sintió la frialdad de la seith de Fairhrim en su tācn. Su deofol pedía paso.

—Por fin —dijo mientras la jineta blanca tomaba forma.

—¿Qué quieres? —susurró el deofol de Fairhrim, con las orejas tan hacia atrás que desaparecían y convertían su cabeza en un triángulo plano—. Está ocupada; ¿tu deofol no es capaz de pillarlo o qué?

—Había un Fyren de camino a Swanstone —dijo Osric.

—¿Qué?

Osric le mostró la navaja blaec.

—Amenaza neutralizada. Ahora está asándose en la forja de una fábrica de vidrio.

El deofol perdió la compostura. Se le erizó el pelo del lomo.

—¿Para qué iba a Swanstone?

—Se suicidó antes de que pudiera terminar de interrogarle —dijo Osric.

—¿Sabes que estás sangrando? —preguntó el deofol.

—Solo es un rasguño —dijo Osric, bajando la vista para hacer balance de daños.

—A mí me parece un rasguño importante —dijo el deofol.

La navaja blaec de Brythe sobresalía del costado de Osric. Su torpraxia estaba tan avanzada que ni siquiera se había dado cuenta: no sentía dolor, tan solo una punzada sorda que se agravó al ser consciente de la herida.

—Joder —dijo Osric.

No necesitaba el consejo del deofol para saber que no tenía Buena Pinta, pero, no obstante, el deofol dijo:

—No tiene Buena Pinta.

—No me digas. ¿En serio?

—Necesitas a un Haelan —dijo el deofol.

—Resulta que conozco a una —respondió Osric. Acto seguido, atravesó el tejado a grandes zancadas, en dirección a la silueta de las torres de Swanstone.

El deofol de Fairhrim correteó delante de él.

—No, espera, Aurienne no está en Swanstone.

—No está en… ¿Cómo? ¿Dónde está?

—En la ópera —dijo el deofol—. Por eso no podía dejar pasar a tu deofol. Es un poco incómodo que una maldita loba se materialice en mitad del tercer acto.

—¿En la ópera? *¿En la ópera*? ¿Ahí es donde está, y a mí casi me destripan por su culpa?

El deofol agitó los bigotes con consternación. Trataba de pensar a toda prisa.

—Toma la viedra hasta el Desastre Total en Londres. Ve al número tres, justo enfrente. Es la casa de sus padres. Pronto estará de camino, si no lo está ya. Intentaré avisarla de que vas para allá, pero está rodeada de gente. Siempre apareces en el peor momento. Ni se te ocurra sacarte la navaja, pase lo que pase. Esconde la herida. Venga, a la viedra, vete.

El deofol desapareció.

El pequeño pueblo de Swanstone-on-Sea se iluminó con decenas de antorchas mientras los lugareños seguían buscando el origen de los gritos. Alguien descubrió el charco de sangre de Brythe bajo el toldo.

Osric descendió del tejado de la taberna hasta la viedra, presionó su tăcn contra la superficie y viajó por la línea ley hacia Londres. Enseguida volvió sobre sí mismo sobre un suelo de adoquines brillantes. Era un Londres diferente al Londres en el que Osric solía llevar a cabo sus negocios: este Londres tenía avenidas anchas y frondosas iluminadas por globos eléctricos, en lugar de lámparas de gas, y bordeadas por casas elegantes, aunque estrechas. No había rastro de hollín, ni humos, no olía a pescado hervido ni a licor barato. Osric se dirigió hacia el número tres, vislumbrando a su paso salones suavemente iluminados.

Habría preferido caminar las sombras de la casa hasta dar con Fairhrim, pero, dada la urgencia de la situación, se dirigió directamente a la puerta principal.

Subió la docena de peldaños de mármol blanco, un ejercicio que debería haber sido insoportable, dada su herida, pero el entumecimiento de la torpraxia hizo que el navajazo pareciera un simple pinchazo más que otra cosa. Se cubrió con la capa para esconder lo peor de su estado, incluida la empuñadura que le sobresalía del costado. Se aseguró de que el pulcro embozo quedara a la vista y se puso los guantes para ocultar su tăcn.

Una doncella abrió la puerta. Osric tuvo la impresión de que detrás de ella había un bullicio deslumbrante: una mezcla de voces y sirvientes cargados con bandejas a toda prisa de un lado para otro.

—¿Sí? —preguntó la joven.

—¿Quién es, Tartiflette? —preguntó una voz desconocida y, sin embargo, con una entonación de autoridad e impaciencia que a Osric le resultó familiar—. ¿Nos hemos dejado a alguien?

—Soy amigo de Fair... de Aurienne —dijo Osric a la doncella.

Una mujer se asomó por detrás del hombro de la sirvienta y le observó con frialdad.

—Oh. Aurienne no mencionó que hubiera invitado a nadie.

La mujer era sin duda la madre de Fairhrim. Tenía la misma piel marrón y abundante cabello y, lo que era más intimidante, los mismos ojos oscuros, brillantes y sagaces.

Se volvió hacia la multitud bien vestida que había detrás de ella.

—¡Aurienne! Ha llegado tu invitado. Haz el favor de presentármelo. —Se volvió hacia Osric—. Pasa, y perdona el caos, acabamos de llegar. Entra y tómate algo.

Osric pasó al vestíbulo. Tartiflette, que se había enamorado de él de inmediato (y quién no) se ofreció, ruborizada, a guardarle la capa. Osric se negó cortésmente, alegando que había cogido frío. Lo cierto es que tenía frío, probablemente debido al medio litro de sangre que había dejado en la viedra.

La madre de Fairhrim se volvió hacia él.

—¿Frío? ¡Pero si hace una noche estupenda! Enciende la caldera, Tartiflette.

Una figura surgió de entre la multitud detrás de la madre de Fairhrim, precedida de la voz de la propia Fairhrim, que tenía un deje de fastidio.

—Mamá, ¿cómo que un invitado mío...?

—Sí, tu amigo —dijo la madre.

Fairhrim apareció y se quedó helada al ver a Osric.

Él también se quedó helado al verla. Aquella era Fairhrim fuera de servicio, y estaba casi irreconocible, con un vaporoso vestido malva, guantes blancos hasta los codos y el pelo ondulado peinado hacia un lado. Estaba impresionante, lo cual era tan turbador que Osric trató de olvidarlo; ya se ocuparía más adelante.

La sorpresa de Fairhrim al ver a Osric fue tal que quedó claro que su deofol no había sido capaz de hablar con ella en privado para darle explicaciones. Él se dio cuenta de que había puesto a prueba su impasibilidad: tenía la copa de vino aferrada entre los dedos y la mandíbula tensa. Percibió furia en la presión de sus labios: por que la hubiera acosado toda la noche con su deofol, por que no solo hubiera tenido la desfachatez de acudir a verla en persona, sino incluso de presentarse en casa de sus padres, por que se atreviera a decir que era su *amigo*...

Osric sintió la urgencia de hablar con ella a solas lo antes posible para explicarse.

Y quizá también para el pequeño detalle del navajazo.

La madre de Fairhrim, cuya atención se centraba en una bandeja de champán, no se percató del cruce de miradas de sorpresa.

—Podrías habérmelo dicho, Aurienne. A veces eres tan despistada como tu padre... Pero no importa; cuantos más, mejor.

Fairhrim, que tenía, en opinión de Osric, una mente como una trampa de acero, dijo:

—Lo siento. Se me olvidó decírtelo.

Se les unió un hombre mayor, alto, de piel clara, con los hombros ligeramente encorvados.

—¿De qué se me acusa esta vez?

—De despistado, entre tus muchos pecados —dijo la madre de Fairhrim—. Aurienne ha invitado a su nuevo amigo a tomar algo y se ha olvidado decírmelo; se ve que va en los genes.

Fairhrim parecía a punto de estrangular a Osric con su propio pañuelo.

—Sí. Este es mi... amigo —dijo, en el tono más estreñido en el que jamás había pronunciado nada.

—Osric Vergalta —dijo el aludido, tendiendo la mano a los padres de Fairhrim.

Fairhrim se tomó aquel apellido inventado con calma y cierto nerviosismo.

—Te presento a mi madre, Radia, y a mi padre, Rosbert.

—Un placer —dijo Osric, estrechando las manos de ambos.

El apretón de manos del padre fue firme; el de la madre, punzante. Radia examinó despacio su atuendo, que, aunque polvoriento (y ensangrentado, si lo mirabas de cerca) era de indudable calidad, y pareció satisfacerla. El padre de Fairhrim miró a Osric con un atisbo de curiosidad, como si su hija hubiera llevado a casa un perro callejero y él quisiera hacerse su amigo.

Tenían un claro aire a nuevos ricos: los pendientes en las orejas de la madre, el bastón en la mano del padre, la casa... No, no eran el típico linaje adinerado. Osric seguía sintiéndose superior a Fairhrim, y todo iba bien, excepto por la navaja que tenía clavada en las tripas y el hecho de que, después de todo, quizá ella sí que era más guapa que él.

Quería hablar lo antes posible con ella para informarle de que se estaba muriendo a marchas forzadas, pero fueron engullidos por un grupo de gente y arrastrados hasta un salón. Fairhrim recobró la compostura tras el impacto inicial y se mostró pétrea y contenida mientras Osric se presentaba ante otros Fairhrim que no le importaban lo más mínimo.

—Me gustaría hablar con... —dijo Osric, pero la tía Plectrude lo arrastró a una conversación sobre el estado de los caminos. ¿Había oído hablar del trágico accidente que había sufrido aquel matrimonio de Mercia? (La verdad es que sí).

—¿Podemos salir un momento...? —intentó decir Fairhrim, pero entonces alguien le preguntó por las novedades del brote de viruela, e hizo algún comentario escueto, en general optimista, sobre que muchos de los pobres niños supervivientes no estaban del todo bien; que la viruela inflamaba el cerebro (había un consenso general de que era una lástima).

Entonces Osric asintió y repitió:

—Tal vez podríamos, solo un minuto...

El padre de Fairhrim le puso un vaso en la mano. Whisky. Un whisky muy bueno. Osric se lo bebió. ¿Se le saldría por el intestino perforado? Pensó que sería difícil de explicar. Le hicieron probar unos canapés. Algunos eran peculiares: ensaladas sin ensalada, solo con tomate, pepino y cebolla; judías marinadas en algo llamado «shermula». Todo estaba excepcionalmente bueno, aunque él no podía apreciarlo del todo porque se estaba muriendo.

—Estás pálido —dijo Fairhrim—. Te tiemblan las manos. ¿Qué pasa?

—Ha dicho que tenía frío —dijo Radia—. Pobrecito. ¡Tartiflette! La caldera.

—La he subido, señora —dijo Tartiflette—. ¿La subo más? ¿A qué temperatura?

Radia, con los ojos desorbitados e imperiosos, dijo:

—A la del infierno.

El mundo se distanció. Osric no quería exagerar, pero le pareció que su asunto se estaba volviendo urgente.

—Me…

—Cuéntenos, señor Vergalta —le interrumpió Rosbert amistosamente—, ¿cómo se conocieron Aurienne y usted?

Osric se aclaró la garganta con dolor. Tenía muy poca sangre en el cerebro para dar con una respuesta, dado que gran parte de ella le estaba empapando la camisa y el chaleco.

—Bueno… Es una historia interesante…

Fairhrim, gracias a los dioses, inmediatamente se hizo cargo de la historia.

—Es consultor. Lo contratamos hace unos meses. Es experto en…

—Navaja —se le escapó a Osric.

—Sí —dijo Fairhrim—. Está revisando el inventario de instrumental quirúrgico de Swanstone.

Osric recobró ligeramente la compostura y añadió:

—La metalurgia es una de mis especialidades.

—Ha fabricado unos kits de disección y vendaje realmente extraordinarios. Pinzas hemostáticas para morirse. Y las tijeras de episiotomía, francamente preciosas, mantienen su filo como ninguna…

—¡Metalurgia! —dijo Radia. Se quitó el guante y le mostró la palma a Osric. Su tācn consistía en tres engranajes dorados—. Soy Ingenaut. ¿Estoy en compañía de un compañero de orden?

Así que la madre de Fairhrim también era un cerebrito. Era bueno saberlo, aunque también, en ese preciso momento, no le importaba.

—Siento decepcionarla, pero no —dijo Osric.

—Oh, bueno, no importa —dijo Radia, volviendo a colocarse el guante—. ¿Qué opina de la aleación de ecgium que tanto revuelo está causando?

—Tiene algunas aplicaciones interesantes —dijo Osric—, pero nada que ver con el blaec, por supuesto.

Radia parpadeó.

—Bueno, el blaec no está muy extendido, ¿verdad?

—Cierto. No.

—¿Qué es el blaec? —preguntó Rosbert.

—Un metal maravilloso —dijo Radia— cuyos secretos guarda esa espantosa y oscura orden... ¿Cómo se llama...? Los asesinos...

—Los Fyren —dijo Fairhrim.

A través de la niebla oscura que le empañaba la vista, Osric fue consciente de que había metido la pata mencionando el blaec. Fairhrim se lo confirmó con una mirada fulminante. Sin duda, era mejor que no se abriera la capa para mostrarle a la madre de Fairhrim la navaja blaec que le sobresalía del costado. Al menos eso sí que lo tenía claro su cerebro, que ahora borboteaba con lo poco que le quedaba de sangre.

Osric se introdujo una mano en la capa. Notó su piel húmeda y pegajosa incluso a través del guante, y no en plan sexy. Se dio cuenta de que ahora no podía sacar la mano, o todo el mundo le vería la sangre.

—Fair... Perdón, Aurienne, ¿puedes venir un momento? —preguntó con voz débil.

—Sí —dijo Fairhrim.

—¿Se encuentra bien, señor Vergalta? —preguntó Rosbert.

—Por supuesto. Solo es un tema de negocios... Es sobre unos bisturíes... No quisiera ser un aguafiestas.

—Disculpadnos —dijo Fairhrim—. Volvemos enseguida.

Osric la siguió hasta el vestíbulo, por suerte, vacío.

Cuando ella se cercioró de que estaban a solas, desplegó todo el peso de su ira en forma de resoplido.

—¿Qué está pasando? Más vale que tengas una buena explicación para presentarte en casa de mis padres y autoinvitarte a entrar...

—Fairhrim.

—¿Qué?

—Me estoy desangrando.

—¿Qué?

Osric se sacó la mano enguantada y empapada de sangre de la capa.

—Pero no quería interrumpir... Es una fiesta bastante encantadora, la verdad, si no fuera porque no paras de lanzarme miradas asesinas... Me vas a matar antes que la navaja...

—¿La navaja? —repitió Fairhrim—. Enséñamela.

Osric tanteó el broche de su capa. Le temblaban las manos; su motricidad estaba muy perjudicada. En vista de su torpeza con el broche, Fairhrim chasqueó la lengua con impaciencia y lo agarró ella misma. Tiró de él con movimientos enérgicos, lo abrió, ahogó una exclamación y volvió a cerrarlo.

—Madre, ¿podrías darnos un poco de intimidad? —dijo mirando detrás de Osric. Él se alegró de no ser el único en el mundo en el punto de mira de aquella precisa Oleada Fairhrim de Suprema Irritación.

—Venía a comprobar que todo iba bien, pero ya veo que sí —dijo Radia, apareciendo junto a su hija—. ¿Podríamos abstenernos de manoseos justo antes de servir los postres?

Había algo de martirio en la expresión de Fairhrim por el hecho de que su propia madre insinuara que hacía semejantes guarrerías con un Asesino.

—Mamá, por favor —dijo Fairhrim, sujetando la capa de Osric mientras este se escondía el guante ensangrentado en un bolsillo—. No se encuentra bien. Me gustaría examinarlo en privado.

Radia se puso seria.

—¿Lo acostamos? Llévatelo arriba. Ay, pero las habitaciones están ocupadas...

La tía Plectrude salió renqueando al vestíbulo.

—¿Dónde está el muchacho de Aurienne? Iba a hablarle de mi colección de miembros disecados.

—A nadie le interesan tus miembros —dijo Radia.

—A mí me interesan los miembros de la tía Plectrude —dijo Osric.

El delirio por la pérdida de sangre se había apoderado de él. Todo le parecía gracioso. Además, estaba a punto de perder el conocimiento.

—Llevémosle a mi habitación —dijo Fairhrim—. Por la escalera. El ascensor está demasiado lejos.

Miraba a Osric con algo muy parecido a la preocupación. Se había quitado el guante. Su tācn brillaba con la seith preparada. Le cogió de la mano.

Un criado pasó a toda prisa con una especie de pudin al vapor.

—Oh —dijo Radia—. Subidle algo dulce. Trae eso, Arthur. Eche un vistazo, señor Vergalta. ¿Podemos tentarlo con algún pecadillo?

Osric deseaba decir algo ingenioso sobre cómo la mujer que lo agarraba de la mano y lo arrastraba a su alcoba era lo único que lo tentaba a cometer Algún Pecadillo. Dioses, tenía frío. Todos tenían el cuello de la camisa abierto y una capa brillante de sudor, y él estaba congelado. ¿Así era como iba a morir? ¿De la mano de Fairhrim sobre el parquet pulido de su madre?

—Ahora no —dijo Fairhrim—. Necesita descansar. Vamos, Mor... Osric.

A Osric le gustaba que lo mimaran. Ordenaron a Tartiflette que metiera un brasero en la cama de Fairhrim. Mientras tanto, el criado destapó el pudin para que él lo examinara. Fairhrim le apretó la mano. Él se acercó a ella. Fairhrim se convirtió en un borrón onírico en su nublada visión. A pesar del vestido de gala, olía como siempre, a hlutoformo y jabón. Le pareció que tenía la mirada ensombrecida de preocupación, pero no podía ser, porque Fairhrim lo odiaba, así que seguro que no estaba preocupada, pero le gustaba creer que sí.

Le gustaba.

Se desmayó de bruces sobre el pudin.

Osric entraba y salía de un estado de semiinconsciencia. Cada vez que abría los ojos ocurría algo nuevo: los parientes de Fairhrim lo llevaban a una alcoba, Fairhrim echaba a todo el mundo, luego neblina, dolor agudo en el costado, después frescor, una mano suave en el pelo, otra vez neblina.

Osric volvió en sí en una habitación tenuemente iluminada. Las manos de Fairhrim fueron lo primero que vio en su revuelto y aturdido retorno a la conciencia. Se las estaba lavando en una palangana junto a la cama. Se frotaba con cuidado los dedos, las palmas, las uñas y las muñecas. Se había excedido en el uso de la seith y había desencadenado su Coste: tenía los nudillos rojos y agrietados; la yema de los dedos, llenas de ampollas abiertas; las muñecas, heridas. Entre su apuñalamiento y las manos de Fairhrim, aquello era una verdadera orgía de autosacrificio.

Se fijó en el brillo del agua y en el lento y espumoso goteo del jabón ensangrentado, al contraluz de una lámpara amarilla. Miró el tācn de cisne en la palma de la mano de Fairhrim; su ojo blanco y triangular lo observaba mientras ella se secaba con una toalla blanca. Después, un chorro de hlutoformo. Fairhrim no se inmutó mientras se lo aplicaba directamente sobre las heridas.

El suave resplandor procedía de imágenes de diagnóstico que flotaban sobre él.

—Tu vestido… estropeado —señaló Osric.

—No hables —dijo Fairhrim.

—¿Tengo pudin en el pelo?

—Eres idiota —dijo Fairhrim. Tenía la voz tensa y entrecortada; parecía retener todo un torrente de opiniones.

—Responde a lo del pudin.

El torrente de Fairhrim encontró una grieta.

—¿Sabes lo afortunado que eres de no tener perforados los

intestinos? Todavía no estoy segura de si necesito o no llamar a Cath...

—¿Quién es Cath?

—Una especialista en trauma.

—Abreviatura de Catéter, supongo.

—No. A callar. —La grieta se abrió y dejó escapar el torrente de Fairhrim—. ¿En qué estabas pensando? ¿Cuál era tu estrategia, eh, señor Casi Intocable? Pues ahora sí que te han tocado. ¿Y luego qué? ¿Te creías que simplemente... retendrías la sangre? ¿Pensabas mantener las tripas en su sitio por pura fuerza de voluntad? ¿Querías seguir coqueteando con la tía Plectrude con una navaja clavada? ¿Morir sobre un pudin?

Osric levantó un dedo con gran esfuerzo.

—Me parece injusto que me digas que deje de hablar y luego me hagas preguntas.

—Las preguntas son retóricas. Sinceramente, ¿qué se te pasó por la cabeza? Cierra los ojos. ¿Puedes hacerlo? Si no puedes, te sedaré.

Fairhrim tenía la mano sobre su costado. La torpraxia no afectaba a su capacidad para sentir su seith, que se extendía por su interior en un flujo frío y controlado. A diferencia de lo que pasó con la degeneración de su sistema seith, esta vez Osric le había planteado a Fairhrim un problema enorme, pero solucionable... De modo que lo había solucionado. Él sabía que era brillante, pero ahora comprendía de verdad lo que significaba aquello. Su seith brotaba de ella en una oleada curativa, cerrándole todas las heridas internas de alguna forma imposible.

Se pondría bien, pensó Osric mientras volvía a sumergirse en la inconsciencia y sentía cómo la seith de Fairhrim fluía en su interior.

Incluso con una mancha de sangre en la mejilla y la lengua afilada, ella iba a salvarlo.

Aurienne, la Delincuente

Aurienne

Después de dos horas de trabajo, Aurienne, aturdida por el agotamiento de su seith, con las manos convertidas en un amasijo de heridas abiertas, el cuello dolorido y su vestido favorito lleno de sangre, se desplomó sobre una silla, satisfecha. Mordaunt estaba estable.

Cíele le había contado lo que él le había contado, y de ese modo la asustada ira de Aurienne se transformó en confusa gratitud.

Su deofol se cernía sobre el rostro de Mordaunt mientras sacudía la cola con inquietud.

—¿No hace falta llamar a Cath?

—Se pondrá bien —dijo Aurienne—. El filo no le llegó al intestino de milagro.

Mordaunt había tenido suerte y, por lo tanto, ella también. Las complicaciones de una perforación intestinal habrían superado con creces su ámbito de práctica; si hubiera tenido algún órgano afectado, no habría tenido más remedio que llamar a Cath.

Cíele dejó de revolverse y apoyó su casi imperceptible peso sobre el hombro de Aurienne.

—Gracias a Frīa. Me habría costado bastante explicarle a Cath qué haces con un Fyren herido en el dormitorio de tu infancia.

—Ni siquiera yo entiendo qué hago con un Fyren herido en el dormitorio de mi infancia —dijo Aurienne.

—Todo sucedió muy rápido. Dijo algo de un Fyren que se dirigía a Swanstone. Dio por hecho que tú estabas allí. Y, como no sabía qué quería el otro Fyren, lo mató. El Fyren, me refiero a nuestro Fyren, ni siquiera se dio cuenta de que lo habían apuñalado.

Aurienne contempló a aquel hombre, que oscilaba entre la inconsciencia y el sueño profundo, tendido en su cama. Tenía la cara amoratada y el pelo empapado de sudor (le había limpiado el pudin). La mano izquierda descansaba sobre su pecho, aún envuelta en el guante lleno de sangre. Aurienne se lo había dejado puesto para que los visitantes no descubrieran su tācn.

—Esto es una locura —dijo Aurienne.

—Lo sé —dijo Cíele.

—Está loco. Ha matado a uno de su propia orden.

—Y ha asado el cadáver —añadió Cíele.

—Me parece mucho más perturbador cuando está callado.

—¿Crees que le importa haber asesinado a uno de los suyos? —preguntó Cíele—. ¿Crees que es normal que los Fyren se maten entre ellos?

—No sé hasta qué punto esto se salta su código, si es que lo tienen.

Cíele miró fijamente a Mordaunt. Aurienne hizo lo mismo.

El deofol formuló la pregunta que ella no se había atrevido a hacer:

—¿Deberíamos haberle dejado morir?

La respuesta fue más rápida que la pregunta.

—Yo no habría podido.

—Ya me he dado cuenta —dijo Cíele—. Lo has salvado incluso antes de saber lo que había hecho.

—Verle tan herido ha sido... Ha sido...

Aurienne cejó en su empeño por explicarse, porque las palabras no bastaban. No había expresión que pudiera reflejar el miedo que había sentido cuando le quitó la capa empapada en sangre y comprendió lo cerca que estaba del abrazo final de Hel. El tacto de sus manos febriles escapaba a la gramática; no había ortografía para el dolor de su corazón al encogerse.

En los bordes de toda esta emoción rompían, como siempre, pequeñas olas de razón. Lo único que ella le debía era la sanación por la corrupción seith; él era un Fyren; cientos de personas habían muerto por su mano, y ahora, por culpa de Aurienne, mataría a cientos más. ¿Había hecho lo Correcto? ¿Había hecho el Bien?

Cíele clavó en Aurienne sus ojos rojos. Estaba sentado con las cuatro patas recogidas debajo, extrañamente quieto.

—Es más importante para mí de lo que me gustaría —dijo Aurienne.

—Si te sirve de consuelo, creo que tú también eres más importante para él de lo que a él le gustaría.

—*Importante* está bien —dijo Aurienne—. Importante es... justificable. Somos valiosos el uno para el otro.

—¿Pero nada más allá?

—Nada más allá —dijo Aurienne—. Más allá sería imposible. Él es lo que es.

—Es lo que es —repitió Cíele con un grave gesto de cabeza.

Aurienne deseó sentirse satisfecha por esta conclusión, por este refugio hallado en la seguridad de las definiciones, las clasificaciones y la estructura. Mordaunt era un Fyren. Solamente un Fyren. ¿*Solamente*? Cuando un hombre mata a otro de su propia orden por ti, casi se deja destripar por ti, se presenta en tu puerta medio muerto por tu culpa y se derrumba entre tus brazos... ¿es *solamente*?

Cuando Cíele le explicó por primera vez lo que había pasado, Aurienne había sentido cosas para las que no tenía nombre... O, a decir verdad, cosas que no quería nombrar. No deseaba admirar a Mordaunt, ni sentir aprecio por él, ni brillar de gratitud al pensar en él. Y, sin embargo, ¿qué masacre podría haber provocado el otro Fyren en Swanstone? ¿A cuánta gente había salvado Mordaunt?

Ella sabía que Mordaunt tenía razones de peso y perfectamente solipsistas para hacer lo que hizo, por supuesto. Estaba protegiendo a su Medio Para Lograr un Fin. No lo había hecho tanto por ella, sino por sí mismo. Y, sin embargo, había hecho el Bien.

Un suspiro hizo temblar los bigotes de Cíele.

—Debería marcharme. Estoy drenando tu seith. Parece que has sacudido las manos dentro de un cubo de escalpelos.

—Cierto. Creo que todavía me gustaría consultar a Cath sobre el seguimiento y la rehabilitación de esto.

—¿Es discreta? —preguntó Cíele—. ¿No hará preguntas?

—Sí, las hará. Pero le diré que de momento no puedo responderlas. Ella es la especialista, tengo que asegurarme de que lo he hecho todo bien. Él se lo merece. ¿Podrías buscarla y preguntarle si puedo verla mañana? Creo que tiene quirófano por la mañana. Puedo pasarme por la taberna a la hora de comer.

—Muy bien —dijo Cíele. Se dio media vuelta con solemnidad y desapareció.

Cuando se hubo marchado, Aurienne se permitió colocarle bien el pelo a Mordaunt. Un Mordaunt vivo nunca permitiría que su cabello estuviera en ese estado; el caos le hacía parecer un muerto.

Fue la excusa que se inventó mientras pasaba los dedos por los mechones plateados.

No se molestó en buscar otra para acariciarle la mandíbula suavemente con la mano.

Aurienne logró contener a su angustiada familia diciéndoles que el señor Vergalta había sufrido un colapso por deshidratación, y que les daría más información en cuanto la tuviera, pero que estaba fuera de peligro y que, si la dejaban un tiempo a solas con él, se recuperaría en un día, gracias (todo esto acompañado de un portazo).

Lo que Aurienne realmente deseaba, después de este enorme agotamiento seith, era una comida calentita, un baño humeante, un masaje y (ya que estaba) un orgasmo o dos, para relajarse y conciliar el sueño. En lugar de eso, comió sobras frías en la cocina y dormitó un rato en un sofá incómodo. Regeneró suficiente seith para arreglar el estado deplorable de sus manos y cogió la viedra a primera hora de la mañana siguiente rumbo al Publica o Perece.

Dio instrucciones a Tartiflette para que montara guardia en la puerta de la habitación de Mordaunt: nada de visitas. El paciente necesitaba descansar.

Antes de reunirse con Cath en la taberna, Aurienne hizo una parada en Swanstone para aprovisionarse. Era sábado y, por suerte, el Centro de Investigación de la Seith estaba tranquilo. No obstante, llamó a Cíele para que vigilase mientras ella estaba en la sala de suministros.

El deofol se quedó flotando en la puerta, con la cola sacudiéndose de un lado a otro en señal de disgusto.

—Estamos robando. Espero que no vayamos a la cárcel. No creo que se me diera bien la cárcel.

—No vamos a ir a la cárcel por unas cuantas cánulas y unas pinzas —dijo Aurienne mientras las metía en su maletín junto con un catéter intravenoso, infusiones analgésicas, antibióticos y varios paquetes de bhreue en polvo—. Por desgracia, el botiquín de mis padres no está a la altura de nuestras necesidades.

Por cierto: ahora era ladrona además de asesina. Al final Mordaunt sí que le había contagiado unas cuantas cosas.

—¿Y un soporte para infusiones? —preguntó Cíele.

—No me cabe en el bolso —dijo Aurienne—. Ya improvisaré algo en casa... Un perchero o algo así.

Cuando terminó de guardarse el botín, Aurienne se dio cuenta de que, como llevaba un inventario impecable en el Centro, también tendría que modificar los registros para ahorrarse a sí misma y a los demás Haelan los interrogatorios de Quincey cuando los números no cuadrasen.

Mientras sudaba un poco por las axilas, Aurienne añadió la falsificación a su lista de delitos.

Un sonido repentino les hizo dar un respingo. No era más que Actos de Brutalidad Justificada, la gatita negra que Mordaunt había rescatado en la Fortaleza Wellesley. Odiaba a todo el mundo, incluida Aurienne, excepto cuando tenía hambre. Salió sigilosamente de entre las estanterías y se dirigió a ella con su característico maullido (no era un maullido sino más bien un «ihh ihh»). Aurienne no tenía nada que ofrecerle y le dijo que se fuera a la cocina. Actos de Brutalidad Justificada se dio la vuelta con disgusto.

—Viene alguien —susurró Cíele.

Los pasos de Quincey resonaron por el pasillo, precedidos de un alegre canturreo.

El deofol salió y lo retuvo el tiempo suficiente para que Aurienne cerrara la cartera. Oyó que Cíele saludaba a Quincey con una amabilidad inusual (por regla general, no era amable con nadie que no fuera Aurienne). Cuando ella salió al pasillo, Cíele estaba fingiendo un profundo interés por la tostada de mermelada de Quincey.

—Haelan Fairhrim —dijo Quincey cuando esta dobló la esquina—. ¿Pasa algo?

Una pregunta lógica, teniendo en cuenta que era raro ver a Aurienne husmeando en la sala de suministros.

La aludida, poco acostumbrada a hacer el mal, se esforzó por recuperar la compostura y dijo con una voz aproximadamente cuatro octavas más alta de lo habitual:

—Sí, todo.

—¿Puedo ayudarte a encontrar algo?

—No, no, solo estaba haciendo una inspección.

—¿Una inspección? —preguntó Quincey. Por poco se le cae la tostada—. Pero si acabamos de hacer una auditoría. ¿Has encontrado algo fuera de servicio? ¿Hay alguna cosa que pueda corregir?

—Creo que el fabricante recomienda que esas gasas impregnadas se guarden en un lugar oscuro. Yo las movería a uno de los cajones.

Quincey se tomó las gasas mal colocadas como algo personal y se marchitó sobre su pan.

—Claro, faltaría más... Gracias.

—Por lo demás, perfecto. Buen trabajo. Disfruta de la tostada. Será mejor que me vaya, he quedado con Cath. Adiós.

Quincey recibió el cumplido con un rubor. Aurienne, con la cartera repleta de material de contrabando, se alejó a una velocidad inusual.

Un grupo de lugareños merodeaba por los alrededores del Publica o Perece. Saludaron a Aurienne con respetuosas reverencias. Mientras se alejaba, Aurienne oyó cómo retomaban la conversación: la noche anterior se había producido un Misterioso Incidente en el pueblo, con un escándalo de gritos y mucha sangre; no se encontró ningún cuerpo, pero sí un peculiar olor a carne de cerdo chamuscada que persistió en el aire durante toda la noche.

Aurienne no sabía nada de eso.

Tampoco Cath, que estaba sentada en un rincón trasero de la taberna frente a un plato de curri y, por suerte, lejos del alcance de los oídos de los parroquianos. Estaba sentada con Felicette, la Ingenaut residente que mantenía y desarrollaba los equipos de energía solar de Swanstone y de vez en cuando introducía avances menos populares, como los documentos con emociones propias.

Las campanillas de la puerta del Publica o Perece consistían en una docena de varillas de laboratorio atadas en un manojo. Su tintineo metálico anunció la presencia de Aurienne. Saludó a la matrona de Pediatría, Breage, y a varias enfermeras y compañeros Haelan, y recibió las reverencias de los aprendices que aprovechaban su hora de comer para zamparse varias empanadas acompañadas de unas pintas. Por último, saludó a unas cuantas abuelitas del pueblo, que inclinaron la cabeza en respuesta mientras arreglaban el mundo alrededor de un juego de té.

Las paredes y el techo del Publica o Perece estaban plagados de artículos científicos producidos por Swanstone: artículos aceptados, rechazados, garabateados con notas por todas partes, primeros borradores, ediciones finales. Los trabajos de Aurienne también estaban allí, pegados durante las fiestas de celebración o las abatidas rondas de pintas cada vez que sufría algún rechazo. Algunos académicos incluso habían tenido la osadía de pegar libros enteros cuyas páginas revoloteaban entre el chisporroteo del pescado y las cebollas fritas y añadían su propio aroma esotérico al lugar. De este modo, las paredes del Publica o Perece siempre eran interesantes de contemplar; incluso en sus veladas más ebrias, los clientes siempre aprendían algo.

En el mostrador, Aurienne saludó a la vieja Grette, la tabernera. En lugar de la cerveza habitual, Aurienne pidió una botella entera de vino enriquecido de Rathcroghan, perfectamente pensado para comprar a Cath.

—Te vas a pillar una buena cogorza —dijo Grette, que además de tabernera se creía oráculo.

—Pensaba que estarías orgullosa de mí —dijo Aurienne—. Por lo menos espero que no sepa a pis, como siempre.

—Si no supiera a pis, no tendría sabor —respondió ella.

Aurienne se preguntó cuánta orina habría ingerido a lo largo de su vida.

—Ten —dijo Grette, suavizando el mal trago al ponerle delante un plato de bizcocho de mantequilla—. Es el último trozo, cómetelo antes de que se ponga rancio. Invita la casa.

—¿Seguro que no lo quieres tú?

—La leche me da cagalera.

Grette colocó el bizcocho en una bandeja, sobre la que dispuso algunos recipientes de cristal deformes en lugar de tazas. Su marido era el cristalero de la Orden Haelan; las piezas defectuosas o que no alcanzaban los estándares de calidad establecidos por los laboratorios de Swanstone acababan en la taberna.

Aurienne agarró la bandeja y la botella, y se acercó a Cath con el soborno preparado.

Cath llevaba la cabeza afeitada debido a su Coste, que le provocaba la caída del cabello. Cada vez que lo sufría, también perdía las cejas, por lo que se las pintaba de varios colores. Hoy eran de un tono malva iridiscente.

Felicette observaba algo bajo una enorme lupa iluminada.

—Felicette se ha hecho amiga de una mosca —le dijo Cath a Aurienne con sorna.

—Nuestra percepción de la vista es patéticamente limitada —afirmó Felicette—. Ellas nos pueden enseñar muchísimo.

La mosca salió volando y Felicette la siguió con la lupa en alto.

—¿Y esto? —preguntó Cath cuando Aurienne le plantó delante la botella de vino enriquecido de Rathcroghan.

—Para comprar.

—¿El qué?

—Tu silencio.

El ceño de Cath se tiñó de un púrpura inquisitivo.

—Vale. Continúa.

Aurienne tomó asiento. Se sirvió un chorro de vino para ella y otro para Cath en un matraz roto y un frasco algo inestable, respectivamente. Cath le dio un buen trago al suyo. Aurienne fue más cuidadosa: el vino enriquecido de Rathcroghan consistía en una mezcla de vino, brandi, cafeína y el potencial de reducir a Aurienne a un charco de vómito parlante.

—Necesito tu consejo sobre el tratamiento de una herida —le contó—, pero es alto secreto y negaré que hayamos tenido esta conversación.

Cath entornó los ojos, enmarcados en unas impecables y afiladas alas púrpuras.

—¿Qué tipo de herida?

—Traumatismo abdominal penetrante —respondió Aurienne.

—¡Oh! —dijo Cath—. Mi favorito.

—Empalaron al paciente con algo largo y metálico.

—Si lo apuñalaron, puedes decirlo.

—No puedo —dijo Aurienne—. Tendrías que denunciarlo.

—Deberías denunciarlo *tú* —especificó Cath.

—Sí, por eso negaré haber tenido esta conversación —dijo Aurienne.

Le explicó los pasos que había seguido hasta el momento, con la ayuda de un diagrama en una servilleta para indicarle la curvatura de los órganos y la casi penetración del cuchillo en ellos. Aurienne estaba convencida de que el diagrama era magistral, pero entonces Cath preguntó:

—¿Por qué has dibujado una paja cubana?

Aurienne se ofendió.

—No es una paja cubana.

—Eso es una polla. Está clarísimo.

—Eso es la navaj... Perdón, el utensilio.

Cath apartó a un lado la paja cubana.

—¿Estás segura de que no ha habido perforación del tracto intestinal?

—No.

—¿Lo has suturado?

—Sí.

—¿Está hemodinámicamente estable?

—Sí.

—¿No hay signos de peritonitis?

—No. Es pronto, pero no.

—Entonces antibióticos, analgésicos y observación —dijo Cath—. Pero si notas algún signo de deterioro clínico, debes echar inmediatamente el cierre del hospital privado ilegal que te has montado. Te enviaré a mi deofol para ver cómo vas.

—No, no —dijo Aurienne—. No envíes a tu deofol.

—¿Y cómo quieres que te localice? ¿Meto un mensaje en una botella y la arrojo al mar?

—Te enviaré yo el mío si te necesito.

Cath, que miraba sospechosamente a Aurienne por encima del borde de su vaso, bebió. Aurienne observó cómo el líquido descendía de doscientos cincuenta a noventa mililitros.

—¿Cómo ha llegado este paciente a ti?

—No es un paciente —dijo Aurienne—. Y no puedo decírtelo.

De nuevo el brillo de una ceja.

—¿No es un paciente? ¿Pero lo estás tratando?

—Sí.

—¿Qué tiene de importante este no-paciente?

—Nada.

—Bueno, es lo bastante especial como para que te saltes las normas. —Cath hizo repiquetear los dedos en su frasco defectuoso—. ¿Es que te *importa* de verdad?

Aurienne, repentinamente rígida, respondió:

—En absoluto.

—¿Dónde está?

—En casa de mis padres.

Las cejas de Cath empezaron a hacer acrobacias.

—¿Fue tu madre la que lo apuñaló?

—No.

—¿Seguro? Le pega hacer algo así.

—Mejor deja de hacer preguntas.

—Si yo te hiciera esto, te daría un patatús —dijo Cath.

—Lo sé, echaría espuma por la boca —coincidió Aurienne.

Cath le dio otro trago a su frasco, cuyo contenido había descendido a cuarenta mililitros, sin que afectara a sus capacidades cognitivas. A Aurienne le impresionó; solo de oler los vapores ya estaba mareada.

Cath se recostó en la silla y dijo, pensativa:

—Si la cabrona de Aurienne Fairhrim está saltándose las normas, debe de ser por una buena razón. No haré más preguntas.

—Gracias —dijo Aurienne.

—Sí hay de qué. Tu falta de confianza me ofende.

—Lo siento.

—¿Quieres que te sea sincera? —preguntó. Aurienne, que en realidad preferiría que Cath no fuera sincera, asintió—. Tu secretismo me recuerda a lo que pasó con la hérgula.

—Te has pasado de sincera —dijo Aurienne.

—Lo siento —dijo Cath.

Aurienne observó los pedacitos de anís estrellado que flotaban irregularmente en su matraz. Bebió un sorbo. Sabía a desesperación. Lo inquietante (lo lamentable) era que Cath tenía razón. Había ciertos paralelismos. Así había empezado con Amagris. Una atracción furtiva. Una cita ilícita con alguien de otra orden, fuera del ámbito de sus deberes como Haelan. ¿Se dirigía hacia el mismo error por un nuevo camino?

No. Ahora era mayor y más sensata. Además, de Amagris se había enamorado. No se podía enamorar de Mordaunt.

—Me entregaría al patíbulo antes de permitir que eso volviera a ocurrir —dijo Aurienne.

Cath, ahora muy seria, se inclinó sobre la mesa y le apretó el antebrazo. Aurienne se quedó mirando la pared como si quiera aprender sobre las hemorragias intracerebrales.

El manojo de varillas de la puerta de la taberna tintineó, anunciando así la llegada de Élodie. Levitó hacia Aurienne y Cath, como una ninfa, con la túnica blanca flotando a su espalda como jamás lo había hecho la de Aurienne.

Élodie, incapaz de caminar por ahí sin coger alguna flor, se acercó con un ramo de alliums, que examinó mientras murmuraba que se parecían a las glucoproteínas de las espigas.

Aurienne, que se había marchitado delante del vino de la misma forma patética que Quincey con su mermelada, se incorporó y dijo:

—Ese vestido es nuevo. Qué bonito.

—Me lo he puesto solo para seducirte —dijo Élodie.

—Funciona.

Élodie dio varias vueltas. Aurienne le lanzó un beso con la punta de los dedos. Cath dijo:

—Deja de coquetear con mi prometida.

—¿No podría unirme a vuestro matrimonio? —preguntó Aurienne.

Élodie se dejó caer en una silla.

—Creía que habías renunciado al amor.

—Ah, sí. Es verdad.

Élodie le deslizó a Aurienne un allium detrás de la oreja.

—Eso es una estupidez, pero supongo que incluso tú piensas estupideces de vez en cuando.

La mirada de Cath hacia Aurienne sugería, por ejemplo, ¿curar en secreto a un Misterioso Apuñalado?

Aurienne, que solo había ido para una consulta médica y no a que le aguijonearan la psique, dijo:

—Me tengo que ir.

—¿No deberías estar en Londres? —preguntó Élodie—. ¿O es que te han llamado para evaluar a los nuevos?

—Sí, debería estar en Londres, así que ya me voy para allá. No me toca ronda de evaluación.

—Te vas a perder todos los adorables bebés deofoles. La última vez había un cervatillo. Pero espera, siéntate, ¡no te vayas aún! Tienes que celebrar una cosa conmigo.

Se sentó. Élodie le hizo señas a Grette para que les diera otra copa, que llegó en forma de tubo de absorción en forma de U.

Aurienne vertió vino en el tubo.

—¿Qué celebramos?

—Tenemos una candidata a vacuna —anunció Élodie.

—¿Qué? —exclamó Aurienne.

—Increíble —dijo Cath.

Cada una plantó un beso en los hoyuelos de las mejillas de Élodie. El matraz, el frasco y el tubo de absorción chocaron en un alegre estrépito al grito de «¡Bravo!» y «¡Salud!».

—Aún hay que esperar para anunciarlo oficialmente —dijo Élodie—. Pero quería daros *la primeur de la nouvelle*... Cómo se dice... ¡La primicia!

—La pesadilla está llegando a su fin —dijo Aurienne.

Cath les llenó las copas y, tras quedarse sin espacio en la suya, se metió la botella en la boca.

Élodie se fijó en el diagrama de Aurienne.

—¿Quién ha dibujado un pene?

—Aurienne me ha estado explicando sus planes para esta noche —dijo Cath.

—*Félicitations* —dijo Élodie—. ¿Está tan bien dotado de humor como de grosor?

—Que no es un pene —dijo Aurienne, arrebatándole la servilleta a Élodie.

Se marchó, dejando a Élodie perpleja mientras Cath se moría de risa.

Una vez de vuelta a la cama donde descansaba Mordaunt, Aurienne dejó caer en su mesilla de noche todo lo que había robado. Bajó a la cocina a buscar agua para hervir unas dosis de bhreue. Cuando regresó, él ya estaba despierto, aunque aún no estaba recuperado del todo; tenía la mirada nublada y su saludo fue extrañamente afectuoso («Has vuelto. Te echaba de menos»).

Aurienne removió bhreue en polvo en una taza.

—Me alegro de que estés despierto. Tómate esto.

—Me has traído una flor —dijo Mordaunt, sosteniendo el allium de Élodie.

Tenía lágrimas en los ojos. Aurienne no le corrigió por miedo a que se echara a llorar. Ella, por su parte, luchaba contra la risa histérica.

—Puedes quedarte la flor si te terminas esto —dijo.

Ayudó a Mordaunt a incorporarse sobre las almohadas y le inclinó la taza en la boca. Mordaunt bebió con una docilidad inusitada.

Después de tres o cuatro sorbos, hizo una mueca y dijo:

—Tengo que decírtelo, cariño: esto sabe horrible.

—Es bhreue, muy nutritivo. Te ayudará a recuperarte. No me llames cariño.

Aurienne montó un improvisado atril con la pantalla de una lámpara.

Mordaunt hizo lo que Aurienne interpretó como un movimiento de cejas sugerente.

—He encontrado tu nota.

—¿Mi nota?

—Bueno, tu diagrama. —Mordaunt rebuscó en la mesa donde Aurienne había volcado su botín ilícito y le mostró la servilleta—. ¿Es esto lo que quieres hacer?

—Es lo que hice —dijo Aurienne—. Le estaba explicando el procedimiento a Cath.

—¿El procedimiento?

—Sí.

—¿Ya lo has hecho?

—Sí.

—¿Conmigo? ¿Anoche?

—Sí.

Mordaunt arrugó el gesto.

—Podrías haber esperado a que estuviera consciente, para poder disfrutarlo.

Aurienne dejó de discutir al darse cuenta de que, una vez más, la falsa paja cubana la perseguía.

—No es una paja cubana.

—Es una paja cubana —dijo Mordaunt.

—Eso no es un pene —dijo Aurienne—. Es una navaja blaec. Y eso son pliegues semilunares, no tetas.

Mordaunt, insolente incluso en el delirio, dijo:

—Son tetas, tienen pezones.

—Esos son apéndices omentales, no pezones.

Él tenía los ojos cerrados. Su voz se había suavizado; se estaba quedando dormido.

—Por mí lo hacemos, si quieres...

—No quiero.

—... aunque lo que realmente me gustaría es ahogarme entre tus muslos.

Se quedó dormido. Aurienne se puso a ordenar frenéticamente el puesto de infusiones.

A lo largo de los años, muchos pacientes medio inconscientes le habían dicho cientos, incluso miles de tonterías.

Pero esa fue la primera vez que sintió cómo le ardían las mejillas.

Aquella noche, después de que Mordaunt se quedara dormido, Aurienne se preparó el baño que llevaba todo el día deseando. Se sumergió en el agua caliente para darse un merecido chapuzón. En medio del vapor espumoso y la fragancia de las bolsitas de lavanda, el estrés desapareció… en su mayor parte. En la parte superior de la espalda tenía dos nudos que le durarían hasta la muerte, probablemente. Pensó en llamarlos Mordaunt Uno y Mordaunt Dos.

Por suerte, Mordaunt estaba mucho mejor. Eso era lo importante. Y Cath le había dado consejos sobre el tratamiento sin necesidad de que revelara demasiado del paciente al que estaba tratando. Un maldito Fyren. Ahora mismo tenía a un Fyren dormido en la cama de su infancia. Era una locura. Su madre la mataría si lo supiera.

En muchos sentidos (y que Frīa la perdonara por este pensamiento) era una verdadera lástima que fuera un Fyren. Tenía mucho ingenio, era intermitentemente encantador, a menudo socarrón, pero su humor encajaba muy bien con el de ella. Era muy competente y no era deficiente físicamente (todo lo contrario, por desgracia). Había recibido una buena educación, aunque estuviera especializado en un campo cuestionable. Sabía ser educado, aunque a veces fuera un canalla. Y no tenía clara la línea entre la maestría y la arrogancia, aunque Aurienne suponía que se podía decir lo mismo de ella.

Suspiró y se hundió más en la bañera. Él era lo que era.

Estaba cansada. Estaba tensa.

Quería un orgasmo.

Además, se lo merecía.

Cerró los ojos. Bajó la mano desde el borde de la bañera hasta su pecho, se rozó un pezón húmedo y la deslizó entre sus piernas. El techo se desvaneció y fue sustituido (algo inusual en ella) por la idea de un hombre entre sus piernas. Le prestó poca atención, más allá de la novedad; tan solo era una sombra con la cara borrosa, lo único que le importaba era su lengua experta moviéndose de un lado a otro al mismo ritmo que sus dedos. Inclinó la cabeza hacia atrás y presionó la palma de la mano formando pequeños círculos. Comenzó el suave ascenso hacia el orgasmo. Su respiración se volvió pesada; los pechos le subían y bajaban en breves movimientos, un centímetro por encima y otro por debajo de la superficie del agua, mientras estimulaba el placer en sus pezones con el cambio entre frío y calor. Ya estaba cerca. Tras los párpados cerrados, se imaginó agarrando con la mano el pelo del hombre y lo guio un poco hacia arriba, un poco a la izquierda, por favor, y un poco más fuerte. Sus dedos acompañaron la orden. Se le aceleró el corazón. Estaba a punto.

Fue entonces cuando se fijó en las manos del hombre que le agarraba los muslos. Llevaba guantes de cuero negro. Y tenía el pelo…

—No —jadeó Aurienne, pero ya era demasiado tarde. Estaba al borde del abismo.

Se corrió, sin querer, palpitando de horror y placer y horror y placer, demasiado consciente de la persona en la que había pensado.

Se quedó un rato en silencio, respirando con dificultad, mirando al techo, resbaladiza e inflamada del recuerdo.

Cuando terminó de secarse con la toalla y se recuperó del shock, Aurienne se dijo a sí misma, con suprema convicción, que aquello no había significado nada. Había sido como rascarse una picadura. Se había acordado de Mordaunt y su estúpido comentario de antes, eso era todo.

No volvería a pensar en ello.

Se le daba bien compartimentar.

19

COMPARTIENDO TU TRÁGICA HISTORIA CON TU GUAPÍSIMA ENEMIGA

Osric

Cuando se despertó de nuevo, Fairhrim estaba a su lado. Había vuelto a su atuendo blanco habitual, pero esta vez en forma de vestido ligero de cintura alta. Llevaba el pelo recogido en un moño suelto y ondulado en la base del cuello. Sin embargo, sus ángulos seguían igual de marcados que siempre: mantenía una postura perfecta, con la espalda erguida bajo la tela vaporosa.

Fairhrim vio que estaba despierto.

—Alguien me dijo una vez que quedarse mirando es de mala educación —dijo, con una serenidad sorprendente.

—No estoy seguro de tener fuerzas para volver la cabeza —dijo Osric, lo cual en parte era cierto—. ¿Estamos solos?

—Sí.

—¿Qué hora es? —preguntó Osric, con una débil aspereza en la voz.

—Las dos y media, dos días después. ¿Cómo estás?

—En un estado inmejorable —dijo Osric.

—¿Cómo vas de dolor?

—Me siento como si me hubieran hecho picadillo.

—Tendrás una nueva cicatriz para tu colección.

—¿Qué es todo esto que tengo atado? —preguntó Osric, levantando una mano de la que salían tubos—. ¿Por qué tantos cables? ¿Por qué estoy entubado?

—Son expansores del volumen plasmático. Antibióticos intravenosos. Pronto te los quitaré.

—Qué suerte que tus padres tuvieran todo esto a mano.

—No lo tenían —dijo Fairhrim—. Lo he robado de Swanstone.

—¿Lo has robado?

—No empieces.

—Al final resulta que la vulgar ladrona eres *tú*.

Fairhrim le lanzó una mirada capaz de ensartar a un hombre a cincuenta metros.

Osric dejó de burlarse, dado que tenía bastante con una sola puñalada. Levantó con dificultad la mano entubada.

—¿Cuánto tiempo estaré incapacitado?

—Ya te daré varias recomendaciones para reducir el periodo de convalecencia —dijo Fairhrim—. Cúmplelas y podrás volver a deambular por ahí en dos o tres días.

—¿Dos o tres días? No tengo *días*.

—Oh, me parece a mí que sí. Toma. —Fairhrim le tendió a Osric unas pastillas y un vaso de agua.

—¿Qué es esto? —preguntó él.

—Una dosis de realidad.

—No tiene gracia.

—Son para el dolor. También un ablandador de heces.

—Maravilloso —dijo Osric—. Me encanta la idea de que te preocupes por la blandura de mis heces.

—No me preocupa: estás tomando ablandadores.

Osric se tragó las pastillas junto con su dignidad. Justo lo que quería. Que Fairhrim se preocupara por su caca. Se palpó donde se le había clavado la navaja blaec.

—¿Estoy bien cerrado?

—Sí.

—¿Y mis tripas están en su sitio?

—Sí.

—Gracias —soltó Osric sin pensar.

No le gustaba eso. Hablar sin pensar. Prefería escoger sus

palabras al igual que sus asesinatos, con cuidado y premeditación.

Fairhrim juntó las manos. Luego se las llevó a los muslos. Luego volvió a juntarlas. Ella, que siempre tenía claro lo que sentía y no dudaba en expresarlo, ahora parecía no saber cómo sentir ni cómo expresar nada.

Finalmente, se sentó a los pies de la cama y dijo:

—Soy yo quien te debe un agradecimiento. Mi deofol me contó lo que pasó. Así que... gracias.

Parecía tan incómoda como él en esa tesitura, solo que él había pronunciado las gracias como una arcada, mientras que las de ella habían salido con gran esfuerzo, como un agradecimiento estreñido. Pensó en sugerirle un ablandador para su boca.

De cualquier forma, Osric estaba satisfecho.

—Y todo en un día de trabajo.

—Estás loco —dijo Fairhrim—. Mataste a uno de tu propia orden.

—Fairhrim...

—¿Qué?

—A veces la violencia es la única solución.

Fairhrim no le contradijo. Tal vez le estaba tratando bien porque él todavía estaba convaleciente. Al fin y al cabo, tenía debilidad por los enfermos.

—La verdad es que, técnicamente, fue él mismo quien asestó el golpe final —añadió Osric.

—¿Puedes contarme lo que pasó? Desde el principio —le pidió Fairhrim.

Se sentó con la espalda muy recta, atenta, mientras él le contaba todo, desde el comentario de los abalorios hasta el rencoroso suicidio de Brythe.

Fairhrim lo miró durante largo rato, sin mostrar ninguna emoción a excepción de una nueva y peculiar seriedad en su mirada.

—Nunca volveré a rechazar a tu deofol —dijo Fairhrim—. Y lamento haberlo hecho.

Osric tuvo la impresión de haber ganado algo, aunque no tenía claro el qué.

Fairhrim se miró las manos para no mirarle a él y dijo:

—Casi te mueres.

—¿Eso que oigo es preocupación? —preguntó Osric, encantado.

—Estás a mi cuidado. Y te has expuesto a un grave peligro.

—No tenía elección. Existía la posibilidad de que te matara, y si tú morías, yo moría. No podía permitirlo.

—Lo entiendo.

—Todavía me eres útil.

—Por supuesto.

—Fue por puro egoísmo.

Fairhrim pareció esbozar una sonrisa.

—Me cuesta imaginarte actuando por algún motivo que no sea puro egoísmo.

Satisfecho por haberse dejado claro mutuamente que no se preocupaban el uno por el otro más allá de la necesidad profesional (ella) y el interés propio (él), Osric dijo:

—No me puedo creer que estuvieses tan tranquila en la ópera. No tenía ni idea de que no te encontrabas en Swanstone. Podría haberme ahorrado el destripamiento.

—Hay un Fyren menos en el mundo —dijo Fairhrim, complacida.

—Tenía instrucciones de partir cuellos en Swanstone hasta encontrar una respuesta, pero no sé a qué pregunta.

Fairhrim se revolvió sobre la cama. Osric sintió su peso contra la espinilla. Volvió a ponerse seria.

—Nuestras órdenes tienen sus diferencias, pero jamás nos atacamos directamente. No lo hacemos y punto. Ya conoces los Acuerdos de Paz. Eso trastocaría todo.

—Lo sé.

—¿Crees que esto tiene que ver con el otro intento de infiltración?

—Si es así, significa que Wellesley no era más que un peón.

Quienquiera que sea, si ha contratado a un Fyren, es que ha pasado a otro nivel. Deben de estar muy bien de dinero. No veo de qué otra forma habrían convencido a Tristane para que se hiciera cargo.

—¿Tristane? —preguntó Fairhrim.

—Mi comandante —dijo Osric—. Es la Fyren más letal que existe. Podría ser la mismísima Hel caminando entre nosotros.

—¿Cuánto tiempo tenemos antes de que se descubra la muerte de Brythe?

—Hice desaparecer el cuerpo. No tienen manera de saber si fue un asesinato o simplemente se largó. Tristane empezará a hacer preguntas cuando no vuelva. Probablemente tengamos una semana o así antes de que se dé cuenta de que algo va mal.

—¿Qué hará? —preguntó Fairhrim.

—Enfurecerse. Enviar a alguien. O ir ella misma. No lo sé.

—Tengo que advertir a Xanthe —dijo Fairhrim—. Tomaremos medidas de protección adicionales.

—Ten cuidado con las medidas —dijo Osric—. Será sospechoso si Swanstone se llena de repente de Warden y se ilumina como si fuera Yule. Tristane no puede sospechar que hay un filtración.

Fairhrim murmuró para expresar su acuerdo. Se levantó y fue a buscar una especie de muñequera.

—Vamos a ponerte esto.

—¿Para qué? —preguntó Osric.

—Para ocultar tu tācn —dijo Fairhrim, poniéndole la muñequera en la mano izquierda—. Diremos que te hiciste daño en la muñeca al desmayarte. Te tapa la palma.

—Ah.

—Tendremos que comprarte unos guantes nuevos. Los tuyos están hechos un asco.

—Enviaré a mi deofol para avisar a la señora Parson de que coja algo de ropa.

—He guardado tus cosas ahí debajo —dijo Fairhrim, señalando una tabla del suelo—. Incluidas las de Brythe y tus navajas blaec. Espero que mi madre no se entere de lo cerca que está de una blaec de verdad.

—Un escondite secreto en el suelo. Un clásico.

—Fabulosamente predecible, como tú dijiste una vez. ¿Cuál es el significado de los hilos de oro?

—¿Qué hilos?

—Los que envuelven las empuñaduras de las navajas blaec. Me he fijado en que el tuyo y el de Brythe tenían diferentes cantidades.

—Ah, eso. Es un marcador de... rango.

—Me lo imaginaba —afirmó Fairhrim—. Pensé que tal vez indicaban los años de servicio, como las alas de los Haelan, solo que no se pueden tener más de ochocientos años de servicio, así que, ¿qué cuentan?

Osric tardó demasiado en elaborar una respuesta. Fairhrim lo miró fijamente y luego dijo:

—Dioses. Son muertes, ¿verdad?

—No me hagas preguntas y así no tendré que mentirte.

Fairhrim no respondió con más que un suspiro de resignación. Empujó un sofá con la cadera para colocarlo sobre la tabla del suelo.

—Descansa mientras puedas. Habrá un montón de familiares míos deseando verte. Son muy curiosos. Haré lo que pueda para contener la procesión.

—¿Por qué hay tantos familiares tuyos?

—Por la fiesta.

—¿Qué fiesta?

—Dentro de unos días es la fiesta del cuarenta aniversario de la boda de mis padres. Han decidido tirar la casa por la ventana. —Fairhrim parecía tener unas cuantas opiniones sobre las fiestas y los dispendios—. Ahora, si quieres recuperarte como es debido, necesitas descansar. Te dejo.

—Siento lo de tu vestido.

—No pasa nada.

—Al menos no era una de tus habituales túnicas perfectas.

—Las túnicas Haelan están hechas de un polímero impermeable. No se manchan.

—Oh.

—A dormir —dijo Fairhrim.

Se dirigió hacia la puerta.

—Fairhrim… —la llamó Osric.

—¿Qué?

—¿Qué son unas tijeras de episiotomía?

—Se utilizan en el parto.

—¿Unas tijeras? ¿En el parto? ¿Para qué?

—Para cortar el perineo, entre la vagina y el ano.

Tras pronunciar este relato de terror de diez palabras, Fairhrim abandonó la habitación, llevándose consigo todo lo que quedaba de la inocencia de Osric.

Era divertido ser el amigo enfermo de Fairhrim. La obligaba a tratarlo bien delante de otras personas, lo cual era un cambio agradable que trató de aprovechar (era algo antinatural, una novedad encantadora). También le proporcionaba innumerables oportunidades para incordiarla, al tiempo que la obligaba a guardarse para sí las peores pullas.

Sin embargo, cuando se quedaban a solas, ella se las servía con generosidad. Aquella noche, al ver que se encontraba bastante mejor, Osric pidió un whisky, preferiblemente de la botella que le habían servido la noche de la ópera. Fairhrim le dijo que, si ya estaba lo bastante bien como para tomarse un whisky, podía ir a buscarlo él mismo en lugar de quedarse allí tumbado a la bartola, moviendo la mandíbula como una especie de larva.

En el dormitorio de su infancia había una cama individual, el sofá y el espíritu de la Fairhrim adolescente. Las paredes estaban llenas de láminas botánicas y páginas enmarcadas arrancadas de libros de medicina: ilustraciones de humanos y animales en diversos estados de disección. («Sí», dijo Fairhrim al ver que Osric las observaba. «Decepcioné pronto a mi madre al interesarme más por las ciencias biológicas que por las exactas. Me dijo que era una caprichosa»).

En el extremo de la habitación había un balcón que daba al jardín trasero. La actividad favorita de los invitados de Osric era entrar y abrir las cortinas de par en par con algún comentario sobre la salubridad del sol; cada vez que alguien salía, él se levantaba a trompicones para volver a cerrarlas.

Para contentar a los visitantes de Osric, Fairhrim se inventó un complicado síndrome que explicara su desmayo y su larga recuperación. Nadie lo puso en duda (al fin y al cabo, era una Haelan), pero Radia comentó con un resoplido que todos los días inventaban un síndrome nuevo. Y como explicación de por qué tenía que llevar los guantes siempre puestos (que ocultaban un tācn muy revelador), Fairhrim declaró que tenía un eczema.

Osric llegó a conocer a los padres de Fairhrim a través de sus visitas. Radia era una versión más extrovertida de Fairhrim: inteligente, cáustica, alegremente crítica. Llegó a los Tīendoms en la adolescencia desde la región de Tamazgha, en el Rif, y obtuvo su tācn (además de un ligero acento de Dublín) de la Orden Ingenaut varios años después. Osric descubrió que ella era la responsable de que su familia fueran nuevos ricos: había amasado una buena fortuna al inventar una especie de tubo.

—Un accesorio de compresión —especificó Radia, cuando Osric lo llamó «tubo»—. En serio, Aurienne, ¿estamos seguros de que no ha sufrido daños cerebrales a causa de su síndrome?

La respuesta de Fairhrim fue un simple gesto tenso de la boca.

Parece ser que el accesorio de compresión formaba parte de las bombas de riego utilizadas por todos los agricultores de los Tīendoms, de modo que ahora toda la familia vivía del tubo.

—Pobrecito —dijo Radia, a los pies de la cama de Osric—. ¿Y qué hay de su eczema? ¿No han encontrado en Swanstone nada mejor que un ungüento y unos guantes?

—El tratamiento lleva tiempo —dijo Fairhrim—. Salvo trasplantarle un nuevo par de manos, lo único que se puede hacer es esperar.

—Ese es el problema de los seres humanos —dijo Radia—. Las piezas de repuesto son insuficientes. También he notado que cojea un poco al caminar. ¿Se lo has mirado?

¿Era eso lo que estaban haciendo? ¿Catalogando lo que le pasaba y preguntándose por qué Fairhrim no lo había solucionado?

—Forma parte de la crisis —dijo Fairhrim—. Pero se pondrá mejor.

—¿Y no se puede hacer algo con esas cicatrices? —preguntó Radia, señalando la cara de Osric con un gesto de disgusto—. El pobre podría haber sido guapo si no tuviera el mapa entero de Carn Euny en la cara.

—Mamá, por favor, deja de molestar a mi invitado —dijo Fairhrim, echando a su madre del dormitorio.

El padre de Fairhrim era profesor de botánica. Era un hombre parlanchín, amante de los libros y artífice de un gran invernadero que ocupaba casi todo el jardín trasero. Cuando descubrió que Osric poseía una inteligencia moderada y estaba demasiado débil como para huir, lo adoptó como compañero personal para sus meriendas, y pasó muchas horas junto a su cama, hablándole de esteras de algas.

A partir de estas conversaciones, Osric descubrió que formaba parte de una serie de Amigos ocasionales que los padres de Fairhrim habían conocido a lo largo de los años, y que se esperaba que no fuera el último. Inevitablemente, estos Amigos cometían errores garrafales, como respirar demasiado fuerte, o parpadear, o existir, y Fairhrim los eliminaba de su vida con la misma rapidez con que los había dejado entrar.

—No eres el tipo habitual de Aurienne —dijo Rosbert—. Usas menos chaquetas de tweed.

—Ah, ¿sí?

—¿Azúcar?

—Cuatro terrones.

—Estás loco —dijo Rosbert, sirviéndole el azúcar—. Sé que no jugarás con sus sentimientos, si es que vais en serio... Creo que eres un tipo decente.

Osric estuvo a punto de decirle que entre él y Fairhrim no había ningún sentimiento con el que jugar, pero se atragantó con el té, porque le acaban de acusar de ser *decente*.

—No seas modesto —dijo Rosbert—. Nos lo ha contado todo sobre ti. Al parecer, la has salvado de una situación muy peligrosa. E hiciste una donación para la investigación de enfermedades pediátricas. Y rescatas perros.

Todo aquello era al mismo tiempo cierto y asombrosamente inexacto.

Al conocer a sus padres, Osric se dio cuenta del origen del intelecto de Fairhrim, aunque el sarcasmo era enteramente cosa suya. Ellos eran personas muy afables. Había en ellos una hospitalidad llena de pureza, así como una inocencia en su preocupación, que a Osric le resultaban extrañas. Aquí no había navajas, ni complots, ni puñaladas por la espalda, ni ninguna necesidad de quedar por encima de los demás.

Al segundo día de convalecencia, Osric se tomó muy a pecho la sugerencia de Fairhrim de que dejara de ser una larva y empezó a hacer sus primeras excursiones a pie. La primera fue extraordinaria: le dijo a Fairhrim que estaba listo para irse, se dirigió a la primera puerta que vio, la abrió de un tirón y entró en el baño.

—Eso es el baño —dijo Fairhrim, sin necesidad.

Todo empezó a darle vueltas y Osric estuvo a punto de abrirse la cabeza con la taza del váter, así que volvió a tumbarse y decidió volver a intentarlo más tarde.

Explorar la casa fue toda una aventura. El sello de los Ingenaut estaba por todas partes. Radia había equipado su casa con todos los lujos de su orden y los había combinado con el arte de su tierra natal. Había unas puertas delicadamente talladas que se abrían cada vez que Osric se acercaba. Un ascensor, que era una magnífica y silenciosa obra de arte de la ingeniería, lo llevaba de un piso a otro gracias a mil palancas de latón reluciente y botones brillantes decorados con olas y estrellas. Había unos globos de luz con motivos geométricos que se escondían en el techo cuando no estaban encendidos y descendían cuando era preciso. Los pasillos del servicio estaban camuflados por espejos y cuadros. En las paredes había innumerables vitrinas iluminadas. Radia tenía una extensa colección de relojes, bellamente pulidos, uno o dos de los cuales llamaron la atención de Osric, pero también tenía un impresionante sistema de alarma, por lo que Osric decidió dejarse seducir tan solo a través de la vista, y no de la mano.

Fairhrim podría haber llevado una vida apacible en aquella casa. Por lo general, ella era una persona de mente lógica, por lo que esto no tenía sentido: ¿por qué trabajaba y se sacrificaba en Swanstone y vivía en una buhardilla llena de telarañas? ¿Por altruismo? Aquí los retretes tenían unos artilugios que te lavaban todo el chasis. Eran de importación francesa. En Swanstone ni siquiera podían soñar con algo así. Eso era lo que uno recibía a cambio de altruismo: arañas en el culo.

Por las noches, Fairhrim dormía en el sofá, envuelta en una manta, con un pijama de franela tan grande que parecía de su padre. A Osric le gustaba pensar que se había recuperado de su delirio por la pérdida de sangre y había dejado de parecerle guapísima.

Pero.

Pero.

Una noche (todavía en el delirio de la convalecencia, según se diría a sí mismo más adelante) hubo un momento (por culpa de la medicación en su organismo), solo un momento (todavía no estaba recuperado), en que sucumbió a una vil y terrible debilidad.

Eran las cuatro de la mañana. Se despertó de súbito. En su sueño estaba con una mujer, posiblemente Fairhrim, pero prefirió autoconvencerse de que no lo recordaba.

En circunstancias normales, se habría hecho una paja rápida

y se habría vuelto a la cama, pero estaba en la habitación de Fairhrim, y Fairhrim estaba dormida ahí delante.

En su defensa, no se tocó.

Al menos no inmediatamente.

Pensó en cosas poco atractivas. Pensó en cosas repugnantes. Pensó en tijeras de episiotomía. Gangrena. Pezones desgarrados. Matemáticas.

Su erección persistió, dolorosamente rígida. Le pesaban los huevos. Estaba tan excitado que el más mínimo movimiento de sus caderas contra la resistencia de la sábana se la ponía dura. Por suerte, la torpraxia no le había llegado a la polla; aún podía sentirla perfectamente. ¿Era una suerte? Bueno, tal vez en ese momento concreto, no.

Sabía lo que quería hacer. Aunque no sabía si era lo bastante cerdo para hacerlo.

Fairhrim estaba ahí. Estaba mal. Sería profano.

Pero sí que era lo bastante cerdo para hacerlo.

La miró con los ojos entornados, diciéndose a sí mismo, al principio, que solo era para asegurarse de que no se despertara mientras él se aliviaba. Eso era lo único que estaba haciendo: aliviarse. No tenía nada que ver con ella.

Observó cómo la mano de Fairhrim colgaba del sofá mientras dormía, dejando su tăcn a la vista. Para su vergüenza, imaginó esa misma mano agarrándole la polla mientras él deslizaba la suya bajo la sábana y empezaba a acariciarse. La miró respirar. Apretaba y aflojaba la mano al mismo ritmo que ella hinchaba y deshinchaba el pecho. Pensó en la aspereza de la palma de la mano de Fairhrim sobre su erección. Pensó en sus dedos envolviendo la punta mientras él replicaba el movimiento bajo la sábana. Pensó en sus labios, a continuación, dejando un reguero de besos, y luego abriéndose...

Dioses. Era asqueroso. Era repulsivo. Ella acababa de salvarle la vida y dormía exhausta a su lado, ¿y así era como se lo pagaba?

Siguió imaginando. Sus labios, aquella lengua que manejaba

con tanta maestría contra él en sus disputas verbales, ahora recorrían su miembro, que volvió a sacudirse bajo las sábanas, mientras el líquido preseminal le rozaba un nudillo. Estaba avergonzado. La polla le palpitaba. Imaginó cómo su aliento le acariciaba la punta húmeda. Sacudió las caderas. Aquello era obsceno. Debía parar.

Intentó parar. Pero vio el contorno de su cadera en la oscuridad. Volvió a acariciarse. Se sumergió en una nueva fantasía: su boca sobre aquella cadera, besando y mordiendo el delicioso interior de un muslo, y luego arrastrando besos húmedos hacia arriba. Le apartaría las bragas a un lado. Profundizaría en ella, la saborearía, se embriagaría de su excitación, se embadurnaría con ella la boca y la barbilla. Sentía la presión de sus muslos a ambos lados de su cabeza. Fairhrim suspiró en sueños. Él imaginó que sus labios se habían quedado entreabiertos debido a su lengua. Tembló. Se dio una última sacudida y sacó la mano libre para buscar algo (lo que fuera) en la mesilla de noche para limpiar el semen. Encontró un trozo de servilleta. Contuvo un grito ahogado. Detrás de sus párpados floreció una luz blanca.

Su orgasmo estalló en oleadas de culpa y placer. Las surcó en silencio mientras se derramaba en la servilleta. Cuando los latidos de placer y culpa se extinguieron en su puño, se quedó mirando al techo mientras recuperaba el aliento. Se dio cuenta de que le ardía la cara.

Se limpió los restos de vergüenza de la polla y se dio cuenta de que la servilleta era la servilleta de Fairhrim. Esperaba que ya no necesitara el diagrama.

Dioses.

Su padre le había dicho que era un tipo decente.

Dioses.

No pasaba nada. Todo iría bien. Nadie había sido testigo de su indecencia solitaria. No había hecho daño a nadie.

El único problema era que en su cabeza ahora cabalgaban a sus anchas imágenes de Fairhrim que nunca deberían haber aparecido allí y que sabía que querría volver a ver.

Cuatro días después de la desafortunada irrupción de Osric en casa de Radia y Rosbert, llegó la noche de la fiesta. El jardín trasero se convirtió en un cenador verde y dorado iluminado con farolillos flotantes. Los amigos y parientes de Fairhrim aparecieron en tropel para comer, beber y bailar. Sobre todos ellos flotaba el aroma de las flores del invernadero y el glamour de una perfecta noche de junio.

Osric observaba la velada desde las sombras del balcón. Los padres de Fairhrim lo habían invitado a asistir, pero en ese momento ella le lanzó una mirada como diciendo «ni se te ocurra», y él declinó la invitación. Le pidieron a Tartiflette que le subiera canapés de la fiesta, así como una botella de whisky por pena. Ahí, Fairhrim le lanzó una segunda mirada fulminante a Osric y le dijo que podía tomarse dos copas, pero ni una más. Era un milagro que no se hubiera vuelto a desangrar con tanto disparo de miradas. Estaba hecha toda una arquera.

De todos modos, era una forma tranquila de pasar la velada: admirando las joyas que varias de sus tías lucían en las manos, mirando a Fairhrim, contando cuántas copas se había bebido el tío Pilheard, mirando a Fairhrim, evaluando al cuarteto de cuerda, mirando a Fairhrim…

¿Por qué miraba tanto a Fairhrim? Oh, por muchas razones. Porque era interesante verla fuera del contexto habitual de las clínicas decadentes. Porque bailaba sorprendentemente bien. Porque no había nada mejor que hacer. Porque al parecer al final el síndrome sí que le había causado daños cerebrales.

Si no fuera porque era Fairhrim a quien no quitaba ojo, casi podría pensar que le gustaba. Qué gracioso habría sido eso. Qué ironía celestial.

Estaba claro, por las vueltas que daba Fairhrim por el jardín abrazada a otros, besando mejillas por doquier y riendo a carcajadas, que la apreciaban mucho, incluso que la querían.

Fairhrim regalaba sonrisas fugaces a todos los que la sacaban a bailar (que conste: a él nunca le regalaba sonrisas fugaces) y dejaba tras de sí un rastro de pretendientes despechados a medida que pasaba de uno a otro. Todos eran jóvenes de medio pelo sin nada destacable; Osric era mucho más guapo. Y más rico.

La pobre Tartiflette seguía subiendo con ofrecimientos para Osric. Esta vez salió al balcón con unas bolas marrones amorfas dispuestas sobre un plato, como si fuera una especie de sommelier de caca.

—Gracias —dijo Osric.

Las bolas marrones resultaron ser bombones. Tartiflette balbuceó algo en un arrebato de timidez amorosa y volvió a marcharse.

Osric observó cómo Fairhrim soltaba al personaje sin mandíbula con el que estaba bailando y pasaba a otro. Este era alto. Atractivo, sin duda. Tenía la mirada encandilada. Ya era la tercera vez que bailaba con Fairhrim. A Osric le invadieron unos celos salvajes. Era la Época de la Traición.

No. No podía ser así de posesivo con alguien que, para empezar, no le pertenecía y que, de cualquier forma, no deseaba poseer. Era una ridiculez. Osric volvió a mirar a las tías para decidir si valía la pena robarles algo y acallar así el repentino impulso, que no tenía nada que ver con Fairhrim, de bajar a la fiesta. Le llamó la atención una antorcha de oro macizo y unos anteojos engastados en pedrería.

Empezó a engullir bombones compulsivamente.

¿Dónde se había metido Fairhrim?

Oh, ahí estaba: en la puerta del dormitorio, llamando con sus inconfundibles golpecitos.

Osric sabía, obviamente, tras haberla visto abajo, que llevaba un precioso vestido color champán y que se había recogido el pelo oscuro en una trenza sembrada de orquídeas, pero eso no disminuyó la sorpresa cuando entró con un atuendo tan diferente a la túnica Haelan. Este le daba un aspecto ligero, de bella sílfide.

No, bella no. Solo guapa.

Solo guapa.

Osric no quería que Fairhrim fuese bella. Era muy susceptible a la belleza. Apreciaba las cosas bellas. Quería poseerlas. Quería que fueran suyas. Ahora, mientras Fairhrim se aproximaba, él sintió un repentino pánico a que su corazón amante de lo bello quisiera poseer a Fairhrim de alguna manera, a que esta noche su belleza desencadenara algún impulso cleptómano latente.

Odiaba a Fairhrim. Ergo no era bella. Esa era la única solución; de lo contrario, la disonancia cognitiva sería insoportable.

Se limitó a reconocer que poseía un gran encanto que la llevaba al borde mismo de la belleza. De todas formas, era algo transitorio. Pronto acabaría la velada y Fairhrim volvería a su asfixiante túnica de cuello alto y a su *froideur* habitual, y volvería a ser la Haelan de siempre. Ese momento era tan efímero como las orquídeas de su trenza.

Y además, *además*, no podía sentirse atraído por ella porque ella no se sentía atraída por él. La atracción unilateral era una ventaja competitiva que él solía utilizar en su beneficio, y no deseaba concederle ventaja alguna a Fairhrim.

Ella se tambaleaba ligeramente al andar. Exhibía cierta torpeza de movimientos por culpa de la bebida. En las mejillas lucía un ligero rubor debido a los bailes. (Sin duda se debía a los bailes y no a la influencia del Otro Hombre Alto y Atractivo).

Se acercó a Osric en el balcón y, con una familiaridad inesperada, le puso la mano en el brazo para apoyarse mientras se quitaba los zapatos.

Aquello le impactó; le descolocó; le envalentonó; le volvió estúpido.

Se vio dividido entre hacer un comentario bonito o uno desagradable, entre mentiras y verdades.

—Estás... Estás... —balbuceó.

—¿Nada ofensiva? —sugirió ella con ligereza.

—Sí.

—He visto que estabas espiando desde aquí —dijo Fairhrim. Su tono aún destilaba buen humor tras el rato cuchicheando con el Otro Hombre Alto—. Me alegro de que hayas aguantado de pie tanto tiempo. ¿Cómo te encuentras?

—Solo.

—¿Solo? ¿Tú? Si odias a todo el mundo.

—Ah, ¿sí?

—¿No?

—Tienes razón, odio a todo el mundo.

Fairhrim se ajustó unos guantes largos que le cubrían los codos.

—Supongo que parece que nos lo estamos pasando en grande. Puedes bajar, si lo deseas, pero prométeme que no harás esfuerzos y que mantendrás bien tapado el maldito tăcn.

Pero Osric no tenía ningún motivo para bajar, ahora que Fairhrim había subido.

—¿Quién era tu guapísimo compañero?

—¿Cuál? —Fairhrim se asomó al balcón—. Oh… ¿Aedan?

—¿Sí?

—Aedan es encantador —dijo Fairhrim, apoyando los codos en la barandilla—. Mi madre aún no me ha perdonado que no me casara con él: es cariñoso, rico e Ingenaut.

Osric hizo un par de cálculos y llegó a la conclusión de que había obtenido un uno sobre tres en el sistema de puntuación de la madre de Fairhrim para buscarle un buen partido a su hija. Y no es que él deseara ser un buen partido; simplemente estaba bien saber la posición que ocupaba.

En la puerta sonó la tímida llamada de Tartiflette, que traía una temblorosa copa de champán. Osric, todavía con el vaso de whisky a medias, la rechazó. Fairhrim cogió la copa y miró con lástima a Tartiflette mientras se marchaba.

—Si ella supiera lo que eres… —dijo Fairhrim.

—Daría igual —dijo Osric—. Soy irresistible.

—Menuda estupidez —respondió ella, con una parsimonia ofensiva.

Observó a Aedan el Encantador con la mirada hueca. Al menos, cuando miraba a Osric, había una chispa de algo, por lo general, incordio, pero aun así, algo. Este desinterés lo mataría.

—Parece que Aedan el Encantador aún bebe los vientos por ti —dijo Osric.

—Le he dicho que tengo un nuevo Amigo... Un Amigo en esta misma fiesta. Y ni por esas.

—Supongo que esto no es más que una pequeña muestra de tus pretendientes —dijo Osric señalando a los admiradores.

—No hay pretendientes —dijo Fairhrim—. Ya me enamoré una vez. Fue un error. No volverá a ocurrir.

—Estoy intrigado.

—No te diré por qué orificio te puedes meter la intriga —dijo Fairhrim—. Deja de entrometerte en mis cosas o yo me entrometeré en las tuyas.

—No tengo nada que ocultar —dijo Osric.

—¿No? ¿No te han roto nunca el corazón?

—No tengo corazón —dijo Osric—. Así que tampoco nada que temer.

Fairhrim le dio un sorbo a la copa y se tocó el cuello con tensión.

—Buena jugada por tu parte.

—¿Qué te pasó con el Aedan el Perfecto? —preguntó Osric. Antes de que Fairhrim pudiera soltarle un ladrido por hacer tantas preguntas, se señaló a sí mismo—. Y sí, a cambio puedes entrometerte en mis cosas. Incluso puedes preguntar tú primero.

—¿Puedo? Qué detalle.

—Pregúntame lo que quieras.

—¿Lo que sea?

—Lo que sea.

Fairhrim meditó su pregunta mientras recorría la copa de champán de arriba abajo con un dedo. Osric se preparó para relatar con detalle sus relaciones más turbias, para así dejar patentes sus proezas como amante.

Entonces Fairhrim preguntó:

—¿Por qué mataste a tu padre?

Lo cual no era en absoluto lo que Osric quería.

—Pensaba que íbamos a limitar la conversación a nuestros amantes —contestó.

—Has dicho que podía preguntar lo que quisiera —señaló ella, como si Osric no fuera súbita y claramente consciente de su metedura de pata—. Pero no es necesario que sigamos con esto. Podemos retirar nuestras preguntas de mutuo acuerdo.

—Mi padre era un bastardo —dijo Osric.

—¿En qué sentido del término? —preguntó Fairhrim.

—Metafórico. Yo, sin embargo, soy un bastardo en sentido literal.

Fairhrim era fuerte; Osric acababa de abrirle la puerta para que ella le dijera que encajaba perfectamente en ambas definiciones, pero ella no hizo ningún comentario.

—Mi padre, del gran linaje de los Mordaunt, se negó a casarse con mi madre cuando se quedó embarazada. Dijo que yo no era suyo. Su familia, nobleza menor, de Wessex, la repudió. Vivíamos en la más absoluta pobreza mientras mi padre tenía treinta habitaciones en Rosefell, donde se emborrachaba todas las noches. Su doncella más humilde comía más en un día que nosotros en una semana. El ama de llaves nos traía comida a escondidas en sus días libres.

—¿La señora Parson? —preguntó Fairhrim.

—Sí. Mi madre me llevaba a ver a mi padre cada pocos años para pedirle que me reconociera como su hijo, cosa que nunca hizo aunque de mayor me convirtiera en su viva imagen, y para sacarle unas cuantas thrymsas. Pero las thrymsas incluían palizas. La última vez que intentó pegarnos, yo ya había empezado a entrenarme con Tristane. Él no lo sabía. Tampoco mi madre. Aún no había recibido mi navaja blaec ni mi tăcn, pero había aprendido a manejar el cuchillo. Un día, lanzó a mi madre contra la pared. Después fue a por mi garganta, así que yo fui a por la suya. Madre nunca despertó. Maté a mi padre. Tenía catorce años.

Fairhrim observó a Osric en silencio durante un largo rato.

—Me imaginaba que no sería una historia feliz.

—¿La tragedia me absuelve de mis pecados?

—Una explicación no sirve de excusa.

El típico racionalismo de Fairhrim.

—Sí que es una historia feliz —repuso él—. Ahora soy feliz.

—Pero tu pobre madre…

—La vengué y no la he olvidado.

—Eso explica por qué tienes cicatrices tan antiguas —dijo Fairhrim—. Me refiero a que son lo bastante antiguas como para tener un origen previo a tu carrera.

—Tenía un don para marcarnos a los dos —dijo Osric.

—¿Cómo pudiste quedarte con Rosefell Hall, si eras un bastardo?

—Amenacé al abogado de mi padre para que falsificara los documentos que legitimaban mi nacimiento. Luego lo maté, por si acaso. Contraté tutores y maestros para aprender a ser hijo de un noble, y todo lo que mi madre no pudo enseñarme. Mi padre había despilfarrado la mayor parte de la fortuna familiar; yo la he estado reconstruyendo desde entonces. Hasta que llegaste tú. Ahora estoy en la ruina.

Fairhrim no se mostró tan compasiva como él habría esperado. Le lanzó una mirada más crítica que empática.

—Tampoco es que seas un indigente, ni mucho menos.

—Ni soy tan rico como antes.

—Vende tus colecciones.

—Qué despiadada —dijo Osric.

—Yo te compro el *De humani.*

—No podrías permitírtelo —dijo Osric.

—Ponme a prueba.

—Otro día. Ahora te toca a ti. Me tienes que contar lo que pasó con Aedan el Encantador.

—¿Con Aedan el Encantador? —repitió Fairhrim, mirando al hombre en cuestión, que bailaba abajo—. No pasó nada. Tal vez ese fue el problema. No tuvimos ninguna pelea, ni ninguna explosión. Aedan es demasiado perfecto. No tiene defectos.

—¿Necesitas que tus amantes tengan defectos?

—Uno o dos, bien elegidos.

—Ja —exclamó él, que tenía para elegir. Aunque no era que deseara ser su amante; simplemente se trataba un hecho. Fairhrim levantó una ceja inquisitiva—. No importa —dijo Osric—. Solo tiene gracia en mi cabeza.

—Me da la impresión de que todo tiene más gracia en tu cabeza, pero te agradezco la discreción. —Fairhrim seguía mirando a Aedan el Demasiado Perfecto—. No pasa nada. Seguimos siendo amigos. Al menos, yo soy su amiga.

—Uno de tus muchos Amigos, según tengo entendido.

Fairhrim recuperó su rigidez de cuello habitual.

—¿Y quién te ha dicho eso?

—La última fuente que compartí contigo acabó muerta, así que no lo revelaré —dijo Osric—. Supongo que aún no has encontrado el equilibrio entre los defectos deseables.

—No es de tu incumbencia, pero sí, la proporción correcta es difícil de alcanzar. Y, por supuesto, mis parejas también deben encontrar mis defectos apetecibles. —Para disgusto de Osric, ella se le adelantó y añadió—: Y tengo unos cuantos.

—A ver, ¿cuáles? —preguntó él.

—No se me da bien soportar que un Fyren se entrometa en mi vida privada —dijo Fairhrim.

—Entonces me limitaré a tu vida profesional.

Fairhrim adoptó la postura de una estatua en *contrapposto*.

—Limítate por entero y punto.

—No.

—Sí.

—No.

La furia se acumuló en Fairhrim como una pátina: contrajo las fosas nasales, apretó la mandíbula, se estiró hacia arriba majestuosamente dispuesta a soltar algún comentario mordaz…

Entonces vio su sonrisa burlona.

—Me estás provocando —dijo Fairhrim.

—Eres deliciosa.

Fairhrim nunca se molestaba en coquetear con él, pero ahora su mirada oscura, el divertido gesto de sus labios y el roce de su codo tuvieron en Osric casi el mismo efecto... Todo mezclado con la bebida creaba un cóctel mucho más potente, que le calentaba la sangre y amenazaba con calentarle la cara. Volvió a tener pensamientos prohibidos con los labios de ella, con lo que habían hecho en su ensoñación, con lo que le gustaría hacerle.

Ella se encontraba en el punto exacto entre el deseo y la prohibición.

¿Se estaba convirtiendo en uno de esos hombres patéticos que desean a las mujeres en proporción directa a lo inalcanzables que son?

Levantó el vaso y dijo:

—Bien hecho.

«Gracias, me gustaría morir asfixiado por tus muslos» no le pareció la mejor respuesta en aquel momento. Así que solo dijo:

—A tu servicio.

Y levantó el vaso.

Ella acercó su copa de champán al whisky con una sonrisa escondida en la comisura de los labios.

No, en la fiesta de abajo no había nada que valiera la pena robar. ¿Pero aquí?

Se le ocurrió que le gustaría robarle un baile.

20

La caligrafía secreta de la lluvia

Aurienne

Era difícil, pensó Aurienne mientras se apoyaba en el balcón junto a Mordaunt, mantener su habitual desdén hacia él. ¿Cómo era posible admirar a alguien por sus actos de bondad, por muy interesados que fueran, y al mismo tiempo despreciarlo? Le resultaba imposible mantener ambas perspectivas de manera simultánea. Al fin y al cabo, era un Fyren. Pero..., pero..., pero.

Lejos quedaban ya el hombre que había agonizado en su cama y sus manos cálidas. Ya no eran más que un recuerdo. Pero qué recuerdo. Verle sufrir tendría que haber sido la mejor experiencia del mundo, pero había sido la peor, así que ¿dónde iba a encontrar Aurienne la paz? Desde luego no ahí, no en las tinieblas de ese acercamiento, en el que él había estado a punto de dar su vida para protegerla, y ella, por sus propios motivos, lo había traído del borde de la muerte.

Aurienne, que adoraba la exactitud de las categorías, odiaba no saber qué hacer con Mordaunt. Era una extraordinaria combinación de monstruo y hombre, de villano y héroe, al mismo tiempo vil y noble... Y, en ocasiones, hacía el bien. El diagrama anatómico de Mordaunt había cambiado en su mente. Sus etiquetas ya no tenían sentido. En Swanstone estaban analizando las botellas que había encontrado con el presunto virus de la viruela; si daban positivo, sería otro punto a su favor, otro motivo de gratitud no deseada, otro desafío a sus categorías perfectas.

Aurienne miró a Mordaunt, que ya estaba prácticamente recuperado. Al salir al balcón con él, se había fijado en el cruce de sus tirantes sobre los músculos de sus hombros, y en cómo la camisa, de un corte notablemente bueno, se le abría con descaro en el cuello. Todo en él era, otra vez, calculado e intencionado, desde su postura informal en la barandilla hasta la desaliñada barba incipiente de su mandíbula, pasando por la cortesía de la frase «Estoy a tu servicio» y las mangas de la camisa subidas hasta los codos. Tan desenfadado. Tan deliberado.

Notó el roce de su brazo y se estremeció; era clandestino, estaba mal, era el bonito anticipo de un beso. El corazón le dio un vuelco.

—Menos mal que he seguido tu consejo —dijo Mordaunt.

Aurienne, sobresaltada al salir de sus cavilaciones, respondió con agudeza:

—¿Eh?

—Dos copas y ya voy fatal. —Él removió el culín de whisky que le quedaba—. Por cierto, Aedan el Perfecto te está buscando.

Aurienne siguió la línea de visión de Mordaunt hasta la multitud que había debajo del balcón, donde Aedan se paseaba con una copa en cada mano.

—Pobre desgraciado —dijo Mordaunt—. Ese traje parece diseñado a base de vómito. —Luego se volvió hacia Aurienne y añadió, sin pensárselo dos veces—: Deberíamos bailar.

Se hizo un silencio sepulcral.

—¿Por qué? —preguntó ella.

—Para convencerle de que has pasado página.

—¿Con un vendedor ambulante de tijeras para episiotomías?

—Y con innumerables defectos.

—No estoy segura de que sea necesario.

—Míralo. Pobre cachorrito abandonado. —Las palabras de compasión de Mordaunt no se correspondían con la mirada que le lanzaba por encima de la barandilla—. Por cierto: Aedan el Perfecto no es tan perfecto.

—¿Por qué? —preguntó Aurienne.

—¿Le has visto las orejas?

—¿Qué tienen de malo?

—Son gigantes.

—No es verdad.

—Mira cómo recogen el aire. ¿Podría dejar algunos decibelios para los demás, por favor?

¿Por qué el único hombre que la había hecho reír esta noche era un Fyren? Mordaunt podía ser un excelente conversador si una se olvidaba de lo que era. Sin embargo, era como olvidarse de la gravedad: factible, pero solo durante unos segundos.

De cualquier forma, a Aurienne no le apetecía hablar de Aedan. Deseosa de cambiar de tema, hizo algunos comentarios inoportunos sobre el tiempo. (El tema era aburrido, Aedan era aburrido, y cuanto más se resistía a dejarla marchar, más deseaba escapar ella).

Mordaunt, con una notable falta de interés por la meteorología, dijo:

—Soy tu amigo *du jour*; seguro que eso justifica un baile. Si no, a la gente le parecería extraño.

—Por muy admirable que sea tu compromiso con esta pantomima... —Aurienne levantó los zapatos que le colgaban de la punta de los dedos—. Para mí la noche se ha terminado. No aguanto ni un minuto más con estos tacones.

—Baila sin ellos —dijo él.

—No seas ridículo.

—Nadie te verá los tobillos indecentes desde ahí abajo. Solo yo.

—¿*Solo* tú?

—Solo yo. He sufrido una experiencia cercana a la muerte que me ha vuelto humilde e inofensivo.

Una ráfaga musical flotó hasta ellos cuando empezaron los primeros compases de la siguiente canción. Mordaunt le tendió la mano a Aurienne. Aedan, que sin duda tenía cara de cachorrito abandonado, eligió ese momento para levantar la vista hacia el balcón.

Si la veía rechazar la mano de Mordaunt, le enviaría una señal, y Aurienne no deseaba enviar señales a Aedan. A menos que la señal fuera que se había ido con otro. En ese caso…

Tiró los zapatos a un lado y cogió a Mordaunt de la mano.

—Muy bien. Bailaré como la naturaleza manda.

—Descalza, achispada y con flores en el pelo.

—Así dicho suena encantador.

—Tú eres encantadora.

—Creía que era una pretenciosa estirada y quejica.

Aurienne fue recompensada con una de las amplias sonrisas de Mordaunt.

—Bueno —admitió—, a veces no me importa equivocarme.

Se aproximaron el uno al otro, con las manos protegidas del contacto por guantes de cuero y de seda. Aurienne había perdido la ventaja que le daban los tacones; ahora quedaba a la altura de la boca de Mordaunt.

Bailaron despacio, porque él no podía moverse mucho y porque la canción era una balada romántica. No significaba nada (era un estúpido baile que formaba parte de una estúpida farsa), pero, aun así, a Aurienne le temblaba el pulso. Decidió refugiarse en los datos clínicos y empezó a interrogar a Mordaunt sobre todos sus síntomas persistentes: mareos, confusión, palpitaciones, taquipnea y, por último, oliguria.

—¿Cuándo fue la última vez que orinaste?

Mordaunt, que parecía cada vez más irritado a medida que avanzaba su evaluación, respondió:

—¿En serio?

—¿Qué?

—¿Estamos bailando y me interrogas sobre la orina?

—Es importante —dijo Aurienne.

—Eres capaz de quitarle el romanticismo a cualquier momento —dijo Mordaunt.

—¿Qué romanticismo? —preguntó ella—. Esto es de mentira.

—Pues yo estaba disfrutando de la mentira... Y del jardín, y de las luces, y de la música; todo ello complace a mi sentido de la Estética.

Aurienne pasó de la estética con un chasquido de dedos.

—Contesta a lo de la orina.

—Sí, he meado —dijo Mordaunt, arrastrando ligeramente las palabras debido al alcohol—. Ya que estamos estropeando el momento con vulgaridades...

—¿Cantidad?

—Bueno, no me ha dado por medirla.

—¿Normal?

—Sí. Dioses.

—Excelente. Ya estás lo bastante bien como para irte mañana. Podemos dar por terminada la farsa. Puedes volver a disfrutar de la Estética.

Mordaunt reanudó la actividad y echó un vistazo a la brillante multitud de abajo.

—A tu familia le gustan las joyas.

—Sí —dijo Aurienne—. ¿Has visto alguna que te llame la atención o qué?

—Puede.

—¿Ya has robado algo de la casa?

—¿Todavía no confías en mí?

—No —dijo Aurienne—. Sé que lo has pensado.

—Es una casa fascinante. Tan automatizada. La mía debe de parecerte...

—Primitiva —sugirió ella.

—Tradicional —dijo él—. Tu madre es toda una horóloga.

—Su destino de vacaciones favorito es La Chaux-de-Fonds, para que te hagas una idea.

Mordaunt levantó las cejas al oír el nombre de la cuna de la relojería suiza.

—Ahora estoy aún más tentado de robar. Aunque tengo que reconocer que el sistema de seguridad me hace dudar.

—Tenía razón: eres un vulgar ladrón.

—*Vulgar* no. *Vulgar* nunca.

—¿No tienes otro placer en la vida que adquirir cosas que no son tuyas? —preguntó Aurienne.

Mordaunt le lanzó una mirada velada por la bebida y la pesadez de sus párpados.

—Sí que tengo otros placeres —dijo, sin entrar en detalles.

—Debería ir a avisar a mis tías para que cuenten bien sus diamantes.

Mordaunt le apretó la cintura con los dedos.

—Pero entonces no estarás aquí para supervisarme. De todos modos, no puedes irte todavía, la canción no ha terminado. Parecerá que nos hemos peleado.

—Existimos en un perpetuo estado de pelea.

—Esa gente no tiene por qué conocer la sórdida verdad —dijo Mordaunt. Aurienne se acompasó a la lentitud de su giro—. Estos días me han parecido un interludio agradable, por muy falsos que fueran.

—Lo habrán sido para ti —dijo ella—, pero a mí me acribillarán a preguntas sobre ti hasta que les diga a mis padres que hemos terminado.

—¿Qué excusa darás para justificar mi ignominiosa pérdida de tu favor?

—Una selección de sórdidas verdades —dijo Aurienne—. Les diré que eras demasiado engreído, demasiado arrogante, demasiado convencido de que siempre llevabas la razón, y que todas esas cosas extinguían tus otros atractivos. Así que adiós, muy buenas.

—Todas esas cosas son igualmente aplicables a ti —dijo Mordaunt.

Tenía razón, de modo que Aurienne contestó con serenidad:

—Tonterías.

—¿Qué otros atractivos? —preguntó él.

—Ahora no se me ocurre ninguno, pero, por el bien de tu dignidad, fingiré que existen.

Mordaunt levantó la cicatriz de la boca.

—Trato de pescar algún cumplido y tú, en lugar de morder el anzuelo, me das una bofetada que me manda a la estratosfera.

Aurienne le apretó las manos.

—Sé muy bien lo que hay aquí debajo… Y borra de un plumazo cualquier posible atracción.

—¿Y si mi tācn fuera diferente? —insistió él—. ¿Cuáles serían mis atractivos, entonces?

Formuló la pregunta con un interés sarcástico y ebrio; solamente Aurienne percibió auténtica curiosidad en la mirada taciturna de Mordaunt. Pero esta se esfumó en un momento, dando paso una vez más a una mueca mordaz.

—Ese tācn ha manchado todo lo que sé de ti —dijo Aurienne—. No puedo responder a la pregunta.

—¿Ni siquiera como ejercicio mental?

—¿Un ejercicio de reflexión? ¿De este calibre? ¿Mientras bailamos?

—Inténtalo.

—Las venas de los brazos —dijo Aurienne.

—¿Las venas de los brazos? —repitió Mordaunt.

—Me encantaría perforar esta —señaló ella, deslizando el dedo por la más jugosa.

—No puedo más contigo.

Aurienne olió su propio jabón en la piel de Mordaunt. Estaba muy cerca. ¿Habían empezado el baile así de pegados? Y, si no, ¿quién había acortado el espacio? Tal vez había sido ella misma. Aunque esperaba que hubiera sido él. Miró el hueco en la base de la garganta de Mordaunt. Era como volver una y otra vez al faro, a la atracción, a la repulsión innata, al vaivén entre los dos.

Empezó a llover.

Se oyeron gritos en el jardín de abajo y la música se interrumpió cuando el cuarteto corrió a resguardarse debajo de una pérgola. Entonces volvió a sonar la música y los invitados retomaron las charlas, mientras todos los sonidos quedaban amortiguados por la suave percusión de un chaparrón de junio. Salpicaba a Aurienne y Mordaunt en puñados de destellos, iluminados por las luces doradas y verdes del jardín.

—Está lloviendo —dijo Aurienne.

—Lo sé —dijo Mordaunt.

—¿No deberíamos entrar?

—¿Por qué eres siempre tan precavida?

—Uno de nosotros debería serlo.

Pero no eran precavidos. Estaban achispados. Bailaron bajo la lluvia.

Además, estaban dentro y fuera al mismo tiempo. Aurienne deslizaba los pies descalzos desde la fría baldosa del balcón hasta el cálido parquet del dormitorio, una y otra vez. La humedad salpicaba el interior y fuera brillaba la luz de la lámpara; la lluvia emborronaba las diferencias. El agua goteaba en el cuello de Mordaunt, en el corsé de Aurienne, en las sienes de él y en los labios de ella, y trazaba palabras con una caligrafía olvidada mucho tiempo atrás.

Sus sombras también hablaban a medida que se unían y se separaban de la barandilla del balcón y las cortinas blancas, proyectadas a cada momento por las lámparas del dormitorio, o bien por la luz de la media luna. El espacio entre ella y Mordaunt era un lugar centelleante, sembrado de lluvia; y a cada vuelta lo estiraban y lo estrechaban, por encima y por debajo, de un lado a otro, lo cosían y lo deshilachaban, así una y otra vez.

¿Qué había entre ellos? Una marea que crecía y menguaba, un flujo de curiosidad y culpa, el ensueño fatal de hoy y las cicatrices de mañana.

Abajo resonaron risas de júbilo cuando los invitados se percataron del baile mojado de Aurienne y Mordaunt. Hubo aplausos, como si celebraran algo, algo que no había ocurrido y que nunca podría ocurrir.

Aurienne buscó la mirada de Mordaunt para ver cuánto tiempo más deseaba mantener la farsa del baile, pero él tenía los ojos clavados en sus manos entrelazadas. Sus tācn enfrentados por el destino se apretaban uno contra el otro. Sus órdenes corrían por sus venas, tan ineludibles como su propia sangre.

Él mantenía el brazo levantado mientras ella daba vueltas y vueltas y la pálida falda acariciaba su pantalón negro.

¿Qué había entre ellos? Hasta el momento, un campo de batalla; ahora, tierra de nadie. Se habían enredado el uno en el otro a través de reciprocidades. Curar y matar, matar y curar.

La música se elevó. Mordaunt irradiaba calor; Aurienne lo sentía a través del pecho del vestido, a través del guante donde él ocultaba la mano. Sus movimientos eran ligeros y relajados; mantenía la cabeza baja y la barba de la mandíbula le rozaba la mejilla a Aurienne. La mano que había posado decorosamente en su cintura se deslizó hasta el final de su espalda. A través de la delicada tela del vestido, percibió la presión del anillo de sello de Mordaunt.

Tenían las caras casi pegadas la una a la otra. Él le miró la boca como si pretendiera besarla.

Era muy buen actor.

Para su público de abajo, un beso sería algo totalmente anodino, normal, incluso esperado. Aedan había encontrado un destinatario para la bebida que le sobraba, pero seguía mirando a Aurienne.

—Acaba con la agonía del pobre desgraciado —dijo Mordaunt, su voz hecha de calidez más que de palabras sobre la boca de Aurienne.

Una mentira… Eso era lo que había entre ellos ahora.

Mejilla con mejilla. Nariz con nariz. En los ojos de él brillaba un deseo febril.

—No beso a mis pacientes —dijo Aurienne.

—Creía que yo no era un paciente —dijo Mordaunt.

—Cierto. Solo eres un Factor de Ventaja.

—Deberías usarme.

Y, dado que Aedan estaba mirando (y solo porque Aedan estaba mirando), Aurienne se puso de puntillas y deslizó sus dedos envueltos en seda por el pelo de Mordaunt.

Él no dudó, ni le dio tiempo a cambiar de opinión. Tiró de

ella con suavidad, le puso una mano en la nuca y le inclinó la cabeza hacia arriba.

Entonces llegó el tierno apocalipsis de sus labios sobre los de ella.

Fairhrim sintió la cicatriz de Mordaunt contra su boca, la tensión de su mano en el cuello, saboreó el whisky, el chocolate y las mentiras de sus labios. Su cuerpo no sabía lo que sabía su cerebro; el corazón le latía desbocado en el pecho; respirar se convirtió en un acto de disciplina, el aliento le entraba y salía, irregular, entre la presión de los labios mojados por la lluvia.

Mientras duró, el beso fue eterno.

Fue demasiado y, al mismo tiempo, demasiado poco; fue profano y sacrosanto.

Aurienne sintió calidez en la piel del cuello. Mordaunt estaba trazando con la boca el reguero que le iban dejando las gotas de lluvia por la garganta. Dejó escapar un suspiro largo y estremecedor, y la estrechó contra él de una forma muy posesiva para ser un beso que no significaba nada.

El público suspiró por algo que no existía.

Aurienne se detuvo. La música continuaba; los violines tocaban una melodía ascendente que se mezclaba de las gotas de lluvia. Soltó el hombro de Mordaunt, pero él la mantenía agarrada de la cintura y de una mano. La proximidad, el beso, su pulso acelerado, todo agudizó su percepción y, al igual que había ocurrido en el faro, vio en los ojos del asesino una batalla: vulnerabilidad, anhelo y una infelicidad desesperada.

Él se refugió en la ironía. El gris se convirtió en plata y dijo:

—No pensé que fueras a hacerlo.

Aurienne se arrepintió inmediatamente del beso: porque desdibujaba líneas ya de por sí borrosas, porque él era lo que era y ella también, porque le había gustado.

Parpadeó con los ojos empañados por la lluvia. Le encantaban sus preciosas categorías. Le encantaban las cosas simples y bien definidas. Le encantaban los contrastes. La claridad. Saber a qué atenerse.

No le importaba la caligrafía secreta de la lluvia.

—Será mejor que me vaya —dijo.

—Como desees —respondió él.

Aurienne se dio media vuelta mientras le soltaba la mano en la que él tenía aquel funesto tācn.

Él, a su vez, la soltó muy despacio. El cuero se deslizó sobre la seda, la palma sobre la palma, la yema del dedo sobre la húmeda yema del dedo, y lo que se había tejido entre ellos se estiró, se desgarró y se partió en un instante.

Algo nace

Osric

Cuando Osric había invitado a Fairhrim a bailar, al principio ella se había quedado mirándolo fijamente. Lo que había sucedido a continuación podría definirse como un periodo muy oscuro de su vida, que adquirió las proporciones de unos diez años de agonía y suspense, hasta que ella se encogió de hombros y dijo: «Muy bien».

Ahí debería haber terminado todo. Osric nunca había tenido la intención de robarle un beso, y desde luego tampoco de posarle los labios sobre el cuello. Tan solo pretendía bailar. Pero entonces ella lo había mirado y él había descubierto cómo su pelo mojado atrapaba pentagramas de estrellas, y había visto cómo las gotas de lluvia le resbalaban por la garganta y formaban un collar de purpurina lunar, y había sentido un impulso cleptómano y se había rendido a él como un tonto sin voluntad.

Cuando le pidió acabar con la agonía del pobre desgraciado, no se refería a Aedan el Perfecto. Se refería a sí mismo.

Lo de hacerse el tonto se le había ido de las manos. Tanto como para creérselo.

Después, Fairhrim había huido, dejando tras de sí tan solo miedo y un baile inacabado.

Deseó no haber conocido su sabor, ni el calor de su cuerpo

al estrechar aquella temblorosa quietud entre sus brazos mientras le besaba el cuello.

Una vez más, se habían encontrado en un umbral; una vez más, habían rozado un Casi; y, una vez más, ella había huido.

Fairhrim nunca cruzaría al otro lado.

Y ahora él debía cargar con el recuerdo de un corazón que latía con violencia, con euforia y con placer, y también con el peso del arrepentimiento.

Deseó poder deshacer aquel beso.

Pocos días después de la estancia de Osric con Fairhrim, el arisco turón deofol de Tristane lo citó en el cuartel general de los Fyren.

Gracias a los cuidados de Fairhrim, para entonces ya podía caminar con normalidad, como si no hubiera sido apuñalado en las tripas por otro Fyren que, por cierto, había desaparecido en misteriosas circunstancias.

El cuartel general de los Fyren se había trasladado a un matadero abandonado. Osric había dado con aquella nave tras una de las pullas de Fairhrim. Era perfecto; había salas enteras diseñadas para el despiece y el almacenamiento de sangre, y ningún vecino sospechaba de los malos olores. Sin duda, a Fairhrim le habría agradado saber que su aportación había tenido tanto impacto en la orden de Osric.

Sobre las oxidadas puertas del matadero flotaba el simpático eslogan: «¡Matamos para que usted no tenga que hacerlo!».

Debajo había tallada una tosca representación de los colmillos del cerbero representativo de la orden.

Sacramore se encontraba en el lúgubre vestíbulo del matadero, clasificando un abigarrado montón de material de contrabando.

—Buena suerte, querido —dijo nada más ver a Osric—. La carnicera está de mal humor.

Osric se preguntó Por Qué.

Se adentró en un pasillo de baldosas desconchadas hasta llegar a la sala de despiece, donde estaba Tristane acompañada de lady Windermere. A su alrededor había enormes ganchos para carne, en los que colgaban boca abajo las víctimas frescas de los interrogatorios de la comandante. Algunas todavía estaban vivas. Una de ellas chorreaba sangre como un aerosol.

En la pared había un cartel que indicaba el número de días transcurridos desde el último percance: catorce. Osric pensó que vendría bien actualizarlo.

Tristane le hizo un gesto para que se acercara. Llevaba un enorme delantal de goma y unas botas amarillas.

—Bonito conjunto —dijo Osric—. Elegancia criminal.

—Gracias —dijo Tristane—. Tiene bolsillos.

—¿Qué haces con estos caballeros?

—Un poco de contabilidad forense —dijo Tristane—. ¿Has sabido algo de Brythe últimamente?

Lady Windermere, que había permanecido en silencio junto a Tristane, dejó escapar un suspiro entrecortado y se secó una lágrima.

Osric, en un tono de perfecta e ingenua preocupación, dijo:

—¿Brythe? Lo vi la semana pasada en el Sicario.

—Esa fue la última vez que lo vieron, sí —dijo Tristane.

—Ha desaparecido. —Lady Windermere volvió la mirada hundida hacia Osric—. Mi deofol no es capaz de establecer comunicación con él, ni siquiera de encontrar un solo rastro de su seith.

—El mío tampoco —añadió Tristane—. Lo que significa que, o bien nos ha desvinculado…

—Brythe jamás me desvincularía —dijo Lady Windermere en un susurro feroz.

—… o bien está muerto —concluyó Tristane.

—¿Muerto? ¿Brythe? —exclamó Osric—. Imposible.

Lady Windermere se cruzó de brazos. Su esbelta figura se balanceaba de un lado a otro.

—Entonces ¿dónde está?

—Las alternativas son limitadas e insatisfactorias —dijo Tristane—. Hay pocos capaces de matar a Brythe. Tal vez *des circonstances insolites*... Un extraño accidente de algún tipo.

—Me niego a creer eso —dijo Lady Windermere—. Pero tienes razón, pocos serían capaces de matarlo. Si está muerto, eso reduce mi lista. —Miró a Tristane y a Osric, quien dio por hecho que los dos acababan de ser incluidos en la lista.

—Mejor desvía esa mirada de sospecha —le advirtió la comandante, presionando la empuñadura de su espada con la punta del dedo—. Puede que tu amante haya muerto, pero te recuerdo que yo también he perdido a uno de mis Fyren. Y Osric, un amigo y colega.

Osric, que se había encargado personalmente de convertir en cenizas al querido amigo y colega, asintió con seriedad.

Lady Windermere bajó la mirada.

Uno de los hombres que jadeaba colgado boca abajo (un tipo flaco y pelirrojo) creó una oportuna distracción con una especie de eructo que rogaba clemencia. Tristane hurgó en algunas cajas, murmurando algo sobre mordazas. Encontró una armónica en el bolsillo del delantal y la introdujo en la boca del hombre.

—Ya está —dijo dándole unas palmaditas en la barbilla invertida—. Puedes hacer algo útil con tu respiración. Danos un poco de ambiente.

La melodía discordante de la armónica inundó la sala.

—Muy amable —dijo Osric—. Es encantador.

—Lo sé —dijo Tristane—. Soy muy blanda a la hora de la verdad. Ese es mi problema.

—¿Vas a organizar una búsqueda de Brythe? —preguntó él, levantando la voz por encima de la macabra melodía.

—Windermere la dirigirá —dijo Tristane—. Beaufort y Sacramore la ayudarán.

—Si me entero de algo a través de mis contactos, os lo haré saber inmediatamente —dijo Osric.

—Gracias —dijo Lady Windermere.

Y se marchó. La armónica se volvió melancólica.

—¿Has dicho que viste a Brythe por última vez en el Sicario? —preguntó Tristane cuando se quedaron a solas.

—Sí, Sacramore también estaba.

Tristane suspiró.

—Ese día tenía un encargo. Creo que está muerto. No puede haber huido. Le esperaba la recompensa de su vida.

—¿Cuál era el encargo? —preguntó Osric.

—Uno en el que era imperativo que no fallara —respondió Tristane.

—¿Seguro que no quieres que lo busque?

—No —dijo Tristane—. Esa no es la prioridad. La prioridad es terminar el trabajo.

—¿Me encargo yo? Me encanta cobrar.

Tristane escuchó la triste música de la armónica. Su melena triangular oscilaba con aire lúgubre.

—En circunstancias normales no aceptaría un encargo así. Implica a otra orden.

—¿Cómo?

—Tomé una decisión excepcional por motivos excepcionales.

—¿Qué motivos?

—El dinero.

—Ah, claro.

Tristane examinó a Osric.

—¿No vas a preguntarme sobre la conveniencia de atacar a otra orden?

—¿Brythe te lo preguntó?

—No, pero Brythe nunca piensa en nada más allá del dinero. Por eso se lo pedí a él en primer lugar. Tú eres igual de voraz, lo sé…, pero tienes una Partícula de inteligencia y de visión política.

—¿Una Partícula entera? —dijo Osric—. Me halagas. ¿Crees que el trabajo podría llevarse a cabo sin dejar pruebas de la implicación de los Fyren?

—Por supuesto, esa era la idea —dijo Tristane—. De lo contrario, me llevarían al Stánrocc para dar explicaciones ante los líderes de todas las demás órdenes y probablemente me condenarían a muerte.

—¿Qué orden era el objetivo?

—No es asunto tuyo —dijo Tristane—. Sacramore estaba en contra de aceptarlo. Es un poco tradicionalista. Sin embargo, pensé que, si nadie se enteraba de que nuestra orden era la responsable, sus objeciones serían irrelevantes.

—¿Quién es el cliente?

—Alguien por quien vale la pena romper algunas reglas. —Tristane se paseó entre los hombres colgados como si estuviera en un apacible jardín zen, con las manos a la espalda—. Parece ser que un *idiota triste* donó una suma considerable, veinte millones concretamente, a una orden, cuando el cliente había bloqueado estratégicamente todas las demás vías de financiación.

Esto fue un poco incómodo para Osric, dado que el *idiota triste* era, bueno, él mismo.

—Y ahora Brythe ha desaparecido —continuó Tristane—. Si hubieran atrapado a un Fyren, ya me habrían llevado ante el Stánrocc para que explicara por qué he roto doscientos años de Acuerdos de Paz.

Osric señaló a su ensangrentada audiencia.

—¿No han oído demasiado?

—Supongo —dijo Tristane. Hizo una pausa. Un botón en la pared llamó su atención—. ¿Para qué crees que sirve esto?

—Un botón misterioso —dijo Osric—. Púlsalo.

—He pulsado unos cuantos botones misteriosos a lo largo de mi vida —dijo Tristane.

Pulsó ese botón misterioso en concreto. Una cuchilla cortó por la mitad al hombre que estaba a su lado.

—Ah —dijo Tristane, observando el resultado—. Muy bien. Yo que tú no iría a ninguna tienda de empanadas de la zona próximamente.

—Gracias por el consejo.

—Puedes retirarte —dijo Tristane—. Ven a verme si sabes

algo de Brythe. Le pasaré la información a Lady Windermere. Como ya has visto, está muy sensible con todo esto.

—Entendido. ¿Y el trabajo?

—Déjamelo a mí. —Tristane se alejó de Osric, pensativa y con las botas cubiertas de vísceras frescas—. *On n'est jamais si bien servi que par soi-même.*

Lo cual, según entendió Osric gracias a su precario francés, significaba que pensaba hacerlo ella misma (fuera lo que fuese).

Lo cual significaba que Tristane iba a continuar lo que Brythe no había hecho: ir a Swanstone.

Lo cual significaba que Osric necesitaba ver a Fairhrim de inmediato.

Unos cuantos Fyren se arremolinaban en el vestíbulo cuando Osric salió de la sala de despiece. Sacramore le preguntó si quería tomar algo con ellos en Los Huevos Caninos. Osric, presa del pánico, emitió una especie de gorgoteo ahogado (esperó que hubiera sonado como una excusa viable) y se largó.

Una vez lejos del matadero, Osric llamó a Cinder, su deofol, para darle instrucciones de encontrar a Fairhrim lo antes posible y decirle que tenían que verse. Fairhrim le había dicho a Osric que nunca volvería a rechazar a su deofol y, sin embargo, al cabo de unos minutos, Cinder regresó con las orejas gachas para informarle de que no había conseguido comunicarse.

—O me ignora o está profundamente dormida —dijo Cinder, con la voz ronca por el disgusto.

—¿Dormida? ¿A las dos y media de la mañana? Ridículo —dijo Osric.

—¿Qué quieres hacer? —preguntó Cinder.

—Tú sigue intentándolo. Yo iré a Swanstone. Vuelve conmigo si lo consigues.

Cinder asintió y se desvaneció en una nube de humo.

Osric tomó una viedra hasta el Publica o Perece, desde donde se dirigió a Swanstone a toda velocidad. Los cursos de agua helada que bordeaban la fortaleza cuando la visitó en febrero se habían derretido hasta formar auténticos estanques y fosos, repletos ahora de bandadas de cisnes somnolientos. Eran, al igual que Fairhrim, bellos, ariscos y se apreciaban mejor en la distancia. Detectaron algo de él cuando pasó caminando las sombras y le lanzaron varios bufidos.

Las almenas de la fortaleza blanca se alzaban en lo alto. Osric se escabulló en la sombra, esperando la llamada de Cinder en su tācn. Pero nada. Se quedó mirando las murallas que había sobre él, donde el escudo protector emitía destellos constantes. Muy bien: tendría que volver a colarse para visitar a Fairhrim en persona.

Despacio, con infinito cuidado y la máxima delicadeza para esquivar las trampas de los Warden, trepó al tejado de la torre más alta de Swanstone.

«No me puedo creer que Fairhrim no confíe en mí», se dijo Osric mientras intentaba colarse en su dormitorio.

La ventana era grande y redonda. La cerradura no le dio problemas; la abrió de un solo golpe. Sin embargo, notó una mejora significativa en el sistema de seguridad de los Warden que dificultaba la entrada: un escudo protector alrededor del marco de la ventana, que brillaba en un tono azul nocturno. No era un tipo de escudo que pudiera esquivarse o burlarse. Osric ya no podría entrar en Swanstone sin ser detectado.

La buena noticia era que Tristane tampoco podría.

Echó un vistazo al interior. Los aposentos de Fairhrim eran más grandes de lo que había imaginado: abarcaban toda la circunferencia de la torre y tenían el techo alto y abovedado. La decoración consistía en muebles angulosos de aspecto singularmente inhóspito, sobre los que se amontonaban decenas de libros, o bien plantas bajo campanas de cristal, o bien calaveras meticulosamente etiquetadas. En uno de los cristales había una especie de gato de aspecto púbico, negro y desaliñado. Osric lo reconoció como el gatito que se había encontrado en la Fortaleza de Wellesley y consagrado al cuidado de Fairhrim. La ingrata criatura le bufó.

Fairhrim descansaba en una cama contra la pared del fondo. Estaba sumida en el sueño profundo y exánime de quien se recupera de un agotamiento seith. El brazo le colgaba de un lateral de la cama. A Osric le alegró descubrir que, esta vez, la imagen de su mano no lo había arrastrado a la lascivia. Estaba ensangrentada debido a su Coste. El tācn le brillaba con un latido resplandeciente de vez en cuando, cada vez que Cinder intentaba atravesarlo.

Los esfuerzos de su deofol dieron su fruto. Fairhrim se despertó con un bostezo, abrió un ojo para mirar su tācn y lo apuntó al suelo.

Cinder se materializó. El gato de Fairhrim salió corriendo al ver la sombra de la enorme loba.

Con la voz quebrada por el sueño, Fairhrim murmuró:

—¿Qué pasa?

—Buenas noches —dijo Cinder.

—Hola —dijo Osric, ya que él también estaba allí.

Fairhrim dirigió su mirada aturdida a la silueta de Osric en la ventana.

—Deseo despertar de este mal sueño —declaró Fairhrim. Luego, tras procesar la realidad de la situación, se incorporó de un brinco—. No toques la ventana. Hay un escudo protector.

—Ya me he dado cuenta.

—¿Cómo se te ocurre venir aquí? —Fairhrim se destapó—. ¿Ha pasado algo? ¿Estás bien?

—Estoy bien —dijo Osric—. Pero he descubierto algo preocupante.

Le pidió a Cinder que se retirara y esta se disolvió en una nube de humo.

Osric maldijo mentalmente, porque Fairhrim, incluso desprovista de su atuendo de fiesta, con los párpados hinchados por el cansancio y las manos llenas de costras, seguía siendo, por desgracia, guapísima. Cuando no compartía habitación con él en casa de sus padres, dormía con un camisón fino y satinado que se le pegaba de una forma muy interesante. Dado que su atuendo para dormir no le interesaba lo más mínimo, él dirigió una poderosa mirada de curiosidad hacia su rodilla mientras ella se ponía una bata. Llevaba el pelo recogido en una trenza encrespada por el sueño que se le derramaba por la espalda.

Cuando se acercó a Osric, con los ojos muy abiertos en la oscuridad, parecía extrañamente vulnerable. Algo en ella le hizo querer ser amable.

—¿Han colocado barreras protectoras en todos los puntos de entrada? —preguntó Osric, señalando con desagrado el resplandor azul oculto en el marco.

—Sí, los Warden trajeron a Tenet.

—¿A quién?

—Una de sus expertas en vigilancia.

—¿No son todos expertos en vigilancia?

—Sí, pero ella es la más experta de los expertos. La han añadido a su destacamento aquí. Ha mapeado todas nuestras firmas seith: las de todos los Haelan, todo el personal, todos los guardias, todos los pacientes. Si alguien que no sea de Swanstone atraviesa cualquier umbral, hará saltar las alarmas... y probablemente perderá algún miembro. No te imaginas la fortuna que costó, pero dijiste que teníamos que ser discretos a la hora de incorporar mejoras.

—Para una vez que sigues mi consejo, me viene mal —suspiró Osric, sentándose en el tejado.

Fairhrim apartó unas cuantas plantas y, tras un momento de duda —y sin mirar hacia abajo—, se encaramó a la amplia repisa de la ventana, de modo que Osric y ella quedaron separados tan solo por el espacio de la ventana abierta.

—Bonitas flores —dijo Osric.

Fairhrim volvió a colocar uno de los cristales.

—Orquídeas. Me gustan mucho: sus flores duran mucho tiempo.

—Ah —dijo Osric. (Sentimiento desesperado: había pensado que eran efímeras).

—Dime qué ocurre —dijo Fairhrim.

—Complicaciones.

Osric describió lo que había descubierto de Tristane: los interrogantes que planteaba la desaparición de Brythe, la escandalosa recompensa que se ofrecía por el encargo, el misterioso cliente que había boicoteado deliberadamente la financiación a la Orden Haelan.

Fairhrim absorbió cada palabra de Osric con los dedos apretados contra los labios. Cuando terminó la explicación, lo examinó en silencio.

—Me aterroriza que te aterrorice Tristane.

—Y con razón —dijo Osric.

—¿Por qué le tienes tanto miedo?

—Es francesa.

—En serio.

—Es capaz de hacer todo lo que yo hago, pero más rápido y de forma más sangrienta. Su manera de caminar las sombras es legendaria. Puede pasar de una sombra a otra a muchísima distancia, no solo de ochenta en ochenta metros, como yo, y eso que *a mí* me consideran un experto. Su navaja blaec es como su tercera mano. Se ha llevado por delante más de tres mil almas... Al menos en esta vida. Como te dije, algunos decimos que es la mismísima Hel. La diosa de los muertos caminando entre nosotros.

—¿Y qué hacemos? —preguntó Fairhrim—. ¿Cómo nos preparamos?

—Estos nuevos escudos son un buen punto de partida. Es bueno disuadirla, hacer que se lo piense dos veces antes de entrar en Swanstone. No se arriesgará a que la capturen los Warden. Pon guardias en todas partes, no solo en los puntos de entrada a la fortaleza. Ponlos en el puente que conecta Swanstone con el continente. En todas las vías fluviales bajo la fortaleza. Escotillas. Montaplatos. Agujeros en los tejados. Alcantarillas. En cualquier parte hay una sombra. Ella es impresionante, pero al menos estás prevenida. Esa es una ventaja que sus víctimas no suelen tener.

Hablaron. Y ocurrió algo extraordinario, porque, por primera vez, su conversación no consistió en discusiones, ni en negociaciones, ni en provocaciones, ni en rifirrafes, sino en la *terra incognita* de la colaboración. En la elaboración de un plan conjunto.

La noche se volvió más profunda y fría, pero las piedras de la fortaleza liberaron los rayos de sol que las habían abrasado durante toda la tarde, y así mantuvieron calientes a Osric y Fairhrim. Y era muy agradable estar allí, apoyado en un lado de la ventana mientras Fairhrim descansaba sobre el otro, mente sobre mente, deshaciendo una madeja de problemas. Encontraba placer en ello. Y le pareció que ella también lo disfrutaba; sus palabras eran más amables que cortantes; sus miradas, alentadoras; sus gestos, satisfechos.

Fairhrim recordó algo con un sobresalto.

—Dioses... Ha sido tanto el ajetreo que no he tenido ocasión de enviarte mi deofol con las noticias.

—¿Qué noticias?

—Recibí los resultados de los análisis de la sustancia que había en las botellas de la Fortaleza Wellesley.

—¿Y?

—Era la viruela.

—Lo sabíamos.

—Teníamos razón. Por desgracia, teníamos razón.

—Por poco me lo *bebo*.

—No te habría afectado. Solo infecta a los niños. —A Fairhrim se le ensombreció el rostro—. Creo que están usando las botellas para almacenar el virus. Probablemente la bodega mantiene la temperatura idónea. Pero no estoy segura de cómo lo están creando o propagando. ¿Tienes idea de lo horrible que es esto? ¿Sabes cuántos niños vienen aquí en muerte cerebral? ¿Sabes el esfuerzo que hacemos por traerlos de vuelta cuando los ponemos en cuarentena en nuestras salas? Cientos. Y eso solamente en Swanstone. Hay infectados por todas partes, tratando de sobrevivir, si es que tienen a alguien que los cuide. Puede que nunca vuelvan a vivir, al menos no plenamente.

—Wellesley tenía cajas enteras de esas botellas en su bodega.

Fairhrim se incorporó con repentina beligerancia.

—Pronto todas serán inútiles. Élodie está poniendo en marcha un programa de vacunación. Es nuestra viróloga jefa —añadió ante la mirada interrogante de Osric—. Saber que fue provocado deliberadamente explica muchas cosas sobre la virulencia del brote de viruela. Pero también plantea mil preguntas más, por ejemplo: *¿por qué* alguien haría algo así? ¿Por qué Wellesley desencadenaría un brote de una enfermedad horrible que estaba a punto de erradicarse? ¿Con qué fin? ¿Para qué posible beneficio? Y si lo que Tristane te dijo es verdad, significa que Wellesley trabajaba para otra persona. Alguien aún más poderoso, que bloqueó todas las vías de financiación para los investigadores que trataban de detener la propagación de la viruela, y que ahora está furioso porque mi orden ha eludido esos bloqueos. Alguien que ahora ha pagado millones y millones para que la propia Tristane se involucre. ¿Te haces a la idea de la locura que es eso? Es incomprensible. Absurdo. ¿Qué puede valer tanto dinero?

—Lo único que vale tanto dinero, tantos gastos, tantos recursos... es la guerra —dijo Osric.

—¿Qué guerra? ¿La guerra de quién? ¿Wessex y Kent?

—Sé que tu orden es apolítica, pero de vez en cuando deberías salir de tu torre de marfil —dijo Osric—. Elige entre dos de los Tïendoms que compartan frontera terrestre. En realidad, compartir una frontera es opcional. Lanza dos dardos a un mapa.

—¿Qué guerra van a luchar los niños en muerte cerebral? —preguntó Fairhrim.

—No lo sé —dijo Osric.

—No se me ocurren peores soldados —dijo Fairhrim—. ¿Qué clase de utilidad podría...? No les queda alma, pobrecitos, no son más que caparazones cuyas funciones biológicas...

Fairhrim enmudeció.

En su rostro se formó una lenta mueca de terror.

—¿Mordaunt?

—¿Qué?

—¿Cómo...? ¿Cómo se hacen los Dreor?

Hubo un largo silencio. Osric dijo:

—Joder.

Fairhrim se llevó las manos heridas a las pálidas mejillas.

Fue una noche de extraña quietud y aliento contenido. La luna creciente dibujaba un sendero blanco sobre el mar negro y liso. No soplaba ni la más leve brisa. Tan solo sus conversaciones perturbaban el silencio; un raro vaivén de susurros que unía dos lealtades; los murmullos suaves y portentosos de algo que nacía entre ellos.

—Te debo, o te debemos, un agradecimiento —dijo Fairhrim—. La única razón por la que Élodie ha podido trabajar en su proyecto de vacuna fue gracias a ti. Descubrimos las botellas de la viruela gracias a ti. Mataste a uno de los tuyos por la protección de mi orden...

—Por ti —la corrigió rápidamente Osric.

—Y acabas de ayudarme a descubrir, posiblemente, la raíz del motivo de esta horrible epidemia.

Observó a Osric con una mirada llena de admiración.

(Qué brujería, qué brujería contenida en un par de ojos brillantes).

—¿Por qué me ayudas? —preguntó Fairhrim.

—Alguien va a morir en Swanstone y no puedo permitir que seas tú —dijo Osric.

Fairhrim, que sí podía atravesar el escudo de la ventana, le dio un apretón el brazo, lo que le produjo, como siempre, un escalofrío. Recordó cómo un tiempo atrás ella evitaba tocarlo a toda costa.

—Gracias, de verdad. —Luego, todavía con más entusiasmo, preguntó—: ¿Estás libre el viernes?

—¿Por qué?

—Es luna llena. Y vamos a colarnos en el Færwundor.

Osric la miró estupefacto. Ella había sido categórica en su negativa.

—¿Vas a hacerlo?

—No vas a permitir que nos descubran —dijo Fairhrim. Al cabo de un momento, añadió—: Confío en ti.

Las palabras aterrizaron con fuerza en el pecho de Osric, calaron hondo, multiplicaron el júbilo.

—Hemos conseguido ralentizar tu degeneración —continuó Fairhrim—. Veamos si podemos revertirla. Después de lo que has hecho, es lo menos que puedo hacer.

El brillo de sus ojos podría haberse debido a las estrellas; o tal vez a una sonrisa secreta.

Osric sintió el peso de una verdad funesta e indescriptible.

Permanecieron largo rato en el límite de la ventana, ni dentro ni fuera. Sucumbieron al pausado encanto de una noche de junio. Las blancas polillas, pálidas y brillantes en la oscuridad, daban vueltas como temblorosas constelaciones, fluían unas dentro de otras, chocaban unas con otras y, en un perpetuo ascenso, se fundían con el cielo. Al este, las nubes brillaban con el fulgor de la mañana.

Hablaron hasta que se apagaron las estrellas.

Fairhrim, enmarcada en plata en la ventana, se convirtió en su punto focal: un esbozo Notan de claroscuros. Las cosas sin importancia se volvieron importantes. Sus pestañas le pintaban sombras propias en las mejillas. La luz de la luna sublimaba su pelo. Tenía la mano junto a la de Osric sobre el alféizar de la ventana, tan cerca que sus dedos se rozaron.

Su tacto poseía una belleza dolorosa y frágil. Era una bisagra que atraía su cuerpo hacia algo nuevo. Una conciencia. Una sensación de comprensión que estalló en un delirio de éxtasis y agonía.

Estaban sentados a la luz de la luna como amante y amada.

Él no había prestado atención. Había sido un estúpido… Dioses, qué estúpido. Ya no era dueño de su corazón.

La ladrona, inconsciente de su crimen, preguntó:

—¿Ocurre algo?

Y, por una vez en la vida, Osric no se vio capaz de pronunciar una mentira. Era demasiado grande. Tan solo sacudió la cabeza y retuvo la verdad entre los dientes.

Aquel entendimiento era un punto de inflexión. Desplegó ante sí la bella imposibilidad de todo aquello, leguas y leguas de imposibilidad extendiéndose entre los dos. Era una locura despiadada; la tristeza de algo que terminaba antes de empezar; un nuevo remolino de tormento; una herida deliciosa. La alegría tejida con hilos de desesperación. El placer henchido de dolor.

No había sido amor a primera vista, pero tal vez sí a última vista... Dioses, a última vista...

En lo alto, la luna flotaba como una promesa.

Las órdenes

A lo largo de los siglos, en los Tīendoms surgieron ocho órdenes a partir de gremios y otros consorcios que agrupaban a especialistas de ideas afines que se entrenaban en el dominio de la seith. Los líderes de las órdenes se reúnen una vez al año en el Stánrocc. Las órdenes operan bajo los Acuerdos de Paz, que incluyen cláusulas que prohíben técnicas de entrenamiento crueles y un pacto para evitar acciones hostiles directas contra otras órdenes.

Teóricamente, las órdenes son apolíticas y no deben lealtad a ningún reino en particular dentro de los Tīendoms, si bien en la práctica las órdenes mantienen lazos estratégicos con ciertos gobiernos en beneficio mutuo.

Dicen que los miembros de las órdenes recorren los Senderos Brillantes, los Sombríos o los Lóbregos. Los caminantes de los Senderos Brillantes tienen su tăcn en la palma de la mano derecha; los de los Senderos Sombríos lo tienen en la izquierda. Las hérgulas, que caminan por el Sendero Lóbrego, pueden elegir en qué lado colocar su tăcn, de acuerdo con su práctica.

HAELAN

No hacer daño

Del inglés antiguo *hælan,* «curar», «sanar», «revivir». Orden de maestros sanadores. Se distinguen de los médicos y cirujanos por el uso de la seith en la sanación y la investigación, lo que ha permitido notables avances en su práctica. Tienen su sede en el Danelaw. Tācn: un Aer blanco (cisne mitológico).

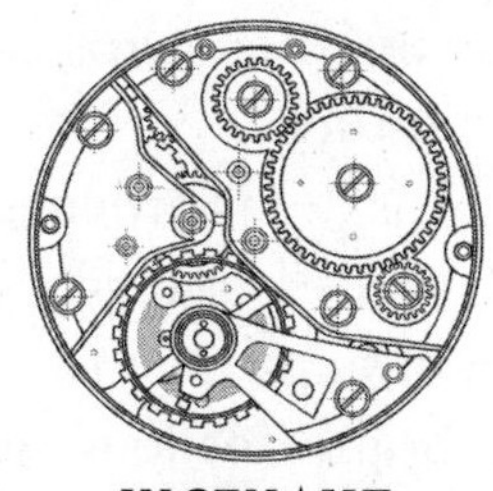

INGENAUT

Mente sobre materia

Del inglés medio *ingeny*, «artilugio», «aparato», y el griego clásico *naútēs*, «marinero». Orden de maestros ingenieros. Al igual que los Haelan, la integración de la seith en su práctica ha permitido el desarrollo acelerado de motores y aparatos que superan la labor de los ingenieros de la época. Con sede en Īrland. Tācn: engranajes de oro.

LEYFARER

Salve, viajero

Del francés antiguo *lier*, «atar», y el inglés antiguo *faran*, «viajar». Ocasionalmente también llamados «Leynaut». Orden especializada en la gestión y navegación de líneas ley y en los viajes por líneas ley a través de viedras o naves ley. Tienen su sede en Fortriu. Tācn: brújula de bronce.

WARDEN

Voluntad sobre deseo

Del inglés antiguo *weard*, «guardián», «protector». Orden de paladines contratados en todos los Tīendoms por su especialización en defensa y protección. Tienen su sede en Dumnonia. Tācn: cabeza de uro azul.

SENDEROS SOMBRÍOS

AGANNOR

Mente sobre carne

Del inglés antiguo *āgan,* «poseer». Orden cuyos miembros poseen a otros contra su voluntad y, dependiendo de la habilidad del practicante, sin su conocimiento. Con sede en Wessex. Tācn: ojo púrpura.

DREOR

La muerte devora todo

Del inglés antiguo *drēor,* «sangre». Orden oscura y casi extinta de caballeros de la muerte. Con sede en Mercia. Tācn: cabeza de la muerte negra.

FYREN

Sin miedo a la oscuridad

Del inglés antiguo *firen,* «mal», «crimen», «pecado». Orden de asesinos entrenados para caminar las sombras. Su contratación es conocida por su elevado coste y su letalidad. La sede cambia constantemente a lo largo de los Tīendoms. Tācn: calavera roja de cerbero.

SENDERO LÓBREGO

HÉRGULAS

Arriba igual que abajo

De inglés *hedgewitch*, «bruja de seto», y el latín *culum*, «pequeño». Tras ser perseguidas casi hasta la extinción, las hérgulas siguen siendo una orden secreta. Tācn: tres liebres verdes.

GUÍA DE PRONUNCIACIÓN

Agannor: *A-ga-nor*

Aurienne Fairhrim: *OR-in FE-rim*

Cíele: *CHI-el*

Deofol: *DEI-o-fol*

Dreor: *DRI-or*

Fyren: *FAI-ren*

Haelan: *HAI-lan*

Ingenaut: *IN-ge-not*

Leyfarer: *LAI-fai-rer*

Osric Mordaunt: *OS-ric MOR-dint*

Seith: *SA-iz*

Tācn: *TA-kin*

Tīendoms: *TI-en-doms*

Xanthe: *SHAN-ti*

Agradecimientos

Estos son los gigantes a cuya sombra germinó este libro: W. B. Yeats, cuya colección de cuentos de hadas y mitos populares *El crepúsculo celta* inspiró tanto la trama como el mundo, y Jerome K. Jerome y P. G. Wodehouse, cuyas cimas de humor e ingenio estoy destinada a admirar y nunca alcanzar. También debo mencionar a tres intelectuales cuyas obras llevan varios años amontonadas en mi escritorio: Robert Macfarlane y sus fabulosos libros sobre el lenguaje y el entorno, Ronald Hutton y sus extraordinarias exploraciones de la magia y el paganismo, y Hana Videen y sus nuevos enfoques del inglés antiguo (aunque espero que nunca lea este libro, debido a mis diversas carnicerías al respecto).

Esta historia no habría tenido forma de libro sin mi brillante agente, Thao Le, con quien ha sido un privilegio colaborar. Thao encontró el hogar perfecto para este libro en Berkley y Orbit UK con dos editoras espectaculares, Cindy Hwang y Nadia Saward. Su perspicacia, dedicación, humor y paciencia han sido fundamentales para convertir el libro en lo que es ahora. Por la edición original de Ace, le doy las gracias a la asistente editorial Elizabeth Vinson y al editor técnico Daniel Walsh por su profesionalidad, y también a Eileen Chetti, Jamie Thaman y Lisa Lester Kelly por sus ojos de lince con el texto. En el área de Comunicación, le doy las gracias a Kristin Cipolla y Yazmine Hassan; y en la de Marketing, a Jessica Mangicaro y Kim-Salina I por hacer su magia.

Gracias también a la artista a cargo del mapa, Rebecka Champion, por el espectacular retrato que ha hecho de los Tīendoms, y a la encantadora Katie Anderson por el diseño de la cubierta. Por último, estoy tan emocionada como honrada de que la artista Nikita Jobson haya hecho uso de su enorme talento para dar vida a Osric y Aurienne.

También le debo un profundo agradecimiento al fandom en general, por proporcionarme dos décadas de práctica de la escritura, y a las chicas Dramione en particular, cuyo entusiasmo por mi obra me ha conducido a este nuevo e inesperado camino.

Por último, y para siempre, a mi familia.